Die Verlockung des Drachen

Aloha Shifters: Juwelen des Herzens

Buch 5

von Anna Lowe

Inhaltsverzeichnis

Inhaltsverzeichnis	i
Weitere Titel in dieser Serie	iii
Kapitel 1	1
Kapitel 2	17
Kapitel 3	29
Kapitel 4	41
Kapitel 5	57
Kapitel 6	69
Kapitel 7	79
Kapitel 8	91
Kapitel 9	101
Kapitel 10	117
Kapitel 11	135
Kapitel 12	143
Kapitel 13	151

Kapitel 14   165

Kapitel 15   175

Kapitel 16   185

Kapitel 17   195

Kapitel 18   205

Kapitel 19   217

Kapitel 20   225

Kapitel 21   239

Kapitel 22   253

Kapitel 23   265

Kapitel 24   279

Sneak Peek: Der Ruf des Fuchses   287

Weitere Titel von Anna Lowe   289

Über Anna Lowe   295

Weitere Titel in dieser Serie

Aloha Shifters - Juwelen des Herzens

Der Ruf des Drachen (Buch 1)

Der Ruf des Wolfes (Buch 2)

Der Ruf des Bären (Buch 3)

Der Ruf des Tigers (Buch 4)

Die Verlockung des Drachen (Buch 5)

Der Ruf des Fuchses (Buch 6)

www.annalowebooks.com

Kapitel 1

„Zum Ersten. Zum Zweiten … verkauft."

Der Auktionator schlug seinen Hammer und ein Raunen ging durch die Menge.

Silas wurde ganz still. Das nächste Objekt zum Verkauf war der Grund, warum er von Maui zu dieser protzigen Veranstaltung nach New York gereist war. Das Objekt, das er *brauchte*. Unbedingt.

„Wir sind als Nächstes dran", sagte Kai mit leiser knurrender Stimme zu Silas' Linken.

Silas schaute seinen Cousin nicht an. Stattdessen blickte er durch den Auktionssaal. Er ignorierte die Kristallkronleuchter und Goldakzente, die auf den Reichtum und die Schätze hindeuteten, die es hier zu ersteigern gab. Aber egal, wie sehr er auch versuchte, seinen Blick stur nach vorn zu richten, er streifte immer wieder zu dem grauhaarigen Mann in der dritten Reihe. Ein Mann, der perfekt in diese Menge passte – Maßanzug, diamantene Manschettenknöpfe, Seidenkrawatte. Eines der wohlhabendsten Mitglieder der New Yorker High Society. Aber dieser Mann war in einer entscheidenden Hinsicht anders.

Drax – der mächtigste Drachenlord von allen. Silas' erbitterter Feind.

Drax faltete die Hände im Schoß zusammen und warf Silas einen gelangweilten Blick zu.

Ich bin hier der König, sagte sein selbstgefälliger, verächtlicher Blick. *Ich habe alles und ich werde alles behalten.*

Und Drax meinte wirklich *alles*. Immobilien auf der ganzen Welt. Ein Drachenhort, der seinesgleichen suchte. Die Reichtümer, die Drax Silas' Familie eine Generation zuvor entrissen hatte. Und darüber hinaus die Frau, die Drax Silas vor weniger als einem Jahrzehnt ausgespannt hatte.

Moira.

Allein der Gedanke an sie und Drax brachte tausende Gefühle in Wallungen.

Dann blitzte etwas Rotes und Seidiges auf und diese Emotionen verwandelten sich in einen Wirbelsturm.

Moira, murmelte sein innerer Drache durch zusammengebissene Zähne.

Die Menschen in der dritten Reihe rührten sich, als Moira ihren großen Auftritt hatte. Sie nickte ihnen zu, während sie sich an ihnen vorbeidrängelte, so wie eine Königin den Bauern zunicken würde. Auf halbem Weg durch die Reihe hielt sie inne und hob ihren rechten Stöckelschuh, um einen unsichtbaren Makel zu inspizieren.

Silas verzog das Gesicht. Dies war alles Teil von Moiras Show. Diese Frau gierte nach Aufmerksamkeit. Sie war süchtig danach, genau wie sie auch süchtig nach Reichtum und Macht war.

Sie schlüpfte zu dem leeren Stuhl neben Drax und nahm mit ordentlich zusammengefalteten Händen neben ihm Platz. Nach außen hin die perfekte Dame. Innen jedoch eine rücksichtslose Schänderin von Herzen, Glück und Seelen.

Sie war jünger als Drax – wesentlich jünger – aber die Hand, die sie weit oben auf Drax' Schenkel platzierte, zeigte der ganzen Welt, wie intim sie waren.

Silas ballte die Hände zu Fäusten, als er sich selbst befahl, ruhig zu bleiben. Ja, Moira hatte ihm das Herz gebrochen, als sie ihn vor acht Jahren für Drax verlassen hatte. Aber das war alles Schnee von gestern, nicht wahr?

Sein Drache schnaubte. *Stimmt. Deshalb schlägt dir das Herz auch bis zum Hals.*

In Ordnung, vielleicht hatte er Moira einst geliebt, vor sehr langer Zeit. Das war jetzt alles vorbei.

Es ist nicht vorbei, weil es nie wirklich begonnen hat, beharrte sein Drache. *Wir haben sie nie wirklich geliebt. Wir haben es nur gedacht.*

Silas verzog das Gesicht. Liebe war sowieso nur ein Hirnge-spinst.

Liebe entspringt dem Herzen und ihres ist aus Stein. Sein Drache schlug mit dem Schwanz.

Silas sah sich um. Was würden die hier Anwesenden tun, wenn sie Drachengestaltwandler in ihrer Mitte entdecken würden? Er fragte sich fast, ob es die Gäste überhaupt kümmern würde, wenn man in Betracht zog, wie intensiv sie sich auf den nächsten zum Verkauf stehenden Artikel konzen-trierten.

Ein Auktionshelfer mit weißen Handschuhen trat mit ei-ner schwarzen Samtschatulle nach vorn und der Auktionator klopfte mit seinem Hammer. Alle beugten sich vor, so auch Si-las und seine Begleiter. Sogar Drax beugte sich vor und hielt den Atem an.

Ist er das? Ist es ein Seelenstein? flüsterte Tessa, Kais Gefährtin, in Silas' Gedanken.

Er spitzte die Lippen. Aus dieser Entfernung war es unmöglich, dies zu sagen.

Der Auktionator räusperte sich und sagte: „Losnummer 457. Ein erlesener sechsunddreißig Karat Diamant aus einer anonymen Sammlung."

Bei dem Wort *anonym* ertönte ein leises Schnaufen aus dem hinteren Teil der Menge. Silas streckte den Hals und erhaschte einen Blick auf eine Frau, die ihre Arme eng vor ihrer Brust verschränkt hatte. Das Licht der Kronleuchter reflektierte sich in ihrem kastanienbraunen Haar und aus irgendeinem Grund setzte Silas' Herz ein oder zwei Schläge aus. Aber der Raum war so voll, dass sie einen Augenblick später nicht mehr zu sehen war.

„Es ist bekannt, dass Lady Montgomery DeWitt diesen Dia-manten trug, bevor er für die Öffentlichkeit verloren ging, und bevor sie... "

Der Auktionator rasselte eine lange Liste von Persönlichkeiten aus dem achtzehnten und neunzehnten Jahr-hundert herunter, die diesen Diamanten einst besessen hatten. Keiner dieser Fakten war neu für Silas. Er hatte den Windstein fieberhaft recherchiert, seit der erste der Seelensteine vor weniger als einem Jahr auf Maui aufgetaucht war. Der Windstein war viel älter, als seine jüngste Geschichte vermuten ließ. Er war weitaus wichtiger als jedes andere Juwel – wenn dieser Diamant tatsächlich *der Eine* war.

Er schloss die Augen und versuchte, die unterschwelligen Strahlen von Macht zu spüren, die alle Seelensteine verströmten. Aber wenn ein Seelenstein schlummerte, konnte man ihn nicht von einem anderen Juwel unterscheiden.

Ein ganz normaler Edelstein? schnaufte sein Cousin Kai, der Silas' Gedanken las, so wie es alle eng miteinander verbundenen Gestaltwandler konnten.

„Spürst du etwas?", flüsterte Tessa.

Kai schüttelte den Kopf. „Ich kann es noch nicht sagen."

Silas' Blick fiel auf Drax. Der Mann saß stocksteif da und seine Augen versprühten einen Funken von Drachenglut.

Es muss ein Seelenstein sein, flüsterte Silas' Drache. *Es muss einer sein.*

Er atmete tief durch. Selbst ohne weitere Beweise wusste er, dass es so weit war. Langsam und unaufhaltsam spitzte sich alles zu. Drax und er steuerten schon seit Jahren auf einen allumfassenden Konflikt zu. Zunächst wegen Moira und dann wegen der Seelensteine. Ihr indirekter Machtkampf war immer intensiver geworden, so als wollte das Schicksal einen neuen Gestaltwandlerkrieg auf der Welt entfesseln.

War es ein Zufall, dass der Windstein jetzt aufgetaucht war? Wohl kaum. Genau wie die anderen Seelensteine gehörte er zu einer Sammlung von Edelsteinen mit magischen Kräften. Aber der Drache, der über die Seelensteine gewacht hatte, war bereits vor Generationen gestorben. Die Juwelen waren daraufhin in alle Winde verstreut worden und verloren gegangen.

Bis jetzt. Einer nach dem anderen waren die Seelensteine wieder aufgetaucht. Und einer nach dem anderen hatten sie den Konflikt zwischen Silas und Drax immer weiter verschärft. Drax hatte sich jahrelang geweigert, Silas anzuerkennen, aber jetzt nicht mehr. Jetzt, wo Silas seine eigene Macht, Erfahrung und Unterstützer gewonnen hatte.

Silas ignorierte den Blick offenkundiger Abschätzung, den Drax ihm zuwarf.

Schau, so viel du willst, knurrte sein innerer Drache. *Ich habe vor dir nichts zu befürchten.*

Aber das stimmte nicht und er wusste es. Er hatte seine Position mit der Zeit gestärkt, war aber auch verwundbarer geworden. Die Männer und Frauen, die ihm Kraft gaben – die Gestaltwandler von Koa Point – waren gleichzeitig auch seine Achilles-Ferse. Einige der Paare standen kurz davor, Familien zu gründen, und Drax würde nicht davor zurückschrecken, jeglichen Vorteil auszunutzen, den er erheischen konnte.

Drax grinste und Silas hätte fast die Zähne gefletscht, um seine Reißzähne zu zeigen.

Wir brauchen diesen Diamanten, schnaufte Kai.

„Die Gebote beginnen bei fünfhunderttausend Dollar", verkündete der Auktionator.

Kai sah ihn an, aber Silas schüttelte den Kopf. Es gab keinen Grund, frühzeitig mitzubieten. Er würde ohnehin bereits zu viel Aufmerksamkeit auf sich ziehen, wenn das Bieten die ernste Phase erreichte.

Silas packte die Kante seines Sitzes und runzelte die Stirn. Das Problem war nicht das Bieten selbst, sondern ob er mit den anderen Geboten mithalten konnte. Drax hatte in dunklen, schattigen Winkeln überall auf dem Globus riesige Mengen an Geld, Ressourcen und Einfluss verteilt. Alles, was Silas und sein Clan wirklich hatten, waren ein großzügiger Wohltäter und die anderen vier Seelensteine: den Feuerstein, den Lebensstein, den Erdstein und den Wasserstein.

Die Macht dieser vier sollte doch mit Sicherheit die des einzelnen Windsteins überwiegen, sagte sein Drache.

Silas wollte das glauben, aber bei Seelensteinen wusste man es nie. Und der Legende nach würden die fünf Seelensteine zusammen eine einzige, kombinierte Kraft erschaffen, wenn sie wiedervereint würden. Sie könnten dazu verwendet werden, unglaublichen Reichtum und Macht zu bündeln – etwas, das Drax zweifellos tun würde, wenn er nur die geringste Chance dazu bekäme. Aber andere Wandler verstanden, dass eine solche Macht besser unberührt bleiben sollte. Silas und seine Freunde würden die Seelensteine behüten. Die Steine würden sie im

Gegenzug ihrerseits schützen und ihnen erlauben, in Frieden und Wohlstand zu leben.

Silas seufzte. Wohlstand kam und ging; darüber machte er sich keine Sorgen. Aber Frieden – wahrer Frieden, geistiger und körperlicher Frieden … Gott, das wäre schön. Nicht nur für ihn, sondern für alle Gestaltwandler am Koa Point – und für die kommenden Generationen. Nina und Boone erwarteten bereits Nachwuchs – Zwillinge, genau wie es der stolze Papa Wolf vorausgesagt hatte. Und es war nur eine Frage der Zeit, bis auch Kai und Tessa eine eigene Familie gründen würden.

So vieles stand auf dem Spiel. So vieles hing vom Windstein ab.

Silas beobachtete genau, wie der Assistent des Auktionators die Schatulle vor den Augen der Menge neigte. Lichtstrahlen fingen sich in den Facetten des Diamanten und schossen an der Decke entlang. In dem Moment, als dieses Licht über Drax' gieriges Gesicht blitzte, wusste Silas Bescheid. Dies war der Windstein.

Moira leckte sich die Lippen und flüsterte etwas in Drax' Ohr. Etwas wie, *Das ist er, ohne Zweifel. Er ist wunderschön. Er ist mächtig. Und ich will ihn haben. Sofort.*

Silas atmete tief durch. Das war immerhin etwas – die einzige Emotion, die Moira heutzutage noch in ihm auslöste, war Wut. Trotz allem schlug sein Herz weiter. So vieles hing davon ab, was als Nächstes geschah.

„Fünfhunderttausend Dollar", sagte der Auktionator und deutete auf einen Bieter in der fünften Reihe.

Eine weitere Hand schoss nach oben und der Auktionator drehte sich um. „Sechshunderttausend."

Kai stieß Silas an, aber der behielt seine Hände fest ineinander verschränkt auf seinem Schoß. *Zu früh.*

Als die Gebote eine Million erreichten, hob Drax beiläufig einen manikürten Finger.

Der Auktionator zeigte auf ihn. „Eine Million Dollar für Mr. Drax."

Ein Raunen des Wiedererkennens ging durch die Menge und Kai verzog das Gesicht. *Welche Art von Gestaltwandler lenkte die Aufmerksamkeit auf sich, indem er mitten in der High Society lebte?*

Die Art, die glaubt, mit allem durchkommen zu können, antwortete Silas in seinem trockensten Tonfall.

Drax' Grinsen wurde breiter, als ein Bieter nach dem anderen ausstieg.

„Eine Million fünfhunderttausend Dollar ... eine Million sechshunderttausend..." Der Auktionator deutete auf jedes nacheinander folgende Gebot. „Eine Million neunhunderttausend, Miss Lee?" Er hob die Augenbrauen und sah eine Asiatin an, die ein Telefon an ihr Ohr drückte. Sie streckte ihre Hand in die Luft und signalisierte, zu warten.

„Wer ist das?", flüsterte Tessa.

„Eine Repräsentantin für einen abwesenden Käufer", murmelte Kai, während die Frau ins Telefon sprach.

„Jemand, den ihr kennt?", fragte Tessa.

Silas schüttelte den Kopf. „Es könnte jeder sein."

Miss Lee zeigte einen Daumen nach unten. Kein Gebot.

„Ich habe das Gebot von einer Million neunhunderttausend Dollar von Mr. Drax." Der Auktionator blickte über die Menge. „Zum Ersten..."

Kai sah Silas an, als die Spannung im Raum stieg.

„Zum Zweiten..."

„Silas...", begann Kai, aber Silas hatte bereits seine Hand gehoben.

„Zwei Millionen Dollar", rief der Auktionator.

Jeder einzelne Kopf drehte sich zu Silas um und er holte tief Luft. Wie jeder Drache, der etwas auf sich hielt, hasste er das Rampenlicht. Er hatte sich an ein gewisses Maß an Aufmerksamkeit auf Maui gewöhnt, aber er hasste die neugierigen, abschätzenden Blicke noch immer. Wenn die Leute nur wüssten, wie wenig Reichtum er noch übrig hatte, nachdem Drax vor Jahrzehnten den größten Teil seines Erbes gestohlen hatte.

Eine lange Minute später blickten alle zu Drax. Er nickte. Moiras Lippen verzogen sich zu einem ihrer sorgfältig berechneten Lächeln, die sagten, *Ich bin so reich, dass es mich langweilt –, aber warum soll ich mich nicht selbst verwöhnen?*

„Zwei Millionen einhunderttausend", sagte der Auktionator.

Die zwei Millionen einhunderttausend kamen von einem Ölmagnaten, den Silas aus der Zeitung wiedererkannte. Gut. Sollten Drax und dieser Mann es eine Weile untereinander auskämpfen.

Gut – bis auf eine Sache, erinnerte ihn sein Drache.

Je höher die Gebote gingen, desto weniger wahrscheinlich wurde es, dass er mithalten konnte. Drax und der Ölmagnat mochten über unbegrenzte Ressourcen verfügen, aber er tat es nicht.

Wie viel hat Onkel Filimore dir hinterlassen? fragte Kai.

Eine Vielzahl sentimentaler Bilder stieg vor seinem inneren Auge auf. Sein Onkel, der ihn zu einem Stuhl in der Bibliothek des Familienbesitzes in Südfrankreich hinüberwinkte, wo Silas als Kind seine Sommer verbracht hatte. Oder sein Onkel, der sich vor ihm hinkniete, um ihn zum Abschied zu umarmen, als Silas nach dem Tod seiner Eltern zum ersten Mal aufs Internat geschickt worden war.

Er spürte den Schmerz des Bedauerns im Herzen. Filimore war wie ein Vater für ihn gewesen und Silas hatte ihn in den letzten Jahren nicht annähernd oft genug besucht. Der kürzliche Tod seines Onkels – unter mysteriösen Umständen noch dazu – hatte ein klaffendes Loch in Silas' Herz – und in der Welt der Drachen – hinterlassen. Als Letzter der altertümlichen Drachen hatte Filimore ein gewisses Maß an Recht und Ordnung in ihrer unbeständigen Spezies aufrechterhalten. Seitdem hatte die Drachenwelt mit angehaltenem Atem gezittert. Würde ein neuer Führer aufsteigen – oder würde das Chaos ausbrechen?

Silas blinzelte ein paarmal und kämpfte gegen ein brennendes Gefühl an. Seine Augen begannen zu glühen. Das konnte er in der Öffentlichkeit nicht zulassen, ganz egal wie sehr er den Gedanken an Drax' Aufstieg zur Macht verabscheute.

Silas? rief Tessa leise und brachte ihn zu Kais Frage zurück. Wie viel hatte Filimore ihm hinterlassen?

Er knirschte mit den Zähnen. *Drei Millionen.*

Die anderen beiden zuckten zusammen.

Mehr nicht? protestierte Kai.

Filimores Vermögen war riesig gewesen – sogar noch größer als das von Drax. Aber er hatte Silas nur drei Millionen in bar hinterlassen. Der Rest wurde zurückgehalten, während Anwälte über seinem Testament brüteten. Und ehrlich gesagt, war Silas nicht an den luxuriösen Anwesen, den zehnstelligen Bankkonten oder den glitzernden Schätzen interessiert, die überall in verschiedenen Ecken der Welt versteckt lagen. Alles, was er wirklich wollte, war Frieden für die Gestaltwandlerwelt. Alles, was er schätzte – sein Zuhause und die Zukunft seines Clans –, hing in der Schwebe.

Der Diamant glitzerte auf dem Podium.

„Zwei Millionen fünfhunderttausend Dollar", rief der Auktionator und zeigte auf Drax.

Silas verbarg einen finsteren Blick. Drax bot mit Geld, das er Jahre zuvor gestohlen hatte, als Silas' Eltern gestorben waren. Tatsächlich verdächtigte Silas Drax, den Tod seines Vaters inszeniert zu haben, auch wenn Drax nicht selbst an diesem Kampf teilgenommen hatte.

Drax grinste, als wollte er Salz in die Wunde streuen. *Zwei Millionen fünfhunderttausend Dollar. Was sagst du dazu?*

Silas hielt die Lippen verschlossen, als ihn einhundert neugierige Augenpaare anstarrten. Drax' hochmütige, schwarze Augen bohrten sich in seine, während Moiras tiefgrauer Blick jeden verspottete. Aber der Blick, der Silas' Aufmerksamkeit auf sich zog, kam von der Rückseite des Raumes – so intensiv, dass er gegen den Drang ankämpfen musste, sich umzudrehen.

Ich muss wissen, wer das ist, heulte sein Drache, aufgewühlter denn je.

Silas redete sich ein, dass es nicht wichtig wäre, aber der Drang blieb.

Es ist wichtig, beharrte sein Drache.

Er hielt seinen Blick weiterhin fest nach vorn gerichtet. Nichts war wichtiger als der Seelenstein. Er hob die Hand.

„Zwei Millionen sechshunderttausend Dollar", krähte der Auktionator.

Silas atmete langsam ein. Gegen einen Milliardär zu bieten mochte ein verlorener Kampf sein, aber er würde Drax so weit nach oben treiben, wie er nur konnte. Und in der Zwischenzeit würde er sich einen Plan B ausdenken.

Er konnte nur irgendwie nicht denken. Nicht mit dieser magnetischen Kraft, die ihn zum hinteren Teil des Raumes zog. Langsam drehte er den Kopf und fragte sich, wer oder was das war.

Hinter Silas befand sich ein Dutzend Stuhlreihen, die alle gefüllt waren, und darüber hinaus ein voll besetzter, mindestens jeweils fünf Stehplätze tiefer Bereich. Bei all den Gesichtern in dieser Menge – den Geschäftsleuten, die das Geschehen mit Adleraugen beobachteten, den geschminkten Schönheiten, die nach Blickkontakt suchten, den neugierigen Reportern –, fiel sein Blick direkt auf die Frau mit dem kastanienbraunen Haar.

Ihre Arme waren noch immer verschränkt, das Gesicht wütend. Sie wippte mit dem Fuß auf dem Boden, während sie einem Mann in einem braunen Anzug, der sich langsam zum Podium bewegte, Blicke zuwarf, die töten könnten. Warum erschien sie ihm so wichtig? Sie war eine Fremde für ihn.

Wir sind uns nie begegnet, aber sie ist keine Fremde, sagte sein Drache mit erstickter Stimme.

Ihr Blick überflog die Menge und blieb direkt auf ihm hängen. Silas stockte der Atem und sein Blut rauschte.

„Zwei Millionen siebenhunderttausend Dollar", verkündete der Auktionator.

Drax bot weiter. Kai stieß ihn mit dem Ellbogen an und Tessa flüsterte etwas. Aber alles, was Silas sehen, hören oder spüren konnte, war die Fremde hinten im Raum. Alles andere verstummte und verschwamm, außer sie. Die Zeit verlangsamte sich, bis er jeden einzelnen Schlag seines Herzens und das Rauschen des Blutes in seinen Adern spüren konnte. Sie starrten einander an, wie durch einen langen Lichttunnel in einer ansonsten dunklen und tristen Welt. Als sie den Kopf neigte, schwang ihr Haar in einer langsamen Wellenbewegung und zog ihn in ihren Bann. Fast hätte er eine Hand nach ihr ausgestreckt, so als stünde sie direkt hinter ihm und nicht einige Meter entfernt.

„Silas", zischte Kai und stieß ihn fest mit dem Ellbogen an.

„Zum Zweiten...“, sagte der Auktionator.

Silas blinzelte, als Kai seine Hand in die Höhe drückte, um weiterzubieten. Oha. Was war soeben passiert?

„Zwei Millionen achthunderttausend Dollar.“

„Verdammt, Mann. Konzentriere dich“, murmelte Kai.

Eine Schweißperle lief Silas über die Stirn. *Es spielt keine Rolle, wer sie ist*, schimpfte er auf seinen Drachen.

Sie spielt eine Rolle, beharrte sein Drache. *Kannst du es nicht sehen?*

Er behielt seinen Blick fest nach vorn gerichtet und versuchte, sich auf den Diamanten zu konzentrieren. Aber da sein Tunnelblick nun verschwunden war, sah er auch Drax und Moira wieder. Moira warf den Kopf zurück, um. das Licht über ihr Haar spielen zu lassen. Der Effekt drängte ihn dazu, sich umdrehen zu wollen, um auf die Frau im hinteren Teil des Raumes zu zeigen.

Das ist Schönheit, wollte er zu Moira sagen. *Natürliche Schönheit, weil sie von innen kommt. Von Selbstvertrauen und vom Instinkt, für das Richtige zu kämpfen.*

Einen Augenblick später schüttelte er den Kopf und versuchte, diese verrückten Gedanken loszuwerden. Er kannte die mysteriöse Frau nicht und wusste auch nicht, was sie antrieb. Verlor er seinen Verstand?

Nicht verlieren, murmelte sein Drache. *Finden.*

Er hatte keine Zeit zu fragen, *Was zu finden?* als eine Bewegung seine Aufmerksamkeit erregte. Der Mann im braunen Anzug war immer noch auf seinem Weg nach vorn – der, den die geheimnisvolle Frau so aufmerksam beobachtet hatte. Er drängte sich an einem langen Tisch mit Champagnergläsern vorbei und lehnte sich vor, um einem Sicherheitsmann etwas zuzuflüstern.

„Was hat das zu bedeuten?“, murmelte Kai und musterte den Mann ebenfalls.

Moira zog eine Augenbraue hoch, als würde sie sich fragen, warum Silas jemand anderem als ihr seine Aufmerksamkeit schenken würde.

Ich liebe dich nicht, wollte er sagen. *Es ist mir inzwischen egal.*

„Zwei Millionen neunhunderttausend Dollar." Der Auktionator zeigte auf Drax.

Scheiße, sagte Kai.

Scheiße war richtig. Drei Millionen waren Silas' absolute Obergrenze und er hatte noch immer keinen Plan B – außer Drax auf dem Weg aus dem Auktionshaus in die Enge zu treiben und ihm den Seelenstein abzuringen.

Einer der beiden wie Schränke gebauten Typen, die nahe bei der Tür standen, knackte seine fleischigen Fingerknöchel und blickte finster, als hätte er Silas' Gedanken gelesen. Diese beiden waren nur die offensichtlichen Mitglieder von Drax' Sicherheitskräften – ein Wolf und ein Wildschweingestaltwandler, wenn sich Silas' Nase nicht täuschte. Aber Drax hatte draußen natürlich noch weitere Leibwächter.

Ich kann es mit ihnen aufnehmen, schnaufte sein Drache.

Silas blieb völlig regungslos. Ja, er konnte es mit jedem von ihnen aufnehmen. Zur Hölle, er konnte es mit zwei oder drei von ihnen gleichzeitig aufnehmen, aber nicht mit der ganzen Bande auf einmal. Er hatte in Kai und Tessa seine eigene Verstärkung dabei, aber es musste eine bessere Möglichkeit geben, als mit ihnen zu kämpfen.

Früher oder später werden wir gegen Drax kämpfen müssen. Wir werden ihn töten müssen, brüllte sein Drache.

Silas wusste dies. Irgendwie freute er sich sogar darauf. Aber wenn er erfolgreich sein wollte, musste er sein Gehirn einschalten. New York war Drax' Territorium – nicht der richtige Ort oder die richtige Zeit für diesen Kampf.

Wann dann? forderte sein Drache.

Er wünschte, er wüsste es, aber das Schicksal offenbarte seine Pläne nie und liebte es, einen Mann mit Überraschungen zu überrumpeln.

Moiras Augen funkelten ihn an. Sie wollte etwas.

Er runzelte die Stirn. Was zum Teufel sollte das bedeuten? Er konnte spüren, wie Moiras Gedanken in seinem Kopf anklopften und verlangten, hereingelassen zu werden. Diese Frau konnte sich in die Seele eines Mannes einschleichen, wenn er nicht aufpasste – eine Lektion, die er auf die harte Tour gelernt hatte.

Er blockte sie ab und hob seine Hand.

„Drei Millionen Dollar", merkte der Auktionator an.

Es drehte Silas den Magen um, denn die Frau hinten im Raum funkelte ihn an. Und irgendwie tat ihm das weh. Er wollte nicht, dass sie ihn hasste. Er wollte...

Er kratzte sich das Kinn. Was wollte er?

Sie, murmelte sein Drache. *Ich will sie.*

Man hätte ihm genauso gut in den Magen schlagen können, so überrascht war er. So völlig überrumpelt, dass sein Drache Interesse an irgendjemandem zeigte. Echtes Interesse, keinen flüchtigen, kleinen Anfall von Lust.

Lust auch. Sein Drache grinste. *Ich will sie in jeder Hinsicht. Und ich will, dass sie mich auch will.*

Das wäre unwahrscheinlich, wenn sie ihn bereits als Feind abgestempelt hatte.

„Mr. Drax?", fragte der Auktionator.

Tessa griff nach Kais Hand. Die ganze Menge im Raum verstummte, als Drax eine Show daraus machte, seine Entscheidung zu treffen. Er wollte Silas foltern, indem er den Prozess so lange wie möglich hinauszögerte. Schließlich hob der grauhaarige Drache einen einzelnen Finger mit einem Blick, der sagte, *Ein Finger ist alles, was ich brauche, um dich zu erledigen, Junge.*

Der Auktionator lächelte strahlend. „Drei Millionen einhunderttausend Dollar von Mr. Drax."

Er wandte sich wieder an Silas. „Und Sie, Sir?"

Sein Assistent neigte die Samtschatulle in seine Richtung und ließ den Diamanten mit einem letzten Lichtstrahl funkeln. Ein hoffnungsvolles, fast wehmütiges Licht, als wüsste der Stein genau, was auf dem Spiel stand.

Lass mich nicht an diesen Dreckskerl gehen. Lass ihn nicht gewinnen.

Kai stieß ihn an. *Denke daran, was Nina gesagt hat.*

Nina, eine Wolfsgestaltwandlerin von Koa Point, hatte kürzlich fünfzig Millionen Dollar geerbt. Sie hatte die Hälfte für die Krebsforschung gespendet und die andere Hälfte behalten – fünfundzwanzig Millionen, die sie Silas angeboten hatte, um sie für das Allgemeinwohl zu verwenden.

Silas' Finger juckte und wollte unbedingt in die Höhe schießen, um ein höheres Gebot abzugeben. Aber stattdessen schüttelte er nur kurz mit dem Kopf. Ganz egal, wie hoch er auch bieten würde, Drax würde ihn überbieten. Es war an der Zeit für Plan B oder C. An der Zeit, jeden einzelnen Buchstaben des Alphabets durchzugehen und zu entscheiden, was zum Teufel er tun sollte.

„Nein?", fragte der Auktionator. „Nicht mehr? Drei Millionen zweihunderttausend?"

Silas schüttelte den Kopf und weigerte sich, irgendwelche Emotionen zu zeigen.

„Ich habe drei Millionen einhunderttausend Dollar von Mr. Drax. Zum Ersten...", begann der Auktionator.

Drax strahlte mit einem triumphierenden Grinsen und ließ die Spitzen seiner Reißzähne aufblitzen. *Der Windstein gehört mir und schon bald werde ich einen Weg finden, dir auch die anderen zu rauben.*

Moiras Blick blitzte ebenfalls auf. *Oh, oh. Du hast deine Chance vertan.*

In ihrem Blick lag etwas Hinterhältiges und Enttäuschtes. Etwas, das Silas nicht zuordnen konnte.

„Zum Zweiten... "

Kai sträubte sich. *Lass das Arschloch den Stein haben. Wir haben die anderen vier Steine und die werden uns stärken.*

Und das würden sie. Aber fünf Seelensteine hätten sie fast unbesiegbar gemacht und Silas hätte sich diesen Puffer für die Zukunft gewünscht. Bislang hatte Drax die Wandler von Koa Point überwiegend in Ruhe gelassen. Aber wer wusste schon, was er in seinem Streben nach der höchsten Macht versuchen würde?

Der Auktionator hob den Hammer, bereit, den Verkauf abzuschließen. Silas konnte das Wort lesen, das sich auf seinen Lippen bildete. *Verkauft.* Der Diamant war verkauft.

Aber der Mann im braunen Anzug war von dem Sicherheitsmann nach vorn gewunken worden und rannte zum Podium, um den Auktionator aufzuhalten, bevor er das Gebot schließen konnte.

Die Menge brach in einen Tumult aus, als sich der finster dreinblickende Auktionator zu ihm beugte und dem dringenden Flüstern des Mannes zuhörte.

„Was ist denn los?", fragte Tessa.

Silas hatte keine Ahnung. Und selbst Drax runzelte die Stirn, als die beiden Männer auf der Bühne gestikulierten und in gesenkten Tönen miteinander sprachen. Der Mann im braunen Anzug blickte zum hinteren Teil des Raumes – nur ein einziges Mal und ganz kurz, aber Silas drehte sich um.

Die Schönheit mit dem kastanienbraunen Haar stand dort und starrte mit aneinandergedrückten Händen zur Vorderseite des Saals, so als würde sie für etwas beten.

Silas spitzte die Lippen. Was hatte das zu bedeuten?

Schnell, dreh dich um, brüllte sein Drache.

Aber es war zu spät. Drax war seinem Blick gefolgt und hatte die Frau entdeckt. Er runzelte die Stirn – ein bedrohliches Stirnrunzeln, das dieser Frau signalisierte, sie sollte sich besser nicht mit ihm anlegen, sonst…

Für den Bruchteil einer Sekunde schwankten ihre Knie, aber dann richtete sie sich auf und funkelte zurück.

Nein, wollte Silas brüllen. *Sie wissen nicht, mit wem Sie sich anlegen!* Sie war nur ein Mensch und Drax ein skrupelloser Drache.

„Meine Damen und Herren, entschuldigen Sie die Unterbrechung", sagte der aufgewühlte Auktionator. „Aber wir haben eine Unregelmäßigkeit festgestellt. Ich bedaure, Ihnen mitteilen zu müssen, dass Losnummer 457 aus dem Verkauf gezogen wurde."

„Aus dem Verkauf gezogen?" Drax sprang auf und hob eine Faust. „Was meinen Sie damit, aus dem Verkauf gezogen?"

Der Auktionator schreckte zurück. Sein Auktionshelfer eilte mit der Samtschatulle von der Bühne. Der Mann im braunen Anzug und ein Sicherheitsmann sahen die Frau im hinteren Teil des Raumes gequält an.

Silas drehte sich um und erhaschte ein kurzes Lächeln auf ihrem Gesicht, bevor sie in Richtung Tür ging.

„Was zum Teufel geht hier vor sich?", murmelte Kai.

Silas stand schnell auf, ging in Richtung Ausgang und fragte sich dabei dasselbe.

Kapitel 2

Cassandra strich sich mit den Händen das Kleid glatt, um das Zittern zu unterdrücken. Sie sah sich im Auktionssaal um. Alle um sie herum schwatzten und gestikulierten – einige von ihnen zeigten sogar auf sie. Der Mann im braunen Anzug und der Auktionator hatten gerade laut genug geflüstert, um von den Gästen ganz vorn gehört zu werden. Und diese verbreiteten die Nachricht nun weiter.

„‚Die Behörden haben den echten Besitzer des Diamanten erst jetzt identifiziert', Was zum Teufel soll das bedeuten?", verlangte jemand zu wissen.

„Darf man das überhaupt?", fragte eine Frau, während sich die Nachricht weiterverbreitete. „Einfach eine Auktion unterbrechen?"

Darauf können Sie Ihren Arsch verwetten, wollte Cassandra am liebsten sagen.

Aber es war verdammt knapp gewesen und scheiße – sie wollte wirklich nicht identifiziert werden. Die meisten der gaffenden Gäste schienen harmlos zu sein, aber zwei Männer warfen ihr mörderische Blicke zu. Einer von ihnen war der silberhaarige Mann in der ersten Reihe, der den Diamanten beinahe gekauft hätte.

Sein vernichtender Blick sagte: *Sie wissen nicht, mit wem Sie sich soeben angelegt haben.*

Ah, aber sie wusste es, und es ließ sie erzittern. Dies war Drax, ein Drachengestaltwandler. Der Todfeind, vor dem ihre Tante sie gewarnt hatte.

Sie trat einen Schritt zurück und hielt sich mit einer Hand zur Unterstützung an der Wand fest. Sie würde sich nicht umdrehen und weglaufen – noch nicht – ganz egal, wie versucht sie war, dies zu tun. Aber sie brauchte die Unterstützung dringend. Es war alles, was sie hatte.

Du bist die Letzte in unserem Stammbaum, hatte ihre Tante Eloise drei Wochen zuvor mit heiserer, eindringlicher Stimme zu ihr gesagt. *Du bist unsere letzte Hoffnung. Nichts Böses darf die Kräfte beherrschen, die der Windstein, der mächtigste aller Seelensteine, in sich birgt.*

Cassandra riss ihren Blick von Drax los, nur um den zweiten Mann anzusehen, der sie ganz genau beobachtete. Für einen Moment stockte ihr der Atem, genau wie zuvor, als sie ihn zum ersten Mal gesehen hatte. Sie war verspätet in den Auktionssaal geeilt und hatte sich nur auf den Diamanten konzentriert. Aber einen Augenblick später hatte sie nur noch Augen für den auffälligen, jüngeren Mann mit dunklen, funkelnden Augen, scharf geschwungenen Augenbrauen und breiten Schultern gehabt. Und wer konnte ihr einen zweiten Blick auf ihn verübeln?

Selbst jetzt konnte sie ihren Blick kaum von ihm losreißen, obwohl sie nicht verstehen konnte, warum. Etwas, das jenseits des guten Aussehens und der Stärke lag, die unter dem fein geschnittenen Anzug hervorströmten, brachte ihr Herz zum Rasen. Etwas, das sie in atemloser Stille dort stehen und vergessen ließ, warum sie überhaupt erst an diesen Ort gekommen war.

Dann erschauderte sie und entdeckte das rote Glühen in seinen Augen.

Noch ein Drache? Sie sah sich im Raum um und schlang ihre Arme um sich. Wie viele andere Gestaltwandler lauerten dort?

Plötzlich sahen alle verdächtig aus – und Scheiße. Dort stand sie nun, ganz allein, eine Frau, die bis vor drei Wochen noch nichts von der übernatürlichen Welt gewusst hatte.

Du bist keine gewöhnliche Frau, hatte Eloise beharrt. *Du bist zum Teil Hexe, genau wie ich. Es liegt dir im Blut.*

Cassandra zwang sich, gleichmäßig zu atmen und sich auf eine Sache nach der anderen zu konzentrieren. Die gute Nachricht war, dass es ihr gelungen war, den Seelenstein aus den Händen des Feindes fernzuhalten.

Sie schluckte und sah sich um. Die schlechte Nachricht war, dass diese Drachen den Stein immer noch haben wollten. Und schlimmer noch, sie hatte sich selbst verraten. Vielleicht war es doch an der Zeit für einen schnellen Abgang.

Sie zwang sich, beiläufig zur Tür zu schlendern, während ihr Verstand raste. Wie sollte sie den Edelstein beschützen?

Verstecke ihn. Verberge ihn. Und wenn du keine andere Wahl hast, zerstöre ihn. Alles, um sie daran zu hindern, seine Kräfte zu missbrauchen, hatte Eloise gesagt. *Wir Hexen haben die Seelensteine vor Generationen erschaffen. Wir können sie auch zerstören.*

Das Problem war, dass sich dieses *Wir* auf ausgebildete Vollbluthexen bezog. Cassandra war nur zu einem Achtel Hexe und selbst nach einigen übereilten Lektionen konnte sie nicht einen einzigen Zauber heraufbeschwören.

Der leere Korridor stand in unheimlichem Kontrast zum Lärm des Auktionssaals. Mit einem scharfen Klappern ihrer Stöckelschuhe begab sie sich zur Damentoilette. Die feige Wahl, aber zur Hölle, sie musste ihre Nerven beruhigen und sich eine Art Plan überlegen. Zunächst einmal musste sie den Diamanten für sich beanspruchen. Und scheiße, was dann? Sie war eine Anfängerin und völlig unvorbereitet auf die Aufgabe, die ihr auferlegt worden war.

Du, hatte Eloise gesagt, als sie das langgehütete Geheimnis von Cassandras Vorfahren enthüllt hatte. *Du bist unsere letzte Hoffnung.*

Zunächst hatte sie Eloise nicht ernst genommen. Aber nachdem sie Augenzeugin einiger Zaubereien geworden war – wie ein schwebender Stuhl und eine Kerze, die sich aus dem Nichts selbst entzündete –, war Cassandra ins Stottern geraten. Wenn irgendein Mitglied ihrer Familie eine Hexe wäre, dann wäre es doch sicherlich ihre zickige Cousine Rita. Aber Rita entstammte der komplett menschlichen Seite der Familie, erklärte Eloise. Der Seite, die nicht einen winzigen Spritzer Hexenblut in sich trug.

Es gibt niemanden sonst. Wenn du den Edelstein nicht rettest, wird es niemand tun. Du, Cassandra. Alles liegt in deinen Händen.

Warum nicht du? hatte sie gefragt.

Glaube mir, ich tue auch meinen Teil, hatte die alte Frau mit einem schelmischen Funkeln in den Augen gesagt.

Und jetzt war Cassandra wirklich die Letzte, denn Eloise war nur wenige Tage nach ihrem unerwarteten Treffen ermordet worden.

Cassandra schluckte schwer, als sie ihr ausgemergeltes Selbst im Spiegel ansah. Ihre Augen waren weit aufgerissen und standen hervor. Und wer konnte es ihr vorwerfen? Sie wusch sich die Hände und nahm ein paar tiefe, beruhigende Atemzüge. Sie musste einen Weg finden, wie sie den Edelstein – und sich selbst – hier herausholen konnte. Und das schnell.

Ihr Verstand war jedoch alles andere als schnell und ihr fiel einfach nichts ein, als sie über einen Fluchtplan nachdachte. Also lehnte sie sich über das Waschbecken und spritzte sich das Gesicht nass. Sie blinzelte sich noch immer das Wasser aus den Augen, als sich die Tür zur Damentoilette öffnete und mit einem ominösen Klicken wieder schloss. Die Spannung in der Luft erhöhte sich, so als wäre soeben ein Sturmsystem in den Raum gedrungen.

Cassandra riss ihren Kopf gerade noch rechtzeitig nach oben, um zu sehen, wie sie von einer Frau in einem roten Kleid im Spiegel angefunkelt wurde. Sie drehte sich zu dem Neuankömmling um und erinnerte sich selbst daran, dass sie eine knallharte New Yorker Barkeeperin war. Sie wurde mit jedem fertig.

Aber scheiße. Dies ist die Frau, die neben Drax gesessen hatte, und ihre Augen glühten rot. Ein Drachenglühen?

„So, so", sagte die Dame im roten Kleid und schaute herablassend an Cassandra auf und ab. „Sie sind diejenige, die den Verkauf gestoppt hat. Schlechte Idee. Sehr schlechte Idee."

Verdammte Scheiße, die Spitzen der Eckzähne der Frau verlängerten sich. Sie war ein Drache, soviel war sicher.

Unter angehaltenem Atem verfluchte Cassandra Eloise. Hätte ihre Tante ihr nicht ein paar Tipps zum Umgang mit wütenden Drachen geben können, bevor sie sie auf eine Selbstmordmission schickte?

„Was werden Sie jetzt tun?", zischte die Dame im roten Kleid. „Glauben Sie wirklich, Sie können einfach so mit meinem Diamanten hier herausspazieren?"

Es hätte genauso gut Cassandras eigenes Unterbewusstsein sein können, das diese Frage stellte. Was zum Teufel *würde* sie tun?

Die Drachendame war wunderschön, auf eine zu dünne, zu bemalte Art und Weise mit ihrem glänzenden, schwarzen Haar und dem scharlachroten Lippenstift in der Farbe ihres Kleides. Sie war mindestens fünf Zentimeter kleiner als Cassandra, aber die Höhe ihrer Absätze machte dies wieder wett. Ihre prüfenden Augen hatten eine eindringliche, silberne Farbe und ihre Mundwinkel waren auf permanent finstere Weise hinuntergezogen.

„Ich werde mit *meinem* Diamanten machen, was mir gefällt", erwiderte Cassandra. Sie redete sich ein, sie hätte es mit einer ungehobelten Kundin zu tun und nicht mit einer Gestaltwandlerin, die Feuer spucken konnte.

„Ihr Diamant?" Die schwarzhaarige Frau trat näher, so dunkel wie eine Wolke. „Er wird schon bald mir gehören." Einen Augenblick später lachte sie. Die Art, wie sie von einer Stimmung in die andere umschlug, war unheimlich. „Dummer Mensch, Sie wissen wirklich nicht, wo Sie da gerade hineingeraten sind, nicht wahr?"

Nein, das wusste sie nicht. Ein Zauberspruch wäre nun furchtbar praktisch, aber, verdammt. Die wenigen Lektionen, durch die Eloise sie gehetzt hatte, hatten alle auf die gleiche Weise geendet: in elendigem Versagen.

Also blieb Cassandra nichts, als auf ihre Ich-lasse-mir-von-niemandem-etwas-gefallen-Haltung zurückzugreifen.

„Vielleicht sind Sie ja diejenige, die nicht weiß, wo Sie hineingeraten sind", spie sie.

Moira warf den Kopf zurück und gackerte, so dass ihre seidige Mähne wogte und wippte. „Ha. Sie bluffen doch. Ich will den Seelenstein haben und Sie werden ihn mir geben."

„Sicher. Und dann geben Sie ihn ihm, nicht wahr?"

Er war natürlich Drax. Cassandra beobachtete, wie die Augen der Frau boshaft und mit irgendeinem verborgenen Plan dahinter funkelten.

Mist. War das Maß an Intrigen in der übernatürlichen Welt noch tiefer, als sie es sich vorgestellt hatte?

„Kein Drache wird den Windstein jemals bekommen. Nicht wenn ich es verhindern kann." Cassandra klang mutiger, als sie sich fühlte.

Die Frau im roten Kleid funkelte sie böse an und trat näher. „Aber genau das ist das Problem, Freundin. Sie können es nicht verhindern."

Nicht ihre Freundin, wollte sie sagen, aber diese Drachenfrau begann, in Halbkreisen um sie herumzulaufen wie eine Katze. Sie pirschte hin und her und kam dabei immer näher, während sie mit ihren Blicken und Worten ein Netz aus Angst spann.

„Sie können es natürlich versuchen. Und dabei sterben." Die Dame im roten Kleid zuckte mit den Schultern. „So oder so wird der Seelenstein mir gehören."

Cassandra verschränkte die Arme und streckte ihr Kinn hervor, um etwas zu erwidern. In diesem Augenblick flog die Toilettentür auf und eine zweite Frau platzte herein. Eine Frau, die genauso groß wie Cassandra und genauso schön wie Moira war, aber gleichzeitig das genaue Gegenteil. Ihr feuerrotes Haar und ihre funkelnden grünen Augen füllten den Raum mit Energie und Licht. Sie hatte etwas an sich, das Cassandra beruhigte. Was verrückt war, denn diese grünen Augen glühten und verrieten sie als Drachen.

Cassandras Hoffnungen schrumpften. Jetzt hatte sie es mit zwei Drachen zu tun und wer wusste schon, wie viele andere noch draußen warteten.

„Moira." Die Rothaarige trat mit dem Fuß gegen die Tür und verschränkte die Arme. „Ich kann nicht sagen, dass es ein Vergnügen ist, Sie kennenzulernen."

„Und Sie müssen die Neue sein. Tessa, richtig?" Die Frau im roten Kleid schniefte und musterte den Neuankömmling unbeeindruckt von Kopf bis Fuß.

Nun, Cassandra war verdammt beeindruckt. Wäre sie selbst in der Lage, so wie diese Tessa-Frau auf Moira herabzustarren, wäre sie ziemlich stolz auf sich.

„Dieser Seelenstein gehört Ihnen nicht, Moira", sagte Tessa.

„Das wird er aber", knurrte Moira.

„Er wird Ihnen nie gehören", warf Cassandra ein.

„Ganz genau." Die Rothaarige trat zur Seite, um sich neben sie zu stellen.

Cassandra musste fast zweimal hinschauen. War Tessa etwa auf ihrer Seite? Es musste sich um eine Art Trick handeln, oder nicht? Vielleicht so eine Art guter Bulle, böser Bulle-Spiel, das sich die beiden Drachendamen im Vorfeld überlegt hatten.

Aber Tessa warf ihr einen freundlichen Blick zu, der ihre Nerven stärkte und zu sagen schien: *Spielen Sie einfach mit. Ich erkläre es, sobald ich kann.*

Cassandra starrte sie an. Sollte sie dieser Fremden vertrauen?

„Was machen Sie hier, Moira?", forderte Tessa zu wissen. „Haben Sie vor, den Diamanten von seiner rechtmäßigen Besitzerin zu stehlen?"

Cassandra riss den Mund auf. Erkannte Tessa den Diamanten als ihren an? Das entsprach aber nicht der Beschreibung der gierigen Drachen, vor denen Eloise sie gewarnt hatte.

Tessa fuhr verbittert fort: „Und dann werden Sie und Drax in den Sonnenuntergang fliegen und noch mehr Ärger für uns alle verursachen. Habe ich nicht recht?"

„So etwas in der Art", murmelte Moira. Und erneut gab es einen Anflug von etwas Schelmischem, etwas das nicht ganz richtig war. „Und Sie können mich nicht aufhalten. Noch nicht einmal Silas kann mich aufhalten. Niemand kann es." Ihre Stimme hatte einen hysterischen Tonfall, als würde allein der Gedanke an Macht diese Frau innerlich aufwühlen.

Cassandra blickte zur Tür und dachte an Flucht. Die Situation geriet schnell außer Kontrolle.

„Hören Sie sich doch einmal selbst zu." Tessas Augen glühten vor Wut. „Ich weiß nicht, was Silas je in Ihnen gesehen hat. Oder haben Sie ihn verhext?"

Cassandra schluckte leise. Tessa war ihr wie eine potenzielle Verbündete erschienen, aber was wäre, wenn sie herausfand, dass sie jemanden verteidigte, der zum Teil Hexe war?

Die Dame im roten Kleid – Moira – lachte nur. „Ich brauche keine Männer zu verhexen. Silas liebt mich immer noch. Das werden Sie schon sehen."

Cassandra fragte sich, wer dieser arme Narr war.

Moira machte einen Schritt in Richtung Tür und war offensichtlich zum Rückzug bereit – zumindest vorläufig. Sie lächelte Cassandra nur allzu süß an.

„Genießen Sie den Diamanten, solange Sie können. Halten Sie ihn mit beiden Händen fest und träumen Sie davon, sich seine Kraft zunutze zu machen." Ihre Stimme wurde wehmütig und sie blickte in die Ferne. „Beobachten Sie, wie das Licht auf seinen Facetten schimmert…" Dann riss sie das Kinn hoch und sich selbst aus ihrem Tagtraum heraus. „Wie ich schon sagte. Genießen Sie den Diamanten, solange Sie können. Er wird Ihnen nicht lange gehören."

Und damit warf Moira ihr Haar zurück und schritt so sicher und majestätisch wie eine Königin in den Flur hinaus.

In dem Moment, als die Tür zuschlug, lehnte sich Cassandra ans Waschbecken zurück und atmete aus.

„Puh", sagte Tessa. „Auf Wiedersehen und auf Nimmerwiedersehen. Und wow – gut gemacht, Sie." Sie lächelte breit und ihre grünen Augen strahlten. „Entschuldigung – Manieren. Ich bin Tessa Byrne. Es freut mich, Sie kennenzulernen."

Cassandra streckte die Hand aus und musste sich angestrengt daran erinnern, dass die Rothaarige ein Drache und damit jemand war, den sie verdächtigen sollte. Wie schade, denn sie mochte die Frau bereits – im Gegensatz zu Moira. Aber wenn sie beide Drachengestaltwandler waren, musste sie auf der Hut bleiben.

„Cassandra Nichols."

Die grünen Augen der Frau leuchteten genauso strahlend wie der Anhänger an ihrem Hals und Cassandra starrte darauf. War das ebenfalls ein Seelenstein?

„Hören Sie, wir müssen von hier verschwinden", sagte Tessa.

Wir? wollte Cassandra jaulen.

„Sie brauchen Hilfe", fuhr die Rothaarige fort. „Wer weiß schon, was Drax tun wird, um den Diamanten in seine Krallen zu bekommen.“

Krallen. Cassandra zuckte zusammen. Nur wenige Tage, nachdem ihre Tante Cassandra vor Drachen gewarnt hatte, war sie gestorben – einem grausamen Angriff zum Opfer gefallen.

Wir versuchen immer noch, den Mörder und die Waffe zu identifizieren, hatte der ratlose Polizeiermittler zu ihr gesagt.

Versuchen Sie es mit Drachen und riesigen Krallen, hatte sie in dem Moment gedacht, als sie die schrecklichen Wunden gesehen hatte.

Der Mord – wie auch die Nachricht über ihre Herkunft – hatte Cassandras Leben ins Schleudern gebracht. Eloises Habseligkeiten waren von der Polizei weggeschlossen worden – einschließlich des Inhalts ihres Banktresors, zu dem auch dieser Diamant gehört hatte. Ihr entfremdeter Sohn an der Westküste hatte offensichtlich nichts davon gewusst, denn er hatte veranlasst, dass alle bescheidenen Besitztümer von Eloise versteigert wurden. Was bedeutete, dass auch der Diamant Gegenstand der Auktion geworden war – bis Eloises Testament entdeckt und bestätigt worden war, in dem Cassandra als Erbin des Edelsteins genannt wurde.

„Sie gehören nicht zu Drax?“, fragte Cassandra. Sie musste sich wirklich beeilen und den Auktionsdirektor finden, bevor Drax es tat. Aber sie musste auch herausfinden, wie Tessa ins Bild passte.

Tessa verzog das Gesicht. „Oh Gott, nein. Ich gehöre zu Silas. Nun, ich bin mit Kai zusammen.“ Sie strahlte eindeutig verliebt.

Cassandra hätte fast geseufzt, als sie dies daran erinnerte, was in ihrem Leben fehlte. Sie hatte keinen Freund. Keinen Liebhaber, keine Schulter zum Anlehnen und ganz sicher auch keinen Helden, der sie retten könnte, wenn sie es am meisten brauchte.

Sie drückte die Schultern durch und erinnerte sich daran, dass sie verdammt gut auf eigenen Füßen stehen konnte. Also sollte sie besser jetzt damit anfangen – insbesondere wenn es dort draußen noch mehr Drachen gab. Silas? Kai? War einer von ihnen der auffällige Mann mit den dunklen Augen?

„Wie dem auch sei, es ist eine lange Geschichte", sagte Tessa. „Im Augenblick müssen wir Sie hier rausbringen. Sie schweben in Gefahr."

Ach was. Die Frage war eher, konnte sie dieser Frau vertrauen?

Vertraue niemandem, hatte Eloise gesagt. *Besonders keinem Drachen.*

„Wir können helfen", sagte Tessa und klang nun wieder eindringlicher.

Cassandra biss sich auf die Lippe. Hilfe wäre fabelhaft. Noch nie in ihrem Leben hatte sie sich so schmerzlich allein gefühlt.

Sie drehte sich um, um Wasser in ihr Gesicht zu spritzen. Sie wollte Zeit gewinnen. Plan A – anonym zu bleiben und sich von Ärger fernzuhalten – war fehlgeschlagen. Nicht dass sie eine Wahl gehabt hätte, da die Gültigkeit des Testamentes erst in letzter Minute bestätigt worden war. Cassandra hatte Glück gehabt, den Verkauf noch rechtzeitig aufzuhalten.

Aber verdammt. Von dort an war ihr Glück zum Stillstand gekommen. Und was jetzt?

„Moira wird alles tun, um den Diamanten zu bekommen", warnte Tessa.

Cassandra zwang sich, ihre Hände nicht zittern zu lassen, trocknete sich das Gesicht ab und suchte nach einem Ausweg. Die Tür zur Damentoilette schwang auf und zwei Frauen traten herein.

„Kannst du es glauben?", sagte die eine zur anderen.

„So etwas habe ich noch nie erlebt", stimmte auch die zweite Frau zu. „Das eine drei Millionen Dollar-Auktion in letzter Sekunde abgebrochen wurde?"

Der Korridor draußen füllte sich mit dem Lärm einer Menschenmenge und ein Plan ging Cassandra durch den Kopf. Sie trat zur Seite und brachte somit die Frauen zwischen sich und Tessa.

„Der Käufer sah wirklich wütend aus. Hast du gesehen, wie rot das Gesicht des Mannes geworden ist?"

Cassandra runzelte die Stirn. Als bräuchte sie eine Erinnerung an Drax' Zorn.

„Warten Sie." Tessa beugte sich nach links und rechts und versuchte, Blickkontakt mit ihr herzustellen.

Cassandra schlüpfte in den Flur hinaus. „Warten Sie!", rief Tessa.

Es war verlockend – so, so verlockend –, ihre Probleme jemand anderem zu überlassen. Aber sie hatte eine Mission zu erfüllen, verdammt, und das bedeutete, niemandem zu vertrauen.

„Lassen Sie uns helfen", rief Tessa mit einem eindringlichen Unterton.

Cassandra drängte weiter und tauchte in der Menge unter.

Kapitel 3

Weniger als eine Stunde später trat Cassandra durch die Türen des Auktionshauses hinaus und eilte den Bürgersteig hinunter. Noch nie hatte sie etwas wie die vergangenen vierzig Minuten erlebt – Minuten, die entsetzlich langsam, gleichzeitig jedoch rasend schnell vergangen waren.

Das Wichtigste war jedoch, dass sie allen entkommen war und sich um den Diamanten gekümmert hatte. Nun musste sie nur noch schnell verschwinden und sich überlegen, was sie als Nächstes tun würde.

Sie eilte eine Seitengasse entlang und hörte ihren eigenen gedämpften Schritten zu. Sie war von alledem immer noch erschüttert – ihr schnelles Verschwinden von der Damentoilette, gefolgt von ihrem Besuch im Büro des Auktionsdirektors, wo sie die *empörte New Yorkerin* gespielt hatte.

„Nun, ich bin froh, dass ich das Westmore Brothers Auktionshaus nicht verklagen muss", hatte sie bissig gesagt. „Jetzt, da ich mein Eigentum zurückhabe. Und ich erwarte keine weitere Indiskretion in Bezug auf meine Identität."

Gott, sie hatte wie eine richtige Zicke geklungen. Aber es hatte funktioniert, sogar bis aufs kleinste Fingerschnippen. Der Direktor hatte ihren Ausweis und den Gerichtsbeschluss geprüft und ihr den Diamanten dann übergeben.

„Wir nehmen den Datenschutz unserer Kundendetails sehr ernst", versicherte er ihr.

Junge, das wollte sie auch hoffen. Jemand wie Drax hatte wahrscheinlich die Mittel, das gesamte Personal zu bestechen, aber wenn sie um ihre Arbeitsplätze bangten, würden sie vielleicht den Mund halten.

„Gut", hatte sie geschnieft. „Ich bin mir sicher, dass Westmore Brothers keine negativen Schlagzeilen machen möchte."

Sie hatte Tessa mit zwei Männern am Ende des privaten Flurs zum Büro des Direktors stehen gesehen. Tatsächlich hatte sie sie dort *spüren* können – vor allem den Mann mit dem dunklen Haar und den dunklen Augen. Seine Gegenwart war so mächtig und zog sie auf eine Weise an, die sie nicht definieren konnte. So sehr, dass sie versucht gewesen war, nachzugeben und sich ihm zu nähern – wer auch immer er war. Tessa hatte einen Kai und einen Silas erwähnt. Aber wenn Tessa mit Kai zusammen war, dann musste das der Typ sein, mit dem die Rothaarige Händchen hielt. Was bedeutete, dass der dunkelhaarige Mann Silas war.

Silas, flüsterte sie seinen Namen in Gedanken.

Warten Sie, hatte Tessa gesagt. *Sie brauchen Hilfe.*

Silas' Blick sagte dasselbe und sie wusste, dass er recht hatte. Aber in dem Augenblick, in dem sie sich daran erinnerte, wer er war, erstarrte sie. Sie konnte auf gar keinen Fall einem Drachen vertrauen.

Silas, Tessa und Kai waren von Sicherheitsmännern zurückgehalten worden – Männern, die wahrscheinlich keine Ahnung hatten, mit wem sie es zu tun hatten. Dann kam ein vorbeigehender Kellner daher, der ein Tablett mit leeren Champagnergläsern trug. Sein Fuß verfing sich in einer Teppichfalte und er stolperte. Mit einem ohrenbetäubenden Geräusch zersplitterten die Gläser in Tausende von Scherben, von denen eine jede das Licht reflektierte. Genau die Ablenkung, die sie gebraucht hatte.

Schnell und verstohlen wie eine schwarze Katze war sie die Treppe hinuntergestürmt und in eine dieser frischen New Yorker Herbstnächte hinausgetreten. Es war zehn Uhr an einem Dienstagabend und der Verkehr floss ungehindert. Ihre Kehle war so trocken, dass es schmerzte, ihre Angst hinunterzuschlucken und weiterzugehen. Ein winziger Anflug von Stolz half ihr jedoch dabei. Sie hatte es geschafft – sie war ihnen allen entkommen.

Ihre Stöckelschuhe klapperten den Bürgersteig entlang, als sie um mehrere Ecken bog und an einem Briefkasten stehen blieb. Sie öffnete ihn mit einem Quietschen, zuckte zusammen und blickte über ihre Schulter. Keine Drachen auf heißer Verfolgungsjagd – noch nicht.

Ihre Hand zitterte, als sie ein kleines Paket aus ihrer Handtasche zog. Der Auktionsdirektor hatte ihr ein Schmuckkästchen für den Transport des Diamanten angeboten, aber sie hatte stattdessen Luftpolsterfolie und einen einfachen frankierten Umschlag genommen. Das Ergebnis war ein Paket, das so gewöhnlich aussah, es hätte alles Mögliche enthalten können. Und doch, wenn sie sich konzentrierte, konnte sie das schwache Pulsieren darin spüren. Der Seelenstein.

„Schhh", flüsterte sie. „Nichts da."

Eloise hatte etwas davon erwähnt, dass die Seelensteine schlummerten, aber verdammt – es war überaus wichtig, dass dieser mehr als nur ein Nickerchen hielt.

„Sei still", befahl sie, als würde es sich um eine Person und nicht um ein Juwel handeln.

Es war unheimlich, wie sich die Energie des Steins zu ihr ausstreckte und bettelnd nach ihr krallte.

Ich habe so lange gewartet.

„Nun, du wirst noch ein wenig länger warten müssen", zischte sie, während sie aus dem Gedächtnis heraus eine Adresse auf den Umschlag kritzelte. Die einfachste Adresse, die ihr einfiel, und eine, die sich in Tausenden von Kilometern Entfernung befand. Dort würden die Drachen den Diamanten niemals finden.

„Ich werde dich bald holen kommen", versprach sie und hoffte, dass sich dies nicht als Lüge herausstellen würde.

Ein Pärchen ging vorbei und warf ihr seltsame Blicke zu.

Cassandra warf ihnen einen ihrer besten Kümmert-euch-um-euren-eigenen-Kram-Blicke zu und warf das Paket in den Briefkasten. Die Klappe quietschte zweimal, als sie prüfte, ob er wirklich hineingerutscht war. Dann eilte sie mit einem letzten Blick über ihre Schulter weiter. Die U-Bahn befand sich am Ende des nächsten Häuserblocks, aber sie ging auf eine Gasse zu, anstatt den zu offensichtlichen Weg zu nehmen. Einen Augenblick später betrat sie die Dunkelheit zwischen den Gebäuden und rannte regelrecht weiter. Alle paar Schritte warf sie verstohlene Blicke über ihre Schulter.

Im Schatten raschelte es im Müll. Auf der Querstraße, die meilenweit hinter ihr zu liegen schien, hupte ein Taxi. Der Mann, der vor ihr in einem Hauseingang lag – ein Betrunkener? Ein Obdachloser? –, rührte sich nicht, als sie über seine ausgestreckten Beine sprang. Zwei Tauben flatterten davon und hätten ihr fast einen Herzinfarkt beschert.

„Ich liebe New York. Ich liebe New York", flüsterte sie durch zusammengebissene Zähne.

Sie hatte es bereits zwei Drittel durch die Gasse in Richtung einer großen Querstraße geschafft, als hinter ihr eine Stimme ertönte.

„Warten Sie! Bitte warten Sie."

Sie blieb wie angewurzelt stehen. Tatsächlich hätte sie wegrennen müssen, aber etwas an dieser Stimme drang tief in ihre Seele.

„Bitte", rief der Mann noch einmal und fragte sie, anstatt es zu fordern. Er bettelte fast.

Sie wirbelte herum und hielt sofort den Atem an. Es war er – der Mann, der sie bei der Auktion gefesselt hatte.

Er wird dich auf unangenehme Art und Weise fesseln, wenn du nicht aufpasst, warnte eine innere Stimme sie. *Er ist ein Drache, weißt du noch?*

„Wer sind Sie? Was wollen Sie?", forderte sie und stemmte ihre Hände in die Hüfte.

„Ich bin Silas Llewellyn. Und ich möchte nur mit Ihnen reden. Ganz kurz. Bitte."

Sie verzog das Gesicht. Warum hatte Eloise sie nicht vor höflichen, umwerfend hinreißenden Drachengestaltwandlern gewarnt? Drax und Moira konnte man leicht hassen. Aber dieser Mann zog sie erneut in seinen Bann.

Sie ging weiter und bog in eine andere Gasse ab. Blitzschnell war er neben ihr, obwohl seine Bewegungen langsam und anmutig waren. Sie ballte ihre rechte Hand zu einer Faust und ging gedanklich eine Liste männlicher Weichteile durch, die sie zu ihrer Selbstverteidigung mit dem Knie oder den Ellbogen rammen oder schlagen konnte. Die Finger ihrer linken Hand beugten sich, so als wollte sie einen Zauber gegen Drachen heraufbeschwören.

Innerlich schnaubte sie. Ja, das wäre jetzt wirklich praktisch.

„Sehen Sie", sagte er mit tiefer, aufrichtiger Stimme. „Der Diamant gehört Ihnen. Das respektiere ich. Aber ich bin mir nicht sicher, ob Sie verstehen, was er wirklich ist." Seine Stimme wurde eindringlich, sogar ängstlich.

Sie blieb stehen, um ihn zu mustern. Der Mann war so perfekt proportioniert, dass ihr bis jetzt nicht aufgefallen war, wie groß er war. Das Material seines maßgeschneiderten Anzugs weitete sich um Brust und Schultern herum und verjüngte sich an der Taille.

Gefahr, verkündete ihr inneres Radar. Eine ganz andere Art von Gefahr, als sie erwartet hatte. Die Gefahr, ihr Herz – oder die Hormone – anstelle ihres Verstandes die Oberhand gewinnen zu lassen.

Sie ging weiter die Gasse entlang und er folgte ihr. Er brauchte nur einen Schritt für je zwei ihrer Schritte zu machen. Er war so groß, so schnell – und lautlos. Auf eine *Ich-schleiche-mich-in-einer-Gasse-an-dich-heran* Art der Lautlosigkeit.

Sie verbarg einen Schauder und gab vor, es wäre die Kühle der Nacht.

„Glauben Sie mir, ich weiß, was der Diamant ist", sagte sie. Aber alles, was sie in Wirklichkeit wusste, waren die wenigen grundlegenden Dinge, die Eloise bei ihrem letzten überstürzten Besuch erzählt hatte.

Ein mächtiger Stein, der vor Generationen von unseren Vorfahren erschaffen wurde. Ein Juwel mit unglaublichen Kräften.

Das Einzige, worauf Eloise wirklich genau eingegangen war, drehte sich darum, *ihn aus den Händen gieriger Drachen fernzuhalten.*

„Dann wissen Sie also, in welcher Gefahr Sie jetzt schweben", murmelte Silas.

Sie huschte weiter. Oh, ja, sie wusste es. Die zu Berge stehenden Haare in ihrem Nacken verrieten es ihr, genau wie die Gänsehaut auf ihren Armen.

„Stimmt. Gefahr. Wie wäre es also, wenn Sie mich in Ruhe lassen?“

„Ich bin nicht der, den Sie fürchten sollten. Ich würde Ihnen niemals wehtun.“

Genau genommen hätte sie sich auf das Wort *fürchten* konzentrieren müssen. Aber alles, was in ihrem Kopf widerhallte, war der Teil, dass er ihr *niemals wehtun* würde. Er hatte die Worte so leise, düster und aufrichtig gesagt, als würde er ein Gelübde ablegen.

Sie schlug ihren Mantelkragen hoch – als würde sie das schützen. „Nun, ich habe ihn nicht mehr. Das war es also.“

Er starrte sie an. „Sie ... was?“

Sie zuckte mit den Schultern. „Ich habe ihn nicht mehr.“

Einen Augenblick lang fürchtete sie, er könnte sie hochheben, schütteln und verlangen zu erfahren, was sie mit dem Seelenstein gemacht hatte. Aber dann wurde sein Blick weicher. Er sah sich in der Gasse um und fuhr sich mit der Hand durchs Haar.

„Gut, aber nicht so gut. Drax wird immer noch hinter Ihnen her sein.“

Sie musterte ihn sorgfältig. Bedeutete das, dass er – Silas – sie in Ruhe lassen würde? Aus irgendeinem Grund beunruhigte sie dieser Gedanke mehr, als dass er ihr ein Gefühl der Erleichterung verschaffte.

Sie beschleunigte ihr Tempo. „Deshalb verschwinde ich von hier. Wenn Sie mich jetzt also entschuldigen möchten...“

„Hören Sie.“ Er berührte ihren Arm.

Er zog nicht daran, zwang sie nicht. Seine Geste zeigte lediglich Besorgnis. In dem Augenblick, in dem er sie berührte, schoss ein Funken durch ihren Körper. Oder besser gesagt eine Welle von etwas Ursprünglichem und Instinktivem. Der Drang, sich ihm zu nähern und das Gefühl stärker werden zu lassen.

Einen Augenblick lang flatterten ihre Augenlider und sie hätte fast nachgegeben. Aber als ihre internen Alarmglocken wieder losgingen, entriss sie sich ihm und trat zurück.

„Lassen Sie mich in Ruhe!“

Sie wirbelte in die Dunkelheit der Gasse hinein, bereit, ihm ein für alle Mal zu entkommen. Aber einen halben Schritt später blieb sie beim Anblick einer gewaltigen Silhouette wie angewurzelt stehen.

„Du", zischte ein grauhaariger Mann und trat am Ende der Gasse ins Licht. Der Umriss seines Körpers war breit und kastenförmig. Die Stimme war rau. „Ich hätte wissen müssen, dass du hier sein würdest, Silas."

„Drax", knurrte Silas.

Cassandra wandte sich hin und her und kämpfte gegen ihre Panik an. Sie war zwischen zwei rivalisierenden Drachengestaltwandlern gefangen. Was zum Teufel sollte sie jetzt tun?

„Geben Sie ihn mir", knurrte Drax Cassandra an. Er roch nach alten Zigarren – oder war das der Geruch von Drachenqualm?

„Einen Teufel werde ich tun", schrie sie. Und verdammt, ihre Stimme zitterte.

Silas trat neben sie und starrte Drax an. Sie blickte zurück in die Gasse, bereit loszurennen. Aber aus irgendeinem Grund weigerte sich ihr Körper, von Silas' Seite zu weichen.

„Lass sie in Ruhe, Drax", knurrte Silas.

„Oh, das werde ich, sobald sie mir den Diamanten gegeben hat", polterte Drax. „Und wenn Sie es schnell tun, Miss, lasse ich Sie vielleicht sogar lebendig davonkommen. Wenn nicht... "

Seine Worte hingen in der Luft und beschworen Bilder von Eloises leblosem Körper herauf. Vom Blut. Den Krallenspuren. Dem erschrockenen Ausdruck auf ihrem Gesicht.

Aber Cassandra war noch nie jemand gewesen, der vor einem tobenden Mann zurückschreckte. Und sie würde jetzt auch nicht damit anfangen.

„Ich habe ihn nicht mehr", sagte sie in einem *Da-hast-du-es-Arschloch*-Tonfall.

„Was haben Sie mit ihm gemacht?", brüllte Drax und trat näher.

„Er befindet sich an einem sicheren Ort", erwiderte sie. Zumindest wäre es bald so. „An einem Ort, den Sie niemals aufspüren werden." Sie schüttelte ihre Faust in der Luft. Dieses Mal bluffte sie nicht. In dem Augenblick, in dem dieser Briefkasten geleert werden würde, wäre der Seelenstein auf dem Weg zur anderen Seite der Welt. Wie sicher das tatsächlich war, würde nur die Zeit zeigen. Vielleicht würde sie selbst nicht lange genug überleben, um es herauszufinden. Aber es war ein gewisses Hochgefühl, zu wissen, dass sie Drax zumindest vorerst ausgetrickst hatte.

„Sie scheinen eine grundlegende Sache nicht zu verstehen, Miss", sagte Drax. „Ich nehme mir, was ich will. Ich bekomme, was ich will. Und jetzt sagen Sie mir, was Sie mit dem Windstein gemacht haben."

Eine U-Bahn, die irgendwo tief unter der Erde entlangsauste, wirbelte Luft durch einen Schacht auf. Staub flog und ein Stück zerknitterte Zeitung raschelte durch die Gasse. Drax trat vor und hob die Arme. Seine Augen glühten in einem bösen, flimmernden Rot.

„Sie werden ihn mir geben", befahl er und streckte sich zu seiner vollen Größe aus.

Cassandra starrte Drax mit offenem Mund an, während er sich immer höher streckte, bis er nicht mehr nur beeindruckende ein Meter achtzig groß war, sondern erst zu zwei Metern, dann zu zweieinhalb und schließlich zu drei Metern anwuchs...

Sie lehnte sich entsetzt zurück, als die Kleidungsstücke von Drax' Körper gerissen wurden und eine Reihe ineinandergreifender, grauer Schuppen zum Vorschein kamen. Als er seine Arme weiter hob, flog seine Jacke wie ein Umhang zurück.

„Großer Gott", murmelte sie. Das war ganz sicher nicht Drax' Abendjackett. Seine Arme verwandelten sich in Flügel. Breite, lederartige Flügel und Klauen, die sich zu langen, spitzen Krallen verjüngten.

„Ich werde ihn Ihnen niemals geben", schrie sie und zitterte innerlich.

„Dann werden Sie sterben", zischte Drax.

Seine Lippen kräuselten sich und sein Mund streckte sich zu einer langen Schnauze nach vorn. Sie schrie, als der mächtige Drache einatmete und sein Maul aufriss. Eine lange, züngelnde Flamme raste auf sie zu. Funken sprühten und setzen den Müll in Brand.

„Sie werden ihn mir geben", brüllte Drax.

Cassandra starrte entsetzt, als sich das Feuer in schrecklicher Zeitlupe näherte, und die Gasse in einem surrealen rötlichorangen Schein erstrahlen ließ. Sie stolperte rückwärts und landete flach auf ihrem Hinterteil.

„Nein!", schrie sie und riss einen Arm vor ihrem Gesicht hoch.

Es würde sie nicht davon abhalten, bei lebendigem Leib zu verbrennen, aber zumindest würde sie nicht zusehen müssen, wie die Flammen auf sie zurasten. Sie konnte das gierige Knistern hören und die Veränderung des Luftdrucks spüren, als das Feuer sich seinen Weg durch die Gasse bahnte.

Sie zuckte zusammen und wartete auf das glühende, brennende Gefühl.

Dann wurde die Luft von einem zweiten Brüllen zerrissen. Ein wütendes Alpha-Grollen, begleitet von knisternden Geräuschen des Feuers. Sie starrte und duckte sich erneut. Es war Silas, der Feuer mit Feuer bekämpfte.

Die Flammen loderten näher, aber alles, was sie spüren konnte, war Hitze. Kein quälender Schmerz, kein Verbrennen ihrer Haut. Sie öffnete ein Auge und sah ein seltsames orangefarbenes Glühen.

„Was zum...", murmelte sie und spähte zwischen ihren Fingern hervor.

Das Inferno wütete immer noch, aber sie kauerte hinter einer Schutzmauer.

Keine Mauer, wie ihr überwältigter Verstand dann bemerkte. *Hinter einem Flügel.* Silas schützte sie mit seinem Flügel.

Ihr stockte der Atem. Wow. Silas beschützte sie?

Die Flammen knisterten und tobten um sie herum. Sie konnte sich nur ducken, während der Drachenkampf rings um sie wütete. Ein Feuerball nach dem anderen brach hervor, ein jeder begleitet von einem durchdringenden Grollen.

Dann erklang ein ohrenbetäubendes Schmerzgebrüll, von dem sie am liebsten weinen wollte. Silas war verletzt – weil er sie beschützte.

Sie drückte sich die Hände über die Ohren und wünschte, sie könnte Silas sagen, er möge aufhören. Sie wollte ihm sagen, dass er sie kaum kannte und dass sie es nicht wert war. Dass sie sich nicht sicher war, ob sie selbst den Mut – oder die Gesinnung – hätte, das Gleiche für ihn zu tun.

Und doch weigerte sich Silas, sich zurückzuziehen. Er behauptete sich und beschützte sie. Eine Träne lief über Cassandras Wange. Silas riskierte sein Leben für sie.

Und dann, in der kurzen Stille zwischen zwei glühenden Feuerbällen, ertönte eine Frauenstimme. „Idioten. Was macht ihr denn da? Hört auf! Hört auf!"

In dieser Stimme lag Kraft. Selbstvertrauen. Cassandra hob den Kopf und spähte in die Gasse zurück.

„Tessa?", krächzte sie, aber es kam kein Geräusch heraus.

„Silas. Drax", rief Tessa eindringlich. „Nicht hier, ihr Idioten. Nicht jetzt. Wir befinden uns mitten in der Stadt, um Himmels willen."

Cassandra duckte sich, als Drax noch eine Flamme ausstieß, bevor er sich zurückzog.

„Vielleicht nicht jetzt", brüllte Drax. „Vielleicht nicht hier. Aber bald. Ich werde den Seelenstein finden und euch alle töten."

Cassandra blickte auf und war schockiert zu sehen, wie er sich wieder in seine menschliche Gestalt zurückverwandelte. Nur eine Silhouette am Ende der Gasse, aber genauso aufgeblasen und wütend.

Moira erschien hinter Drax und warf ihm einen Mantel über die Schultern. Cassandra hätte fast laut gespottet. Schaute diese Frau immer aus sicherer Entfernung zu, während die Männer um sie herum kämpften? Oder hatte Moira auf der Lauer gelegen und auf den richtigen Moment zuzuschlagen gewartet? Drax mochte vielleicht die Feuerkraft haben, aber Moira war in gewisser Weise furchterregender. Wie eine Kobra, die sich geduldete und auf den richtigen Moment wartete, um ihr Gift zu spucken.

Ihre Schritte hallten in der Gasse wider, als sie aus ihrem Blickfeld verschwanden.

„Silas", rief Tessa und rannte von hinten heran.

Cassandra rappelte sich auf zittrige Füße auf. Silas kauerte vor ihr und lehnte sich auf seine linke Seite. Er war nun wieder in menschlicher Gestalt und spie seine Worte durch zusammengebissene Zähne hervor.

„Verdammter Drax."

Der Fluch klang ein wenig holprig, als wäre er zu vornehm, um ein solches Wort auszusprechen. Aber er war voller Hass und Schmerz. Cassandra trat näher.

„Oh!" Sie drückte ihre Hand auf den Mund.

Silas war nackt. Splitternackt.

Ein Mann lief herbei und knöpfte seine Jacke auf, während er sich näherte. In dem Augenblick, als er sie über Silas' Schultern warf, stöhnte Silas auf.

„Hilf ihm auf, Kai. Wir müssen von hier verschwinden." Tessa scheuchte sie weiter. „Schnell."

Cassandra begann, ihnen zu folgen, und fiel dann zurück. Moment mal. Ihr ganzes Ziel war es gewesen, Drachen zu meiden, nicht wahr?

„Du bist bei uns sicherer als allein", sagte Kai, der ihr Zögern sah. „Also wähle und wähle schnell. Komm mit uns mit und lebe oder ziehe auf eigene Faust los und stirb. Denn Drax wird zurückkommen. Das kann ich dir garantieren, Drax kommt zurück."

„Beeilung." Tessa winkte sie weiter.

Cassandra sah Silas in die Augen. Er hatte kein Wort gesprochen, aber sein Gesichtsausdruck sagte dasselbe. *Kommen Sie mit mir mit. Kommen Sie mit mir mit und leben Sie. Bitte.*

„Entscheide dich", donnerte Kai und machte zwei stürmische Schritte in Richtung Hauptstraße. Tessa führte sie aus der Gasse heraus und Kai bewachte sie von hinten. Silas folgte erst, nachdem er einen scharfen Blick in Drax' Richtung geworfen hatte, so als wäre er eher geneigt, zurückzubleiben und erneut zu kämpfen.

Noch einmal um sie kämpfen? Cassandra schluckte. Silas hatte ganz sicher nicht den Diamanten beschützt.

Sie schaute nach links und nach rechts und wog ihre Optionen ab. Sie könnte sich verstecken und sie gehen lassen oder...

Sie griff nach Silas' unverletztem Arm und half ihm weiterzugehen. „Kommen Sie. Lassen Sie uns von hier verschwinden."

Der Blick, den Silas ihr zuwarf, war voller Verwunderung und einen Augenblick später nickte er mit schmerzverzerrter Grimasse.

„Ja", murmelte er. „Lassen Sie uns von hier verschwinden."

Kapitel 4

Silas bohrte seine Finger in die Armlehne seines Sitzes, als der Privatjet schwankend abhob. Er würde Drax töten. Langsam.

Wir hätten ihn in der Gasse töten sollen, grummelte sein innerer Drache und blickte auf die Skyline von Manhattan hinunter, als das Flugzeug weiter aufstieg. *Besser noch, wir hätten ihn wie in alten Zeiten in der Luft bekämpfen sollen.*

Silas verzog das Gesicht. Die alten Zeiten waren eine längst vergangene Ära, Jahrhunderte vor seiner eigenen Geburt, in der Drachen noch frei herumgestreift waren. Heutzutage waren Gestaltwandler zur Geheimhaltung verpflichtet. Was bedeutete, dass es keine fliegenden Duelle geben durfte. Zumindest nicht dort, wo Menschen sie sehen könnten.

So oder so werden wir uns rächen, beharrte sein Drache.

Das würde er. Aber in diesem Moment war es an der Zeit, sich neu zu sammeln und die nächsten Schritte zu kalkulieren. Glücklicherweise hatte der Jet für einen schnellen Abflug bereitgestanden. Alle ihre Sachen waren bereits an Bord gewesen, einschließlich der paar Gegenstände, die er aus dem Penthouse seines Onkels mitgenommen hatte. Silas hatte sich anstelle von Kais Mantel auch seine eigenen Sachen wieder anziehen können, aber verdammt noch mal. Er hatte gehofft, mit dem Diamanten nach Maui zurückzukehren.

Wir haben Cassandra, schnurrte sein Drache trotz der Schmerzen in seinem Arm. *Das ist das Wichtigste.*

Er atmete tief durch. Der verdammte Drache ging ihm mit allen möglichen unmöglichen Ideen auf die Nerven.

Sie ist doch nicht verletzt, oder? fragte sein Drache mit leiser Stimme.

Silas seufzte. Der Drache hatte seinen eigenen Willen und es war ein ständiger Kampf, diese Seite seiner Seele in Schach zu halten. Er konnte ihm nicht erlauben, den ganzen Tag in seinem Kopf zu jammern.

Was diese Frau anging, hatte sein innerer Drache von dem Augenblick an, als er sie im Auktionssaal gesehen hatte, nicht von ihr abgelassen. Und sogar jetzt versuchte die Bestie, ihn dazu zu bringen, seinen Hals zu strecken und nach ihr zu sehen. Sie saß in der Reihe hinter ihm, so nah und doch so fern.

Nah. Ich will sie näher haben, beschwerte sich sein Drache.

Silas wiegte seinen verletzten Arm und runzelte die Stirn. In der Gasse hatte er instinktiv gehandelt, anstatt rational zu sein. Seine Drachenseite war geradewegs aus ihm herausgeplatzt und törichte Risiken eingegangen, um eine Frau zu schützen, die er kaum kannte.

Er verzog das Gesicht vom pochenden Schmerz in seinem linken Arm – der Seite, die das meiste von Drax' Feuersbrunst abbekommen hatte. Drachenleder bot einen gewissen Schutz gegen Feuer, aber niemand war völlig immun.

„Geht es dir gut?", fragte Kai vom Platz neben ihm.

Silas verbarg ein Zucken, indem er sein Kinn auf seiner Hand abstützte und die Aussicht beobachtete.

Zumindest tat er so. Der Schmerz kam in Schüben, so wie die Sturmwellen am Ufer von Koa Point, und ließ ihn wissen, wie schwer seine Verletzungen waren. Früher oder später würde er sich in seine Drachenform zurückverwandeln müssen, um die Verbrennungen zu behandeln. Aber für den Moment würde er in seinem menschlichen Körper verharren und das Schlimmste verbergen.

Er zwang sich, sich auf die Landschaft unter ihnen zu konzentrieren. Das Gitternetz der Straßen. Die dunklen Linien der Flüsse, die Manhattan an allen Seiten umgaben. Die Lichter der Schiffe im Hafen. Oder tanzten diese Flecken vor seinen Augen?

Er blinzelte und versuchte, sich zu konzentrieren. Irgendwo dort unten plante Drax seinen nächsten Zug. Was würde es sein?

Silas schloss die Augen. Was wäre sein eigener nächster Zug?

Nach Hause. Bring' die Frau nach Hause, antwortete sein Drache prompt. *Gewinne sie für uns. Mach' sie zu unserer Gefährtin.*

Was nur einmal wieder zeigte, wie beschränkt das Denken eines Drachen sein konnte. Hier ging es um viel mehr als nur um eine Frau oder einen einzelnen Edelstein. Es ging um die Zukunft aller Drachen und die der Gestaltwandler von Koa Point.

Kai lehnte sich zurück und murmelte vor sich hin: „Verfluchter Drax."

Silas presste die Lippen zusammen. Drax war der Ursprung von so viel Bösem in der Welt. Moira ebenso. Er hatte seine Ex-Verlobte schon seit Jahren nicht mehr gesehen, aber sie hatte die Frechheit gehabt, ihn vor Kurzem anzurufen und zu fragen, wie es ihm ging – und oh, ob er zufällig etwas über einen vermissten Seelenstein wusste?

Sie hatte zuckersüß und unschuldig gefragt, aber er hatte sie durchschaut.

An Moira gab es überhaupt nichts Unschuldiges. Sie war hinter dem Wasserstein her gewesen – der Seelenstein, für den Cruz und Jody ihr Leben aufs Spiel gesetzt hatten. Der Saphir war in Koa Point in Sicherheit, aber jetzt stand der Windstein auf dem Spiel.

„Ich hatte damit gerechnet, dass Drax und Moira bei der Auktion auftauchen würden", murmelte Kai. „Aber sich einfach so mitten in der Stadt zu verwandeln... "

Silas war froh, Kai und Tessa auf diese Reise mitgenommen zu haben. Es schadete nie, zwei Drachen zu haben, die einem den Rücken freihielten, besonders, wenn man sich mit Leuten wie Drax herumschlagen musste.

Seine Anhänger sind Söldner. Unsere sind Familie, sagte sein Drache.

Silas verzog das Gesicht. Technisch gesehen war Drax auch Familie – ein Cousin dritten Grades, um genau zu sein. Aber die Gestaltwandler von Koa Point fühlten sich wie seine echte Familie an. Die fünf Männer waren während ihrer Zeit bei der

Spezialeinheit wie Brüder füreinander geworden. Die Frauen, die sich ihnen im Laufe der Zeit angeschlossen hatten, hatten allesamt ihre Entschlossenheit und ihren Mut unter Beweis gestellt. Er würde für jeden von ihnen bis zum Tod kämpfen und sie würden dasselbe für ihn tun.

Was genau das Problem war. Es machte ihm nichts aus, sein eigenes Leben für seine Familie zu opfern, aber er wollte verdammt sein, wenn einer von ihnen für ihn sterben würde. Er musste jetzt mehr denn je einen klaren Kopf bewahren.

„Vielleicht ist es sogar eine gute Sache, dass Drax sich in der Stadt verwandelt hat", sinnierte Kai. „Es zeigt, dass er noch verzweifelter ist, als wir dachten. Wir haben vier Seelensteine. Er hat keinen."

Silas schüttelte den Kopf. Das linderte seine Sorgen nicht im Geringsten. Drax war nur Sekunden davon entfernt gewesen, ihn bei der Auktion zu überbieten. Wäre Cassandra nicht dazwischengekommen und hätte den Verkauf gestoppt...

Zum hundertsten Mal an diesem Abend drehten sich seine Gedanken um das Wie und Warum ihrer Beteiligung. Warum hatte das Schicksal eine unschuldige Frau in einen Drachenkampf verwickelt?

Es ist Schicksal. Sie ist unsere vorbestimmte Gefährtin. Sein Drache peitschte mit dem Schwanz von einer Seite zur anderen.

Silas wollte gerade wieder seinen Kopf schütteln, als erneuter Schmerz in seinem Arm ausbrach.

Das Juwel, befahl er sich selbst. *Konzentriere dich darauf, wie wir den Edelstein vor Drax bekommen können.*

Was interessiert uns denn ein Edelstein? protestierte sein Drache.

In diesem Moment fiel es ihm schwer, sich dafür zu interessieren. Die Welt verschwamm immer wieder vor seinen Augen, ganz egal, wie bestimmt er sich selbst befahl, den Schmerz nicht zu spüren.

„Also was jetzt?", fragte Kai.

Silas antwortete nicht sofort. Drax zu besiegen wäre mit einem Schachspiel vergleichbar und sicher nicht mit einer schnellen Runde Poker. Jede Entscheidung könnte ein Dutzend anderer Schachzüge im Nachgang bewirken. Und verdammt. Er konnte kaum geradeausschauen, geschweige denn geradeausdenken.

„Wir fliegen nach Hause. Organisieren uns neu. Durchdenken alles", murmelte er, während eine weitere Schmerzwelle seine Nerven quälte.

„Was ist mit ihr?" Kai zeigte in die Richtung ihres Gastes. „Sie muss den Edelstein irgendwo versteckt haben."

Silas hielt den Ellbogen seines verletzten Armes fest. Dies war der springende Punkt des Problems. Sie waren wegen des Windsteins nach New York geflogen, hatten ihn aber nicht sichern können. Die einzige gute Nachricht war, dass Drax ihn auch nicht hatte.

Die wirklich gute Nachricht ist, dass sie nicht verletzt ist, warf sein Drache ein.

Und das war beinahe ein Wunder, wenn man bedachte, dass sie fast lebendig verbrannt worden wäre. Aber das bedeutete nicht, dass Cassandra in Sicherheit war oder sich auch nur wohlfühlte. Er hatte gesehen, wie sie am Flughafen ihre Arme um sich geschlungen und versucht hatte, tapfer zu sein. Sie war die Einzige ohne Gepäck gewesen. Die Einzige, die nicht auf dem Weg nach Hause war. Sie verbarg es bewundernswert, obwohl er einen flüchtigen Anflug der Angst in ihren wunderschönen braunen Augen hatte sehen können.

Sie können mir vertrauen, wollte er flehen.

Eine Reihe weiter hinten plauderte Tessa mit Cassandra und Silas lenkte sich ab, indem er lauschte.

„Hast du Hunger?", fragte Tessa.

Die gute alte Tessa, die Chefköchin. Sie konnte mit einer Mahlzeit stets alle Herzen gewinnen.

„Ich habe keinen Hunger, danke", sagte Cassandra mit monotoner Stimme.

„Bist du dir sicher? Ich wette, ich könnte eine Kleinigkeit zaubern."

„Danke, aber es geht mir gut."

Silas würde wetten, dass es Cassandra ungefähr genauso gut ging wie ihm, nicht, dass sie das zugeben würde.

„Was machst du beruflich?", fragte Tessa.

Cassandra zögerte und er fragte sich, ob sie sich eine Lüge ausdachte. „Ich bin Barkeeperin."

Er wünschte, sie würde weitersprechen. Ihre Stimme hatte etwas Sanftes und Faszinierendes an sich – ein wohlklingender Tonfall, dem er den ganzen Tag zuhören könnte.

„Nettes Flugzeug, was?", sagte Tessa als Nächstes.

Das war es und Gott sei Dank dafür. Sie waren mit einer kommerziellen Fluggesellschaft nach New York geflogen, aber dies jetzt mit seinem verletzten Arm zu tun, wäre die Hölle gewesen.

„Ist das euer Jet?", fragte Cassandra.

Tessa prustete los. „Ich wünschte, das wäre er. Kai hat Freunde in hohen Positionen. Kein Wortspiel beabsichtigt."

Kai grinste und schlug auf die Armlehne. „G550. Tolle Maschine. Ein Pilotenkumpel von mir hat mir noch einen Gefallen geschuldet, also habe ich ihn angerufen."

Tessa streckte die Beine aus und seufzte. „Ich muss ehrlich sagen, dass es ziemlich doof sein wird, hiernach wieder Economy zu fliegen."

Silas bewegte sich leicht und versuchte, eine bequemere Position zu finden. Tessa hatte recht. Sie hatten alle zugestimmt, kein Geld aus dem Fenster zu werfen, wenn eine Fluggesellschaft genauso gut war, aber verdammt. Vielleicht musste er beim nächsten Mal noch einmal darüber nachdenken.

Nächstes Mal? protestierte sein Drache. *Nächstes Mal fliegen wir mit unseren eigenen Flügeln.*

Ein Ton erklang und das Anschnallzeichen ging aus, als der Pilot die Reiseflughöhe und den Flugplan bekannt gab.

„Maui?"

Bei Cassandras Aufschrei drehte sich Silas um und schaute zurück. Sie war nicht nur überrascht über ihr Ziel. Sie war alarmiert. Warum?

„Stimmt etwas nicht?", fragte Tessa.

„Nein", quietschte Cassandra. „Ich war nur noch nie so weit weg. Zehn Stunden, was?"

Sie flunkerte und er wusste es. Die Frage war, warum?

„Ja, einschließlich eines Tankstopps", erwiderte Tessa.

Silas knirschte mit den Zähnen. Es würde ein langer Flug werden, aber er durfte nicht einschlafen – noch nicht.

Er gab Kai ein Zeichen und sie drehten beide ihre Sitze um, so dass sie den Frauen zugewandt waren. Noch ein Vorteil des Privatjets nahm er an. Er tat sein Bestes, um den Schmerz in seinem Arm zu ignorieren. Stattdessen hob er seine Finger an die Schläfen, genauso wie es sein Onkel immer getan hatte – ein Signal für: *Wir kommen jetzt zur Sache* und *Ich bin der Boss.*

„Miss...", begann er und wartete dann auf ihren Nachnamen.

Sie wartete ebenfalls, da sie offensichtlich niemand war, der auf irgendwelche Forderungen einging. Schließlich antwortete sie: „Nichols. Cassandra Nichols."

Sie sagte es mit dieser kühnen *Bond. James Bond.*-Betonung und er konnte nicht anders, als ihren Mut zu bewundern.

„Miss Nichols, was genau haben Sie mit dem Diamanten gemacht?"

Sie grinste und öffnete ihre Hände. „Welcher Diamant?"

Tessa versteckte ein Grinsen. *Ich mag sie jetzt schon.*

Ich mag sie auch, murmelte sein Drache und nickte heftig.

Er ignorierte sie beide und funkelte die Frau an. „Der Diamant, mit dem Sie das Auktionshaus verlassen haben. Der, den Drax so verzweifelt haben will."

Cassandra zog eine Augenbraue hoch. „Sie meinen den, den Sie so verzweifelt haben wollen?"

Verdammt, er wollte überhaupt nichts verzweifelt haben. Er war jederzeit cool und kontrolliert.

Außer in ihrer Nähe, warf sein Drache ein.

Kai und Tessa beobachteten ihn und er hatte sich noch nie zuvor so in Verlegenheit gebracht gefühlt.

„Ich will ihn nicht verzweifelt haben."

„Ach nein? Was Sie nicht sagen."

Verdammt. Damit hatte er nicht gerechnet. Er hatte ein heulendes, tränenreiches Durcheinander erwartet. Die meisten Menschen reagierten so, wenn sie zum ersten Mal einen Gestaltwandler sahen. Und Cassandras Reaktion in der Gasse nach zu urteilen, war es das erste Mal gewesen, dass sie einen gesehen hatte. Dessen war er sich sicher.

„Was wissen Sie über den Diamanten?", fragte er und versuchte, etwas Fortschritt zu machen.

„Ich weiß, dass er mir gehört. Eloise hat ihn mir hinterlassen."

„Eloise wer?" Kai kritzelte etwas auf seinen Notizblock.

„Meine Tante. Sie hat mir gesagt, ich solle den Diamanten mit meinem Leben beschützen. Und ihr könnt eure Ärsche darauf verwetten, dass ich das auch tun werde."

Silas starrte sie an. Hatte sie vor gar nichts Angst?

Oh, sie hat Angst, murmelte sein Drache. *Aber verdammt, geht sie gut damit um.*

„Vor wem beschützen?", fragte er, nun wieder auf dem richtigen Weg.

Sie zog einen Mundwinkel hoch. „Vor Drachen natürlich."

Er lehnte sich ein wenig zurück. „Hören Sie, ich möchte nur helfen."

„Ich brauche keine Hilfe."

Tessa beugte sich vor, Gott sei Dank. „Es ist mehr als nur ein Diamant, weißt du?"

Cassandra verzog das Gesicht. „Ja. Er scheint eine magnetische Wirkung auf Drachen zu haben."

Silas versuchte es auf einem anderen Weg. „Wir wären mehr als bereit, Sie dafür zu entschädigen. Dann brauchen Sie dem Auktionshaus keine Provision zu zahlen. Mehr Geld für Sie."

Sie verschränkte die Arme. „Vielleicht bin ich nicht an Geld interessiert."

Jeder ist an Geld interessiert, murmelte Kai in seinen Gedanken. *Versuche es noch einmal.*

Silas ignorierte ihn. „Woran sind Sie dann interessiert?"

„Daran, ihn nicht in die Hände von Drachen fallen zu lassen", sagte Cassandra, als ob dies offensichtlich wäre.

Silas schnaubte. „Glauben Sie mir, das würde ich liebend gern für Sie tun. Aber jetzt, wo der Diamant Drax' Aufmerksamkeit erregt hat…"

„Und Ihre auch", betonte sie.

Irgendwie hatte sie ein Händchen dafür, ihm den Wind aus den Segeln zu nehmen. Und jeden einzelnen seiner Sinne zu erwecken. Sein Drache war unruhig, schnüffelte wie wild und nahm alles an ihr in sich auf. Er konnte in ihrem sauberen, klaren Geruch nicht den geringsten Hauch von Stadt erkennen. Nur den Duft von Lavendel und Löwenzahn. Wenn er die Augen schloss, konnte er sich kleine weiße Pusteblumen vorstellen, die über endlose Felder schwebten, irgendwo draußen auf dem Land, wo alle Probleme weit weg zu sein schienen.

Aber er durfte seine Augen nicht schließen, so sehr er es auch wollte. Er musste wachsam und vorsichtig bleiben.

„Mein Ziel ist es, andere davon abzuhalten, seine Macht zu missbrauchen", versicherte er ihr.

„Und wer wird Sie daran hindern, seine Macht zu missbrauchen?"

Silas spitzte die Lippen. Er hatte sich diese Frage auch selbst gestellt. Die Seelensteine waren bekanntermaßen schwer zu kontrollieren – ein wenig wie sein innerer Drache. Wenn die fünf Juwelen wiedervereint wären, wer wusste dann schon, welchen Einfluss sie versuchen würden, auf ihn auszuüben?

Er wünschte, er könnte die Wahrheit sagen: dass er es vorgezogen hätte, wenn der Windstein für die Welt der Gestaltwandler verloren geblieben wäre. Dass er nichts damit zu tun haben wollte. Aber dafür war es jetzt zu spät. Die Pflicht rief und er würde antworten.

„Sie können mir vertrauen."

„Kann ich das?" Sie verschränkte die Arme.

Tessa hob eine Augenbraue und sah ihn an. *Sie hat ein gutes Argument, weißt du.*

Fast hätte er gesagt, *Sie haben keine andere Wahl, als mir zu vertrauen,* aber etwas sagte ihm, dass dies nicht gut ankommen würde.

„Silas hat dich vor Drax gerettet", betonte Kai.

Cassandra wandte ihren Blick nicht eine Sekunde lang von Silas ab. „Und warum genau haben Sie das getan?"

„Ich fange an, mich dasselbe zu fragen", murmelte er, als ein weiterer Schub des Schmerzes durch seinen Arm schoss.

„Da wir gerade davon sprechen, lass' mich einen Blick auf deine Verletzung werfen", sagte Tessa in einem befehlenden, *Ich wechsle jetzt das Thema*-Ton. Sie stand auf und signalisierte ihm, sich vorzubeugen.

Er lehnte sich weg. „Es geht mir gut."

„Großartig. Dann zeige es mir", beharrte Tessa.

Silas verzog das Gesicht. Er war Alpha eines mächtigen Gestaltwandlerclans und ließ sich nicht herumkommandieren.

Aber Tessa stemmte ihre Hände in die Hüfte und zog eine Augenbraue hoch, so wie es seine Mutter immer getan hatte, als er noch ein Kind war.

Er seufzte und gab nach. Das war das Problem mit willensstarken Frauen, die nicht davor zurückschreckten, die Grenzen der Clan-Hierarchie von Zeit zu Zeit zu testen.

In den guten alten Zeiten... fing sein Drache an, bevor er ihn zum Schweigen brachte.

Die guten alten Zeiten waren ein Mythos und er würde sich kein anderes Leben wünschen, selbst wenn er es könnte.

Tessa zog ihm die Jacke von der Schulter und er öffnete langsam die Knöpfe seines Hemdes, wobei er die ganze Zeit eine Grimasse zog. Er musste einen Adrenalinrausch gehabt haben, als er das Hemd angezogen hatte, denn es tat höllisch weh, es auszuziehen, besonders dort, wo die Baumwolle über die verbrannte Haut kratzte.

„Wenn ich genauer darüber nachdenke... ", sagte er, bereit aufzugeben.

„Jetzt komm schon", erwiderte Tessa.

Er atmete tief durch. *Ein guter Alpha zeigt nie Anzeichen von Schwäche,* hatte sein Vater immer gesagt. Es wäre unklug, Kai, Tessa und am schlimmsten von allen, Cassandra seine Verletzungen zu offenbaren.

Wir können ihr vertrauen, beharrte sein Drache.

Wie konnte sich das Biest so sicher sein?

Sie hat uns genug vertraut, um in dieses Flugzeug zu steigen.

Er dachte einen Moment lang nach, drehte sich dann langsam um und zog das Hemd aus.

„Autsch", murmelte er, als Tessa danach griff, um ihm zu helfen.

„Sei nicht so ein … oh", keuchte Tessa, als sie das Ausmaß der Verbrennung sah.

Sein Unterarm war voller Blasen und blutig. Die Haut um den Ellbogen herum, wo ihn der größte Anteil von Drax' Feuersbrunst getroffen hatte, war schwarz und verkohlt. Der Bereich seines Bizeps sah schlimm aus und seine Schulter…

Kais Kinnlade klappte hinunter und Cassandra riss die Augen weit auf. „Oh mein Gott… "

„Es ist schon gut", beharrte er.

Tessa streckte die Hand aus und er zuckte von ihr weg.

„Es muss einen Verbandskasten an Bord geben", sagte sie und eilte davon.

„Scheiße", flüsterte Cassandra und starrte auf seinen Arm.

Ja, so könnte man es auch sagen. Aber über Gefühle sollte nicht gesprochen werden, also hielt er seinen Mund.

Cassandras Blick wurde mürrisch und ihre kompromisslose Stimme änderte sich zu einem weicheren, traurigeren Ton. „Es tut mir so leid. Das ist meine Schuld. "

„Nicht Ihre Schuld. Es war Drax", korrigierte er sie.

Und für sie würde ich es sofort wieder tun, fügte sein Drache hinzu.

Das Aufblitzen ihrer Augen zeigte, dass sie den Feuerkampf in der Gasse gedanklich noch einmal durchlebte. Ihre Finger umklammern den Saum ihres Oberteils und ihre Lippen bewegten sich, obwohl kein Geräusch herauskam.

„Die Gestaltwandlerheilung wird sich darum kümmern", sagte er und versuchte, beim nächsten Schub des Schmerzes nicht zusammenzuzucken.

„Gestaltwandler… ", murmelte Cassandra und wich zurück. Aber eine Sekunde später stoppte sie sich und lehnte sich mit tapferem und entschlossenem Gesicht näher zu ihm heran.

Er wollte sich abwenden, aber irgendwie konnte er es nicht. Er saß einfach hilflos da, während sie seinen Arm anhob. So sanft, als wäre sie die verdammte Florence Nightingale mit ihren magischen Händen. Es tat kaum weh. Nun, es tat weh, aber nicht mehr, als es schon vorher wehgetan hatte.

Schön, summte der Drache in ihm. *Schön, dass sie hilft.*

Nur, dass er keine Hilfe brauchte. Er war ein Alphadrache, verdammt noch mal!

Tessa kam mit einer Tasche zurück und wühlte darin herum, aber Cassandra lehnte die Salbe ab, die sie ihr anbot. „Nicht gut. Nicht für eine Verbrennung.“

„Bist du sicher?“

Cassandra nickte entschlossen.

„Was dann?“, fragte Kai.

„Lasst es einfach in Ruhe“, knurrte Silas. Eigentlich meinte er damit nur Kai und Tessa. Cassandras Aufmerksamkeit machte ihm nichts aus. Sie einfach nur bei sich zu haben, war … beruhigend. Schön.

Ich vertraue ihr. Ich mag sie, sagte sein Drache.

Kai schüttelte den Kopf. „Gestaltwandlerheilung ist schön und gut, aber wie lange willst du denn außer Gefecht bleiben? Vor allem, wenn Drax angeflogen kommt?“

In Ordnung, damit hatte er recht.

„Geben Sie mir eine Sekunde.“ Cassandra machte sich auf den Weg zur Bordküche.

Tessa folgte ihr, während Kai an der Bar einen starken Drink einschenkte.

„Altmodisches Schmerzmittel“, murmelte sein Cousin und goss einen zweiten Whisky für sich selbst ein.

Silas begann gerade, das Getränk an seine Lippen zu heben, aber als Cassandra zurückkam, lenkte ihn dies erneut ab.

„Kannst du nachsehen, ob es im Bad Lavendel gibt?“, fragte sie Tessa. „Und Aloe. Ich könnte etwas Aloe gebrauchen.“ Sie war wie eine Krankenschwester in der Notaufnahme, die genau wusste, was sie brauchte, und es sogleich erwartete.

Silas runzelte die Stirn über die Dinge, die sie mitgebracht hatte – ein paar Teebeutel in … Milch getränkt? „Ich dachte, Sie wären Barkeeperin.“

Ein kleines Lächeln spielte um ihre Mundwinkel. „In meiner verrückten Familie haben wir ein Hausmittel für alles.“

„Wie verrückt?“, murmelte Kai vor sich hin.

Tessa kam mit zwei kleinen Behältern zurück. „Ich habe das hier gefunden... “

Cassandra studierte die Etiketten und legte ein Fläschchen zur Seite. Als sie die Teebeutel mit der zweiten Flasche besprühte, füllte sich die Kabine mit Lavendelduft.

Kai sah besorgt aus, aber Silas ließ seine Lider sinken und erlaubte dem Duft, ihn an einen anderen Ort und eine andere Zeit zu transportieren. Der Süden Frankreichs wurde im Frühling von diesem Duft durchflutet. Als Kind hatte er es geliebt. Er sah wogende Felder mit lila Blüten – Reihen um Reihen von ihnen, eingefasst von Steinmauern und umgeben von alten Klöstern. Er stellte sich Schmetterlinge vor, summende Bienen, die Wärme der Mittelmeersonne...

„Wie fühlt sich das an?“

Er blickte nach unten und sah Cassandra vor sich hocken, die die Teebeutel an seinen Arm hielt. Als er aufblickte, sah er ihr direkt in die Augen, und hätte sich fast darin verloren. Es grollte in seinen Ohren und sein Herz klopfte schwer.

„Gut“, flüsterte er. „Sehr gut.“

Die Zeit blieb stehen. Das Brummen der Motoren verblasste. Auch der Schmerz. Cassandras Augen strahlten. Sein Drache summte und für einen Augenblick schien die ganze Welt in Frieden zu sein. Es gab nur ihn, sie und ein warmes, zufriedenes Gefühl, das er schon seit ... Jahren nicht mehr erlebt hatte?

Noch nie, hauchte sein Drache. *So habe ich noch nie gefühlt, niemals.*

Sein Atem stockte. Ihre Wangen röteten sich. Spürte sie es auch? Den Wirbel der Energie, diese pulsierende Kraft, die ihn dazu brachte, sich näher zu ihr zu beugen?

Schicksal, murmelte sein Drache. *Und ja, sie spürt es auch.*

Vielleicht tat sie das. Ihre Lippen öffneten sich überrascht, aber sie hielt völlig still.

Und dann sprach Kai – es schien, als würde er schreien – und die magische Seifenblase, in der Silas davongeschwebt war, zerplatzte.

„Wie fühlt es sich an?“

Silas blinzelte ein paarmal und versuchte, eine Antwort zu finden. *Gut* war nicht das richtige Wort. *Großartig* auch nicht, denn der Schmerz war immer noch da, wenn auch schwächer. Aber *richtig* passte gut. Es fühlte sich richtig an, sich Cassandras Berührung hinzugeben. Ihr zu vertrauen.

„Gut", bluffte er und kämpfte darum, ein ausdrucksloses Gesicht zu wahren. Seine Gestaltwandlerfreunde kannten ihn so gut, dass sie die Emotionen, die durch seine Adern strömten, bemerken könnten. Er musste sich auf etwas anderes als auf Cassandra konzentrieren. Er musste den Diamanten über alles stellen, sogar über seine mögliche Gefährtin.

Nicht mögliche Gefährtin. Definitiv meine Gefährtin, knurrte sein Drache.

„Vielleicht solltest du dich ein wenig ausruhen", schlug Tessa vor.

Er nickte. Ja, Ruhe klang wirklich gut. Er war müde und hatte genug. So sehr, dass seine Sinne nicht mehr richtig funktionierten.

Ich habe nicht genug, protestierte sein Drache, als Cassandra ihm zur Couch hinüberhalf. *Nicht genug von dieser Menschenfrau. Nur genug von ein paar anderen Dingen.*

Er legte die Füße hoch und versuchte, seine Gedanken schweifen zu lassen. Sie kehrten jedoch immer wieder zu demselben Thema zurück.

Hast du genug davon, von allem genug zu haben, jammerte sein Drache.

Er hatte nicht genug von der Verantwortung, denn er war geboren worden, um andere durch die schlimmsten Zeiten anzuführen. Er hatte nur genug vom *Alleinsein* eines Anführers. Das zu stille, leere Gefühl, das ihn am Ende der meisten Tage überkam. Kai, sein jüngerer Cousin, war ihm ein zuverlässiger Vertrauter gewesen, als sie damals nach Koa Point gezogen waren. Aber in letzter Zeit verbrachte Kai seine Zeit mit Tessa. Einer nach dem anderen hatten auch die anderen Mitglieder seines Gestaltwandlerclans ihre Gefährtinnen gefunden. In gewisser Hinsicht war ihre Gruppenbindung enger denn je. Aber was die Gesellschaft betraf, so waren es entweder alle zusammen oder Silas allein. Dazwischen gab es nichts.

Nun, Keiki, das Kätzchen, schaffte es immer, ihm ein Lächeln aufs Gesicht zu zaubern, aber das war nicht dasselbe.

Etwas Weiches strich über seine Brust. Eine Decke? Das Leder eines Sitzplatzes in der Nähe quietschte, als Cassandra sich setzte und ihre Fersen unter ihren Körper zog, als würde sie sich irgendwo auf den Rasen setzen. Sie machte es sich für den langen Flug bequem.

Eine ganze Weile sagte sie nichts. Schließlich warf sie einen Blick auf Kai und Tessa, die sich in der vordersten Sitzreihe aneinander gekuschelt hatten. Dann schaute sie zu ihm zurück.

„Geht es Ihnen wirklich gut?"

Er holte tief Luft. Nicht wirklich, aber gleichzeitig schon.

„Ich fühle mich gut."

Sie drehte ihre Daumen, bevor sie weitersprach: „Es tut mir leid. Ich dachte wohl, Feuer könnte Drachen nichts anhaben."

Er erlaubte sich ein bitteres Glucksen. „Das wäre schön."

„Sie haben sich um meinetwillen in Gefahr gebracht", flüsterte sie. „Warum?"

Er drehte den Kopf, um zur Decke zu blicken und zu vermeiden, ihr in die Augen zu sehen. „Vielleicht wollte ich nur den Diamanten retten."

Eine Lüge, aber verdammt.

„Sie wussten, dass ich den Diamanten nicht hatte", sagte sie mit demselben leisen Unterton.

„Aber Sie wissen, wo er sich befindet." Er studierte ihre Reaktion.

„Ja, das weiß ich. Aber ich werde ihn Ihnen nicht geben. Ich werde ihn niemandem geben."

Er beobachtete, wie sich seine eigene Brust hob und senkte, bevor er antwortete: „Vielleicht habe ich vor, Ihnen bis zu dem Diamanten zu folgen und ihn dann von Ihnen zu stehlen."

Sie zog eine Augenbraue hoch. „Das ist Ihr Masterplan?"

Er kam nicht umhin, zu grinsen. Bis jetzt war so ziemlich gar nichts nach Plan verlaufen. „Ich improvisiere."

Sie lachte. „Nun, ich bin nicht dumm genug, Sie direkt zu dem Diamanten zu führen, wissen Sie."

„Das weiß ich."

„Vielleicht sollten Sie also einfach aufgeben." Sie wirbelte die Spitzen ihres langen, kastanienbraunen Haares herum.

Er zuckte entschuldigend mit den Schultern. Nun, so gut er es mit einer Schulter und im Liegen konnte. „Drachen geben niemals auf."

„Dann werden Sie sehr lange warten müssen."

Neckte oder warnte sie ihn? Oder beides?

Ich kann lange warten, wenn das bedeutet, mit ihr zu warten, sagte sein Drache. *Mit ihr zu reden. Und darauf zu warten, dass sie erkennt, dass sie meine Gefährtin ist.*

„Ich bin ein geduldiger Mann." Seine Stimme senkte sich um eine Oktave und verlieh den Worten einen subtilen Unterton, den er nicht beabsichtigt hatte.

„Aha. Das werden wir ja sehen."

Sie provozierte ihn, das konnte er spüren. Forderte ihn heraus. Oder bildete er sich das nur ein?

So oder so klang sie nicht danach, als würde sie bei der ersten Gelegenheit weglaufen oder sein nächstes Getränk vergiften.

Natürlich würde sie das nicht tun. Sein Drache grinste wie ein Trottel und freute sich auf die Aussicht, mehr Zeit mit ihr zu verbringen, anstatt rational zu durchdenken, was er als Nächstes tun sollte.

Silas seufzte. Er war zu müde, um zu planen. Also schloss er die Augen, neigte sein Kinn nach hinten und machte sich zum ersten Mal seit langer Zeit von all seinen Sorgen frei. Wenn auch nur für die nächsten paar Stunden...

„Das werden wir wohl", murmelte er, als der Schlaf seinen Körper wie eine Decke umhüllte. „Ich schätze, das werden wir."

Kapitel 5

„Willkommen auf Maui", sagte Tessa, die Cassandra aus dem Flughafen führte.

Cassandra folgte steifen Schrittes. Es war ein verdammt langer Flug gewesen. Aber jetzt war sie hellwach – und konnte kaum glauben, wo sie war. Von allen Orten auf der Welt – ausgerechnet auf Maui?

Ja, Maui. Aloha, sagten all die funkelnden Sterne am unglaublich indigoblauen Nachthimmel. Der Duft von üppigem Grün und dem offenen Meer lag in der Luft und die milde Temperatur war genau richtig. So richtig, dass Cassandra sich daran erinnern musste, dass die gesamte Situation völlig falsch war. Sie hatte keine andere Wahl gehabt, als New York mit Silas und seinen Drachengestaltwandlerfreunden zu verlassen. Zum Glück hatten sie nichts Hinterhältiges versucht – noch nicht.

Sie war zum Teil versucht mitzuspielen. Wie Eloise einst zu ihr gesagt hatte: *Um deinen Feind zu besiegen, musst du ihn kennen. Auf intime Weise.*

Was ihre Libido auf alle möglichen unangemessenen Ideen brachte, jetzt, da der stramme Mr. Llewellyn ein Teil der Gleichung geworden war. Aber ein anderer Teil in ihr wollte um ihr Leben rennen.

„Großartig. Nun, danke, dass ich mitfliegen durfte." Sie trat zwei Schritte nach rechts. „Ich werde jetzt einfach gehen… "

Kai unterbrach sie und blickte finster über einen Pappkarton, den sie den gesamten Weg von New York mitgebracht hatten. „Wohin denn?"

„Willst du damit sagen, dass ich keine Wahl habe?"

Silas sah so müde aus, dass er ihr fast schon leidtat. Aber dies könnte ihre letzte Chance sein, die Grenzen zu testen, also...

Silas winkte überdrüssig mit der Hand in Richtung Ausgang. „Natürlich haben Sie die Wahl. Aber Ihre Chancen stehen mit uns weitaus besser, wenn man bedenkt, wozu Drax in der Lage ist."

Sein Blick war so aufrichtig, dass sie fast nachgegeben hätte. Aber nur um sicherzugehen, ging sie an Kai vorbei und auf den Ausgang zu. Die ganze Zeit lauschte sie auf gehetzte Schritte hinter sich. Sie schaffte es bis zum Bürgersteig, wo sie in die Spiegelung eines Autofensters schauen konnte. Silas und die anderen waren nach rechts abgebogen und steuerten auf ein kastenförmiges, silbernes Auto zu.

Hmm. Sie ließen sie tatsächlich gehen.

Cassandra ließ noch eine ganze Minute verstreichen, während Silas und Kai die Kiste und ihre Taschen hinten in den Wagen luden. Dann sauste etwas durch die Luft – ein Vogel? Eine Fledermaus? – und sie huschte plötzlich doch zu ihnen zurück. Sie versuchte, ihren Stolz zu retten.

„Vielleicht nehme ich die Mitfahrgelegenheit doch an."

Als Silas sich umdrehte, hätte sie vollends erwartet, dass er lachen würde. Aber seine Augen strahlten mit scheinbar echter Erleichterung und er wies ihr den Weg.

Tessa reagierte sofort und stellte ihr einen riesigen Mann vor. Er war so groß wie ein Bär mit einem Bart und einem freundlichen Lächeln.

„Hunter, das ist Cassandra."

Cassandra blinzelte. Moment mal. War er nur ein Bär von einem Mann oder stand sie einem weiteren Gestaltwandler gegenüber?

Hunter murmelte eine Begrüßung und öffnete die Tür zu einem Rolls Royce. Einem waschechten Rolls Royce, bei dem Cassandra erneut die Kinnlade hinunterklappte. Als sich das Fahrzeug summend in Bewegung setzte – es summte wirklich, so wie ein Musikinstrument – strich sie mit dem Finger über jede der perfekten Lederoberflächen. Sie verbrachte die meiste Zeit der Fahrt wie ein Hund am Fenster und schnüffelte in der

Luft. In Brooklyn gab es ebenfalls salzige Luft, aber verdammt. Es gab auch eine Menge übler Gerüche. Mauis Luft war reiner. Sauberer. Vielversprechender.

Sie staunte den ganzen Weg über die Insel zu Silas Anwesen. Ja – ein ganzes Anwesen, oder zumindest hatte Tessa dies gesagt. Nicht dass es viel zu sehen gab, als sie von der Hauptstraße abgebogen – nur einen bescheidenen Briefkasten und einen schiefen blauen Behälter mit der Aufschrift *Maui News*. Aber dann fuhr der Rolls eine Schotterstraße hinunter und kam zu einem riesigen Holztor, in das ein aufwendiges Design geschnitzt war.

„Willkommen in Koa Point", murmelte Silas, als sich das Tor öffnete.

Cassandra zitterte beim Gedanken daran, sich in die Höhle des Feindes zu wagen – ein Teil von ihr ängstlich und der andere Teil auf unerklärliche Weise aufgeregt.

Als der Wagen die kurvenreiche Einfahrt hinunterrollte, drehte sie ihren Kopf nach links und rechts. Es gab eine stallähnliche Garage mit einer Bucht nach der anderen, in der sich jeweils ein anderes exotisches Auto befand. Auf der linken Seite befand sich eine weite Fläche perfekt gepflegten Rasens, auf dem sich gerade genug Gebüsch befand, um zu verbergen, was dahinter lag.

„Koa Point", murmelte sie, als sie aus dem Wagen stieg und versuchte, alles in sich aufzunehmen.

Es war Nacht – vielleicht nicht in der Zeitzone, die sie gewohnt war, aber hier auf Maui schon. Ein Viertelmond schien durch Palmen, deren Wedel zitterten und schwankten. Tiki-Fackeln beleuchteten einen gewundenen Pfad durch Gebüsch, das von violetten und rosafarbenen Blüten übersät war. Mit jedem Atemzug sickerte der reichhaltige Duft von Ingwer in ihre Lunge.

Sie warf einen Blick auf Silas, der sich ohne einen Anschein auf Verletzungen bewegte. Lag das an seiner schieren Zähheit, am Stoffwechsel von Gestaltwandlern oder an ihrem pflanzlichen Heilmittel?

Einen Augenblick später schnaubte sie. Wem wollte sie etwas vormachen? Sie wusste nichts über Hexerei, also musste es an seinem Stoizismus oder der Gestaltwandlerheilung liegen. Als er leicht zusammenzuckte und die Tasche auf seiner Schulter zurechtrückte, hatte sie ihre Antwort. Es schien seine pure Zähheit zu sein.

„Das ist unser *Akule Hale*.“ Er deutete nach vorn. „Das Gemeinschaftshaus.“

Ein Pärchen trat aus dem strohbedeckten Gebäude und wartete darauf, sie zu begrüßen. Das Innere des Gebäudes war hell erleuchtet und sie konnte die Einrichtung eines Wohnzimmers und einer offenen Küche sehen. Aber was für ein Wahnsinnswohnzimmer das war – eines ohne Wände und mit einer konstanten Meeresbrise.

Sie sah Silas an. „Was bedeutet Koa?“

„Es ist ein auf Hawaii heimischer Baum.“

„Die härteste Art von Holz“, fügte Tessa mit einem Augenzwinkern hinzu. „Es ist auch das Wort für eine Eliteklasse von Kriegern.“

Cassandra dachte einen Augenblick darüber nach. Hartes Holz? Elite-Krieger? Beides passte zu diesen Männern wie die Faust aufs Auge.

„Hallo. Ich bin Boone.“ Ein Mann mit sandfarbenem Haar lächelte breit und streckte ihr eine Hand entgegen. Den anderen Arm behielt er fest um die Taille der Frau an seiner Seite geschlungen – eine Brünette mit einem ebenso freundlichen Lächeln.

„Ich bin Nina.“ Die Brünette schüttelte Cassandras Hand, als wären sie alte Freundinnen.

Silas erschien an ihrer Seite und stellte sich dicht neben sie. Fast so nah, wie Boone neben Nina stand, aber Cassandra schreckte nicht zurück. Tatsächlich musste sie dem Drang widerstehen, sich näher an ihn zu kuscheln. Verdammt, was hatte Silas denn an sich, dass sich ihr Gehirn ausschaltete und ihre Eierstöcke erwachten?

„Das ist Miss Nichols“, sagte er.

Boone lachte. „Du hast gerade wie viele Stunden mit ihr in einem Flugzeug verbracht und ihr sprecht euch immer noch nicht beim Vornamen an?“

„Zehn Stunden", murmelte Cassandra und warf Silas einen scharfen Blick zu.

Trotz allem – dem Kampf in der Gasse, der Verletzung und all dieser Zeit auf engstem Raum – blieb er förmlich und zurückhaltend. Sie fragte sich, ob er in exklusiven Internaten aufgewachsen war, die ihm immer das genau richtige Verhalten beigebracht hatten. Aber seine Augen leuchteten wie die eines kleinen Jungen und sie spürte einen Mann, der sich danach sehnte, aus seinem Käfig auszubrechen.

Tessa streifte an ihnen vorbei und ging auf den Küchenbereich zu. „Jetzt kommt schon rein. Kann ich dir ein Getränk anbieten, Cassandra?"

„Das wäre großartig, danke." Sie hatte ihren eigenen Widerstand satt. Tessa hatte ihr während der langen Reise nichts als Freundlichkeit und Humor entgegengebracht.

„Möchte jemand eine Kleinigkeit essen?", rief Tessa.

„Ich." Boone streckte die Hand hoch.

„Du bist nicht derjenige, der von einer langen Reise zurückgekommen ist", tadelte Nina.

„Ich spreche für Silas, der nie zugibt, wenn er hungrig ist." Boone zwinkerte. „Außerdem kann ich immer essen, vor allem, wenn Tessa etwas kocht."

Cassandra folgte den anderen in ihr Gemeinschaftshaus und sah sich um. Jedes Mal, wenn sie dachte, sie wäre zu erschöpft, um neue Eindrücke zu verarbeiten, erregte ein frisches Detail ihre Aufmerksamkeit. So wie der Sand über dem Betonboden mit den gewebten Teppichen oder die spitz zulaufende Decke, die nach oben aufragte. Ein Vogel flog zwischen den dicken Stützbalken umher und zwei Deckenventilatoren drehten sich in langsamen Kreisen. In einem Quadrat aufgestellte übergroße Ledersofas verliehen dem Ort den Anschein einer Männerhöhle, aber es gab auch ein paar weibliche Akzente. Ein Sofakissen in der Form eines Herzens. Eine Vase mit Blumen. Aus Muscheln gefertigte Fotorahmen über der Feuerstelle. Auf einer Seite befand sich ein kompletter Küchenbereich mit einem Kühlschrank aus rostfreiem Edelstahl, der mit Bildern und Zeitungsausschnitten überhäuft war. Ein Artikel, den Cassandra entdeckte, berichtete etwas über einen Hubschrauberabsturz, und ein anderer zeigte ein Bild von einer grinsenden Surferin, die eine Trophäe entgegennahm.

So viel zur kalten, klammen Drachenhöhle, die sie sich vorgestellt hatte.

Kai und Tessa ließen sich auf eines der Sofas fallen und lehnten sich zurück. Cassandra hatte zwar nicht vorgehabt, dasselbe zu tun, tat es am Ende aber doch. Nach der Auktion, dem Vorfall in der Gasse und dem langen Flug – puh. Langsam begann sie, die Dinge zu verarbeiten.

Nina reichte ihr ein Glas Limonade und Cassandra wirbelte es herum und ließ die Eiswürfel darin klirren. Wie war sie überhaupt in diesen Schlamassel geraten? Wie sollte sie da jemals wieder herauskommen?

„Auf unsere Rückkehr." Tessa hob ihr Glas.

„Auf unser Zuhause", antworteten alle.

Cassandra schaute auf ihre Füße. Zu Hause? Sie hing nicht besonders an ihrer winzigen Wohnung, die sie in Brooklyn mietete, aber es war ihre. Wann würde sie sich das nächste Mal wieder zu Hause fühlen?

Die anderen machten es sich mit zufriedenen Seufzern bequem und jedes Paar versank in seiner eigenen Welt. Boone legte einen Arm um Ninas Schulter, den anderen über ihren hervorstehenden Bauch und streichelte leicht darüber. Cassandra versuchte, nicht zu starren, aber ja – Nina musste schwanger sein. In der Zwischenzeit hatte sich Tessa an Kai gekuschelt. Hunter – der große Typ, der sie vom Flugplatz abgeholt hatte – war in dem Augenblick verschwunden, als sie auf dem Anwesen angekommen waren. Er hatte etwas über seine Gefährtin gemurmelt, woraufhin Kai amüsiert über Bären und stundenlangen Schlaf gegluckst hatte.

„Es ist so schön, zu Hause zu sein", seufzte Tessa.

Cassandra sah sich um. War „zu Hause" eine Person oder ein Ort?

Sie sah Silas an und erwartete halb, dass jeden Augenblick ein wunderschönes Supermodel auftauchen würde, das rief: *Liebling, du bist zu Hause* und sich in seine Arme stürzte. Aber er saß so still wie eine Statue dort, allein und unnahbar.

Als er aufschaute, blickte Cassandra nach unten. Die Paare kuschelten sich aneinander, ohne sich der anderen bewusst zu sein. Die Liebe und Kameradschaft an diesem Ort war offensichtlich. Allerdings musste es ein einsamer Ort für jemanden sein, der das fünfte Rad am Wagen war.

Ihr Blick wanderte erneut zu Silas – und verdammt, er sah sie ebenfalls an. Aber anstatt ihre Blicke auf neutrales Gebiet herumzureißen, sahen sie sich weiter in die Augen. Wie von einem unsichtbaren Magnet angezogen oder so als würde ein leiser Wind hinter ihrem Rücken wehen, neigte sie sich leicht in seine Richtung. Die Geräusche der Wellen in der Ferne und das der wogenden Palmen verblasste, bis sie nur noch den gleichmäßigen Schlag von Silas' Herz hören konnte – oder zu hören glaubte.

Seine Nasenlöcher bebten und er grub seine Finger in die Armlehne. Ein Muskel in seiner Wange zuckte, obwohl er sonst völlig regungslos blieb.

Sie kannte Silas erst seit ein paar Stunden, aber vor ihrem inneren Auge lief eine Reihe von Bildern ab. Bilder, all der kleinen Momente, die sie miteinander geteilt hatten. Die starke Krümmung seines Flügels, der sie vor Drax' Feuersbrunst geschützt hatte. Die unbändige Wut, mit der er Drax angebrüllt hatte. Und der darauffolgende ängstliche Blick zu ihr, der sagte: *Bitte. Bitte sagen Sie mir, dass es Ihnen gut geht.*

Weitere Bilder erschienen. Sie erinnerte sich an die aufsteigende Hitze in seiner Haut, als sie seine Wunde behandelte. An die verletzliche Art, wie er sie ansah, als er sich im Jet ausgestreckt hatte. Und schließlich dachte sie an das Strahlen in seinen Augen, als er sie beim Entdecken des Anwesens beobachtet hatte.

Dann sprang ein Kaliko-Kätzchen auf Silas' Lehne und schnurrte. Die Dia-Show in ihren Gedanken wurde unterbrochen.

Silas schüttelte den Kopf, als wollte er sich von einem Zauber befreien, und wandte sich dem Kätzchen zu.

„Keiki", murmelte er und strahlte.

Und wow. Sie wünschte, sie hätte eine Kamera gehabt, um der Sammlung ein weiteres Bild hinzuzufügen - den

Schnappschuss des ersten Anflugs von offenkundigen Emotionen, den Silas sich in den vergangenen Stunden gestattet hatte. Möglicherweise das erste Anzeichen von Zuneigung, das er sich seit langer Zeit erlaubt hatte, wenn man bedachte, wie schnell er sein Gesicht wieder hinter einer Maske verbarg.

„Keiki hat dein Haus bewacht und darauf gewartet, dass du nach Hause zurückkommst", lachte Nina.

Cassandra verschränkte ihre Finger in ihrem Schoß und fragte sich, welche anderen Gestaltwandler wohl anwesend waren. Wölfe? Bären? Löwen?

Eine Sache war sicher. Keine der Horrorgeschichten, mit denen Eloise ihr Angst gemacht hatte, entsprach dieser Situation. Selbst als die Stimmung während Silas' Nachbesprechung der Ereignisse in New York düsterer wurde, sah sie nichts als Liebe, Freude und Hingabe. Die Paare zeigten sie jedes Mal, wenn sie sich in die Augen sahen, und banden auch die Gruppe mit ein. Dies war ganz offensichtlich eine Einheit. Eine erweiterte Familie. Leute, die durch dick und dünn zusammenhielten.

Liebe und Hingabe. Ein Meer davon, das sie umgab, bereitete ihr Schmerzen. Zu Hause in New York hatte sie in der Regel das Gefühl, die Glückliche zu sein – keine übermäßig komplizierten Beziehungen, keine beruflichen Probleme, keine eigensinnigen Kinder. Aber hier...

Sie kratzte mit den Zehen über die gewebte Matte unter ihren Füßen. Hier konnte sie nicht übersehen, was in ihrem Leben fehlte. Ein wahrer Freund. Ein Partner. Ein Liebhaber.

Und wie von allein glitt ihr Blick zu Silas hinüber und nahm alles an ihm in sich auf.

„Gut, dass ihr heil davongekommen seid", sagte Nina.

„Ja, das ist gut", flüsterte Silas und sah Cassandra direkt an.

Sie trank einen Schluck Limonade und wünschte sich, es befände sich etwas Wodka darin. Hatten Drachengestaltwandler ihre eigene Art von Magie oder war das eine Besonderheit von Silas?

„Es war ein langer Tag. Oder besser gesagt eine lange Nacht." Tessa gähnte und streckte eine Hand zu Kai aus. „Sollen wir nach Hause gehen?"

Kai stand sofort auf und drängte sich an ihre Seite, als wäre auch nur ein Zentimeter Abstand zwischen ihnen zu weit entfernt. Er schlang seinen Arm um Tessas Taille und ihre blitzenden grünen Augen deuteten an, dass sie möglicherweise etwas anderes als nur Schlaf im Sinn hatte.

„Ich zeige Cassandra den Weg zum Gästehaus", sagte Boone. Er hatte sich während des gesamten Gesprächs über die Auktion, den Diamanten und Drax keinen Zentimeter von Ninas Seite bewegt. „Bereit?"

Noch bevor Cassandra den Mund öffnen konnte, sprang Silas auf die Füße und knurrte: „Ich bringe sie hin."

Cassandras Blut rauschte und sie war sich nicht sicher, ob es Erregung oder Angst war. Aber sie nickte nur und warf die Haare zurück, so als wäre sie bei der Arbeit hinter der Bar. Sie hatte in ihrer Zeit mit vielen Männern zu tun gehabt. Einige waren aufdringlich, andere flirteten mit ihr und wieder andere waren völlig betrunken. Sie würde mit diesem Typ fertigwerden.

Zumindest hoffte sie das.

„Hier entlang." Silas deutete auf einen Fußweg.

„Gute Nacht", rief sie den anderen zu und versuchte, das Zittern aus ihrer Stimme fernzuhalten.

„Gute Nacht", sagte Tessa.

Nina winkte. „Schlaf gut."

Boone lachte leise. „Lass dich nicht von den Bettwanzen beißen."

Sie ersetzte gedanklich *Bettwanzen* durch *Drachen* und schluckte sofort.

Silas ging voran und sie folgte ihm. Sie tat ihr Bestes, um weder die Form seines bemerkenswerten Hinterteils noch seine breiten Schultern wahrzunehmen. Er hielt eine Ranke mit korallenfarbigen Bougainvilleas hoch und sie duckte sich darunter hindurch. Dabei kam sie seinem Körper viel zu nahe. Sie hatte noch nie einen Koa-Baum gesehen oder gerochen, aber sie stellte sich vor, dass er genauso wäre: stark, eichenähnlich, verlässlich. Es sollte verboten sein, dass ein Mann nach allem, was sie durchgemacht hatten, noch immer so gut roch.

„Danke." Sie eilte voran und erinnerte sich, warum sie überhaupt dort war. Sie war damit beauftragt worden, einen besonderen Diamanten zu beschützen – einen, der von genau der Art Mann, mit dem sie jetzt zusammen war, missbraucht werden könnte.

„Jetzt ist es nicht mehr weit", sagte Silas.

Das Rauschen von Wellen über Kieselsteinen und Sand wurde lauter und als Silas sie über einen Strand führte, blieb sie kurz stehen. Eine Reihe weißschäumender Wellen leuchtete im Licht des Viertelmondes. Die dunklen Hügel der Nachbarinseln schlummerten am Horizont wie Schildkröten und über ihnen schwebte ein Vogel. Auch das Gästehaus war Teil dieses Ausblicks und es warf sie fast um.

„Unglaublich", hauchte sie.

Das *Unglaubliche* begann mit der Regenbogenhängematte, die zwischen zwei Bäumen festgebunden war, und setzte sich im gemütlichen Gebäude dahinter fort. Das geschwungene Dach hatte niedrige Seiten und spitzte sich zur Mitte hin nach oben zu. Es sah fast so aus, als hätte ein Admiral seinen Hut auf den schönsten Strand geworfen, den er in all seinen Reisen gesehen hatte, und befohlen: *Baut mir ein Häuschen hier.* Die niedrige Veranda begann dort, wo der Sand aufhörte, und es befanden sich zwei zum Meer hin ausgerichtete Liegestühle darauf. Sie konnte sich bereits vorstellen, wie sie auf einem bunten Handtuch sitzen und ein Getränk aus einer Kokosnuss schlürfen würde.

Eine Welle rollte herein und sie wandte sich wieder dem Meer zu. Sterne glitzerten über dem indigoblauen Himmel. Grillen zirpten in den Dünen und der Duft von Rosen wehte von einem nahen Busch hinüber.

Silas schob eine Schiebetür zur Seite. Kein Quietschen, kein Klappern, kein Knallen. Gelbe Gardinen schwankten sanft in der Meeresbrise und die blaue Bettwäsche war so einladend wie eine Mutterhenne.

Hereinspaziert, hereinspaziert! Du musst so müde sein, aber jetzt kannst du dich entspannen. Und aufatmen.

Was ihr leichter fallen würde, wäre Silas nicht da und würde er nicht einen großen Teil der Türöffnung einnehmen. Sie wagte es nicht, einfach an ihm vorbeizugehen. Er klopfte mit seiner Handfläche gegen einen Stützbalken.

„Wir haben gerade erst das Dach erneuert und ein paar andere Reparaturen vorgenommen." In seiner Stimme klang ein Anflug von Stolz mit und Cassandra bekam das Gefühl, dass er derjenige war, der bei dieser Arbeit ins Schwitzen geraten war.

Mit einem Streichholz zündete er eine riesige, weiße Kerze an, die auf dem Verandatisch stand. Sie flackerte und tanzte in einem Zylinder aus Glas.

„Es ist wunderschön", sagte sie und stieg die letzte Stufe hinauf.

Ihre Füße blieben wie von selbst stehen und sie hielt ein paar Zentimeter vor seiner Brust inne. Für eine Sekunde stand sie da und konnte kaum atmen und kaum denken. Was war dieses verrückte Gefühl, das sie jedes Mal überkam, wenn sie sich ihm näherte?

Sie blickte auf und konnte ihm nicht ganz in die Augen sehen, weil sein Blick auf ihre Lippen gerichtet war. Er öffnete den Mund, als wollte er etwas sagen – oder noch besser, als wollte er sie küssen. Instinktiv lehnte sie sich näher zu ihm heran, hielt den Atem an und sehnte sich nach *seinem* Kuss.

Sie neigte ihr Kinn leicht nach oben und ihr fiel kein einziger guter Grund ein, warum sie ihn nicht küssen sollte. Alles schien so völlig natürlich, besonders vor der romantischen Kulisse dieses Ortes. Doch dann fegte ein Palmwedel über das Strohdach des Gästehauses, so als würde er kichern, und sie kam wieder zu Sinnen.

„Gute Nacht, Miss Nichols", flüsterte Silas und wandte sich ab.

Miss Nichols. Würde sie seine Schutzwälle jemals durchbrechen? Und huch. Wollte sie das denn?

Schmerzlich sah sie ihm nach und antwortete mit leicht heiserer Stimme: „Gute Nacht, Silas."

Eine Sekunde später war er verschwunden. Sie ließ sich auf einen Stuhl fallen und starrte aufs Meer hinaus. Schließlich seufzte sie und blies die Kerze aus. Dann saß sie im Dunkeln dort und beobachtete, wie sich die Rauchfahne im fahlen Mondlicht drehte und wendete.

„Gute Nacht, Koa Point", flüsterte sie und schlang ihre Arme um sich.

Kapitel 6

Tage vergingen und obwohl Cassandra nach der Art von Bösem Ausschau hielt, die Eloise beschrieben hatte, geschah nichts. Jedenfalls nichts Böses.

Sie hatte halb mit spartanischen Baracken gerechnet. Drachenschießständen. Strohfiguren zum Verbrennen. Aber solche Dinge gab es nicht. Keine grausamen, herrschsüchtigen Drachen. Keine plötzlichen Feuersbrünste oder Verwandlungen in knurrende, sabbernde Bestien. Nur vier ruhige, sonnige Tage in einer friedlichen Ecke des Paradieses.

Das Anwesen war unglaublich. Das Gästehaus befand sich in einer Bucht mit goldenem Sandstrand, in die türkisfarbene Wellen spülten. Es gab einen ganzen Garten mit exotischen Blumen, von zartem Hibiskus über kräftigen Fackel-Ingwer bis hin zu flammenden Paradiesvogelblumen – ganz zu schweigen von den gewöhnlichen, schlichten Rosen, an denen sie im Vorbeigehen immer wieder schnuppern musste. Tessa und Nina hatten sie mit allen Kleidungsstücken versorgt, die sie brauchte. Und es dauerte nicht lange, bis sie sich an die tägliche Routine der Gestaltwandler von Koa Point gewöhnt hatte.

Tatsächlich gewöhnte sie sich zu sehr daran.

Sie wachte früh auf, immer noch nach New Yorker Zeit, und saß dann für eine Weile auf der Veranda, um den rosafarbenen Horizont zu bestaunen. Die Sterne verblassten und der Umriss von Molokai nahm allmählich Gestalt an. Nicht dass sie viel Zeit damit verbrachte, über die Nachbarinseln nachzudenken. Sie grübelte eher über ihren rätselhaften Gastgeber nach – oder schlimmer noch, sie fächerte sich Luft zu, um die Nachwirkungen der heißen Fantasien, die sie nachts in ihren Träumen heimsuchten, abzuschütteln. Es war fast so, als würde Silas sie tatsächlich besuchen und alle möglichen sündhaft guten Dinge mit ihr machen. Dinge, die ihr Körper – und ihre Seele – brauchten.

Unbedingt.

In dem Moment, in dem sie aufwachte – vielleicht ein oder zwei schläfrige Minuten später, in denen sie das Gefühl genossen hatte – würde sie natürlich wieder zu Sinnen kommen und sich selbst mit Echos von Eloises Worten belehren.

Traue keinem Drachen. Sie sind abscheuliche, grausame Kreaturen. Sie sind unser Feind.

Aber mit jedem Tag, der verging, wurde es schwerer, das zu glauben. Besonders wenn sie, nachdem sie geduscht hatte, zum Gemeinschaftshaus ging, sich dort einen Kaffee eingoss und mit den Bewohnern des Anwesens, die allein oder zu zweit angeschlendert kamen, Höflichkeiten austauschte.

Dawn, eine Bärengestaltwandlerin/Polizistin, war für gewöhnlich die Erste, die aufstand und mit einem verschlafenen Hunter an ihrer Seite daherkam.

„Bären sind Langschläfer", erklärte Dawn und streichelte liebevoll über Hunters breite Schultern. „Ich selbst bin eine Nachteule", fügte sie mit einem Augenzwinkern hinzu.

In dem Moment, in dem Dawn zur Arbeit ging, würde Hunter zurück ins Bett gehen, um ein Nickerchen zu halten. Später machte er sich dann an die Arbeit, um die Flotte der Luxuswagen des Anwesens zu warten. Die anderen gingen im Laufe des Morgens im Gemeinschaftshaus ein und aus. Einige eilten zur Arbeit, andere ließen es langsam angehen. Kai und Tessa begaben sich direkt in die Küche, während sich Nina auf eine Couch fallen und sich von Boone die Schultern massieren ließ.

„Morgendliche Übelkeit", erklärte er. Er war zu einem Teil stolzer Vater und zum anderen mitleidender Partner, der es nicht ertragen konnte, seine Gefährtin in Qualen zu sehen.

Das Konzept von sich verpaarenden *Gefährten* war Cassandra bei den ersten Malen, als sie es gehört hatte, barbarisch vorgekommen. Und als sie dann noch hörte, dass Silas und Moira einst einander versprochen gewesen waren, kam ihr das Wort *mittelalterlich* in den Sinn – zusammen mit einem Anflug von Eifersucht, den sie nicht ganz erklären konnte. Warum sollte es ihr etwas ausmachen, mit wem Silas in der Vergangenheit zusammen war?

Aber es machte ihr etwas aus. Mehr als sie es zugeben wollte.

Aber je mehr sie beobachtete, desto mehr gefiel ihr der Gedanke, einen Gefährten zu haben. Vor allem, wenn das bedeutete, dass sie von einem Mann auf dieselbe anbetende Weise behandelt wurde, wie die Männer von Koa Point es mit ihren Gefährtinnen taten. Boone huschte umher und tat alles, was er nur konnte, um Ninas Elend zu lindern. Angefangen von Fußmassagen über Kompressen bis hin zu homöopathischen Getränken.

„Hast du schon Hibiskustee probiert?“, fragte Cassandra. „Hibiskus mit ein wenig Ingwer und einem Löffel Honig.“

Boone schaute überrascht auf. „Ich dachte, du wärst Barkeeperin.“

Sie zuckte mit den Schultern. „Ich mische alle möglichen Sachen. Ich kann mir einfach nicht helfen. Schon seit ich klein war.“

„Was? So etwas wie Zaubertränke?“, witzelte Boone.

Genau in diesem Augenblick kam Silas herein und erstarrte, als er die Worte hörte. Cassandra erstarrte ebenfalls. Vielleicht hatte sie wirklich ein paar Hexeneigenschaften. Und hoppla. Wenn Hexen Drachen für Todfeinde hielten, beruhte dieses Gefühl dann auf Gegenseitigkeit?

Einen Moment später ging Silas zur Kaffeemaschine und sah eher gedankenverloren als wütend aus. Cassandra bereitete den Tee zu, an dem Nina sogleich zaghaft nippte. Am nächsten Morgen trottete Boone zum *Akule Hale* hinüber, um dasselbe Getränk noch einmal zuzubereiten.

„Hat es funktioniert?“, fragte Cassandra.

Er zeigte ihr einen herzlichen Daumen hoch. „Vielleicht kein Wunderheilmittel, aber der Tee hilft sehr, also danke.“

„Bis später.“ Kai gab Tessa einen langen, innigen Kuss, bevor er zu seinem Hubschrauber ging.

Ein Drache, der einen Hubschrauber flog. Das brachte sie wirklich durcheinander.

Schon bald zogen sich die Gedanken an eine Flucht in die hintersten Winkel ihres Geistes zurück und wurden von wachsender Neugier ersetzt. Sie wollte mehr über das Leben der Gestaltwandler erfahren. Sie rief ihren Chef in *Tony's Bar* an und bat, ihre Abwesenheit um ein paar Tage zu verlängern – für Familienangelegenheiten, wie sie flunkerte. Es gab so viel zu entdecken, zu studieren, zu lernen.

Die Mittagszeit war genau wie das Frühstück ein entspanntes Kommen und Gehen, aber die Abendessen genossen sie stets gemeinsam. Bei Sonnenuntergang kamen alle zusammen und unterhielten sich freundlich, während Tessa ein köstliches Gericht nach dem nächsten zubereitete. Sie hatte nicht gescherzt, dass sie eine gute Köchin war. Nina brachte das Essen und die Teller an den Tisch, als läge ihr das Servieren im Blut und Cassandra kam nicht umhin, ihren Stil zu bewundern. Wenn sich die Kellnerinnen in *Tony's Bar* doch nur so bemühen würden.

„Ah, Tessa. Du hast dich selbst übertroffen", verkündete Kai am Ende jeder Mahlzeit.

Es war ungefähr zu diesem Zeitpunkt, als sich Cassandra verwundert umsah und daran erinnerte, wer – oder was – sie alle waren. Drachen-, Wolf- und Bärengestaltwandler. Angeblich gab es noch ein Pärchen Tigergestaltwandler – Cruz und Jody – die die Bande von Koa Point vervollständigten. Aber sie waren derzeit bei einem Surfwettbewerb. Sie konnte sich kaum alles merken.

Aber die Details spielten keine Rolle, denn eine Sache kam laut und deutlich zum Ausdruck. Dies war eine Gemeinschaft, im wahrsten Sinne des Wortes. Eine eng verbundene Familie von gutherzigen, liebevollen Menschen, die jedes Geschenk, das das Schicksal ihnen brachte, zu schätzen wussten. Boone war dabei, das Kinderzimmer für die Zwillinge, die er und Nina erwarteten, herzurichten. Hunter half mit und sorgte dafür, dass diese Babys ein sicheres, komfortables Heim haben würden. Tessa experimentierte mit neuen Rezepten für Nina. Und Kai hatte vor Freude gebrüllt, als Cruz anrief und die Nachricht von Jodys erster Platzierung auf dem Podium der Pro Surf Tour überbrachte. Die Männer zogen einander auf, wie es nur enge

Freunde konnten. Ein jeder von ihnen schien knallhart, bis die kleine Keiki vorbeikam und ihre ruhigere, weichere Seite zum Vorschein brachte – sogar Silas, der keine Spur von irgendetwas *Weichem* an sich hatte.

Die Frauen waren derweil einladend und freundlich und jedes Mitglied dieser Gemeinschaft von Schwestern hatte seine eigene Art, die Männer in Schach zu halten. Tessa tat es mit aufgebrachten Kommentaren wie: *Im Ernst, Kai?* Sie dachte sich auch nichts dabei, einem Wolfsgestaltwandler die Hand wegzuschlagen, wenn er versuchte, sich eine Kostprobe von dem, was sie gerade zubereitete, zu ergaunern. Nina machte es subtiler mit einem kontinuierlichen Fluss von Wohlwollen. Dawn war eine knallharte Polizeibeamtin, weiblich, aber unerbittlich, wenn die Umstände es erforderten. Tatsächlich hatte sie Boone gerade erst einen weiteren Strafzettel für zu schnelles Fahren ausgestellt.

„Das Gesetz ist das Gesetz", schimpfte Dawn streng, als sie dafür aufgezogen wurde.

„Ja, Ma'am", antwortete Boone mit einem Grinsen. „Ich werde mein Bestes tun, mich reumütig zu zeigen."

„Gib dir mehr Mühe", antwortete Dawn seufzend.

Die einzige andere weibliche Bewohnerin, die Cassandra noch nicht getroffen hatte, war Jody. Sie hatte keinen Zweifel daran, dass die Surferin genauso unabhängig, scharfsinnig und zäh wie die anderen war.

„Möchte jemand etwas trinken?", fragte Kai am zweiten Abend und ging hinter die Bar.

Cassandra schaute ihm zehn Sekunden lang dabei zu, wie er Eis mit einem Glas schaufelte – ein Anfängerfehler, bei dem sie mit den Zähnen knirschte –, bevor sie zu ihm hinüberstürzte.

„Kann ich dir helfen?"

Kai sah nicht allzu begeistert aus, bis er ihre geschickten Bewegungen sah. Dann wich er zurück und murmelte: „Nur zu."

„Für mich nichts, danke." Nina tätschelte ihren Bauch.

Cassandra schüttelte den Kopf und begann, ein alkoholfreies Getränk zu mischen. „Ananas-Ingwer-Spritzer", erklärte sie. „Ich habe das Gefühl, der wird dir schmecken."

Wie sich herausstellte, fand Nina ihn köstlich. Tessa genoss ihren Bushwacker und Boone scherzte über einen Sex On The Beach, woraufhin Silas knurrte.

„Sex unter der Bettdecke?"

Das Knurren wurde lauter.

„Ein Blue Hawaii wäre großartig", korrigierte sich Boone hastig und verbarg ein Grinsen.

„Was ist mit dir?", fragte sie Kai.

Er grinste. „Backdraft."

Sie zog eine Augenbraue hoch. Kein Wunder, dass ein Drache einen flambierten Cocktail wählen würde.

„Kai", warnte Tessa.

Er lachte. „Entschuldige. Nur ein Scherz. Aber ich hätte nichts gegen einen Lava Flow. Weißt du, wie man den macht?"

„Darauf kannst du deinen Arsch verwetten", murmelte sie – zu laut, wie sich herausstellte, denn alle lachten.

Mit den Cocktails und ihrer vertrauten Position hinter dem Tresen fühlte sich Cassandra zum ersten Mal in ihrem Element.

„Was darf es sein?", fragte sie Silas, plötzlich verunsichert. Hatte er sie die ganze Zeit beobachtet?

Aber nein. Sein Blick war irgendwo in weite, weite Ferne gerichtet und er kaute auf einem Daumennagel.

„Glenfiddich", sagte er in einem leisen, emotionslosen Ton, so als wäre es unbedingt notwendig, dass er niemandem je sein wahres Ich zeigte.

Cassandra griff nach der Whiskyflasche und wartete darauf, dass jemand etwas sagte. Irgendetwas. Um Silas aufzumuntern. Vielleicht so etwas wie: *Keine Sorge, wir überlegen uns schon, was wir mit Drax machen werden.* Oder: *Komm schon, Silas. Mach dir heute Abend keine Sorgen.*

Aber niemand schien es zu bemerken – außer der kleinen Keiki, die zwischen seinen Beinen herumschlich.

„Bitte sehr." Sie wirbelte die Eiswürfel im Glas herum, als sie es ihm reichte.

„Hey Cassandra", rief Boone und riss ihre Aufmerksamkeit von Silas los. „Was ist das Verrückteste, was je jemand in deiner Kneipe bestellt hat?"

Seltsam, dass es ihr wehtat, Silas allein dort sitzen zu lassen.

Sie zwang sich zu einem Lächeln und wandte ihre Aufmerksamkeit wieder den anderen zu. „Wo soll ich anfangen?"

Alle lachten.

„Nun, es gab diesen einen Typen, der unseren besten Cognac mit Cola gemischt haben wollte."

Kai verzog das Gesicht. „Hast du ihm das gegeben?"

„Nein, um Gottes Willen. Und dann gab es da diese Dame, die einen Martini mit einer Olive als Beilage haben wollte. Ich habe sie ihr gegeben, obwohl ich den Sinn darin nicht ganz gesehen habe."

„Was ist das Wildeste, was du je gehört hast?", fragte Tessa.

Oh, davon hatte sie eine Menge. Also erzählte sie ihre besten – und schlimmsten – Geschichten, nicht nur an diesem Abend, sondern auch noch in den darauffolgenden Tagen.

Und Stück für Stück, bei jedem Bissen von jeder Mahlzeit und zu jeder Runde gutmütigen Lachens, begann Cassandra sich zu fragen, ob Eloise sich geirrt haben könnte. Waren alle Gestaltwandler Monster oder nur einige von ihnen?

Das war die Frage, die sie schließlich in die Bibliothek geführt hatte, wo sie von nun an die meisten Nachmittage verbrachte. Als Silas die Bibliothek zum ersten Mal erwähnt hatte, hatte sie an die öffentliche Einrichtung in der Stadt gedacht.

„Nein, ich meine die Bibliothek...", sagte er am dritten Nachmittag und zeigte dabei bergauf, „ähm ... in meinem Haus."

Sie hatte die Augen weit aufgerissen und ihre Knie waren weich geworden. Dies bedeutete doch sicher nichts Gutes. Silas' Geduld war zu Ende gegangen und er lockte sie in sein Haus, wo er sie angreifen oder foltern würde, nicht wahr?

Cassandra zeigte ihm ihre härteste New York-Fassade und folgte ihm. Sie war zu allem bereit – zumindest dachte sie das. Der Anstieg wurde steiler und der Pfad ging in eine Reihe von Steinstufen über, die in eine Felsspalte führten. Dann kamen sie um die Ecke und ...

„Das ist Ihr Haus?" Sie blieb wie angewurzelt stehen.

Bis zu diesem Zeitpunkt hatte sie sich auf den geschwungenen Steinpfad konzentriert, der parallel zu einem sich dahinschlängelnden Bach verlief. Aber in dem Moment, als sie das Haus entdeckte, klappte ihr die Kinnlade hinunter.

„Das ist es." Silas ging weiter, als wäre es irgendein gewöhnliches Gebäude mit vier Wänden und einem Dach.

Aber das war es ganz und gar nicht. Cassandra konnte die Anzahl der Wände oder Dächer noch nicht einmal zählen. Es war eine so weitläufige, geschwungene, mehrstöckige Konstruktion, ganz aus ...

„Bambus?", flüsterte sie, als sie endlich weiterging.

Er nickte. „Mein Onkel hat es entworfen."

Der Kommentar blieb in irgendeinem Winkel ihres Gedächtnisses hängen. Sie hatte das Gefühl, dass dieses Detail irgendwie bedeutsam war. Aber sie konnte nichts anderes tun, als zu starren.

Zunächst einmal gab es in dem gesamten Gebäude keine einzige gerade Linie. Es schien über die Felsen hinauszuragen, sich nach oben zu erstrecken und auszubreiten, so dass die oberen Stockwerke breiter als die Basis waren. Ein magischer Ort, wie Schloss Neuschwanstein gemischt mit dem *Dschungelbuch* gemischt mit dem Sydney Opera House. Es gab offene Balkone und anmutig geschwungene Linien. Außerdem gab es keine einzige Glasscheibe – das Haus war genauso offen für die Meeresbrise wie das Gemeinschaftshaus. Es gab auch keine Tür.

„Das ist unglaublich", hauchte sie.

„Es macht schon etwas her, nicht wahr? Nicht nach jedermanns Geschmack, nehme ich an. Meine Tante hat es gehasst."

„Wie könnte jemand es hassen?" Cassandra strich mit der Hand über das glatte Bambusgeländer an der geschwungenen Treppe.

Silas hielt an einem riesigen, offenen Balkon mit atemberaubender Aussicht inne und Cassandras Kinnlade klappte erneut hinunter. „Verdammte Scheiße." Sie drückte sich die Hand über den Mund. „Ich meine, wow."

Silas sah die Aussicht mit geneigtem Kopf an. „Ich nehme an, es ist schön."

„Sie nehmen es an?"

„Es ist schön", gab er zu, obwohl sein Tonfall darauf hindeutete, dass er sich nie die Zeit genommen hatte, innezuhalten und alles in sich aufzunehmen. „Ich erinnere mich daran, dass mein Onkel Filimore erzählt hat, dass er von hier aus Wale an der Oberfläche sehen konnte. Nicht nur einen oder zwei, sondern jeden Tag mehrere."

Sie starrte auf den Ozean, obwohl sie nur ein paar Schaumkronen sehen konnte. „Wie lange leben Sie schon hier?"

„Fast drei Jahre."

„Und die Wale kommen jedes Jahr?"

Er nickte. „Zum Kalben im Frühling. Jedenfalls habe ich das gehört."

„Sie machen Witze. Sie haben noch nie eine Stunde lang einfach nur hinausgestarrt? Fünfzehn Minuten? Fünf?"

Silas starrte auf seine Füße und schob seine Hände in die Taschen. Und ganz plötzlich konnte sie sich ihn als acht- oder neunjährigen Jungen vorstellen, der wegen eines kleinen Vergehens gezüchtigt wurde.

Sie milderte ihren Tonfall. Eine Sache, die dieser Mann ganz sicher nicht brauchte, war noch mehr Stress. „Vielleicht sollten wir tauschen. Sie nehmen meine Wohnung in Brooklyn und ich könnte hier für Sie auf das Haus aufpassen."

Silas blickte mit einem schiefen Grinsen auf. Aber in dem Moment, als sich ihre Blicke trafen, wurde er wieder ernst und seine Augen begannen zu glühen. Nicht mit dem zornigen Rot, sondern mit der behaglichen Backsteinfarbe, die sie schon ein- oder zweimal darin gesehen hatte. Ihr Herz klopfte schneller.

Vielleicht sollten Sie hier bei mir bleiben, sagten diese Augen in ihrer Vorstellung.

Und verdammt, wäre das nicht eine Aschenputtel-Geschichte? *Ein flotter Milliardär verliebt sich in eine New Yorker Barkeeperin und lebt glücklich bis ans Ende seiner Tage auf einem exklusiven Anwesen auf Maui.*

Cassandra trat auf die Bremse, bevor ihrer Fantasie noch mehr absurde Dinge einfielen. Schließlich war er ein Drachengestaltwandler.

„Die Bibliothek?", fragte sie schließlich und versuchte, wieder auf Kurs zu kommen.

„Die Bibliothek", sagte er und räusperte sich.

Er führte sie ein paar weitere Runden die Treppe hinauf, vorbei an einem adlernestähnlichen Wohnzimmer, einer gemütlichen Sitzecke mit einem weiteren Balkon und der luftigsten Küche der Welt. Aber keinem davon schenkte sie auch nur halb so viel Aufmerksamkeit wie den Umrissen seines festen Hinterteils.

Okay, okay, er war also zum Teil Drache. Es war aber nicht ihre Schuld, dass sie den *Mann* in ihm nicht übersehen konnte. Dieser kultivierte, muskulöse, mysteriöse ...

„Wie bitte?", stammelte sie als Antwort auf das, was Silas gerade gesagt hatte.

Ein winziges Lächeln spielte um seine Mundwinkel, als er sie hereinwinkte. „Das ist die Bibliothek. Was sagen Sie dazu?"

Kapitel 7

„Sie können jederzeit lesen, was auch immer Sie wollen“, sagte Silas.

Cassandra trat ein und drehte sich atemlos im Kreis. Sie hatte Bücherregale erwartet, aber diese vom Boden bis zur zugespitzten Decke reichende Sammlung übertraf ihre kühnsten Träume. An drei von vier Seiten des trapezförmigen Raumes erhoben sich Regale mit alten in Leder gebundenen Werken. Die breiteste Seite öffnete sich zu einem weiteren Balkon mit Blick über das Anwesen. Sie wandte sich den Regalen zu und strich mit den Fingern über Buchrücken. Einige waren mit nicht entzifferbarer Schrift und andere in ordentlicher Blockschrift mit glitzerndem Goldrand bedruckt.

Silas stand in der offenen Tür und hatte die Arme vor der Brust verschränkt, als sie sich über Drachen und ihre Schätze wunderte. Die Legenden besagten, dass Drachen es liebten, große Reichtümer anzuhäufen. Fielen Bücher auch in diese Kategorie?

Silas schaute jedoch nicht die Bücher an. Er beobachtete sie. Zugegebenermaßen genoss sie es ebenfalls, ihn zu beobachten, zumindest aus den Augenwinkeln heraus. Ihre schmutzigen Gedanken füllten sich derweil mit Bildern, wie beispielsweise, den massiven Holztisch für andere Dinge als nur zum Lesen von Büchern zu benutzen.

Sie räusperte sich und kippte erst ein, dann ein weiteres Buch auf die Seite.

„*Gestaltwandler im Wandel der Zeit?*“ Sie las den Titel mit zusammengekniffenen Augen. „*Werwesen, Wölfe & Launen der Natur: Glossar der Gestaltwandler in Epochen.* Sind das alles Gestaltwandler-Bücher?“

„Dieser Bereich schon." Er deutete auf ein anderes Regal.
„Dort drüben sind normale Bücher, würde man vermutlich sagen. Geschichte, Geografie, solche Dinge. Zumindest die Teile, über die die Menschen Bescheid wissen."

Hörte sie in seiner Stimme einen neckenden Unterton? Cassandra beäugte wieder das Gestaltwandler-Regal. Diese Bücher würde sie sich auf jeden Fall bald genauer ansehen.

Sie zog ein Buch heraus und schob es zwei Stellen weiter zurück auf das Regal. „*Moderne Medizin, Alte Traditionen* ist nicht alphabetisch geordnet. Mr. Llewellyn. Ich habe Besseres erwartet."

Er hob die Hände hoch. „Schauen Sie nicht zu genau hin. Sie werden noch mehr davon finden."

Sie schaute sehr genau – nämlich ihn an –, als er fortfuhr.

„Glauben Sie mir, es gibt viele deplatzierte Bücher in meinem Leben."

Er stieß mit der Ferse gegen einen Karton – den, den er aus New York mitgebracht hatte. Noch mehr Bücher? Dennoch deutete sein Tonfall darauf hin, dass Bücher nicht der einzige Aspekt seines Lebens waren, den er sich ordentlicher und übersichtlicher wünschte.

„Sie mögen die Dinge geordnet", sagte sie. Eine Feststellung, keine Frage. „Unter Kontrolle."

Ihre Stimme wurde bei diesem letzten Teil ein wenig heiser, als ihre Gedanken wieder in verbotenes Terrain galoppierten.

Das Leuchten in Silas' Augen flackerte auf und sie hatte das eindeutige Gefühl, dass nicht er, sondern sein Drache sie anschaute. Und anstatt sie in Panik zu versetzen, ließ diese Vorstellung stattdessen ihre Brustwarzen hart werden.

Sie drehte sich schnell um und versteckte ihre Wangenröte. Es war schon ewig her, dass sie mit einem Mann geflirtet hatte, denn ihr war niemand Interessantes über den Weg gelaufen. Aber Silas war mehr als interessant. Er war faszinierend. Mächtig, aber auf unaufdringliche Art. Ein Einzelgänger und doch Teil einer festen Gruppe. Ein brodelnder Vulkan, eine Kraft, die rigoros unter Kontrolle gehalten wurde.

„*Drachen von Wales: Adel & Gewöhnliche Blutlinien?*" Sie blätterte durch ein paar Seiten.

Silas zuckte entschuldigend mit den Schultern. „Manche Gestaltwandler sind ein wenig in den alten Zeiten stecken geblieben.“

„*Manche* Gestaltwandler?“

Er lachte leise. „Habe ich gehört.“

Sie zog ein kleineres Buch mit einem roten Ledereinband heraus, das den Duft von Jahrhunderten in sich trug. „*Ein Grund, eine Gelegenheit, eine Lebenszeit.*“

Silas nickte. „Das ist gut.“

„*Gefährten, Mythen & Legenden?*“

„Das muss meiner Urgroßmutter gehört haben. Sie hat dieses Zeug geliebt.“

„Und was lieben Sie, Mr. Llewellyn?“ Sie drehte sich um und überraschte sich selbst mit ihrer Kühnheit.

Er biss sich auf die Lippe, als er erneut ernst wurde. Eine lange nachdenkliche Minute verging, bevor er weitersprach: „Nennen Sie mich Silas.“

Ihr Puls überschlug sich, so als wäre sie gerade nach vorn gerufen worden, um einen Preis entgegenzunehmen.

„Silas.“ Es kam in einem heiseren Flüstern heraus und Cassandra begann sich zu fragen, ob sie selbst auch eine eigene tierische Seite in sich trug.

Sein Blick wanderte an ihrem Körper auf und ab und er ballte seine Hände an seinen Seiten zu Fäusten.

„Geschichte“, murmelte er. „Philosophie. Shakespeare.“

Sie schnaubte. Er testete sie, genauso wie sie ihn testete.

„Ich habe nicht gefragt, was zu lieben dir *beigebracht* wurde. Ich fragte, was du liebst.“

Seine Augen funkelten und sie gab sich selbst einen Bonuspunkt. War sie die Erste, die sich die Mühe machte, sein wahres Ich zu verstehen?

Er blickte hinaus über den weiten Pazifik. „Was liebe ich? Koa Point. Die Leute genauso sehr wie den Ort.“ Er hob eine Hand und zeichnete abwesend eine Kurve durch die Luft. „Ich liebe es, bei Nacht zu fliegen. Mich den Passatwinden entgegenzustellen und dann nach Hause zu gleiten.“

Nach Hause. Die Worte hatten einen sehnsüchtigen, wehmütigen Unterton, bei dem sie sich fragte, welches Bedürfnis dieses Luxusanwesen nicht erfüllte.

Sie schloss die Augen und konzentrierte sich auf das Spiel der Brise in ihrem Haar. Wie wäre es zu fliegen? Könnte eine Person auf dem Rücken eines Drachen reiten oder wäre dies unter dem Niveau eines solch sagenumwobenen Biestes?

Als sie die Augen öffnete, musterte Silas sie. Seine Lippen bewegten sich, so als wollte er noch einen weiteren Punkt auf seine Liste setzen, aber es kam kein Ton heraus.

„Und was lieben Sie, Miss Nichols?", flüsterte er schließlich.

Gott, war er ihr nahe. Nah genug zum Küssen, wenn sie sich nur trauen würde.

„Nenn mich Cassandra", hauchte sie.

Er zögerte und sprach dann so leise, dass sie es kaum hörte.

„Was liebst du, Cassandra?"

Sie ließ ihn nicht aus den Augen. „Sonnenuntergänge. Stille Straßen der Stadt in der Nacht. Altsaxofone."

Er zog die Augenbrauen hoch. „Altsaxofone?"

Sie nickte. „Ich liebe den Klang eines Altsaxofons. Und ich liebe es, Getränke zu mischen."

Keiki schlich sich herein, rieb sich am Türrahmen und miaute, dass Silas sie hochheben sollte.

„Hallo, meine Kleine", murmelte er und schmiegte sie an seine Brust.

Cassandra musste sich selbst daran erinnern, dass es nicht nett war, auf ein Kätzchen eifersüchtig zu sein.

Ein Muskel in Silas' Wange zuckte und seine Stimme wurde tiefer: „Getränke mischen oder Zaubertränke?"

Sie hatte den Atem angehalten und stieß ihn nun langsam aus. Silas wusste also vom Hexenanteil in ihrem Blut. Er hatte offen zugegeben, dass er und einige der anderen Privatdetektive waren und es ergab Sinn, dass er ihren Hintergrund recherchieren würde. Aber verdammt. Sie hatte diese Hexensache selbst erst vor ein paar Wochen erfahren. Hatte Silas ein geheimes Netzwerk von Spionen?

Noch vor wenigen Augenblicken war er warm und offen, ja fast intim, gewesen. Jetzt zeigte sein Gesicht eine unbewegliche Maske, die unmöglich zu lesen war.

„Getränke mischen", sagte sie entschlossen. „Darin bin ich Expertin."

„Und was ist mit Zaubertränken?"

Sie verzog das Gesicht. „Totale Amateurin. Ich wusste es bis vor kurzem selbst noch nicht."

„Du wusstest nichts von deinem Vater?"

Ihre Fäuste ballten sich reflexartig. „Ich wusste, dass er ein betrügerisches Arschloch war, das mich und meine Mutter verlassen hat, als ich drei Jahre war. Das ist wahrscheinlich der Grund, warum meine Mutter nie mit mir über Hexen gesprochen hat. Ich bin mir nicht einmal sicher, ob sie überhaupt daran glaubte. Und überhaupt, ein Achtel Hexe ist nicht viel."

Er sah sie mit einem *Vielleicht ja, vielleicht nein*-Ausdruck an.

„Und Ms. Vedma – Eloise?"

Sie riss die Augen weit auf. Wow. Silas hatte wirklich tief in ihrem Leben herumgegraben.

„Ich dachte immer, sie wäre nur eine Nachbarin. Ich hatte keine Ahnung, dass sie die Schwester meines Vaters war." Trotzig trat sie einen Schritt auf ihn zu. „Sie wurde vor ein paar Wochen von einem Drachen getötet. Wusstest du das?"

Silas nickte, das musste man ihm lassen. „Ich weiß. Es tut mir leid." Seine Stimme klang so gequält, als wüsste er ganz genau, wie es sich anfühlte, wenn jemand gewaltsam aus seinem Leben gerissen wurde.

Keiki streckte die Pfote aus und stieß gegen Silas' Kinn, um zu fragen, warum er aufgehört hatte, sie zu streicheln. Silas kraulte abwesend mit den Fingern durch ihr Fell.

Cassandra starrte ihn an, als ihr ein hässlicher Gedanke durch den Kopf ging. „Warst du es? Hast du Eloise getötet?"

Kein Mörder, der etwas auf sich hielt, würde damit herausplatzen und ein Verbrechen einfach so zugeben, aber sie würde es an seinem Gesichtsausdruck erkennen können. Die jahrelange Arbeit in Bars hatte sie gelehrt, Lügner identifizieren zu können.

Er schüttelte sofort den Kopf. „Es war Drax. Oder vielmehr einer seiner Handlanger, wie meine Quellen berichten."

„Und wo waren deine Quellen an dem Abend, als sie angegriffen wurde?", spie sie regelrecht.

Er fing ihre Hand ein und sie starrte ihn an. Sie war selbst überrascht, dass sie ausgeholt hatte, um ihn zu ohrfeigen.

„Was Hexen tun, geht mich nichts an. Seit Jahrhunderten haben Drachen und Hexen einander in Frieden gelassen – ein unruhiger Frieden, sicherlich. Aber trotzdem Frieden." Er stockte beim Wort *Frieden*, bevor er den Rest knurrte. „Meine Quellen haben sich ausschließlich auf Drax und seine Männer konzentriert. Darauf was er wo und wann tat."

„Zu schade, dass sie zu spät kamen, um Eloise zu helfen."

„Es tut mir leid. Es tut mir aufrichtig leid." Er beugte sich vor, um Keiki abzusetzen, und blieb einen Moment lang in der Hocke. Mied er sie? Gab er ihr eine Verschnaufpause?

Cassandra trat zurück, um ihre Nerven zu sammeln. Silas klang wirklich so, als würde es ihm leidtun. Sie konnte nicht wütend auf ihn bleiben, so sehr sie es auch versuchte.

„Hexen und Drachen sind also Feinde." Sie lehnte sich gegen ein Bücherregal. Er richtete sich auf und erinnerte sie daran, wie groß er war. Er nickte. „Zumindest war das die letzten fünf Jahrhunderte so."

Und was sind wir dann? Hätte sie fast gefragt, obwohl sie die Antwort ahnen konnte.

„Warum hast du mich hierhergebracht, Silas?", fragte sie stattdessen. Wenigstens würde sie das herausfinden.

Er ließ die Schultern sinken und seine Stimme klang überdrüssig. Für einen Augenblick waren sie beide der Realität entflohen. Jetzt brach die Außenwelt erneut über ihnen herein.

„Wie ich schon sagte. Zu deinem eigenen Schutz vor Drax."

„Und was ist mit dem Seelenstein?" Ihre Stimme schwankte, gespannt wie eine Feder.

Sie erwartete fast, dass sein Blick zum Fenster wandern und der Wahrheit ausweichen würde. Aber diese tiefen, dunklen Augen blieben weiter auf sie gerichtet, müde aber ehrlich.

„Ich würde mich besser fühlen, wenn ich den auch beschützen könnte. Aber glaube mir, ich weiß genug über gestohlenes Eigentum, um das, was dir gehört, als deins zu respektieren."

Ihre Brust wurde warm, sie öffnete ihre Fäuste und ein Teil ihrer Gedanken schweifte ab. Von welchem gestohlenen Eigentum sprach er?

„Glaubst du, Drax wird nach dem Diamanten suchen?", wagte sie es schließlich, zu fragen.

Seine Augen strahlten in wütendem Rot. „Ich weiß, dass er es tun wird."

„Er ist in Sicherheit", versicherte sie ihm, aber verdammt. Wie konnte sie sich sicher sein?

„Das hoffe ich."

Eine Möwe schrie, als sie draußen vorbeirauschte, und sie standen beide in brütender Stille da.

„Und was bedeutet das für uns?", fragte Cassandra und wünschte, sie könnten zu leichteren, neckenden Themen zurückkehren. Sie wünschte sich, sie könnten beide etwas lockerer sein und Spaß haben. Und für den Bruchteil einer Sekunde sah sie den gleichen Wunsch in Silas' Augen. Vielleicht mehr als nur einen Wunsch. Ein Begehren. Sein Blick fiel auf ihre Lippen und seine Nasenlöcher bebten.

„Es bedeutet ..." Er verstummte, als hätte er vergessen, was er sagen wollte.

Cassandra vergaß ebenfalls alles um sich herum, denn heiliger Strohsack. Irgendwie war ihre Hand zu seiner Brust gewandert und sie näherte sich ihm. Sie fühlte sich fast wie eine Marionette. So als hätte jemand anderes das Steuer übernommen und führte sie zu ihm hinüber.

Silas kniff die Augen zusammen und das Glühen darin verstärkte sich. Es flackerte auf und wirbelte herum wie Zwillingsfeuer.

Ihre Kehle wurde trocken, die Gedanken leer. Was passierte?

Schicksal, flüsterte eine uralte Stimme in ihrem Geist. *Schicksal.*

Ein Wort so voller Bedeutung für Gestaltwandler, welches sie es gerade erst zu verstehen begann. Hielt das Schicksal etwas Schreckliches für sie bereit oder zeigte es ihr den Weg, der vor ihr lag?

Seine Lippen bewegten sich, es kam jedoch kein Ton heraus. Aber es ging nicht um den Ton, denn plötzlich bewegten sich auch ihre Lippen. Nicht um zu sprechen, sondern um zu küssen.

Wofür? protestierte ein winziger Teil in ihrem Kopf.

Der Rest von ihr fühlte sich wie von einer Flut der Glückseligkeit überschwemmt. Sicher und stetig, so als *müsste* sie Silas küssen. Als würde die Welt untergehen, wenn sie in dieser einen einfachen Sache versagen würde.

Sie rutschte näher an ihn heran und ihr Herz klopfte wie verrückt. Sie senkte die Augenlider, als sie sich nur auf eine Sache konzentriert nach vorn beugte.

Schicksal, hörte sie die Stimme sagen, als ihre Lippen auf seine trafen.

Weich. Warm. Gemütlich. Ihre Augenlider flatterten. Moment mal. Seit wann war Silas denn auch nur eins dieser Dinge?

Ihre Lippen bewegten sich und spürten mehr davon – und außerdem einen intensiv männlichen Geschmack, der ihre innere Verführerin zum Schnurren brachte. Eine tiefe, kehlige Stimme dröhnte in ihrem Kopf und aus irgendeinem Grund beunruhigte sie das nicht.

Meine. Du gehörst mir.

Sie hielt sich an seinem Körper fest, bevor sie anfing, unsicher zu schwanken. Das hörte sich verdammt nach einem Drachen an und er war in ihrem Kopf.

Ich möchte dich lieben. Dich beschützen. Dich bis ans Ende meiner Tage ehren.

Die Worte ließen sie dahinschmelzen, aber das *Ende meiner Tage* klang unheilvoll. Wie bald würde das denn sein?

Ein Teil ihres Kopfes schwebte in der Traumzeit des Kusses, während Eindrücke einer unbekannten Szene in einem anderen Teil explodierten. Es gab Gebrüll. Flammen, die ausbrachen. Eine dunkle, verkohlte Landschaft, über die Schatten dahinrasten. Ein Kampf um Leben und Tod, in den sie irgendwie verwickelt war.

Nichts davon ergab Sinn – außer dem Kuss. Diese Wärme, die Verbindung fühlte sich genau richtig an. Sie klammerte sich an sein Hemd und drängte sich näher an ihn.

Schicksal, knurrte die uralte Stimme noch einmal.

Welcher Teil davon war Schicksal? Der Kuss deutete auf eine zeitlose Liebe hin, aber die andere Szene versprach Verwüstung und Zerstörung.

Beides, erklärte die ursprüngliche Stimme.

Sie klammerte sich fester an Silas' Hemd, während sie sich bemühte, die dunklen Bilder von sich zu schieben. Ein winziger Kuss gegen all das Böse – aber es funktionierte, denn eine Minute später war die trostlose Szene verschwunden, und alles, was blieb, waren Wärme und Verlangen.

Ihre Nerven kribbelten. Ihre Wangen wurden rot. Ihre Seele sang. Die Art und Weise, wie Silas ihre Schultern packte, ließ sie sich fragen, ob es ihm genauso ging.

Dann miaute Keiki klagend und sie lösten sich voneinander. Cassandra blinzelte und sah sich um.

Bücherregale. Geschwungene Bambuswände. Silas, der sie anstarrte. Sie riss die Augen weit auf. Verdammte Scheiße.

„Ein höllisch guter Kuss." Sie verbarg das Schwanken ihrer Knie, auch wenn es ihr mit dem Zittern in ihrer Stimme nicht gelang.

Silas sah förmlich sprachlos aus und sie hörte das eine Wort, das er sagte, kaum.

„Schicksal..."

Er sah so erschüttert aus, dass sie am liebsten ihre Arme um ihn schlingen und die Sorgen davonjagen wollte. Um zu sagen: *Ich möchte dich lieben. Dich beschützen. Dich bis ans Ende meiner Tage ehren.*

Aber anstatt sich näherzukommen, drifteten sie weiter voneinander weg. Silas trat zurück und Sorge verzog sein Gesicht.

„Es tut mir leid", murmelte er.

Mir nicht, wollte sie sagen, aber irgendwie kamen die Worte nicht heraus. Was war gerade zwischen ihnen passiert? Und warum musste es enden?

Silas war so kalt und kühl wie eh und je, obwohl seine Stimme heiser war, als er mit der Hand auf die Bibliothek deutete. Er machte dort weiter, wo sie kurz zuvor aufgehört hatten.

„Nutze deine Zeit hier weise, Cassandra."

Er klang so traurig, dass sie sich fragte, wie bald sie wieder gehen musste.

„Lies und lerne – auch wenn du vielleicht nicht jedes Wort glauben solltest. Unsere Vorfahren hatten ihre eigenen Interessen und ihre Worte spiegeln dies wider."

Interessen. Sie war versucht, Silas zu fragen, was seine waren. Aber dann hielt sie sich zurück. Dieser Teil von Silas war leicht zu lesen. Der Mann schrie regelrecht Pflicht und Ehre. Pflicht, Ehre und Selbstaufopferung. Selbst wenn er das Gleiche spürte wie sie – etwas überaus Mächtiges, zu dessen Ergündung sie selbst auch noch nicht ganz bereit war –, würde er nicht erlauben, dass dies seinen Pflichten in die Quere kam. Und ganz sicher nicht, wenn Hexen und Drachen Todfeinde waren.

Was bedeutete das also für sie?

„Es macht dir wirklich nichts aus, wenn ich deine Bücher lese?"

Er schüttelte den Kopf. Sie zog ein Buch aus einem Regal, zeigte es ihm und vergewisserte sich erneut. „Egal welche? Was ist mit diesem hier?"

Er nickte langsam. „*Kräuter & Heilende Gewürze.* Wie ich schon sagte, du darfst hier alles erforschen. Die Bücher über Hexen und Hexerei stehen dort drüben."

Sie ging hinüber und fuhr mit einem Finger über die Buchrücken. Vertraute Silas ihr wirklich so sehr? Sie las sehr gern, obwohl sie selten die Zeit dazu fand. Aber jetzt, da sie sich für unbestimmte Zeit auf einem privaten hawaiianischen Anwesen befand, hatte sie natürlich viel Zeit für *Hochland Hexer* – oder besser noch für *Hexen & Hexenmeister.*

„Im Ernst?", fragte sie und drehte sich wieder zu ihm um.

Er nickte. „Natürlich. Du hast ein Recht darauf, die Geschichte deiner Ahnen zu kennen. Und vielleicht lernst du auch noch ein oder zwei Sachen."

Sie zog eine Augenbraue hoch. „Wie Zaubersprüche gegen Drachen?"

Er hob seine Hände. „Gegen mich wirst du sie nicht brauchen. Aber es würde nicht schaden, einen Zauber gegen … andere Drachen zu kennen."

Sie füllte die Lücke. *Wie Drax.*

Silas fuhr sich mit der Hand durchs Haar. „Wenn es so etwas überhaupt gibt. Aber je mehr wir alle vorbereitet sind, desto besser."

Sie starrte ihn an und dachte an die Schlacht, die sie in ihren Gedanken gesehen hatte. „Vorbereitet, worauf genau?"

„Auf Schwierigkeiten."

„Welche Art von Schwierigkeiten?"

Er seufzte und starrte aufs Meer hinaus. „Ich wünschte, ich wüsste es."

Kapitel 8

Drei weitere Tage verstrichen, obwohl die Zeit für Cassandra wie im Fluge verging. Sie verbrachte Stunden in der Bibliothek, wälzte Bücher und probierte heimlich Zaubersprüche aus. Als diese fehlschlugen – was sie zwangsläufig immer taten – schlich sie sich zum Regal mit den Büchern über Gestaltwandler und widmete sich ihren eigenen kleinen privaten Ermittlungen.

Sie begann mit *Drachen von Wales: Adel & Gewöhnliche Blutlinien*, und war beeindruckt davon, wie bedeutend der Llewellyn-Clan war. Aber dies war ziemlich nüchterne Lektüre im Vergleich zu *Werwesen, Wölfe & Launen der Natur*, und sie blätterte jede Seite des Glossars der Gestaltwandler durch, verblüfft von allem, was sie fand. Anscheinend gab es nicht nur Drachen-, Bären-, Wolfs-und Tigergestaltwandler. Es gab Löwen. Wildschweine. Meerjungfrauen, auch wenn diese als ausgestorben galten. Es gab sogar eine mächtige Katze, die *Liger* genannt wurde – eine Mischung aus Tiger und Löwe, der nachgesagt wurde, dass sie unglaubliche Kräfte besaß, selbst für Gestaltwandlerverhältnisse.

Dem Buch zufolge hatten die meisten Gestaltwandler beschleunigte Selbstheilungskräfte, was dazu führte, dass sie an Silas' Verbrennungen dachte. Hatte er sich schon vollständig davon erholt?

Sie warf einen Blick in die Richtung seines Büros und zwang sich dann zurück zum Regal mit den Hexenbüchern. Aber es war so verdammt frustrierend, denn egal, was sie auch versuchte, kein einziger Zauberspruch gelang ihr. Weder der Zauber eine Kerze schweben zu lassen, noch der Zauber eine Flamme mit einem Fingerschnippen zu entzünden.

„Verdammt“, murmelte sie nach ihrem zwanzigsten Versuch.

Schließlich zündete sie das verdammte Ding mit einem Streichholz an und versuchte den Löschzauber, aber auch der scheiterte.

„Verdammt, verdammt, verdammt“, murmelte sie und blies die Kerze so wie jeder gewöhnliche Mensch aus.

Sie schlug das Zauberbuch zu, lehnte sich zurück und verschränkte die Arme vor der Brust. Es war genau wie bei ihrer kurzen Lektion mit Eloise, in der die alte Frau alles versucht hatte, nur um dann frustriert die Hände in die Luft zu werfen.

Kannst du wirklich gar nicht zaubern?

Nein, sie konnte es nicht.

Cassandra biss sich auf die Lippe. Offensichtlich reichte das wenige Hexenblut in ihren Adern nicht aus, um einen Zauber – irgendeinen Zauber – funktionieren zu lassen. Nur genug, um mit den menschlichen Versionen von Zaubertränken – mit Hausmitteln und alkoholischen Getränken – herumzuspielen. Es war verdammt gut, dass sie den Diamanten an einen sicheren Ort geschickt hatte.

Aber scheiße. Der Ort, an den sie ihn geschickt hatte, war nun tatsächlich gar nicht mehr so abgelegen.

Ihr Blick fiel auf eine der Karten, die an der Wand zwischen den Regalen hing – eine Karte der hawaiianischen Inseln, die zu Walfänger Zeiten von Hand gezeichnet worden war. Das Ding an sich war wahrscheinlich ein Vermögen wert. Dort war Maui, mit Lahaina im Westen – eine Küstenstadt nicht weit entfernt. Tessa war dort mit ihr auf einen Markt gegangen. Aber als Cassandras Blick über den Alenuihala Kanal zur Großen Insel von Hawaii schweifte, verzog sie das Gesicht.

„Nicht weit genug weg“, murmelte sie und sah sich plötzlich besorgt um.

Uff. Niemand, der sie hätte belauschen können, Scheiße. Sie konnte sich das Gespräch schon vorstellen. Wie Silas, der fragte: *Nicht weit genug weg, wofür?*

Gott, was würde sie sagen. *Zu weit für einen Besuch, meinte ich.* Sie würde sich eine Lüge ausdenken müssen, wie *Ich wollte die Große Insel schon immer mal sehen.*

Sie rieb sich die Augen. Wenn es doch nur einen Zauberspruch gäbe, um Entfernungen auszudehnen, aber verdammt. Wahrscheinlich würde sie daran auch scheitern.

Ihr Blick fiel zurück auf das Bücherregal. Sie sollte wirklich die Seelensteine nachschlagen. Aber sie brauchte dringend eine Pause von Hexerei, also ging sie stattdessen zum Gestaltwandler-Regal und strich mit den Fingern auf der Suche nach etwas Neuem über die Buchrücken. Und dort war etwas – ein kleineres, neueres Buch mit dem Titel *Gestaltwandler-Paarungsrituale*.

Sie errötete bereits vom Titel des Buches und schaute auf. Was wäre, wenn Silas sie dabei erwischen würde, wie sie es las?

Sie drehte sich mit dem Rücken zur Tür, schlug das Buch auf und begann zu lesen. Einen Augenblick später wurden ihre Augen riesengroß und sie klappte das Buch schnell wieder zu. Wow. Offenbar gab es ein Gestaltwandler-Äquivalent zum *Kama Sutra* und der Autor hatte sich nicht gescheut, die schmutzigen Details – oder Illustrationen – hinzuzufügen. Diesen nach zu urteilen, zogen es Gestaltwandler vor, in menschlicher Gestalt zu vögeln.

Sie warf einen Blick auf die leere Türöffnung und öffnete das Buch erneut. Nur einen Spalt, denn sie wollte nur ganz kurz hineinschauen, bevor sie es wieder weglegte. Zehn Minuten später las sie immer noch und hielt das Buch weit offen in den Händen. *Bärengestaltwandler haben trotz ihrer Größe den Ruf, sanfte Liebhaber zu sein. Die Männer widmen sich voll und ganz dem Vergnügen ihrer Gefährtin und verbringen oft Stunden mit. . .*

Sie blätterte um. Kein Wunder, dass Dawn immer so verdammt strahlte.

Wolfsgestaltwandler – so wie die meisten anderen Gestaltwandlerarten auch – lassen sich durch nichts von ihren vorbestimmten Gefährten abhalten. Anders als ihre Verwandten, die Hunde, finden diese Gestaltwandler in verschiedensten Positionen Befriedigung und sind bekannt dafür, sich zu jeder Tageszeit zu paaren.

Das erklärte also das Kichern, das Cassandra aus Ninas und Boones Strandhäuschen gehört hatte.

Sie blätterte durch das Buch, bis sie Drachen fand, und holte tief Luft. Ein Blick auf die Türöffnung zeigte ihr, dass die Luft rein war, also las sie weiter.

Drachen sind die leidenschaftlichsten und besitzergreifendsten Liebhaber. Es braucht in der Tat eine starke Frau, um ihre eigenen Wünsche auszudrücken und danach zu handeln.

Sie schluckte und schaute aus dem offenen Fenster. Junge, war es heiß in dieser Bibliothek.

Während einige Männer Harems bevorzugen, widmen sich die meisten einer einzigen Gefährtin und warten oft jahrelang auf die richtige Frau.

Sie schloss die Augen und lauschte dem Wind, der durch Silas' riesiges, praktisch leeres Haus wehte.

Während das Umwerben eines Drachen Jahrzehnte dauern kann...

Jahrzehnte? hätte sie fast laut herausgeplatzt.

... verschreibt sich ein männlicher Drache seiner Gefährtin, sobald er sie für sich beansprucht hat, für den Rest seines Lebens. Das Paarungsritual besteht aus intensiver Kopulation, auf deren Höhepunkt ein Drache den anderen mit einem Biss beansprucht...

Sie erbleichte beim Anblick der Illustration, welche eine Frau zeigte, die ihren Kopf nach hinten neigte, während ihr Partner sich über ihren Hals beugte. War das nicht etwas für Vampire?

Aber offensichtlich ging es bei dem Biss nicht darum, Blut zu trinken. Als sie jedoch vom Feuersiegel las – einem Teil des Paarungsbisses, bei dem ein Drache einen Atemzug sengender Hitze in die Adern der Partnerin blies – schlug sie das Buch zu. Sie schob es zurück ins Regal – ganz nach hinten – und war sich nicht sicher, ob das unglaublich erregend oder ein absolutes Tabu für sie war.

Für die nächsten paar Minuten stand sie mit um sich geschlungenen Armen dort und schimpfte auf sich selbst. Sie überstürzte die Dinge. Sie sollte lieber bei Hexerei bleiben und...

Sie ließ die Schultern hängen. Und erinnerte sich an all die Fähigkeiten, die ihr fehlten. Vielleicht war ihr Versager von einem Vater schuld daran. Schließlich war er nur zu einem Viertel Hexer gewesen, was sie nur zu einem Achtel Hexe machte. Vielleicht war das zu wenig, um Magie zu erwecken.

Magie ist überall. Du musst nur lernen, sie zu nutzen, hatte Eloise gesagt.

Cassandra verzog das Gesicht. Sie hatte nicht die Macht, sich irgendetwas zunutze zu machen.

Es gibt Zaubersprüche für das Schweben. Feuerzauber. Zaubersprüche, um unsichtbar zu werden...

Unsichtbar? hatte Cassandra damals gequietscht.

Eloise zuckte nur mit den Schultern. *Mach dir darüber keine Sorgen. Wir haben diesen Zauber gemieden, seit Cousin Louis ... na ja, egal. Es gibt Wetterzauber, Verwandlungen, Lockzauber...*

Cassandra blickte erneut auf die Bücher über Hexerei. Die sollte sie unbedingt studieren. Eloise hatte den Lockzauber so beschrieben, als würde man einen Traum spinnen und ihn in den Kopf eines anderen Menschen pflanzen, so dass dieser so handelt, als wäre es seine eigene Idee gewesen.

Ein unglaublich wirksamer Zauber, wenn man ihn beherrscht, hatte Eloise gesagt. *Er wurde früher dazu benutzt, um Einhörner anzulocken – oder Feinden eine Falle zu stellen. Ich arbeite selbst an einem.*

Cassandra fragte sich, was das wohl gewesen sein mochte, und ob es ihr gelungen war.

Sie seufzte und widmete ihre Aufmerksamkeit wieder dem jugendfreien Buch über Einhörner.

Einhorngestaltwandler sind nicht lange nach den echten Einhörnern ausgestorben...

„Verdammt schade", murmelte sie.

Sie versank eine Minute lang in Traurigkeit, genauso wie sie es jedes Mal tat, wenn sie von Orang-Utans las, die ihren Lebensraum verloren hatten, oder von Delfinen, die sich in Netzen verfingen. Aber andererseits hatte sie die Welt der Gestaltwandler, die solch sorgfältig verborgene Doppelleben führten, erst vor wenigen Tagen entdeckt. Wer wusste schon, was dort draußen sonst noch existierte?

Sie blickte aus dem Fenster und seufzte. Es wurde schon spät und sie begann, vom Lesen zu schielen. Es war an der Zeit zu gehen.

Sie räumte die Bücher weg, die auf dem Tisch verteilt lagen – die meisten davon nur als Tarnung, um die Hexenbücher, die sie studiert hatte, zu verstecken, falls Silas hereinkäme. Dann knipste sie die Lichter aus, wandte sich den übrigen Kerzen zu und schnippte zögerlich mit den Fingern.

„Verdammt", fluchte sie und blies sie verzweifelt aus.

Ihre Augen folgten dem Rauch, der in den schwachen, bis dahin unsichtbaren Luftströmungen tanzte. Konnten Drachen solch leichte Luftbewegungen spüren? Sie schätzte schon, genau wie Vögel.

Dann erinnerte sie sich daran, dass Tessa mit ihr sprechen wollte, also stand sie auf, verließ die Bibliothek und brachte einen weiteren langen Tag zu Ende. Draußen zirpten die Grillen und der Himmel hatte ein tiefes Indigoblau. Sie verlangsamte ihre Schritte, als sie an Silas' Arbeitszimmer vorbeikam. Ihr Puls raste.

Drachen sind die leidenschaftlichsten und besitzergreifendsten Liebhaber...

Er arbeitete wie gewohnt bis spät in die Nacht und Cassandra blieb vor seiner Tür stehen, ohne sich dessen bewusst zu sein. Die Aussicht war unglaublich – zumindest war das die Ausrede, die sie dafür hatte. Ein fürstlicher Blick auf den Mond, der über dem Kanal zwischen Maui und Molokai glitzerte. Das Haus stand so hoch oben, dass der Ausblick genauso gut der aus einem Flugzeug hätte sein können – oder aus der Perspektive eines Drachen. War dies der Grund, warum Silas so viel Zeit dort verbrachte?

Keiki war bei ihm und schnurrte um seine Beine. Silas griff hinunter und streichelte das Kätzchen gedankenabwesend. War seine Gestaltwandlerheilung schnell genug, dass er sich schon vollständig von den schrecklichen Verbrennungen erholt hatte? Oder schien er nur äußerlich in Ordnung zu sein, während er innerlich noch immer angeschlagen war?

Sie runzelte die Stirn. Das beschrieb Silas ganz genau und nicht nur in Bezug auf seinen Arm. Aber im Ernst, was wusste sie schon? Selbst nach tagelangem Lesen hatte sie nur gelernt, wie wenig sie tatsächlich über die übernatürliche Welt wusste. Ihr fielen all ihre gescheiterten Versuche zu zaubern wieder ein und sie runzelte die Stirn.

Du musst nur daran glauben.

Vielleicht war Eloise wirklich verrückt geworden. Vielleicht war das alles nur ein Traum. Und sie würde jeden Augenblick zu den nächtlichen Geräuschen von Brooklyn aufwachen – dem rollenden Verkehr, Sirenen in der Ferne, zu den Stimmen der Nachtschwärmer...

Ihre Nasenlöcher bebten. Träume rochen nicht nach nachtblühendem Jasmin, berauschenden Frangipanis oder anderen atemberaubenden tropischen Blumen, die überall blühten. Blüten, die in der Dunkelheit doppelt so stark zu duften schienen, so wie die Engelstrompeten, die sie draußen entdeckte.

Sie betrachtete Silas' breiten Rücken. Der Mann hatte Schultern, für die ein olympischer Schwimmer alles geben würde – abgesehen natürlich davon, dass alle diese Muskeln nicht vom Schwimmen stammten. Sie kamen vom Fliegen. Dieser Mann konnte sich in einen Drachen verwandeln. Warum erschreckte sie das nicht zu Tode?

Irgendwie tat es das nicht. Zumindest nicht, wenn es Silas betraf.

Silas kratzte sich am Arm, während er etwas auf einen Notizblock kritzelte. Er war so tief in Gedanken versunken, dass er sie nicht bemerkt hatte. Stapelweise Papiere lagen auf seinem Schreibtisch, einige Stapel so hoch, dass Keiki sich dahinter verstecken konnte. Der größte Teil seines Büros war sehr ordentlich, was ihr den Eindruck vermittelte, dass er erst kürzlich von einer überwältigenden Reihe neuer Probleme überschwemmt worden war. Und ja, selbst ein Mann mit den Talenten und der Macht von Silas Llewellyn konnte überwältigt werden. Sie hatte bei ihrer Arbeit hinter dem Tresen viele Beispiele gesehen – erfolgreiche Geschäftsleute oder Spitzensportler, die sich dem Alkohol hingaben und sich ihr anvertrauten, weil sie es nicht wagten, vor ihren engsten Freunden Schwäche zu zeigen.

Aber Schwäche, das wusste sie, konnte darin liegen, seine eigenen Grenzen nicht zu kennen. Oft bedeutete es Stärke, um

Hilfe zu bitten.

Sie zog einen Mundwinkel zu einem halben Grinsen hoch. Das traf auf Menschen zu. Galt es auch für Drachengestaltwandler?

„Hey", flüsterte sie, bevor Silas sie erwischen konnte.

Er drehte sich um und schenkte ihr ein müdes Lächeln. „Hey."

Was nur bewies, dass der mysteriöse Mr. Llewellyn gar nicht so unnahbar war, wie es oft erschien.

„Geht es dir gut?", fragte sie, obwohl sie seine Antwort schon erahnen konnte.

„Gut." Sein Lächeln wurde größer, aber nicht aufrichtiger. „Und dir?"

Sie lachte. Die Wahrheit oder nicht die Wahrheit? „Ich habe immer wieder diese Wie-zum-Teufel-bin-ich-hier-gelandet und Was-werde-ich-als-Nächstes-tun Momente... "

Sein Grinsen war echt und er nickte, als ob er genau wüsste, was sie meinte.

„... aber zwischendurch sehe ich mich um und denke, hey, ich schaffe das schon." Sie gestikulierte auf die Aussicht.

Sie schluckte und fügte hinzu: *Zumindest vorläufig.*

Silas folgte ihrer Hand mit seinem Blick. Seine Brust hob sich mit einem tiefen Atemzug und er biss sich mit einem wehmütigen Ausdruck auf die Lippe. Dann lächelte er. „Es ist wirklich schön, nicht wahr?"

Sie nickte mit einem strahlenden Lächeln. Silas war ein Augenschmaus, aber seine seltenen, verletzlichen Momente waren ebenso anziehend. Sein wahres Ich?

Natürlich hatte Eloise noch eine weitere Warnung über Drachen gehabt, die Cassandra nun durch den Kopf schoss.

Sei vorsichtig, meine Liebe. Drachen haben eine Art, holde Jungfrauen zu verführen.

Sie hatte damals darüber gelacht, weil sie sich weder für hold hielt, noch als Jungfrau qualifizierte. Aber wenn man bedachte, was sie für Silas empfand...

Sie klopfte mit den Fingerknöcheln gegen den Türrahmen und erinnerte sich selbst daran, dass sie gehen sollte.

„Gute Nacht, Silas."

Er war immer so förmlich, so darauf bedacht, stets seine Distanz zu halten. Und jetzt, da er einen Moment lang Zeit gehabt hatte, um sich zu sammeln, erwartete sie fast, dass er *Gute Nacht, Miss Nichols* sagen würde.

„Gute Nacht, Cassandra", flüsterte er.

Sie lächelte und zwang sich dann, sich umzudrehen und die Treppe hinunterzusteigen.

Kapitel 9

Silas saß in seinem Büro und starrte aufs Meer hinaus. Seit seiner Rückkehr nach Maui war bereits mehr als eine Woche vergangen – eine anstrengende Woche langer Arbeitsstunden, in denen er versucht hatte, Drax' Bewegungen und den Diamanten zu verfolgen. Eine Woche, die nur durch seine Begegnungen mit Cassandra versüßt wurde, auch wenn sie ihn oft verblüffte – und ihm sogar trotzte.

„Feurig, was?", hatte Kai nach dem Abendessen angemerkt, bei dem Cassandra die Bar übernommen hatte.

Sie war mehr als feurig. Sie war stark. Selbstbewusst. Verführerisch. Kurz gesagt, gefährlich auf eine Weise, die er nicht vorausgesehen hatte.

Trotzdem trommelte er mit den Fingern über seinen riesigen Eichenholzschreibtisch und ging seine Probleme durch.

Drax. Der vermisste Seelenstein. Der Tod seines Großonkels, der ein Machtvakuum in der Drachenwelt hinterlassen hatte. Ein Vakuum, das Drax – und andere – nur allzu gern füllen würden. Zu alledem kamen noch die üblichen Probleme, in einer von Menschen beherrschten Welt ein Gestaltwandler zu sein. Auf Maui kursierten Gerüchte über einen anonymen Investor, der Koa Point und das angrenzende Grundstück zu einem weiteren Luxus-Resort ausbauen wollte.

Das Problem mit Gerüchten war, dass sie oft der Wahrheit entsprangen, und er machte sich ernsthafte Sorgen um die Zukunft von Koa Point. Gerüchte lenkten außerdem die Aufmerksamkeit von Außenstehenden auf sich. Er würde schon bald – in nicht allzu ferner Zukunft – eine Art öffentliche Erklärung abgeben müssen, um diese Gerüchte zu zerstreuen. Und nicht nur das, sie hatten auch die Gestaltwandler von Koa Point erreicht.

Er hasste es, die Wahrheit vor seinen Freunden zu verbergen, war jedoch durch einen Eid dazu verpflichtet, dies zumindest vorläufig weiterhin zu tun.

Er starrte in die Ferne. Seine Probleme waren wie die Schaumkronen, die die Oberfläche des Pazifiks aufwühlten – Reihe um Reihe peitschen sie im wütenden Wind.

Pazifik. Friedlich. Sein Drache schnaubte. *Welcher Dummkopf hat sich diesen Namen nur ausgedacht?*

Magellan, sagte er. *Oder warte. War es Balboa?*

Die Ohren seines Drachen stellten sich auf, bereit die Gelegenheit zu ergreifen. *Wir könnten in die Bibliothek gehen und nachlesen.*

Silas packte die Kante seines Schreibtisches. Nein, das konnte er nicht tun, denn Cassandra war dort drin.

Genau da, am Ende des Flurs, murmelte sein Drache und führte ihn in Versuchung.

Er behielt seinen Blick unerschütterlich auf die Aussicht gerichtet. Cassandra war der Seegang unter den Schaumkronen, der die Wellen ans Ufer stürzen ließ. Eine weitere Komplikation zum denkbar ungünstigsten Zeitpunkt.

Meine Gefährtin ist keine Komplikation, knurrte sein Drache.

Silas presste den Kiefer zusammen. Genau diese Worte definierten *Komplikation.* Er musste jetzt mehr denn je jeden Schritt sorgfältig kalkulieren. Alles befand sich an einem Wendepunkt und ein falscher Schritt – eine Ablenkung – konnte schreckliche Folgen haben. Es war nicht die Zeit, zuzulassen, dass Emotionen sein Urteilsvermögen trübten und ihn auf Umwege führten, die er auf gar keinen Fall riskieren konnte.

Ja, sie war seine Gefährtin. Sein Drache wusste es und seine menschliche Seite erkannte es ebenfalls an. Die Anziehungskraft, die sie auf ihn ausübte, war unbestreitbar. Eine Anziehungskraft, die unendlich viel größer war als der lächerliche Einfluss, den Moira einst auf ihn gehabt hatte. Aber irgendwie musste er es leugnen. Wenn er sich nicht völlig auf Drax konzentrierte, riskierte er alles, was er liebte – sogar Cassandra.

Liebe sie, knurrte sein Drache. *Brauche sie. Kann ohne sie nicht leben.*

Er verzog das Gesicht. Er hatte immer gedacht, dass er zu einem langen und einsamen Leben verdammt sei, aber vielleicht wollte das Schicksal es stattdessen kurz und einsam machen.

Keiki sprang auf seinen Schoß. Das Kätzchen hatte ein Gespür dafür, ihn immer dann zu finden, wenn er am aufgewühltesten war. Sie half ihm, sich zu beruhigen.

Cassandra tut das auch, betonte sein Drache.

Das tat sie, was Teil des Problems war. Sie in seiner Nähe zu haben füllte die Leere, die gedroht hatte, ihn bevor die Zeit reif war, zu einem verbitterten alten Mann werden zu lassen. Aber ihre Nähe erregte ihn auch – und schlimmer noch, seinen Drachen.

Sie erregt mich allerdings. Sein Drache grinste.

Sie hatte die vergangenen Tage in der Bibliothek verbracht, ihre Nase in Büchern vergraben und manchmal vor sich hin gemurmelt. Vielleicht Zaubersprüche probiert?

Er kam nicht umhin, einen Anflug von Stolz bei dem Gedanken zu verspüren, dass Cassandra zu einem kleinen Teil Dank ihm neue Fähigkeiten lernte. Aber er konnte gleichzeitig praktisch die gequälten Geräusche seiner Vorfahren hören, die sich in ihren Gräbern umdrehten.

Wieso würdest du wollen, dass eine Hexe ihre Macht verstärkt? Wer weiß denn schon, wie sie diese Macht missbrauchen könnte?

„Nur zu einem Achtel Hexe", flüsterte er vor sich hin. Und der Art nach zu urteilen, wie sie manchmal mit der Faust auf den Tisch schlug, machte sie keine großen Fortschritte.

„Scheiße!", rief Cassandra genau aufs Stichwort.

Er lachte leise vor sich hin. Mit ihrem schwachen New Yorker Akzent gesprochen, brachten ihn ihre Flüche immer zum Grinsen. Sie fluchte wie ein Seemann – oder wie eine knallharte Barkeeperin, nahm er an.

Einen Moment später warf sie ein leises „Entschuldigung" hinterher und sein Lächeln wurde noch breiter. Sie war sich seiner am anderen Ende des Flurs genauso bewusst, wie er sich ihrer so übermäßig bewusst war. Die Frage war, ob sie dieselbe unbestreitbare Anziehungskraft verspürte.

Keiki schnurrte und verlangte nach mehr Aufmerksamkeit.

„Du hast Hunter geholfen, wie ich sehe." Er wischte Keiki einen Ölfleck vom Rücken.

Sie schloss mit einem katzenhaften *Ja* die Augen.

Er blickte auf das Anwesen hinunter. So vieles stand auf dem Spiel. So vieles, das er beschützen musste.

Sein Drache murmelte zustimmend und zuckte noch nicht einmal mit den Ohren in die Richtung der geheimen Höhle, in der sein bescheidener Schatz verborgen lag. Wenn er in den letzten Jahren eines gelernt hatte, dann, dass die wertvollsten Dinge keinen Geldwert hatten.

Mit der freien Hand nahm er sich einen Stift und tippte damit auf seine Aufgabenliste.

Eloise Vedma – Kontakte, Hintergrund. Er strich den Eintrag durch. Seine Informanten an der Ostküste hatten ihm ein Dossier mit allem, was sie über die Hexe finden konnten, geschickt, was nicht viel war.

Anwalt anrufen. Er verzog das Gesicht und dachte an das Testament seines Onkels Filimore – zumindest an die Teile, von denen er wusste.

Vorbereitung auf das Treffen mit dem Bebauungsausschuss. Ihm war versichert worden, dass die örtlichen Bebauungsgesetze einen anonymen Investor daran hindern würden, Koa Point zu erschließen. Er wollte das Ganze jedoch doppelt und dreifach auf etwaige Schlupflöcher prüfen. Schlupflöcher, die jemand wie Drax ausnutzen könnte…

Wohltätigkeitsgala Samstag. Smoking. Rede. Begleitung.

Der *Smoking* und die *Rede* waren bereits durchgestrichen und für Samstag organisiert, aber *Begleitung* starrte ihn immer noch an.

Er würde die Veranstaltung und die damit verbundene Aufmerksamkeit lieber meiden, aber Maui war eine relativ kleine Insel und über die Bewohner von Koa Point wurde bereits heftig spekuliert. Gelegentliche Auftritte bei öffentlichen Veranstaltungen waren das beste Mittel, um die Gerüchteküche mit der Art von unwichtigen Belanglosigkeiten zufriedenzustellen, nach denen sie sich verzehrte. Wer trug was, sagte was, wurde mit wem gesehen. Auf diese Weise hatten die Leute etwas, worüber sie reden konnten, ohne *zu viel* zu haben, worüber sie reden konnten.

Trotzdem fühlten sich diese Veranstaltungen wie ein Marathonlauf über ein Minenfeld an. Und eine Begleitung mitzubringen – oder auch nicht – war das größte Problem von allen.

Er runzelte die Stirn, als er auf den Kalender schaute. Es war bereits Samstag und er hatte sich immer noch nicht entschieden, ob er mit einer Begleitung oder allein hingehen sollte. Allein zu erscheinen würde seinen Status als heiratsfähigen Junggesellen verkünden und die Tore für jede männerfressende Verführerin auf Maui öffnen – und es gab einige, die auf der Suche nach einem guten Fang waren.

Kein heiratsfähiger Junggeselle, knurrte sein Drache. *Ich habe meine Gefährtin gefunden.*

Silas verdrängte den Gedanken.

Mit einer Begleitung zu erscheinen – was selbst zu diesem späten Zeitpunkt leicht zu arrangieren wäre – lenkte die Aufmerksamkeit normalerweise auf die Frau. Wer sie war, was sie trug. Wie stark sie mit ihm involviert war. Das hatte seine Vor- und Nachteile. Die Schwierigkeit bestand darin, eine Begleitung zu finden, die mit nur einem Abend und nichts weiter zufrieden sein würde – kein Abendessen bei Kerzenschein, kein bedeutungsloser Sex, keine Beziehung. Nichts von alledem hatte ihn je interessiert.

Außer jetzt. Jetzt konnte er es sich perfekt vorstellen. Den roten Teppich mit Cassandra am Arm entlangzugehen. Sie hinterher mit einem Nachtisch in einem der besten Restaurants von Maui zu überraschen. Dort hätte er vorher angerufen, um den besten Champagner und ein mit Rosenblättern bestreutes Tischtuch zu bestellen. Sie am Ende des Abends in sein Schlafzimmer zu führen...

Und sie nie wieder loslassen, murmelte sein Drache verträumt.

Er verzog das Gesicht. Nichts von alledem würde passieren. Er durfte es nicht zulassen.

Warum nicht? Wir brauchen eine Begleitung und Cassandra ist perfekt, sagte sein Drache. *Wir könnten mit ihr hingehen.*

Oh nein, das konnte er nicht. Auf gar keinen Fall.

Warum nicht? warf sein Drache zurück.

Weil er sich viel zu sehr zu ihr hingezogen fühlte und sie sich jeden Tag gefährlich näherkamen.

Bilder schossen ihm durch den Kopf. Bilder von Cassandras Fingern, die sich um seine schlangen. Die sich beim Höhepunkt ihres Liebesspiels an ihn klammerten. Die am Morgen danach weich und entspannt waren. Finger, die ihn kitzelten, wenn er aufwachte und ihn wissen ließen, wie gut sie sich fühlte.

Meine Gefährtin ist perfekt, beharrte sein Drache.

Er schnaubte. Perfekt. Genau. So perfekt, dass er sich nicht sicher war, wozu er fähig wäre?

Ich werde der perfekte Gentleman sein. Sein Drache nickte eifrig.

Das würde abzuwarten bleiben.

Wen er wirklich brauchte, war Ella – die Wüstenfuchsgestaltwandlerin, die das einzige weibliche Mitglied ihrer Spezialeinheit gewesen war. Ella war ledig, hübsch und das Beste von allem war, dass es zwischen ihr und ihm absolut gar nichts gab, außer dem gegenseitigen Respekt zwischen Kameraden. Sie war aus diesem Grund sogar schon ein paarmal aus Arizona eingeflogen und scherzte, dass ein langweiliger Abend mit ihm zumindest die Woche wert war, die sie danach auf der Insel verbrachte.

Aber er hatte nicht weit genug vorausgedacht, so dass er immer noch in der Klemme steckte.

Cassandra. Cass-an-dra, sagte sein Drache und zerlegte ihren Namen in Silben, um die Idee in seinen Dickschädel zu bekommen. *Die Frau, die wir tatsächlich lieben. Ein Abendessen wäre perfekt. Sie könnte uns besser kennenlernen. Lernen, uns zu vertrauen.*

Was Sinn machte, bis er sich daran erinnerte, dass er sich selbst nicht vertraute. Nicht, wenn es um sie ging.

Er erhob sich von seinem Stuhl und begann, den Flur entlangzugehen. Ganz egal, wie er es auch drehte oder wendete, sich Cassandra anzunähern, war keine Option, die er sich leisten konnte. Es spielte keine Rolle, dass er jedes Mal, wenn er sie sah, einen schmerzhaften Kloß im Hals bekam. Um ihretwillen musste er seiner Gefährtin widerstehen.

Aber wir brauchen sie, flehte sein Drache.

Natürlich brauchte er sie. Sie war die Einzige, die wusste, wo sich der Diamant befand.

Was interessiert uns schon der Diamant? brüllte die Bestie.

Tatsächlich interessierte er ihn nicht. Aber den Seelenstein von Drax fernzuhalten war seine Pflicht. Nur so könnte er den Frieden für die Gestaltwandler von Koa Point sicherstellen – und für alle Drachen überall. Er musste das große Ganze im Auge behalten.

Aber alles, was sein Drache sehen konnte, waren tausend wundervolle Bilder, in denen er Cassandra umwarb. Liebevolle Bilder. Sie beide, glücklich bis ans Ende ihrer Tage.

Er trat beim Gehen gegen den Boden. Wunschdenken. Und hoppla – fast hätte er die arme Keiki getreten. Sie hatte es sich angewöhnt, ihm zu folgen und zu probieren, seine Launen nachzuahmen. Im Moment bedeutete dies, dass sie mit dem Schwanz peitschte und alles, was sich ihr in den Weg stellte, wütend anstarrte. Dann blickte sie mit dem süßesten Blick aller Zeiten zu ihm auf, als wollte sie fragen: *Habe ich es richtiggemacht?*

Seine Brust zog sich zusammen. Er war ein furchtbares Vorbild. Er schnappte sie sich und versuchte es stattdessen mit Streicheleinheiten.

Wir könnten Kinder haben, sinnierte sein Drache. *Mit Cassandra. Sie würden großartig sein.*

Er sträubte sich gegen den Vorschlag. Das Schicksal wollte nur seine Entschlossenheit testen. Hatte er das Rückgrat, um der engagierte Anführer zu sein, den die Gestaltwandlerwelt so dringend brauchte? Ein starker Anführer brachte nun mal persönliche Opfer für das Wohl der Allgemeinheit.

Gut, schnaufte sein Drache. *Wir brauchen aber trotzdem noch eine Begleitung für das Abendessen.*

Nein, brauchte er nicht. Er konnte genauso gut alleine gehen. Was hatte es schon zu bedeuten, dass er sich dabei innerlich leer fühlte?

Die Uhr am Ende des Flurs tickte und leitete einen Countdown ein.

Und so ging es für den ganzen Rest des miserablen Nachmittags weiter. Wie mechanisch duschte er, rasierte sich und zog seinen Smoking an. Dann ging er zur Garage, gedanklich mit den Füßen schleifend. Wenn er sich nicht sogar tatsächlich seine Lederschuhe zerkratzte. Es war genauso, wie sein Vater immer zu sagen pflegte: das Leben war voller unangenehmer Geschäfte, und großartige Männer – und Drachen – mussten sich bewähren, indem sie solche Prüfungen ertrugen.

Er mied es, beim Gemeinschaftshaus vorbeizugehen. Dort waren alle anderen bereit, den Abend auf eine wesentlich angenehmere Art und Weise zu verbringen – zu Hause, mit den Leuten, die sie kannten und denen sie vertrauten, wo sie einfach sie selbst sein und sich amüsieren konnten.

„Hey Silas!", rief Tessa. „Hast du nicht etwas vergessen?"

Er tastete seine Tasche ab und fragte sich, was sie meinte. Seine Brieftasche war genau da, wo sie sein sollte, und der Autoschlüssel hing in der Garage. Also was meinte sie damit? Er drehte sich um und...

Sein Atem stockte. Nicht beim Anblick von Tessa, die auf ihn zukam, sondern wegen der Frau an ihrer Seite.

Eine Frau mit glänzendem, braunen Haar, das zu einer komplizierten Frisur hochgesteckt war. Die Spätnachmittagssonne schimmerte in ihren braunen Augen, was sie funkeln und strahlen ließ. Ihr ärmelloses Chiffonkleid ließ glorreiche Kurven erahnen, ohne zu viel Haut zu enthüllen, denn dafür hatte sie zu viel Stil. Der Stoff wiegte sich im Wind, so als würde er ihn zum Tanz auffordern. Und verdammt – fast hätte er ihre Hand genommen und genau das getan.

„Cassandra", murmelte er. Nun, zumindest hatte er es in Gedanken getan, auch wenn er tatsächlich keinen Ton über die Lippen bringen konnte.

Dann fiel ihm die Farbe ihres Kleides auf und er erstarrte. Es war schwarz mit einem Hauch von Rot, genau wie die Farbe seines Drachen.

Schicksal, hauchte seine innere Bestie.

Ihre Schuhe waren schwarz und das Tuch, das sie sich über den Arm geworfen hatte, war elfenbeinfarben.

„Wir haben Streichhölzer gezogen, um auszulosen, wer heute Abend mit dir ausgehen muss", sagte Tessa mit einem übertriebenen Seufzer. „Rate mal, wer verloren hat?"

Cassandras Augen funkelten, als hätte sie gewonnen, und etwas in ihm schwoll an.

„Was sagst du?", fragte Tessa. „Hübsches Kleid, oder?"

Es war ein wundervolles Kleid, aber er konnte nicht denken. Nicht während sein Drache in seinem Kopf Räder schlug. Cassandra war wunderschön. Nun, sogar noch schöner als sonst. Elegant. Perfekt. Und sie kam direkt auf ihn zu. Ohne zu zögern. Mit keinerlei Zeichen des Bedauerns.

Je näher sie kam, desto stärker klopfte sein Herz. Ihre Lippen teilten sich leicht, aber sie ließ ihn nicht aus den Augen.

„Bereit zu gehen?", fragte sie, als hätten sie eine Verabredung oder so etwas.

Ihr habt eine Verabredung, du Idiot, bellte sein Drache in seinen Gedanken.

Er blinzelte ein paarmal. Nein, es war kein Traum. Und ja, sie hielt wirklich seine Hand.

„Wir haben Cassandra erzählt, wie oft du von deinen Begleiterinnen versetzt wirst, und sie hatte Mitleid mit dir", zwinkerte Tessa, als wäre das jemals ein Problem gewesen. „Ist es nicht nett von ihr, in letzter Minute einzuspringen?"

„Sehr nett", stimmte er zu.

Mit einem Klicken und einem Drehen bewegten sich die Zahnräder in seinem Kopf weiter und ihm wurde klar, dass Tessa dies alles inszeniert hatte.

Moment mal, Tessa. Was hast du getan? bellte er in ihre Gedanken.

Sie grinste, trat in die Schatten zurück und ließ ihn und Cassandra allein.

Ich? Nicht viel. Ich habe nur getan, was ein mächtiger Alpha nicht selbst tun konnte.

„Wenn du nicht willst, dass ich mitkomme. . . " Cassandra senkte den Blick.

Seine Hand schoss hervor und griff nach ihrer. „Ich würde mich sehr freuen, wenn du mitkommst."

Cassandra blickte auf und strahlte. Fast musste er bei der Wirkung, die sie auf ihn hatte, einen Schritt zurücktreten. Es war lächerlich, dass sich ein erwachsener Mann dermaßen auf einen einzigen Abend freute – und über eine Frau, die genötigt worden war, seine Begleitung zu sein.

Aber in Ordnung, er konnte damit leben, lächerlich zu sein, solange sie ihm gehörte.

Sie gehört mir, knurrte sein Drache. *Meine Schicksalsgefährtin.*

Langsam und atemlos drehte er sich zur Garage um und streckte ihr den Ellbogen entgegen. Und langsam und vorsichtig schob Cassandra ihren Arm durch seinen.

Hitze strömte durch seine Adern, als sie sich an ihn schmiegte, und sein Drache gurrte.

„Viel Spaß!", rief Tessa, die offensichtlich zufrieden mit sich selbst war.

Und los ging es, Cassandra und er hatten eine richtige Verabredung.

„Bist du dir sicher, dass du mitkommen willst?" Er gab ihr eine letzte Chance, sich dagegen zu entscheiden.

„Oh, mach dir keine Sorgen", kicherte Cassandra. „Ich mache so etwas andauernd. Ich gehe mit verzweifelten Männern aus, nur damit sie sich gut fühlen."

„Nun, ich mache so etwas nicht jeden Tag", flüsterte er und ließ es darauf beruhen. Sie sollte selbst herausfinden, wie besonders dies für ihn war.

Er führte sie in die mittlere Garagenbucht und dann zur linken Seite des Wagens herum. „Das Lenkrad befindet sich auf der rechten Seite", erklärte er und ging mit längeren Schritten, um die Beifahrertür vor ihr zu erreichen.

„Mercedes 300 SL, stimmt's?", fragte sie, als er die Flügeltür öffnete. „1954?"

Er starrte sie an „1955."

„Ach natürlich", sagte sie sofort. Einen Augenblick später blitzten ihre Augen fröhlich auf. „Ich habe früher in einer Kneipe mit Oldtimermotto gearbeitet. Du kannst mich auf dem Weg darüber ausfragen."

Er würde sie lieber über jede Facette ihres Lebens ausfragen. Um sie besser kennenzulernen. Um all die Jahre auszufüllen, die sie nicht miteinander verbringen konnten. Sicher, seine Quellen an der Ostküste hatten ihm alles berichtet, was sie finden konnten, aber trotzdem fehlte so vieles. Ihre Interessen. Ihre Passionen. Ihre Lieblingswitze, Lieblingsgeschmäcker und Lieblingsgedichte. All die wichtigen Dinge.

„Vielen Dank", sagte sie und stieg anmutig in den Wagen.

„Gern geschehen." Er versuchte, nicht auf das lange, nackte Bein zu starren, das zwischen den Seitenschlitzen ihres eleganten Kleides zu sehen war.

Normalerweise würde er die Tür einfach zuschlagen, aber dieses Mal schloss er beide Hände um die Kante und senkte sie mit einem vorsichtigen Klicken herab. Dann ging er zur Fahrerseite herum und rutschte hinein. Sie fuhren die ersten paar Minuten schweigend und er fragte sich, was ihr wohl durch den Kopf ging.

„Gehst du oft zu solchen Veranstaltungen?", fragte sie in einem Tonfall, der ihm nichts verriet.

„Zu oft", gab er zu und blickte geradeaus.

Sie neigte den Kopf. „Warum machst du es dann?" Sie griff nach einem Prospekt auf dem Armaturenbrett und blinzelte, während der Wagen die Küstenstraße entlangrollte. „Engagierst du dich wirklich so sehr für die ... ähm... "

„Die Wohltätigkeitsgesellschaft zum Schutz der Einheimischen Hawaiianischen Tierwelt? Das Drei Pfoten Rettungszentrum?" Er schüttelte den Kopf. „Versteh mich nicht falsch – es sind großartige Zwecke. Ich würde natürlich lieber einen Scheck ausstellen und zuschicken, wenn ich das könnte. Aber Veranstaltungen wie diese schärfen das öffentliche Bewusstsein, was mehr Geld und mehr Freiwillige einbringt und dazu beiträgt, die Einstellung der Menschen zu ändern. Ich wünschte nur, das Gleiche könnte ohne den ganzen Medienrummel und die Menschenmassen erreicht werden." Er zupfte an seinem Kragen.

Sie lachte. „Und ich dachte schon, du wärst ein philanthropischer James Bond."

Er schnaubte. „So glamourös ist es nicht, glaube mir."

Er wünschte sich, er könnte es erklären. Ja, er hatte ein gesundes Bankkonto und ja, er hatte auch das Glück, auf einem unglaublichen Anwesen zu leben. Aber es ginge ihm genauso gut – vielleicht sogar besser – wenn er ein einfacheres Leben in einem kleineren Ort führen könnte. In einer kleineren Welt, wenn das Sinn machte.

Mit meiner Gefährtin, fügte sein Drache sofort hinzu. *Ich könnte überall leben, solange ich meine Gefährtin hätte.*

Der Mercedes rauschte den Honoapi'ilani Highway hinunter und er zeigte nach rechts. „Dort. Siehst du den Imbisswagen?"

Sie nickte, als sie an einem kastenförmigen, silbernen Lastwagen vorbeifuhren, der an seinem üblichen Platz im Puamana Beach Park stand.

„Ich würde lieber für sieben Dollar an einem Ort wie diesem zu Abend essen, als zu diesem Tausend-Dollar-Festmahl heute Abend zu gehen."

Sie sah ihn an. Sah ihn wirklich an. „Warum dann nicht? Wieso gehen wir nicht einfach hin?"

Er starrte durch die Windschutzscheibe und wünschte sich, er könnte erklären, wie sich erdrückende Pflichten anfühlten. Die Pflicht, das Familienvermächtnis weiterzuführen.

Und überhaupt, es war sowieso zu spät. Der Imbisswagen lag bereits weit hinter ihnen und er musste zu einer Gala auf der anderen Seite von Maui fahren. Er schaute auf die Uhr.

Mehr als genug Zeit, flüsterte sein Drache in seinen Gedanken.

Und einfach so begann ihm das Wasser im Munde zusammenzulaufen, wenn er an eine gute altmodische Maui *Poke Bowl* oder an einen Fisch-Taco dachte. Etwas Einfaches, das er mit Stäbchen oder den bloßen Händen essen konnte, anstatt für jeden Gang genau das richtige Besteck auswählen zu müssen.

Er ließ den Motor aufheulen, als sie den niedrigeren Landrücken erreichten, der die beiden Hälften von Maui verband. Zur Rechten erhob sich der Haleakala mit der gewohnten Wolkenkrone und zur Linken ragten die Berge West Mauis empor. Die Fenster, die er nachträglich in den festen Rahmen hatte einbauen lassen, waren nun offen und der Wind peitschte durch sein Haar. Cassandra lehnte ihren Kopf gegen die Kopfstütze und genoss die Aussicht.

„Es ist wunderschön", flüsterte sie.

Er schaute von einer Seite zur anderen und sog die Magie von Maui in sich auf, als wäre es das erste Mal. Die verwilderten, verlassenen Zuckerrohrfelder. Die verschiedenfarbigen Flecken an den Berghängen. Der satte feuchte Duft der Tropen. Witzig, wie es ihn dazu brachte, etwas zu schätzen, wenn Cassandra es genoss.

„Cassandra, warum hast du zugestimmt, heute Abend mit mir auszugehen?"

„Vielleicht möchte ich dich im Auge behalten. So wie du mich im Auge behalten hast."

Er versuchte, es mit einem Scherz abzutun. „Komisch, ich dachte nur, ich wäre ein guter Gastgeber, indem ich dir das Anwesen zeige."

„Du warst ein großartiger Gastgeber. Liebenswürdig, höflich, rücksichtsvoll."

Es wurde ihm warm ums Herz, als er sie dies sagen hörte.

„Und du hast mich im Auge behalten", fügte sie hinzu.

In Ordnung, das hatte er wirklich – manchmal zu sehr für sein eigenes Wohl. Aber verdammt, sie hatte das Gleiche mit ihm getan.

„Wir hatten früher eine Regel, die Menschen auf dem Anwesen verbot", sagte er, als würde das irgendetwas erklären.

„Menschen?" Sie schnaubte. „Drachen machen mir Sorgen."
Er warf ihr einen kritischen Blick zu und sie ruderte zurück.
„Nun, vielleicht nicht alle Drachen."

Sein Drache grinste. *Ich wusste, dass sie mich mag.*

„Aber Moment mal", sagte sie. „Ihr hattet eine Regel gegen Menschen? Was ist passiert?"

Er strich sich mit der Hand über das Kinn und dachte zurück. „Nun, Tessa kam zu uns und blieb schließlich bei Kai. Dann steckte Nina in Schwierigkeiten und wir konnten sie nicht abweisen." Er lachte. „Boone konnte sie *definitiv* nicht abweisen. Dann kamen Dawn und Hunter endlich zusammen und Cruz begegnete Jody…"

Er verstummte. Irgendwie hatten ihn die Veränderungen in Koa Point überrumpelt. Es waren Veränderungen zum Besseren. Einer nach dem anderen hatten seine Gestaltwandler-Brüder ihre Schicksalsgefährtinnen gefunden. Und er hatte nie geglaubt, dass ihm so etwas auch passieren konnte. Aber jetzt...

Er hielt den Atem an und schaute in ihre strahlenden Augen.

Jetzt glaube ich es, sagte sein Drache ehrfürchtig.

Glaubte Cassandra es? Wusste sie überhaupt, worauf sie sich mit ihm einließ?

Zuckerrohrstangen winkten ihm vom Straßenrand wie Vogelscheuchen zu und verspotteten ihn. Ein Auto hupte hinter ihnen und er zwang seinen Blick zurück auf die Straße.

„Wie dem auch sei. Wir haben die Regel abgeschafft", schloss er und sie beließen es dabei. Erneutes Schweigen breitete sich aus.

Ein Reisebus hatte angehalten und Menschen standen am Straßenrand und fotografierten den Haleakala im satten Nachmittagslicht.

„Oh. Ich sollte dich warnen. Es wird bei der Gala Kameras geben. Reporter, meine ich." Sein Herz klopfte schneller. Verdammt, sie würde sich sicher davor scheuen und seine Verabredung wäre vorbei, bevor sie auch nur richtig begonnen hatte.

Cassandra nickte beiläufig. „Tessa hat mich vorgewarnt."

Silas nahm sich vor, Tessa einen Blumenstrauß zu besorgen. Oder besser noch, einen Korb mit ausgefallenen Speiseölen oder Kräutern, die ihr dabei helfen würden, neue Rezepte für das Kochbuch zu entwickeln, an dem sie gerade arbeitete.

„Und es macht dir nichts aus?" Er sah Cassandra an.

„Drax weiß doch bereits, dass ich hier bin, nicht wahr?"

Silas' Kiefer versteifte sich. Er nickte knapp und versuchte, den Hass aus seinem Herzen zu vertreiben, zumindest für einen Abend.

„Also gut." Sie winkte mit der Hand und zwinkerte. „Sorge nur dafür, dass sie meine gute Seite erwischen."

Du hast nur gute Seiten, sagte sein Drache.

Und einfach so ließ die Anspannung in seinem Körper wieder nach. So sehr, dass er versucht war, die Küstenstraße nach Hana abzubiegen, nur um die Fahrt zu verlängern. Genauer gesagt, um sie stundenlang in die Länge zu ziehen.

Wir könnten die ganze Nacht lang bleiben. Sein Drache nickte heftig.

Natürlich tat er nichts dergleichen. Schon bald erreichten sie den Stadtrand von Kahului und er wechselte pflichtbewusst in die linke Spur, die zum Kunst- und Kulturzentrum führte, wo die Gala stattfinden sollte.

Cassandra zeigte nach vorn. „Wo geht es da lang?"

„Zum Strand", sagte er wehmütig.

So nah, flüsterte sein Drache.

„Oh. Schön", sagte Cassandra mit völlig neutraler Stimme.

Er trommelte auf dem Lenkrad, während er darauf wartete, dass die Ampel grün wurde.

Immer noch genügend Zeit für einen kleinen Umweg, schnurrte sein inneres Biest.

Aber ein Umweg gehörte nicht zu seinem Plan. Der Plan war, am Abendessen teilzunehmen, es hinter sich zu bringen und dann nach Hause zu fahren.

Aber das war natürlich vorher gewesen, bevor er Cassandra als Begleitung bei sich hatte.

Lebe ein wenig, sagte sein Drache.

Silas wusste nicht, wie oft in seinem Leben er diesen Rat ignoriert hatte. Er lebte nie ein wenig. Er hielt sich immer an seinen Plan.

Das Auto hinter ihm hupte und Silas blickte auf. Beide Ampeln waren grün – die zum Linksabbiegen und die Spur geradeaus. Er rollte langsam vorwärts und dann...

... grinste er. Vielleicht würde er zur Abwechslung ein bisschen leben.

Er ließ den Motor aufheulen und wechselte die Spur, um geradeaus über die Kreuzung zu fahren, anstatt abzubiegen. Autos hupten aus Protest, als er davonraste.

So ist es richtig, jubelte sein Drache.

Cassandra kicherte. „Ist das der Schleichweg zum Kulturzentrum?", fragte sie in einem gespielt unschuldigen Ton.

Nein, das ist ganz sicher nicht der Schleichweg, züchtigte er seinen Drachen. *Es ist der Weg zum Strand.*

Und mit etwas Glück, der Weg zu einem der besten Imbisswagen auf Maui, erwiderte der Drache schnippisch.

Er schaute auf seine Uhr und gab schließlich nach. „Ich schätze, man könnte es die Panoramastraße mit der besseren Aussicht nennen."

Das auf jeden Fall, sagte sein Drache, als er seine Begleitung anschaute.

Kapitel 10

Cassandra lachte und es klang wie Musik in Silas' Ohren. „Panoramastraße. Gute Aussicht, das klingt super."

Er schüttelte den Kopf über sich selbst, fuhr aber weiter. Wer A sagt, muss auch B sagen, dachte er. Und sie hatten wirklich ein wenig Zeit zum Abendessen, bevor die Veranstaltung richtig losgehen würde. Er musste genau genommen nur irgendwann auftauchen, ein paar Hände schütteln und ein paar Worte sagen. Das bedeutete nicht, dass er den ganzen Abend dort verbringen musste.

Das gleichmäßige Geräusch der Reifen auf glattem Asphalt wandelte sich zu einem Ruckeln, als er in die Seitenstraße zum Kanaha Beach Park abbog. Silas beugte sich vor, so aufgeregt wie ein Kind an Weihnachten. Würde der Imbisswagen dort stehen oder würde dieser ganze Umweg beweisen, welch ein hoffnungsloser Fall er war.

Die Sonne reflektierte sich auf einer Metallfläche vor ihnen und sein Drache jubelte innerlich.

„Dort ist er", sagte er so lässig wie nur irgend möglich.

„Jenny's Hawaiian Mixed Plate?", fragte Cassandra skeptisch.

Er nickte. „Hier gibt es die beste *Poke Bowl* auf ganz Maui." Dann fügte er schnell hinzu: „Zumindest laut Boone."

Cassandra lachte. „Du isst hier also eher selten, ja?"

Sie sah ihn direkt an und er grinste. In Wahrheit aß er selten bei Jenny's. Irgendwie fand er nie die Zeit dazu.

Du musst dir die Zeit nehmen, sagte sein Drache.

Was, wie er annahm, genau das war, was er gerade tat.

Er parkte den Mercedes zwischen einem verbeulten Pritschenwagen und einem jahrzehntealten grünen Nissan mit einem Surfbrett auf dem Dach. Dann stieg er aus dem Auto, um Cassandra zu helfen. In dem Moment, als sie aufstand, schob sie ihren Arm durch seinen und lächelte. Sie boten einen außergewöhnlichen Anblick – er in seinem Smoking und Cassandra in ihrem eleganten Abendkleid. Sie waren beide schick genug für einen Empfang auf dem roten Teppich in Hollywood, obwohl Jenny's ein Imbiss am Strand war, an den man sonst eher barfuß ging. Aber Silas war es egal, wie er aussah. Ihm war es wichtiger, wie er sich fühlte.

Ich fühle mich gut, murmelte sein Drache. *Richtig gut.*

Also ging er direkt auf den Imbisswagen zu und begrüßte die Asiatin hinter der Theke mit einem Nicken. „Zwei *Poke Bowls*, bitte."

Die Frau zuckte beim Anblick ihrer aufgeputzten Gäste noch nicht einmal mit der Wimper. „Getränke?"

„Was empfiehlst du?", fragte Cassandra.

Er hätte fast gelacht, als er sich vorstellte, wie sie ihren Finger über eine Weinkarte schweben ließ.

„Der Guaven-Papaya Eistee klingt gut. Wenn du so ein starkes Getränk vertragen kannst", witzelte er.

Cassandra nickte entschlossen. „Darauf kannst du deinen Arsch verwetten." Sie wandte sich an die Frau im Imbisswagen und hielt die Finger hoch. „Machen Sie zwei daraus, bitte."

Und so kam es, dass Silas, anstatt einem steifen und spießigen Empfang im Kunst- und Kulturzentrum von Maui beizuwohnen, sein Bein über die Bank eines Picknicktisches am Strand schwang. Cassandra schlängelte sich in die enge Lücke und setzte sich an seine Seite.

„Es ist wunderschön", hauchte sie und blickte auf den Ozean.

Wunderschön, stimmte sein Drache zu und sah sie an.

Seine Nasenlöcher bebten, als ihm ihr zarter Lavendel-Löwenzahn Duft zwischen den Hintergrunddüften des Ozeans und des Strandes in die Nase stieg. Salzige Luft und *Pohuehue*-Duft waren alltäglich auf Maui, aber Cassandra stach wie eine exotische Blume hervor.

„Wunderschön", murmelte er.

Sie sahen sich einen Augenblick lang in die Augen, bevor sie ihre Blicke voneinander losrissen. Ihre Beine waren fast nah genug, um sich zu berühren, und er konnte ihre Wärme an seiner Seite spüren.

„Bist du bereit, es dir schmecken zu lassen?", fragte sie.

Er stocherte mit seiner Plastikgabel in seiner Styropor-Schüssel herum und runzelte die Stirn. „Die Damen von der Dünen-, Feuchtland- und Küstenstiftung würden mich lynchen, wenn sie das sehen könnten."

Cassandra tätschelte seine Hand und heiße Funken flogen durch seine Adern. „Vielleicht ist es dir ab und zu einmal erlaubt." Sie schob ihre Gabel in ihre Mahlzeit. „Was genau ist das?"

„*Poke Bowl.* Marinierter Fisch. Es ist ein traditionelles hawaiianisches Gericht."

Unter dem Tisch berührten sich ihre Beine, aber Cassandra zog ihre nicht weg. Tatsächlich neigte sie ihre noch näher an seine heran.

Schön, summte sein Drache und ließ ihm alle möglichen unangemessenen Bilder durch den Kopf gehen – wie ihr nacktes Bein, das sich um seines schlang. In der Horizontalen, beide liegend…

Er räusperte sich und trank eilig einen Schluck seines Eistees.

„Nun dann", sagte Cassandra, „muss ich es wohl probieren, schätze ich."

Beim Anblick davon, wie sie ihre Gabel an ihre Lippen hob, wurde sein Mund ganz trocken. Es gefiel ihm, zu sehen, wie sie sich entspannte. Eine normale Frau, die ihn wie einen normalen Mann behandelte, ohne irgendwelche dieser Gestaltwandler/Hexen/Seelenstein-Komplikationen, die seine Welt in der vergangenen Woche getrübt hatten.

Cassandra behielt ihre Gabel im Mund und schloss die Augen, als sie ein leises Stöhnen von sich gab. „Das ist so lecker."

Silas kratzte mit seinen Lederschuhen durch den Sand und klammerte sich an seinem kalten Glas fest, als er verzweifelt versuchte, einen Ständer abzuwehren.

Cassandra war bereits bei ihrem dritten Bissen, als er seinen ersten nahm. Und als er es tat, schloss er ebenfalls die Augen. Er hatte ganz vergessen, wie lecker das Essen der Imbisswagen sein konnte. Und er hatte sich auch nicht vorstellen können, wie verführerisch und sinnlich es sein konnte, einer Frau einfach nur beim Essen zuzusehen.

Ihre Ellbogen berührten sich und die Wärme ihres Oberschenkels wärmte seinen. Ihr Duft schien ihn sogar noch mehr einzuhüllen, so als würde er sich um seinen Körper schlingen.

„Nicht schlecht", murmelte er und führte einen aussichtslosen Kampf, sich auf sein Essen zu konzentrieren.

Cassandra zeigte mit der Gabel auf die tosenden Wellen, die an Mauis windzugewandter Küste heranrollten. Der Himmel war satt rosa und der Strand glühte praktisch im nachlassenden Abendrot. Irgendwo hinter ihnen ging die Sonne an Mauis Westküste unter.

„Nicht schlecht?" Sie schnaubte. „Ich würde sagen, es ist verdammt gut. Gutes Essen. Gute Aussicht." Sie hielt inne, als würde sie ihre Worte genau abwägen und fügte schließlich hinzu: „Gute Gesellschaft."

Es war beinahe wie ein nachträglicher Gedanke und sie sprach so leise, dass er sie fast nicht gehört hätte.

„Gute Gesellschaft", stimmte er ihr zu.

Er drehte sich zu ihr um, um sie anzusehen, und als sich ihre Blicke trafen, spielte der Sonnenuntergang keine Rolle mehr. Und auch nicht die hereinrollenden Wellen oder der Reis auf seiner Gabel. Nichts außer ihr schien von Bedeutung zu sein.

Wunderschön, hauchte sein Drache, als er in ihre Augen starrte.

Satte, braune Augen, die strahlten und funkelten. Sein Herz klopfte stärker und er umklammerte sein Glas noch fester. Ihr Blick fiel auf seine Lippen und er hielt den Atem an.

Küss mich, flüsterte sein Drache und bettelte Cassandra praktisch an. *Bitte.*

Sie lehnte sich ein klein wenig näher heran und sein Puls raste. Der Kuss in der Bibliothek war der beste seines Lebens gewesen und dieser hier würde mit Sicherheit...

Peng! Im Imbisswagen knallte ein Topfdeckel und Jenny schrie: „Letzte Runde!"

Sie rissen sich so schnell voneinander los wie ein paar Teenager, die auf frischer Tat ertappt worden waren. Cassandras Gesicht färbte sich rosa. Silas konnte die Hitze auch in seinen Wangen spüren. Aber zum Teufel, selbst das war schön. Wann hatte er sich das letzte Mal so lebendig gefühlt?

Cassandra sah ihn an – *ganz* intensiv – und ihre Mundwinkel zuckten. „Ach was soll's." Und eine Sekunde danach küsste sie ihn.

Der Kuss war irgendetwas zwischen einem kleinen *Küsschen auf die Lippen* und einem *schnellen Kuss* und doch setzte er ihn in Flammen. Er hielt daran fest und zog den Genuss in die Länge, so sehr er konnte. Er schob ihr gerade eine Hand den Arm hinauf, als sie sich von ihm löste.

„Nett", flüsterte sie nur wenige Zentimeter von seinen Lippen entfernt.

Er träumte davon, sie für einen weiteren Kuss an sich zu ziehen. Davon, sich an ihr Ohr zu kuscheln und ihr alle möglichen schmutzigen Dinge zuzuflüstern. Er wollte sie ganz nah festhalten und…

Cassandra lehnte sich zurück, nickte zufrieden und hob ihr Glas zu einem Toast.

„Auf … ", begann sie und verstummte dann, auf der Suche nach den richtigen Worten.

Auf gestohlene Küsse, fügte sein Drache hinzu. *Auf Schicksalsgefährten.*

„Auf Umwege und Panoramastraßen", schlug er stattdessen vor.

Cassandras Lächeln wurde breiter. „Auf Umwege, Panoramastraßen und Mahlzeiten an Imbisswagen. Vielen Dank, dass du mich hierhergebracht hast."

„Danke, dass du mitgekommen bist", murmelte er.

Cassandra widmete sich erneut ihrer *Poke Bowl* und er tat dasselbe, während er sie immer wieder heimlich ansah. Er hätte nichts gegen einen weiteren Kuss gehabt – tatsächlich gegen viele weitere Küsse – aber das hier war auch schön. Einfach nur neben ihr zu sitzen und sich wie ein normales Pärchen zu fühlen. Sie besser kennenzulernen und, was am besten war, herauszufinden, dass sie sich auch für ihn interessierte. Er sehnte sich nach mehr – nach mehr gemeinsamer Zeit. Nach mehr Abendessen an Imbisswagen. Nach mehr Sonnenuntergängen.

Leider verging die Zeit viel zu schnell und die reale Welt rückte wieder in den Vordergrund. Cassandra jagte mit der Gabel dem letzten Reiskorn in ihrer Schüssel nach und leckte sich die Lippen. Sie trank den Rest ihres Eistees, griff nach seinem Handgelenk und drehte es um, so dass sie die Uhrzeit sehen konnte.

„Verdammt.“ Sie seufzte. „Zeit zu gehen?“

Er wollte nicht auf die Uhr schauen, aber ja, es war an der Zeit zu gehen. Immerhin durfte er mit Cassandra gemeinsam gehen und den Rest des Abends mit ihr verbringen.

Den Rest der Nacht, schnurrte sein Drache.

Dieser gierige Bastard. Denn Silas selbst hatte nicht *so* weit vorausgedacht.

Zehn Minuten später fuhren sie in ihrem Wagen vor dem Kunst- und Kulturzentrum vor und übergaben dem Parkdiener die Schlüssel.

„Ich schätze, es hat einen Vorteil, spät anzukommen. Man muss sich beim Parken nicht anstellen“, sagte er.

„Es schickt sich heutzutage, ein wenig zu spät zu kommen“, entschied Cassandra. „Hier entlang?“

Er grinste. Er sollte es sein, der ihr den Weg wies, und nicht sie, die ihm durch eine unangenehme Pflicht den Rücken stärkte. Also rollte er seine Schultern zurück, hakte seinen Ellbogen fest um ihren und schritt auf den Eingang zu, bereit, seine Rolle zu spielen.

Eine Kamera blitzte von links, gefolgt von einer weiteren von rechts, um sie beide zu fotografieren. Silas stöhnte innerlich. Dieses Bild würde sicherlich am nächsten Tag in den Illustrierten erscheinen. War Cassandra wirklich damit einverstanden?

Sie schwankte nicht im Geringsten. Tatsächlich lächelte sie wie ein Champion und schlenderte dahin, als wäre sie schon hundertmal über rote Teppiche gegangen. Sie flüsterte ihm allerdings aus dem Mundwinkel etwas zu.

„Wirst du immer so empfangen?"

Eine weitere Kamera blitzte auf. „Mr. Llewellyn! Hier drüben, bitte!"

„Mr. Llewellyn!", rief ein anderer Mann.

Silas ging einfach geradeaus und verstärkte seinen Druck auf ihren Arm ein wenig. „Ignoriere sie einfach", flüsterte er. „Das passiert andauernd."

„Sicher", zwitscherte sie. „Das passiert andauernd."

„Mr. Llewellyn, welche Wohltätigkeitsorganisation gefällt Ihnen am besten?", fragte ein Reporter.

„Mr. Llewellyn, wer ist diese reizende Dame?"

Er hustete in seine Hand und verbarg ein Knurren.

Das geht niemanden etwas an außer mich. Sie ist mein. Sein inneres Biest betonte das letzte Wort und wiederholte es dann ein paarmal. *Mein. Mein. Mein!*

„Mr. Llewellyn, was haben Sie zu der vorgeschlagenen Bebauung der Westseite zu sagen?"

Bei dieser Frage hielt er inne.

„Sollte dieser Antrag legitim sein, kann ich Ihnen versichern, dass ich ihn bis zu meinem letzten Atemzug bekämpfen werde." Er funkelte den Mann an.

Der Reporter schaute ein wenig verdutzt, der arme Kerl. Offensichtlich hatte er keine Ahnung von den bösen Mächten hinter diesem Antrag.

Cassandra berührte Silas' Arm und seine Wut ließ so schnell nach, wie sie gekommen war.

Als sie die oberste Treppenstufe erreichten, atmete sie aus. „Uff. Was für ein Spießrutenlauf."

Er schüttelte den Kopf und zeigte nach vorn. „Raus aus der Hitze und rein ins Feuer."

An den Reportern vorbeizukommen war nur eine Sache. Das Haifischbecken der Veranstaltung selbst zu überleben, war eine ganz andere.

„Nicht ganz das, was ich erwartet hatte." Cassandra ließ ihren Blick über das Geschehen fliegen.

Silas grinste. „Es ist eine Gala der Koalition von Wohltätigkeitsorganisationen auf Maui, aber die Veranstaltung wurde von der Tierschutzorganisation organisiert, also … " Er deutete auf die Menge.

Ein dreibeiniger Chihuahua knurrte einen Deutschen Schäferhund an, der dreimal so groß war wie er, während sein Besitzer streng an seiner Leine zog. „Runter, Apollo!"

Der Chihuahua sprang wie ein Hase hin und her. Aber in dem Augenblick, in dem er an Silas schnüffelte, wich die kleine Giftspritze zurück, so wie es die meisten Hunde taten.

So ist es gut, kleines Kerlchen. Ich bin hier der Boss, knurrte sein Drache.

Ein gelber Papagei krächzte auf der Schulter einer Frau, pfiff und machte Kussgeräusche.

„Fortuna! Wir sind in der Öffentlichkeit!", zischte die Frau.

„Süßer Name", flüsterte Cassandra.

Manche der Haustiere waren gepflegt, andere verwahrlost. Wieder andere waren dem Anlass entsprechend gekleidet, wie ein Jack Russell Terrier mit seiner Fuchsstola. Als in der Ferne eine Polizeisirene ertönte, begannen ein paar Alaska Malamutes zu heulen.

„Olaf! Elsa! Beruhigt euch!", ermahnte der Besitzer sie.

„Wie entscheidest du dich, welche Wohltätigkeitsorganisationen du unterstützen willst?", fragte Cassandra.

Er deutete auf die Runde. „Der Besitzer des Anwesens lässt uns selbst entscheiden, also haben die Jungs abgestimmt."

„Und wem genau gehört das Anwesen?"

„Einem sehr privaten Mann."

„Das habe ich mir gedacht. Meine Frage war, wer er ist?"

Er zeigte auf einen Kellner. „Möchtest du ein paar Hors d'Oeuvre?"

„Du bist ein Meister darin, Fragen auszuweichen, nicht wahr?"

„Die Garnelen sehen gut aus… "

Sie lachte und Gott sei Dank trottete in dem Moment ein kleiner Pekinesen-Shih Tzu Mischling an ihnen vorbei.

„Ach du meine Güte. So niedlich! Ist der lieb?" Cassandra kniete sich hin, um den Hund zu streicheln.

„Aber ja. Das ist Cujo", sagte der stolze Besitzer.

Silas hätte schwören können, dass der Hund schnurrte. Und wer konnte es ihm verübeln, angesichts der Aufmerksamkeit, die Cassandra dem kleinen Fellknäuel schenkte.

Leider dauerte es nicht lange, bis die nächste Reihe von Gästen ihn entdeckte und über ihn herfiel.

„Ich hole uns Getränke, ja?" Cassandra flüchtete mit Cujo und seinem Besitzer nach rechts.

Kluge Frau, seufzte sein Drache und ließ sie widerwillig gehen.

Die Damen der Botanischen Gesellschaft erreichten ihn zuerst und beklagten sich über invasive Arten und das jüngste Orchideensterben. Er sagte ihnen seine volle Unterstützung zu, genau wie immer. Es waren gute Menschen – die wahren Helden einer guten Sache, die in Mauis Namen kämpften. Er konnte es nachempfinden.

Dennoch schweifte sein Blick immer wieder zu Cassandra hinüber, die sich ihren Weg durch die Menge bahnte. Sein Blutdruck stieg an, als sich ein Mann nach dem anderen nach ihr umdrehte.

Meine! Brüllte sein Drache und wünschte sich, er könnte jedes einzelne dieser Arschlöcher zu einem Stück Holzkohle verbrennen.

Aber Cassandra tänzelte mit ihrem festen New Yorker Schritt einfach an ihnen vorbei. Sie blieb jedoch für Tiere stehen, wie für einen Labrador-Staffordshire Mischling, der darauf aus war, ihr Gesicht zu lecken.

„Lany, bei Fuß!", befahl der Besitzer. „Lany, runter! Es tut mir so leid. Sie liebt es einfach, neue Leute kennenzulernen", hörte Silas.

Cassandra kniete sich vor dem Hund hin und streichelte ihn lachend. „Was bist du ein freundliches Mädchen?"

„Silas." Eine tiefe Stimme zog seine Aufmerksamkeit auf sich.

„Bürgermeister, Mrs. Tang." Silas schüttelte ihnen die Hände. „Schön, Sie zu sehen."

Und er meinte es ernst. Der Bürgermeister und seine Frau waren im Vorstand mehrerer Wohltätigkeitsorganisationen. Sie waren auch potenzielle Verbündete in den andauernden Streitigkeiten um die Bebauungszonen, die das Gebiet um Koa Point bedrohten. Nicht, dass Silas dies an einem Ort wie diesem direkt ansprechen würde, aber jedes Treffen trug zum Aufbau seiner Beziehung zu ihnen bei.

„Ich bin so froh über die Wiedereröffnung des Nationalparks", sagte er.

Der Bürgermeister verbeugte sich leicht. „Wir sind sehr froh, Ihre Unterstützung gehabt zu haben."

„Es war das Mindeste, was ich tun konnte."

Zeit und Geld zu spenden war tatsächlich das Mindeste gewesen, das er hatte tun können. Die Parkstraße war in einer Sturzflut beschädigt worden, die durch einen Gestaltwandlerkampf verursacht worden war – der Kampf, in dem Cruz und Jody um ihr Leben gekämpft hatten. Die zwei frisch verpaarten Tigergestaltwandler hatten die Ärmel hochgekrempelt und bei den Restaurationsbemühungen geholfen, bevor sie zu den letzten Veranstaltungen der Profi Surf Saison aufgebrochen waren.

Der Bürgermeister begann, von der jüngsten Windenergieinitiative zu berichten und Silas tat sein Bestes, um zuzuhören. Aber seine Gedanken – und sein Blick – schlichen sich immer wieder zu Cassandra. Sie wartete an der Bar auf ihre Getränke und jede Geste von ihr raubte ihm den Atem.

Ich will sie. Brauche sie, beharrte sein Drache und übertönte alle anderen Geräusche.

Cassandra unterhielt sich einen Moment lang mit dem Barkeeper, einem stämmigen Hawaiianer. Vielleicht um Tipps und Tricks auszutauschen? Aber dann lehnte sich ein großer athletischer Mann zu ihr hinüber und flüsterte ihr etwas ins Ohr. Silas sah rot. Cassandras breites Lächeln verschwand und wurde von einem überdrüssigen *Was zum Teufel willst du von mir?* Ersetzt. Langsam sah sie an dem Mann auf und ab und musterte sein nach hinten gestyltes Haar, den hochmütigen Blick und den maßgeschneiderten Anzug.

Gerissen, reich und arrogant, wütete Silas' Drache. *Verwöhntes Arschloch.*

Für den Bruchteil einer Sekunde strich er über seinen eigenen Smoking. Kam er genauso rüber wie dieser Arsch?

Sein Drache schüttelte den Kopf. *Gerissen? In Ordnung, vielleicht ein wenig. Reich?*

Silas seufzte. Das blieb abzuwarten. Aber mal ehrlich, wen interessierte denn schon Geld? Frieden war viel wichtiger. Und Liebe auch – und keines dieser Dinge konnte man kaufen, egal wie reich jemand war.

Sind wir arrogant? Sein Drache setze die Checkliste fort. *Auf gar keinen Fall.*

Silas entschied, dass auch *verwöhnt* nicht auf ihn zutraf. Er hatte zu viel verloren und zu hart gearbeitet, um jemals etwas für selbstverständlich zu halten. Trotzdem rieb er sich mit der Hand über sein Kinn und gab sich selbst ein Versprechen. Mehr Imbisswagenbesuche, weniger Galas, egal wie sehr die Pflicht nach ihm rief. Mehr Sonnenuntergänge am Strand und weniger Stunden im Büro, das seine Freunde scherzhaft den Thronsaal nannten.

Er verzog das Gesicht. Wem wollte er etwas vormachen? Bis Drax besiegt war, konnte er nichts von all diesen Dingen tun.

Cassandra schwenkte die zwei Gläser vor dem Gesicht dieses Mannes herum, um ihm klarzumachen, dass sie eine Begleitung hatte. Dann ging sie festen Schrittes von ihrem Möchtegernverehrer weg. Sie hatte ganz offensichtlich viel Übung darin, Männer loszuwerden. Und sie brauchte es auch, denn sie sah heute Abend absolut umwerfend aus.

Sie ist immer umwerfend, grummelte sein Drache.

Jeder Mann im Raum drehte sich nach ihr um, als sie vorbeiging. Mehrere bewegten sich auf sie zu, um sie abzufangen, aber sie schritt an allen vorbei und behielt ihren Blick – und ihr Lächeln – fest auf ihn gerichtet.

Seine Brust schwoll ein wenig an, als sein Drache innerlich krähte: *Mich! Sie will mich!*

„Der Standort bleibt also weiter ein Problem", fuhr der Bürgermeister fort.

Ach richtig, der Windpark. Silas versuchte seine Aufmerksamkeit wieder auf das Gespräch zu lenken, für das er normalerweise ganz Ohr wäre. Aber innerlich wollte er nur Flammen speien und der ganzen Welt verkünden, dass Cassandra ihm gehörte.

Der Bürgermeister sprach noch eine Weile weiter, bis er, seine Frau und ein paar unschuldige Zuschauer von den wahren Rottweilern der Menge zur Seite gedrängt wurden. Eine Horde junger, aggressiver, *Ich-nehme-mir-was-ich-will* Typen, die nicht im Geringsten an Wohltätigkeitsorganisationen interessiert waren.

„Entschuldigung", zwinkerte der Bürgermeister und machte den Weg frei.

Eine groß gewachsene Blondine in Stöckelschuhen stolzierte zu ihm hinüber und überholte dabei drei andere Frauen, die auf ihrem Weg zu Silas waren. Sie griff nach seinem Arm.

Nach seinem verletzten Arm. Er verbarg ein Zucken.

„Silas. So schön, Sie wiederzusehen", verkündete die Frau, so laut sie nur konnte.

Silas konnte sich nicht daran erinnern, sie je zuvor getroffen zu haben – und er hatte auch bestimmt keines der schmutzigen Dinge getan, die ihr anzüglicher Ton implizierte.

„Schön, Sie zu sehen", sagte er in einem neutralen Tonfall und versuchte, sie einzuordnen.

Seinen Blick auf ihr Gesicht gerichtet zu halten war allerdings eine Herausforderung. Der tiefe Ausschnitt ihres Kleides war einer jener optischen Tricks, die den Blick eines Mannes auf das freizügige Dekolleté hinunterzwangen. Sie neigte sogar eine Schulter und beugte sich vor, um ihm einen Bonusblick zu gewähren.

„Endlich haben wir die Gelegenheit für das Getränk, das Sie mir versprochen haben." Sie strich mit den Fingern über seine Haut.

Silas hatte so etwas niemals versprochen und sie wusste es genau.

„Vielleicht ein anderes Mal." Er wandte sich an einen vorbeigehenden Caterer. Aber dann sah er den Blick des Bürgermeisters. Er flehte ihn regelrecht an.

Verärgern Sie sie nicht, hauchte der Bürgermeister.

Er neigte den Kopf.

Der Bürgermeister formte einen Namen mit den Lippen. *Penelope.*

Scheiße. Penelope, wie hieß sie doch gleich – diese sagenhaft wohlhabende, mittdreißiger Witwe eines Immobilienmoguls, der dreimal so alt wie sie gewesen war. Der Ehemann hatte als Tribut an seine erste verstorbene Frau eine Reihe von Wohltätigkeitsorganisationen auf der Insel gefördert. Penelope unterstütze sie weiterhin, hauptsächlich um ihren Namen in der Presse zu halten. Aber wenn Silas sie verärgerte, wer wusste dann schon, wie lange ihre Unterstützung für wichtige Wohltätigkeitsorganisationen andauern würde?

Silas sah sich um. Es gab doch sicher unter den Männern in der Nähe noch einen anderen Interessenten. Aber sie traten alle zurück und überließen sie Silas. Er wollte schnaufen. Als wäre er auch nur im Geringsten an jemand anderem als Cassandra interessiert.

Er drehte sich unwillkürlich um, um nach ihr zu suchen, aber Penelope riss ihre Hand hoch und drehte sein Kinn zurück.

Sein Drache knurrte. *Ein kleines Schnaufen und Sie sind Asche, Schätzchen.*

Silas entfernte ihre Hand in einem eisigen *Tun Sie das nie wieder*-Rucken.

Penelope lächelte, anscheinend nicht in der Lage zu unterscheiden, ob sie ihn anmachte – keine Chance – oder ihn verärgerte.

„Jetzt können wir etwas trinken gehen", schnurrte sie und schlang ihren Arm um seinen. Sie senkte ihre rechte Schulter, ließ den Träger ihres Kleides hinunterrutschen und enthüllte ein Stück weicher Haut. „Genau genommen können wir irgendwo hingehen, wo wir allein sein können."

Er räusperte sich und trat zurück, so dass die Hand, die sie gegen seine Brust gedrückt hatte, einfach hinunterfiel.

„Tatsächlich bin ich in Begleitung hier." Er versuchte, die Schadenfreude aus seiner Stimme fernzuhalten. Aber verdammt, es fühlte sich so richtig gut an, diese Worte sagen zu können.

Ich muss nie wieder alleine sein, jubelte sein Drache. *Nicht, solange ich meine Gefährtin habe.*

Penelopes Blick wandelte sich zu einem eisigen Funkeln. „Nun, Sie müssen mich diesem glücklichen Mädchen unbedingt vorstellen...“

... damit ich ihr die Augen auskratzen kann, beendete ihr mörderischer Blick den Satz.

Jemand zupfte an seinem rechten Arm und als Silas sich umdrehte, sah er Cassandra.

„Oh, da bist du ja, Schatz.“ Sie zwinkerte ihm zu.

Und einfach so entspannte sich seine gerunzelte Stirn.

Schatz. Sein Drache strahlte. *Das gefällt mir sehr.*

Stillschweigend dankte Silas dem Schicksal, das diese Frau zu ihm geführt hatte.

„Guten Abend.“ Cassandra lächelte und zeigte Penelope die Zähne. Sie trat so entschlossen nach vorn, dass die Blondine einen Schritt zurückwich.

Sie wäre ein großartiger Drache, schnurrte sein inneres Biest.

„Willst du uns nicht vorstellen, Schatz?“, fragte Cassandra.

Eigentlich nicht, nein. Tatsächlich wollte er sich so schnell wie möglich von dieser männerfressenden Verführerin entfernen.

„Erlaube mir, dir...“ Er wedelte mit der Hand in der Luft und rang nach dem Namen.

„Penelope van Buren“, zischte die Blondine und streckte eine steife Hand aus.

„Das ist Cassandra Nichols, meine...“ Silas verstummte.

Gefährtin, sagte sein Drache.

Penelope zog ihre angemalte Augenbraue hoch und wartete auf die Antwort.

„Begleitung“, sagte Cassandra schnell und griff nach Penelopes Hand.

Silas befürchtete schon, dass eine von ihnen einen Todesgriff anwenden würde. Doch zum Glück flitzte ein Border-Collie zwischen ihnen hindurch, der nach einer Fliege schnappte.

„Abby, warte!“, rief die Besitzerin und rannte ihm hinterher.

„So niedlich“, sagte Cassandra mit einem Lächeln und tätschelte dem vorbeilaufenden Hund den Rücken.

Penelope schniefte und rümpfte die Nase. „Bezaubernd."

„Nun, ich würde ja gern mit Ihnen plaudern... " Cassandra tätschelte ihm die Brust.

Im Gegensatz zu Penelopes Berührung wurde ihm von dieser ganz warm. Er drängte sich näher an Cassandras Seite. Seine Gedanken wurden leer.

„... aber wir müssen los", beendete sie ihren Satz.

Müssen wir das? hätte er fast gefragt und verstand sie nicht ganz.

Müssen wir! Müssen wir! Sein Drache nickte heftig.

Cassandra drückte seine Hand und er folgte ihr, ohne nachzudenken. Fast sogar, ohne zu atmen.

„Aber... ", protestierte Penelope.

Er hörte sie kaum. Tatsächlich hörte er kaum etwas von dem Getöse im Raum. Denn Cassandra lächelte ihn an – ein echtes Lächeln – und ihre Augen strahlten. Ihre Lippen zuckten und seine ganze Aufmerksamkeit widmete sich ihnen. Sein Herz schlug schneller und ein tiefes Pochen trommelte in seinen Ohren. Es war, als hätte sich eine Reihe einheimischer Trommler auf der Bühne aufgestellt und einen verführerischen Rhythmus angeschlagen.

Schicksal, flüsterte eine hypnotische Stimme in seinen Gedanken. *Sie ist deine vorbestimmte Schicksalsgefährtin.*

Seine Augen konzentrierten sich auf die Vertiefung in der Mitte ihrer Oberlippe. Einen Augenblick später schien sich die Welt sanft auf ihrer Achse zu neigen, wodurch er sich näher zu ihr lehnte.

Cassandra tat dasselbe und ihr Lächeln wurde zu einem ernsteren Blick. Ihre Lippen teilten sich und sie strich mit der Zunge über ihre Zähne.

Küss' sie, flüsterte sein Drache.

Silas holte tief Luft und versuchte, dem Drang zu widerstehen.

Hör' auf, es zu leugnen. Hör' auf, dich zu verstellen, beharrte sein Drache. *Küss' sie.*

Silas versuchte alles, auf der Suche nach der Kraft, ihr zu widerstehen – und schaffte es nicht. Seine Gedanken wurden leer und alle zwingenden Gründe, sich von Cassandra fernzuhalten, lösten sich einfach in Luft auf.

Sie will es auch, beharrte sein Drache. Küss' sie.

Also tat er es. Oder vielleicht tat sie es, denn ihre Lippen trafen sich auf halbem Weg und pressten sich für einen perfekten, harmonischen Kuss aufeinander.

Er schloss die Augen und blendete alle Sinne außer die seiner Lippen aus. Der Rest der Welt hörte auf zu existieren und in diesem Moment, den er niemals vergessen würde, gab es nur ihn und sie. Ein perfekter Augenblick – einer der ganz wenigen in seinem Leben. Die Art von Moment, von dem er, bereits während er passierte, wusste, dass er zu einem Höhepunkt seines Lebens werden würde. Er schlang seine Arme um ihren Rücken, Blitze zuckten durch seine Adern und ließen jeden verkrampften Muskel entspannen.

Sie schmeckt so gut. Sie riecht so gut, summte sein Drache.

Cassandra streifte mit den Händen über seine Schultern und drückte ihre Brust an seine. So als befänden sie sich auf einer Tanzfläche mit langsamer Musik. Als wären sie schon ein Leben lang zusammen und wüssten genau, wie sie zusammenpassten, wie sie Geben und Nehmen sollten. Und gleichzeitig gab es den Nervenkitzel des Unbekannten und ein Feuerwerk explodierte in seinem Kopf. Leuchtende, strahlende Funken, die für ihn auch kleine Herzformen hätten haben können.

Eine Kamera blitzte auf, aber keiner von beiden schaute auf. Penelope murmelte etwas und schlich sich davon. Er würde sich jetzt von nichts unterbrechen lassen, verdammt.

Cassandras Brust dehnte sich mit einem beseelten Seufzer aus, der durch ihren Körper, in ihre Arme und zu ihm wanderte.

So gut, stimmte sein Drache zu. *Meine perfekte Gefährtin.*

Ihr Mund öffnete sich unter seinem und sie neigte den Kopf, als sie sich näher an ihn drückte. Und gerade als er sie noch tiefer küsste und sie verzweifelt noch intensiver schmecken wollte, schob sich eine dunkle Wolke an den Rand seines Bewusstseins. Sie löste ein Dutzend Warnglocken aus.

Silas riss den Kopf herum und saugte einen wütenden Atemzug ein.

„Sieh an, sieh an. Was haben wir denn hier?" Zwei Stimmen sprachen gleichzeitig.

Jeder Muskel in seinem Körper verkrampfte sich und jedes Haar in seinem Nacken stellte sich auf. Er trat vor und schirmte Cassandra ab, als ein einziges Wort über seine grimmigen Lippen kam.

„Drax."

„Moira", grunzte Cassandra ebenso ungehalten.

Kapitel 11

Hätte Silas Cassandra nicht am Ellbogen zurückgehalten, hätte sie Moira möglicherweise geohrfeigt. Er schloss seine Hand fester um ihre, um sie daran zu erinnern, wer genau vor ihnen stand.

Ein Drache – zwei Drachen – die Feuer speien konnten.

Einen Augenblick lang war es Cassandra völlig egal. Sie konnte Silas' Hass für die beiden spüren und hatte selbst ebenfalls genug gesehen und gehört, um sie auch zu hassen. Sie waren die Ursache für Silas' lange Nächte und seine sprichwörtlichen grauen Haare. Die beiden verkörperten jede negative Eigenschaft von Drachen, vor denen Eloise sie gewarnt hatte.

„Ja – was haben wir denn hier?" Drax paffte an seiner Zigarre, was ein eklatanter Verstoß gegen das *Rauchverbot* im Gebäude war. „Verkehrst du mit dem Feind, Silas?"

Cassandra fletschte die Zähne. Drax hatte also von ihrem Hexenblut erfahren. Offenbar hatte er auch herausgefunden, wie gering dieser Anteil des Blutes war, denn er zeigte nicht die geringste Besorgnis.

„Glaube mir, ich kenne meine Feinde", knurrte Silas.

Seine Hand drückte ihre und versprach, dass er sie nicht damit meinte.

Cassandra wollte Drax das selbstgefällige Grinsen austreiben – und Moira ebenso. Aber wem machte sie etwas vor? Sie war nur eine bescheidene Barkeeperin, die ihre Zaubersprüche nicht richtig hinbekam. Moira war eine Drachendame.

Eine Drachendame, die mit Silas geschlafen hatte. Cassandra wurde blass, überwältigt von einer Welle des Ekels. In Ordnung, es mochte schon lange her sein, aber es tat ihr trotzdem weh. Was hatte Silas je in Moira gesehen?

Ein Seitenblick beruhigte sie, denn auch Silas sah angewidert aus. Seine Finger krümmten sich und nahmen die Form von Krallen an. Sie entspannte sich leicht. Jeder hatte eine Vergangenheit. Das Wichtige war die Zukunft. Aber verdammt – welche Zukunft hatte sie denn, wenn Leute wie Drax und Moira, mit dem offensichtlichen Vorhaben, ihr Schaden zuzufügen, so auf sie herabstarrten.

Silas trat weiter nach vorn und schützte Cassandra mit seinem Körper. Sie drängte sich jedoch mit hoch erhobenem Kinn in ihre Sichtweite zurück.

„Silas. Du hast mir doch erzählt, dies sei eine Wohltätigkeitsveranstaltung. Ich kann mir gar nicht vorstellen, was diese beiden dann hier wollen", sagte sie schnippisch.

Drax lachte humorlos und Moira zog die Mundwinkel hinunter.

„Eigentlich bin ich auf Maui, um nach ein paar Grundstücken zu sehen." Drax blies eine lange Rauchfahne aus und richtete einen wissenden Blick auf Silas.

Cassandra hätte fast aufgeschrien, als Silas ihre Hand zerdrückte, weil er sich bei Drax' Worten verkrampfte. Er presste den Kiefer zusammen, hielt ansonsten jedoch völlig still. Erschreckend still.

Cassandras Gedanken rasten. Wovon sprach Drax?

Moira bürstete einen nicht vorhandenen Fussel von Drax' Revers und seufzte mit vorgetäuschter Langeweile. „Ja, wir dachten, es wäre höchste Zeit, nach Filimores Anwesen zu sehen. Vielleicht sogar ein paar davon auszubauen. Sie werden viel zu wenig genutzt."

Cassandra wagte es nicht, Silas anzusehen, obwohl sie darauf brannte zu erfahren, um welche Immobilien es sich dabei handeln könnte. Koa Point? Das benachbarte Grundstück? Ein anderes?

„Zu wenig genutzt? Versuch' es doch mal mit friedlich", knurrte Silas.

Drax lachte. „Friedlich? Du wirst weich, Silas."

Jeder Muskel in Silas' hartem Körper war angespannt, was bewies, dass er alles andere als weich war.

Drax beugte sich vor. „Mach es dir lieber nicht zu bequem, mein Freund." Er spie das Wort *Freund* durch seine Lippen, wodurch es wie eine Bedrohung klang. „Meine Anwälte sind an der Arbeit, weißt du?"

„Anwälte? Etwas Besseres hast du nicht zu bieten?" Silas sah aus, als wollte er ihre Meinungsverschiedenheiten mit Fäusten, Reißzähnen oder Feuer austragen.

Cassandra stieß Silas an. Drax versuchte, ihn absichtlich zu ködern. Bemerkte er das nicht?

Aber es war zu spät. Silas' Gesicht war rot und seine Augen glühten – in der wütenden, glutroten Farbe. Sein Puls hämmerte sichtbar an seiner Stirn. Scheiße. Würde er sich gleich verwandeln?

Silas, rief sie leise in Gedanken und schlang, im Versuch ihn zu beruhigen, ihre Finger um seine. Sie hatte Silas noch nie so gesehen. Er stand kurz davor, die Kontrolle zu verlieren.

„Erspare dir die edle Anstrengung, Cousin", sagte Drax mit triefender Verachtung. „Gib mir den Diamanten."

„Ich habe den Diamanten nicht", schoss Silas zurück.

Drax grinste und zeigte auf Cassandra. Ihr drehte sich der Magen um. „Dann gib mir die Frau."

„Niemals!", bellte Silas, woraufhin sich mindestens zwanzig der sie umgebenden Personen überrascht umdrehten.

Cassandra sah ihn ebenfalls an, überrascht von der Vehemenz in seiner Stimme. Wärme strömte durch ihre Adern und sie wünschte sich, sie könnte an diesem Gefühl festhalten, anstatt die Angelegenheit dringend und schnell entschärfen zu müssen.

„So läuft das also für Sie?", sagte sie spottend zu Drax. „Sie nehmen sich, was auch immer – wen auch immer – Sie wollen?"

Drax lachte und warf einen Blick auf Moira. „Glauben Sie mir, sie kommen freiwillig zu mir."

Die angespannten Züge der Drachendame zuckten und Cassandra wünschte sich mehr Erfahrung beim Pokerspiel zu haben. Dann würde sie lesen können, was zum Teufel das bedeutete.

„Manche tun das vielleicht, obwohl ich mir wirklich nicht vorstellen kann, warum", schnaufte Cassandra. „Andere werden Sie mit allen ihnen zur Verfügung stehenden Waffen bekämpfen. Und glauben Sie mir, dann müssen Sie gut aufpassen."

Sie ließ ihre Finger durch die Luft tanzen und ahmte ein paar der Bewegungen nach, die sie in Silas' Büchern gesehen hatte. Jede Hexe, die etwas auf sich hielt, hätte bei ihrer schlampigen Version des *Zum-Frosch-verwandeln* Zauberspruchs aufgestöhnt, aber zur Hölle. Es sah verdammt überzeugend aus, auch wenn es niemals funktionieren würde. Silas riss die Augen weit auf und Moira wich ein paar Zentimeter zurück.

Eine Sekunde später sammelte sich die Drachendame jedoch wieder und funkelte sie an. „Wie ich sehe, hat dich diese kleine Hexe mit ihrem Zauber belegt, Silas. Du könntest etwas viel Besseres haben."

Mit etwas *Besserem* meinte Moira natürlich sich selbst. Cassandra hätte ihr fast widersprochen, aber Silas schnaubte zuerst.

„Sei höflich, Moira."

Sie zog eine ihrer gezupften, angemalten Augenbrauen hoch und sah ihn an. „Oh, ich beschimpfe sie ja nicht, ich nenne sie nur eine Hexe – nicht wahr? Sie hat die ganze Zeit mit dir gespielt."

„So wie du mit mir gespielt hast?" Silas erhob die Stimme.

Moira zwinkerte und lehnte sich vor, so dass sich ihr Dekolleté weiter öffnete und Silas in den vollen Genuss des Anblicks ihrer fleischigen Brüste kam.

Du und ich können immer noch alles haben, schienen ihre funkelnden Augen zu sagen. *Komm mit mir und du wirst alles haben, was du willst.*

Cassandra kniff die Augen zusammen. Moira plante etwas hinter Drax' Rücken, so viel war sicher. Drax genüsslichem Gesichtsausdruck nach zu urteilen schien er dies jedoch nicht zu ahnen.

„Nun, jetzt ist es ohnehin zu spät." Moira seufzte theatralisch. „Sie wird sich bald selbst verdammt haben."

Cassandra gefror das Blut in den Adern. Was zum Teufel meinte Moira denn damit?

„Moira." Silas funkelte sie an. „Was hast du getan?"

Sie lachte. „Es geht nicht darum, was ich getan habe. Es geht darum, was sie mit ihrem Zauber getan hat."

Welcher Zauber? Cassandra wollte Moira am liebsten schütteln. Sie konnte noch nicht einmal eine Kerze auslöschen, geschweige denn einen Zauber sprechen, der zukünftige Ereignisse beeinflussen würde. Aber dann erinnerte sie sich wieder an Eloises Abschiedsworte.

Ein Lockzauber, Eloises Stimme geisterte durch ihren Kopf. *Ich arbeite selbst an einem.*

Ein Bild schoss Cassandra durch den Kopf. In einer Sekunde war es da – die Szene einer verkohlten Landschaft, die von riesigen Ausbrüchen wütender Feuerbälle und den Schatten sich bekämpfender Drachen verdunkelt wurde. Im nächsten Augenblick war das Bild verschwunden.

Cassandra drückte die Hände zusammen, bevor sie zu zittern begannen. Was auch immer ein Lockzauber war, er schien überaus mächtig zu sein.

„Vielleicht sind Sie diejenige, die dem Untergang geweiht ist", zwang sie sich zu erwidern.

Drax stieß eine weitere lange Rauchfahne aus, während er sie schweigend einschätzte. Cassandra rümpfte die Nase, als sich die Rauchschwaden zwischen ihnen ausbreiteten. Sie bewegten sich nur langsam in der ruhigen Luft. Dann schnaufte sie und sandte den Rauch zurück in die Richtung, aus der er gekommen war. Moira drückte sich eine Hand auf den Mund und hustete. Sie warf Cassandra einen mörderischen Blick zu.

Cassandra ignorierte sie. Drachen mochten verdammt eindrucksvoll sein, aber sie mussten eine Sache verstehen. Mit ihr durften sie sich nicht anlegen. Auf die eine oder andere Weise würde sie ihre düsteren Pläne durchkreuzen – was auch immer diese sein mochten. Sie würde in den Büchern der Bibliothek doch sicher etwas finden. Vielleicht einen Anti-Drachen-Trunk. Oder einen feuerfesten Zauberspruch.

Und ja. Sie würde Lockzauber nachschlagen, sobald sie in die Bibliothek zurückkam. Aber zuerst musste sie diese Konfrontation beenden, bevor die Dinge eskalierten.

Sie ignorierte den Drang, sich zurückzuziehen, und klatschte zweimal in die Hände.

„Ist das nicht wunderbar!", verkündete sie mit lauter, klarer Stimme. „Sie möchten der Koalition von Wohltätigkeitsorganisationen auf Maui eine Spende zukommen lassen?"

Die Hälfte der Menschen im Ballsaal blieb plötzlich stehen. Drax runzelte die Stirn.

Cassandra winkte den Bürgermeister hinüber. „Das sind wirklich ganz wunderbare Neuigkeiten. Silas, willst du dem Bürgermeister nicht einen der großzügigsten Philanthropen New Yorks vorstellen?"

Silas' Mund zuckte mit einem winzigen Lächeln. Der Bürgermeister eilte nach vorn und Penelope van Buren ebenfalls. Sie schlang ihren selbstgebräunten Arm um Drax und klimperte mit den Wimpern.

„Penelope van Buren. Wie geht es Ihnen?"

Wenn Blicke töten könnten, wäre Moira auf der Stelle wegen Mordes verhaftet worden. Aber was Cassandra wirklich ärgerte, war die Art und Weise, wie Drax die Hand nach Silas' Arm ausstreckte, um ihn zu umklammern. Nach Silas' verletzten Arm.

„Bis bald, kleiner Cousin", knurrte Drax.

Cassandra nahm Silas bei der Hand und zog ihn unauffällig weg. Sie wusste nicht viel über Schlachten, aber es schien, dass dies der richtige Zeitpunkt für einen strategischen Rückzug war.

Silas schwieg, aber sie hätte schwören können, dass er Drax in Gedanken verfluchte. Also nahm sie sich ein Beispiel aus dem Handbuch der Gestaltwandler und tat dasselbe. Sie konzentrierte ihre ganze Energie darauf, einen Gedanken in Drax' Kopf zu schießen. Der Drache mochte sie vielleicht nicht hören, aber es fühlte sich gut an, ihren eigenen Senf dazugeben zu können.

Auf Nimmerwiedersehen, wäre wirklich schön gewesen, aber sie hielt dies für Wunschdenken. Also entschied sie sich für das

Nächstbeste und legte so viel Giftigkeit wie möglich in den Gedanken.

Bis bald, Arschloch.

141

Nächstbeste und legte so viel Giftigkeit wie möglich in den Gedanken.

Bis bald, Arschloch.

Kapitel 12

Cassandra saß regungslos neben ihm, als Silas den Wagen auf der Autobahn beschleunigte. Er umklammerte den Schaltknüppel so fest, dass seine Fingerknöchel ganz weiß wurden. Sein Kiefer bildete eine kantige Linie.

Cassandra spähte in den Rückspiegel. „Glaubst du, dass Drax uns folgen wird?"

Ohne nachzudenken legte sie eine Hand auf sein Bein, denn sie brauchte es – den Kontakt, seine Wärme. Die Gewissheit, dass irgendwie alles in Ordnung sein würde.

Vielleicht brauchte Silas es ebenfalls, denn er bedeckte ihre Hand sanft mit seiner.

„Nein, das glaube ich nicht. Aber er wird mutiger, einfach so auf Maui aufzutauchen."

Er ließ den Motor aufheulen und raste mit dem Wagen durch die Nacht. Der Verkehr war spärlich und sie hatten auf dem Highway 380 freie Fahrt. Man hörte nichts außer dem Brummen des schnurrenden Oldtimermotors.

„Willst du damit sagen, dass er noch nie hier war?"

„Bislang war es ihm den Aufwand nie wert."

„Und Koa Point? Wird er dort nicht angreifen?"

Silas schüttelte den Kopf. „Drachen fangen niemals einen Kampf auf heimischem Boden des Feindes an. Sie ziehen es vor, sich gegenseitig herauszulocken."

Locken. Das Wort blieb in ihrem Kopf hängen, während die Reifen des Wagens weiter über die ebene Straße rasten.

„Außerdem", fügte Silas hinzu, „halten wir Wache. Heute Nacht hat Hunter Wachdienst."

Sie starrte ihn mit offenem Mund an. „Die ganze Nacht?"

Silas zuckte mit den Schultern. „Es hilft, eine Gruppe von Gestaltwandlern zu haben, die sich alle darauf freuen, ein paar Stunden in ihrer Tierform umherzustreifen."

Also hatte sie sich in den vergangenen Nächten weder die sanften Schritte noch das entfernte Heulen eingebildet.

„Also kein Angriff von Drax", schloss sie.

Silas runzelte die Stirn. „Jedenfalls nicht auf Koa Point."

Eine weitere stille Minute verging und die Luft im Wagen verdichtete sich mit Silas' Wut und Frustration. So sehr, dass man sie mit einem Messer hätte schneiden können. Silas fuhr neunzig, dann einhundert und näherte sich einhundertzehn Kilometern pro Stunde – in einer siebziger Zone. Der Wagen fühlte sich von ihrem Platz, der eigentlich die Fahrerseite hätte sein sollen, doppelt so schnell an.

Glücklicherweise ermöglichte ihr der Rechtslenker Zugang zu Silas' linkem Arm. Auf dem Weg zum Auto hatte er sich das Jackett heruntergerissen, aber sein Hemd verdeckte noch immer seine Haut. Wenn sie sich zurückerinnerte, fiel ihr auf, dass er die ganze Woche lang trotz der milden Temperaturen lange Ärmel getragen hatte.

„Lass' mich mal sehen", sagte sie ganz leise.

Silas zog seinen Ellbogen nah an seine Rippen heran, um ihn aus ihrer Reichweite zu halten. „Ist schon gut."

Sie legte eine Hand auf sein Bein. „Du kannst nicht immer für alle stark sein."

„Es gibt sonst niemanden."

Beim harten Klang seiner Stimme hätte sie am liebsten gesagt: *Es gibt mich.*

„Nur ein kurzer Blick. Bitte."

„Nicht nötig."

Sie seufzte. „Weißt du, dass ich Eloises Katze einst überredet habe, von einem Baum herunterzukommen? Das hat weniger Überzeugungskraft gekostet."

Silas presste die Lippen eine lange Minute zusammen, bevor er antwortete: „Eine schwarze Katze?"

Sie warf die Hände in die Luft. „Du wechselst schon wieder das Thema."

„Okay", murmelte er.

„Okay – du wechselst das Thema?“

Er schüttelte den Kopf und streckte langsam den Ellbogen zur Seite aus. „Okay, du darfst es dir ansehen. Wenn du möchtest.“

Ah richtig. Er ließ das so klingen, als wäre es ihr Hobby, Verbrennungen zu untersuchen. Aber sie spielte mit. „Ich würde mich viel besser fühlen. Und, ja.“

„Ja, was?“, grunzte er, als sie behutsam seine Manschettenknöpfe abnahm und den Ärmel langsam hochschob.

„Es war eine schwarze Katze.“

Tatsächlich wollte sie ihn nur ablenken und es funktionierte.

„Siehst du? Alles ist gut“, grunzte er.

Es sah nicht so grauenvoll aus, wie sie befürchtet hatte – eher rosa als runzlig und schorfverkrustet – aber es war Silas nicht gelungen, das gelegentliche verräterische Zusammenzucken und die Anspannung in seinem Kiefer zu verbergen.

„Ich werde etwas auftragen, wenn wir nach Hause kommen“, sagte sie und ließ ihn glimpflich davonkommen.

Er sah sie an und hoppla, auch ihr war der Versprecher aufgefallen. Koa Point war nicht Zuhause. Jedenfalls nicht für sie.

Silas’ Augen strahlten und machten es ihr viel zu leicht zu träumen.

Eine Sekunde später – oder vielleicht eine Minute – wandte sie ihren Blick zurück auf den verschwimmenden Asphalt der Straße. Sie verfluchte seine Sturheit.

Aber in Wahrheit war diese Sturheit ein Teil dessen, was sie an ihm faszinierte. Diese Hartnäckigkeit – dies alles war Teil eines komplexen Mannes, zu dem sie sich mehr und mehr hingezogen fühlte. Silas berührte etwas in ihr, was kein anderer Mann je berührt hatte – nicht die Handvoll muskelbepackter Sportler, nicht die wohlhabenden Geschäftsmänner, noch nicht einmal die niedlichen Bauarbeitertypen, die sie im Laufe der Jahre kennengelernt hatte. Sie hatte sich pflichtbewusst ihre Probleme und Nöte angehört, aber noch nie zuvor hatte sie einem Mann so sehr helfen wollen. Was ironisch war, denn Silas wollte keine Hilfe. Aber andererseits, welcher Mann wollte die schon?

Sie schnaubte. Wenn sie ehrlich mit sich selbst war, wollte sie Silas nicht nur helfen. Sie wollte ihn, Punktum. Seit Tagen hatte sich ihr Körper bereits nach seinem gesehnt und der unerwartete Kuss auf der Gala hatte ein Feuer in ihr entfacht. Mein Gott, was hatte sie sich nur dabei gedacht?

Sie faltete ihre Hände ineinander und holte tief Luft. Wenn sie Silas helfen könnte, die Probleme der Gegenwart zu überwinden, hätten sie möglicherweise eine Chance auf eine gemeinsame Zukunft.

„Drax erwähnte einen Onkel und Grundbesitz. Was hatte das zu bedeuten?" Sie blickte geradeaus, nur für den Fall, dass sie zu sehr in seine Komfortzone eindringen würde, wenn sie Silas ansah *und* gleichzeitig befragte.

Silas fletschte die Zähne und schien in Gedanken zu fluchen. „Drax' Onkel ist auch mein Onkel. Genau genommen ist er unser Großonkel. Filimore."

„Der, der in New York gestorben ist?" Sie riss die Augen weit auf.

„Der, der in New York ermordet wurde", grunzte Silas. „Drax hat ihn vergiftet. Dessen bin ich mir sicher."

Ihre Gedanken überschlugen sich. Eloise war einem Drachenangriff zum Opfer gefallen. Silas' Onkel ebenso. Offensichtlich ließ sich Drax durch nichts aufhalten – noch nicht einmal durch seine eigene Art.

„Sein Onkel ... dein Onkel... " Sie dachte darüber nach.

Silas verzog das Gesicht. „Drax ist mein Cousin dritten Grades mütterlicherseits. Seine Blutlinie ist jedoch fast eine Generation älter als unsere."

„Unsere?"

„Kais und meine. Wir sind Cousins ersten Grades."

Sie versuchte ihr Bestes, um den Familienstammbaum im Geiste nachzuzeichnen. Vor ihrem geistigen Auge malte sie Drax auf einen krummen Ast an der Außenseite und Kai und Silas näher zur Mitte.

„Wie lange leben Drachen so?" Sie versuchte, sich an das zu erinnern, was sie gelesen hatte.

Silas schloss die Finger seiner rechten Hand um das Lenkrad. „Ein paar hundert Jahre." Dann schüttelte er kläglich den Kopf. „Das heißt, wenn sie eines natürlichen Todes sterben."

Cassandra erinnerte sich daran, gehört zu haben, dass Kai einunddreißig war. Also musste Silas ungefähr der gleichen Altersgruppe angehören. Keiner von beiden hatte jemals Eltern, Geschwister oder andere Cousins und Cousinen erwähnt. Wie viele Kriege gab es in der Drachenwelt? Waren Familien von Natur aus klein?

So viele Fragen. So wenige Antworten. Sollte sie sich an diesem Abend damit befassen? Sie beschloss, sich vorerst auf Drax zu konzentrieren. Und verdammt, selbst das war eine Menge zu schlucken.

„Drax hat Eigentum erwähnt..." Sie verstummte mitten im Satz, damit Silas ihn weiterführen konnte.

Der Mercedes sauste unter einer Reihe von Straßenlaternen hindurch und sie erhaschte einen kurzen Blick auf Silas' angespannte, in gelbes Licht getauchte Gesichtszüge.

Eine weitere Minute verging und er antwortete ihr immer noch nicht. Sollte sie nachhaken? Oder sollte sie es nicht?

„Silas", flüsterte sie und strich mit den Fingern leicht über den Stoff seiner Hose. „Willst du das wirklich alles alleine bewältigen?"

Er packte den Schaltknüppel fester. „Ganz ehrlich? Das war der Plan."

Sie wollte am liebsten schreien. Wusste er denn nicht, dass es kein Eingeständnis von Schwäche war, um Hilfe zu bitten? Kannte er das Motto: *viele Hände, rasches Ende* nicht?

„Wenn du es mir nicht erzählen willst, sprich wenigstens mit den anderen. Kai ist dein Cousin. Die anderen Jungs sind Privatermittler. Dawn ist Polizistin. Tessa ist superintelligent und Nina hat immer ausgefallene Ideen. Jeder von ihnen könnte dir helfen, eine Lösung zu finden. Hast du je gehört, dass vier Augen besser sind als zwei?"

Er fuhr in sturer Stille weiter.

Sie verschränkte die Arme vor der Brust. Gut. Wenn er alles in sich hineinfressen wollte, würde sie ihn lassen.

Aber einen Augenblick später sprach er – so leise, dass sie ihn kaum hörte. „Sie wissen es nicht."

Sie saß regungslos da und wartete auf mehr, aber Silas blieb stumm und knirschte nur mit seinem Kiefer von einer Seite zur anderen.

„Sie wissen nichts von Drax? Tessa und Kai waren in New York, also... "

Er schüttelte den Kopf. „Sie wissen von meiner Beziehung zu Drax." Er verzog das Gesicht. „Und von Moira. Alle wissen davon." Seine Stimme war mit Bitterkeit und Reue gespickt. Er fuhr sich mit der Hand durchs Haar und zog an den Spitzen.

Ohne nachzudenken legte sie ihre Hand über seine und zog sie zum Lenkrad zurück. „Und was wissen sie *nicht*?"

Silas seufzte und machte eine vage Handbewegung. „Sie wissen nichts über den Besitzer des Anwesens."

In Gedanken ging sie den rätselhaften Austausch zwischen Silas und Drax noch einmal durch.

Mach es dir lieber nicht zu bequem. Meine Anwälte sind an der Arbeit, weißt du?

Ihr Puls beschleunigte sich, als sie den Mut aufbrachte, die Millionen-Dollar-Frage zu stellen. Vielleicht erwies sie sich als Idiotin, aber möglicherweise hatte sie recht.

„Gehört Drax Koa Point?"

Silas trat das Gaspedal durch, um einen einsamen Lastwagen zu überholen. Der Motor heulte auf und Wind rüttelte das Auto durch. Erinnerungen an ihre Begegnung mit Drax in der New Yorker Gasse schossen ihr durch den Kopf und sie kniff die Augen zusammen. Großer Gott. Wie war sie nur mit Drachen verwickelt worden?

Das ist dein Schicksal, hatte Eloise gesagt.

Sie sah Silas an. Was wäre, wenn Eloise leicht danebengelegen hatte und der Kampf gegen Drachen gar nicht ihr Schicksal war? Vielleicht war es das Schmieden von Frieden zwischen Drachen und Hexen. Oder würde sie auch dabei so kläglich scheitern wie bei jedem Zauberspruch, den sie je versucht hatte?

Sie sah Silas aus dem Augenwinkel heraus an und schluckte beim Gedanken an eine weitere Möglichkeit. Was, wenn Silas ihr Schicksal war?

149

Kapitel 13

Silas lenkte den Wagen zurück in die rechte Spur. Er schwieg immer noch, so dass Cassandra gegen sein Bein klopfte und es erneut versuchte.

„Silas – gehört. Drax. Koa. Point?"

„Irgendwie. Sozusagen. Nicht wirklich..." Er unterbrach sich immer wieder.

„Irgendwie?"

Er trommelte auf den Schaltknüppel und drehte dann langsam und vorsichtig seine Hand um, um nach ihrer zu greifen.

„Mein Onkel Filimore – der Letzte der großen Drachen – war der Besitzer des Anwesens."

Er stieß einen langen und kräftigen Atemzug aus, als wollte er erleichtert sagen: *So, ich habe es gesagt.*

„Der von Drax vergiftete Onkel war der Besitzer des Anwesens?"

Silas nickte. „Filimore stellte mich ein, um mich um das Anwesen zu kümmern. Ich musste ihm außerdem versprechen, es niemals jemandem zu verraten."

„Warum?"

Er verzog das Gesicht und zuckte mit den Schultern. „Drachen. Was soll ich dazu sagen? Die ältere Generation hält sich an einen archaischen Verhaltenskodex."

Sie hätte fast gelacht und auf Silas' Vorliebe für korrekt gebrühten Kaffee hingewiesen. Auf die stilvolle Kleidung. Auf die Tatsche, eine Bibliothek mit in Leder gebundenen Büchern zu führen...

„Alles ist ein Geheimnis", fuhr er mit einem Hauch von Bitterkeit fort. „Alles ist verborgen."

„Jedes Problem wird allein bewältigt", fügte sie hinzu.

„Vermutlich ja." Dann warf er ihr einen Seitenblick zu. „Bin ich so schlimm?"

Sie lachte. „Ja. Aber verdammt, wir haben alle unsere Schwachpunkte."

„Schwachpunkte?", grunzte er sichtlich verärgert.

Sie stieß gegen sein Bein. „Manchmal kann Stärke eine Schwäche sein, weißt du?" Dann fuchtelte sie mit den Händen herum und knüpfte dort wieder an, wo er aufgehört hatte. „Filimore hat dir das Versprechen abgenommen, niemandem zu verraten, dass ihm das Anwesen gehört. Aber jetzt, wo er nicht mehr da ist..."

Silas zog ein Gesicht, als würde jedes Gelübde, das er jemals ablegte, auf Lebenszeit gelten. „Das wirkliche Problem ist sein Testament."

Ihr Herz klopfte sowohl aus Erwartung wie auch aus Wertschätzung, dass Silas sich ihr endlich öffnete. Dass er ihr so vertraute, wie sie ihm zu vertrauen gelernt hatte.

„Das Testament hinterlässt das Anwesen – und den größten Teil von Filimores Besitz – zwei Haupterben."

Cassandra saß regungslos da.

„An mich." Silas zeigte auf sich selbst. Dann runzelte er die Stirn und zeigte mit einem Daumen über seine Schulter. „Und an Drax."

Sie riss die Augenbrauen hoch. „Verdammte Scheiße."

Silas nickte. „Ich hätte es selbst nicht besser sagen können."

„Warum sollte dein Onkel Drax irgendetwas hinterlassen? Wusste er denn nicht, wie korrupt Drax ist?"

Silas zuckte mit den Schultern. „Wer kann schon sagen, dass ich nicht der Korrupte bin? Manchmal weiß ich es selbst nicht mehr."

Sie griff nach seiner Hand und trommelte damit auf den Schaltknüppel, um ihre Worte zu unterstreichen. „Ich sage es dir. Drax stinkt nach Bösem. Man muss kein Drache sein, um das zu wissen. Aber du? Du bist ehrenhaft, prinzipientreu, loyal."

Er starrte sie an.

„In Ordnung und außerdem stur."

Er lachte leise und gab schließlich nach. „Ich schätze, jeder hat seine Schwachpunkte."

„Ich könnte weitermachen, weißt du. Du bist viel zu verkrampft. Zu formell. Zu abgeschottet. Was du brauchst, sind ein paar gute lange Spaziergänge am Strand. Und zwar barfuß."

Er versuchte sie mit strengem Blick anzusehen. „Bist du fertig?"

Sie grinste. „Ich fange gerade erst an. Aber vielleicht lasse ich es für heute Abend darauf beruhen. Du hast übrigens auch ein paar starke Seiten. Vielleicht reden wir darüber ein anderes Mal."

Er fing an zu lächeln und hob ihre Hand an seine Wange. Für einen kurzen Augenblick schloss er die Augen und drückte sie an sich. Sie schätzte, dies war die Version einer Umarmung eines emotional überforderten Drachen.

Eine Sekunde später wandte er seinen Blick wieder der Straße zu. Und eine Sekunde danach küsste er ihren Handrücken.

Sie verbarg einen glücklichen Seufzer. Was die Intimität betraf, war diese Geste vielleicht nicht viel – aber die Tatsache, dass sie von einem knallharten Alphatypen stammte, machte sie zu etwas Besonderem. Etwas wirklich Besonderem, von dem es ihr bis in die Zehenspitzen kribbelte. Und verdammt, es war nur ein Kuss auf den Handrücken gewesen – möglicherweise die am wenigsten intime Stelle überhaupt. Wie wäre es wohl, es wirklich mit diesem Mann zu tun?

Überwältigend gut, entschied sie. Wenn sie doch nur nicht die Autobahn entlangrasen und dabei über Leben und Tod diskutieren würden.

„Vielen Dank", murmelte Silas, schaute weiter auf die Straße und hielt ihre Hand immer noch fest.

Sie strich mit den Fingern über seine und schaute zur Fahrerseite des Wagens hinaus. Silas saß im Vordergrund – mit zerfurchter Stirn und allem. Sie hatten das zentrale Tal von Maui fast durchquert und vor ihnen eröffnete sich der Pazifik. All dieser Raum, so viel Himmel. Das glitzernde, mondbeschienene Meer erstreckte sich weiter und weiter bis in die

Unendlichkeit. Unerschütterlich. Unaufhaltsam. Ganz ähnlich wie das Schicksal.

Schicksal. Was war ihres?

Sie brütete für die nächsten zehn Minuten über diese Frage, bis ihr ein Straßenschild auffiel. Sie würden bald nach Lahaina kommen, was bedeutete, dass Koa Point nicht mehr allzu weit entfernt war. In dem Augenblick, wenn sie dort ankamen, würde sich Silas wahrscheinlich wieder verschließen.

Eine Ampel wurde rot, Silas rollte langsam heran und trommelte mit den Fingern über das Lenkrad. Dann ertappte er sich selbst dabei und legte seine Hand stattdessen auf ihren Oberschenkel.

„Cassandra", murmelte er und neigte seinen Kopf zu ihrem.

Sie beugte sich vor, bis sich ihre Stirnen berührten, schloss die Augen und sperrte die Welt für einen Augenblick oder zwei einfach aus. Sie konnte es nicht sehen, aber sie hätte schwören können, dass sich Silas' Brust hob und mit einem Seufzer wieder senkte.

Sie seufzte ebenfalls. Wenn sich das Schicksal so anfühlte, würde sie es mit offenen Armen empfangen – das Gute und das Böse.

Silas neigte sein Kinn nach oben und drückte den zärtlichsten Kuss der Welt auf ihre Stirn, bevor er betrübt murmelte: „Die Ampel ist grün."

Langsam und widerwillig richtete sie sich auf, gestärkt durch die Tatsache, dass Silas ihre Hand fest in seiner hielt, als er weiterfuhr.

Sie holte tief Luft. So vieles zu verstehen, so wenig Zeit. Und wenn es ihr ernst damit war, Silas helfen zu wollen, musste sie seine Probleme verstehen und nicht nur an sich selbst denken.

„Dein Onkel hat euch also beiden das Anwesen hinterlassen? Was ist mit Kai? Wäre er nicht wütend?"

Silas lachte. „Vor ein paar Jahren wäre er das wahrscheinlich gewesen. Aber jetzt hat er alles, was er will."

Silas musste es nicht weiter ausführen, damit Cassandra es verstand. Kai hatte Tessa. Ein schönes Zuhause. Eine strahlende Zukunft. Komisch, wie ansprechend das plötzlich klang.

„Ich glaube, Kai ist froh, sich aus diesen Dingen rauszuhalten", erklärte Silas. „Und außerdem versteht er die Drachentraditionen. Alles geht immer an den Ältesten in jeder Familienlinie."

Sie zog an ihrer Lippe. „Gut, aber ich verstehe es trotzdem noch nicht. Hat dein Onkel erwartet, dass Drax und du euch einen Kuss gebt und versöhnt?"

Silas schnaubte. „Wohl eher: *Möge der beste Mann gewinnen.* Wie ich schon sagte, alte Drachentraditionen... "

Sie dachte darüber nach. „Bedeuten die alten Drachentraditionen, dass du dir nicht helfen lassen darfst?"

„Es gibt einen Ehrenkodex... "

Jetzt war sie an der Reihe zu schnauben. „Und du erwartest von Drax, dass er sich daran hält? Ich kann mir genau vorstellen, dass er seine Kumpels hinzuziehen würde – wenn er welche hat. Und Moira wird sich ein paar hinterhältige Tiefschläge auch nicht verkneifen können. Darauf scheint sie spezialisiert zu sein."

Silas seufzte resigniert und versuchte – wie üblich – dem Thema auszuweichen, indem er sich auf ein anderes konzentrierte. „Drax hat keine Kumpels. Aber er hat eine Armee."

Cassandra erstarrte. „Du meinst eine *echte* Armee?"

Silas neigte seinen Kopf von einer Seite zur anderen. „Eine Drachenarmee. Nach menschlichen Maßstäben wäre es wohl eher ein Trupp. Aber das ist trotzdem eine verdammt große Feuergewalt."

Sie stieß ihn seitlich an. „Wortspiel beabsichtigt?"

Ihm gelang ein schwaches Lächeln. „Das wünschte ich. Aber nein, ich meine es ernst."

Sie drückte ihre Füße flach auf den Boden, damit ihre Knie nicht zittern konnten. „In Ordnung, Drax hat also eine Armee. Du aber auch. Du hast zunächst einmal Kai und Tessa. Dann hast du noch – was? Wölfe. Bären. Tiger... "

Er schüttelte sofort den Kopf. „Ich will sie da nicht mit reinziehen. Siehst du das nicht?"

Sie neigte den Kopf. Alles, was sie sah, war ein zu stolzer Mann, der es allein mit der Welt aufnehmen wollte.

„Diese Jungs haben alle ihrem Land gedient. Sie haben genug gekämpft", sagte er leise.

Das hast du auch, wollte sie sagen, aber er fuhr bereits fort.

„Sie haben einen Neuanfang im Leben gemacht. Sich ein gutes Leben mit Frauen, die sie lieben, aufgebaut. Sie gründen Familien ... Familien, die Stabilität und Zeit für einander verdienen." Er schüttelte traurig den Kopf. „Die ganze Zeit, als ich noch ein kleiner Junge war, kam und ging mein Vater. Ein Kampf hier, eine Fehde dort. Er kam immer wieder verletzt und wütend nach Hause – manchmal so wütend, dass sich ihm niemand nähern konnte. Und gerade, wenn wir endlich so etwas wie Normalität zurück hatten, flammte ein neuer Konflikt irgendwo auf. Und dann war er wieder weg." Silas hatte begonnen, bei jedem Wort auf das Armaturenbrett zu trommeln, aber die Bewegung wandelte sich immer mehr in aufeinanderfolgende Schläge. „Der Vater meines Vaters starb, als er sechs Jahre alt war. Ich war dreizehn, als mein eigener Vater starb. Ich will das nicht für Boones Kinder – oder Kais oder Hunters oder die der anderen."

Cassandra erinnerte sich daran, wie Boone Ninas Babybauch umarmt hatte. Sie stellte sich Kai vor, der ein winziges Kind mit Tessas rotem Haar und ihren grünen Augen in die Luft hob und übertrieben wieder auffing, so wie es spielende Väter taten. Sie stellte sich Silas und sich selbst vor, wie sie mit einem kleinen Mädchen in der Mitte am Strand spazieren gingen, *eins, zwei, drei!* zählten und das Kind in die Luft schwangen...

Ihr Atem stockte. Ihr Herz klopfte heftig. Wo war dieses Bild denn hergekommen? Sie konnte das Kind lachen hören und Silas' Lächeln sehen. Sie konnte die seelentiefe Zufriedenheit und vor allem den Frieden spüren.

Sie wandte ihr verblüfftes Gesicht gerade noch rechtzeitig ab, um Silas' Blick auszuweichen. Dem des echten Silas, nicht dem aus ihrer Vision.

Sie saugte ihre Lippen nach innen und schwankte leicht. Das war doch nur eine Art Hitzewallung, oder nicht?

„Wenn ich einen Weg finden kann, gegen Drax im direkten Zweikampf zu kämpfen...", fuhr Silas fort.

Sie versuchte, ihre Gedanken wieder auf das Thema zu lenken: ein Machtvakuum in der Drachenwelt. Zwei gegensätzliche Kräfte, die im freien Fall auf einen Konflikt zustürzten, der die Gestaltwandlerwelt ins Chaos katapultieren könnte. Verdammt. Vielleicht hatte Eloise recht gehabt.

Drachen sind abscheuliche, gefährliche Kreaturen. Fast mittelalterlich.

„Und du bist dir sicher, dass Drax so tief sinken würde, deinen Onkel zu vergiften?"

Es war genau, wie Eloise gesagt hatte. *Traue keinem Drachen. Sie sind alle gierig und herzlos.*

Aber diese Beschreibung traf auf Drax zu, nicht auf Silas. Sie erinnerte sich, wie Silas Keiki ein Wollknäuel zugeworfen hatte. Wie er im Gemeinschaftshaus leise seinen Kaffee umrührte und über Probleme nachdachte, mit denen er niemanden sonst belasten wollte. Sie dachte daran, wie er in der Gasse in New York einen Flügel ausgestreckt hatte, um sie trotz des Schmerzes, der ihm selbst widerfuhr, zu beschützen.

Hätte sie direkt zur Haustür ihrer Tante marschieren und mit der Faust dagegen trommeln können, hätte sie es getan. *Du hast dich geirrt, Eloise. Sie sind nicht alle gierig und herzlos. Ich weiß es.*

„Das ist die Drachenwelt", seufzte Silas. „Ständig in Aufruhr. Wenn ein mächtiger Drachenlord die Macht übernimmt, können ein paar Generationen in Frieden leben."

Sie schnaubte. „Warum kann ich mir Frieden in einer von Drax beherrschten Welt nicht vorstellen?"

Silas runzelte die Stirn. „Oh, es würde Frieden geben. Gleich nachdem er seine Feinde vernichtet und die Überlebenden in die Knie gezwungen hat."

Sie fuhren schweigend weiter, ein jeder in seine eigenen Gedanken vertieft. Cassandra blickte hinauf zu den dunklen, schroffen Bergen von West Maui, obwohl ihre Gedanken woanders waren. Koa Point. Die Art, wie das Lachen über den Rasen wehte. Die friedlichen Wellen am Strand. Der ruhige Rhythmus des täglichen Lebens. Freunde kamen und gingen, ein jeder mit seinem eigenen gemütlichen Zuhause und einer unausgesprochenen Hingabe zu allen anderen.

Ihre Finger schlossen sich um ein unsichtbares Juwel. Der Windstein. Könnte er Silas helfen, Drax zu überwältigen? War sie töricht gewesen, ihn vor ihm zu verbergen?

„Und du wirfst mir vor, verkrampft zu sein", witzelte Silas und zog seine Hand unter ihrer hervor. „Das ist ein verdammt fester Griff."

Sie zwang sich, zu lächeln, aber ihre Gedanken rasten. Silas. Seine Gestaltwandlerfreunde. Die Seelensteine. Drax. Waren sie alle nur Bauern auf einem Schachbrett oder bestimmten sie ihr eigenes Schicksal?

Sie dachte über sich selbst nach. Wie passte eine Achtelhexe ohne Zauberkräfte ins Bild?

„Silas", flüsterte sie, ohne sich ganz sicher zu sein, was sie als Nächstes sagen wollte.

Sein reumütiger Gesichtsausdruck ließ sie wissen, dass er das Gefühl gut kannte. „Glaube mir, ich weiß selbst, dass es töricht ist, es allein mit Drax aufnehmen zu wollen. Aber wenn ich einen Weg finden kann, dies zu tun, ohne die anderen mit hineinzuziehen – um ihn in einen fairen Kampf zu locken, so wie es die Traditionen vorschreiben... "

Cassandra blickte zu den Sternen hinauf und dachte nach. *Anlocken. Drachen. Wie verlockt man einen Drachen...*

Was du brauchst, ist ein guter Lockzauber, hatte Eloise gesagt.

Frustriert kratzte sie über ihr Kleid. Was sie brauchte, war etwas Magie. Und zwar bald.

Und Luft, verdammt. Sie brauchte frische Luft.

Sie beugte sich zum offenen Fenster und löste den Dutt aus ihrem Haar. Sie spürte Silas' Blick auf sich, als sie die langen Strähnen mit ihren Fingern kämmte. Aber als sie ihn ansah, schaute er weg.

Mr. Verleugnung. Mr. Pflichtgefühl. Würde er sie jemals an sich heranlassen?

„Hast du dir schon mal gewünscht, die Cabrio Version dieses Autos zu haben, nur damit du den Wind in deinem Haar spüren kannst?", fragte sie.

Er fuhr sich mit der Hand durch sein kurz geschnittenes Haar – so viel zum befreienden Gefühl, wenn die Haare im Wind peitschen – und murmelte: „Wir haben das Cabrio."

Sie lachte laut. „Na sicher doch. In Silber, so wie dieser?"

„Weiß."

Ein Teil von ihr wollte nach dem *Wir* fragen – sie konnte das verrückte Testament seines Onkels immer noch nicht ganz glauben – aber ihre Gedanken drehten sich um den peitschenden Wind, den indigoblauen Himmel und die funkelnden Sterne über ihnen. „Fliegst du jemals bei Nacht?"

Er sah sie scharf an und sie erwiderte seinen Blick.

„Ich dachte, du hasst Drachen." Sein klangvoller Bariton umschmeichelte ihr Innerstes.

„Ich beginne zu verstehen, dass es gute und böse Drachen gibt. Dass Eloise möglicherweise, genau wie einige meiner anderen Verwandten, viele Vorurteile hatte. Ich meine die menschlichen Verwandten."

„Und welche Vorurteile wären das?"

Sie schüttelte den Kopf. Es war ihr fast peinlich, darüber zu sprechen. „Alles Mögliche. Eine Nachbarin meiner Cousine stammte aus Pisa. Nachdem sie vierzig Jahre lang harmonisch nebeneinander gelebt hatten, gab ihre Mutter schließlich zu, dass sie gar nicht so schlecht war – für Italiener, natürlich."

Silas lachte leise, also fuhr sie fort.

„Wir haben dafür gesorgt, dass wir andere ethnische oder religiöse Gruppen mit ihr überhaupt gar nicht erst ansprachen. Ihre Entdeckungen des Jahrhunderts waren immer so etwas wie: ‚Weißt du, die sind eigentlich ganz nett.' Sie hat uns mit ihrer verschlossenen, altmodischen Art in den Wahnsinn getrieben. Aber ich nehme an, sie ist in einer anderen Zeit an einem anderen Ort aufgewachsen."

Silas nickte. „Glaube mir, ich kenne diese Art."

„Also ja. Ich fange an zu glauben, dass Eloise genauso gewesen sein könnte, nur eben mit Drachen. Sie hat auch einmal etwas über Vampire gesagt."

Silas rümpfte die Nase. „Traue niemals einem Vampir."

Sie schlug ihn auf den Oberschenkel. „Hör' dir doch selbst einmal zu!"

„Es ist wahr."

„Nun, Eloise hat das Gleiche über Drachen gesagt."

Silas antwortete ihr so leise, dass sie sich anstrengen musste, um ihn zu hören. „Und was würdest du über Drachen sagen?"

Sie strich mit den Händen über ihr Kleid. War sie wirklich bereit, ihre Gedanken mit ihm zu teilen?

„Vielleicht sind sie gar nicht so übel", murmelte sie.

Er lachte leise und wartete auf mehr.

„Sie stoßen fast nie Rauch aus", sagte sie und versuchte, ihn zu reizen.

Er schnippte ein Staubkörnchen von seinem Ärmel. „Fast nie?"

„Sie scheinen auch keinen unschuldigen Jungfrauen nach-zujagen", fuhr sie fort.

Silas riss seinen Kopf herum. „Unschuldigen was?"

Sie lachte. „Ich meine, der Gesellschaft nach zu urteilen, die Drachen pflegen. Da wäre zum Beispiel Moira... "

Er zog eine Grimasse.

„... und ich. Und da wir beide *weder* unschuldig *noch* Jung-frauen sind... "

Er schüttelte den Kopf und begriff schließlich, dass sie ihn aufziehen wollte. „Und ich dachte, du wärst eine holde Maid."

„Ha. Das hättest du wohl gerne."

Sie lachten beide und irgendwie schlich sich ihre Hand zurück auf sein Bein.

„Und was hältst du sonst so von Drachen?" Seine Stimme wurde heiserer.

Sie holte tief Luft. War sie wirklich bereit, mit einem Dra-chen zu flirten? Silas hatte diese Eigenart, alles ernst zu neh-men. Wirklich ernst. Wer wusste schon, wohin die Dinge dann führen würden?

Ihre weiblichen Körperteile jubelten, begierig auf ein heißes Resultat.

„Nun, es gibt da diesen einen bestimmten Drachen, den ich kennengelernt habe... ", begann sie.

Er forderte sie mit einem Nicken auf, weiterzusprechen.

„Ein wenig zurückgezogen. Etwas exzentrisch, könnte man sagen."

„Exzentrisch?" Er verzog das Gesicht.

„Nun, er lebt in diesem verrückten Haus. Und er hat die unglaublichste Bibliothek der Welt..."

Sie erwischte ihn bei einem Lächeln.

„... und eine ungewöhnliche Gruppe von Freunden..."

„Ungewöhnlich?", protestierte er.

„... die wirklich, wirklich nett sind. Und du weißt ja, was man über Freunde sagt..."

Er neigte den Kopf und wartete auf den Rest.

„Man kann eine Person anhand ihrer Freunde einschätzen."

Das entlockte ihm ein winziges Lächeln, also fuhr sie fort.

„Und es gibt dieses wirklich süße Kätzchen, zu dem er sehr lieb ist."

„Man kann es nie wissen", warnte er. „Es könnte alles nur gespielt sein."

„Das dachte ich anfangs auch. Aber dann habe ich ihn gesehen – all diese langen Nächte. All der Stress, den er in sich hineinfrisst."

„Drachen stressen nicht", beharrte er.

„Dieser schon. Er sorgt sich um sein Zuhause, um seine Freunde. Um seine Zukunft. Dort draußen gibt es eine große, böse Welt und er versucht, sie ganz allein zu erobern."

Er starrte schweigend geradeaus.

„Er tut alles für jeden, aber nichts für sich selbst. Und das liebe ich so an ihm."

Sein Blick huschte zu ihr und gleich wieder weg. Gott, dieser Mann war wie ein Teenager, fasziniert von der Liebe, aber unfähig, darüber zu sprechen. Hatte Moira ihn so schlimm verletzt?

„Liebe?", knurrte er.

Sie versuchte, cool zu wirken. „Könnte eine Redensart sein."

Er nickte sehr sachlich.

Sie drückte ihre Finger fester auf sein Bein und lehnte sich nah an sein Ohr. „Vielleicht aber auch nicht."

Seine Augen strahlten in der Dunkelheit. Sie glühten in einer warmen Ziegelsteinfarbe und ihre eigene innere Körpertemperatur stieg um mindestens zehn Grad an. Silas' Wärme hüllte sie ein und lockte sie näher zu ihm. Sie lud sie ein, sich allen möglichen schmutzigen Gedanken hinzugeben, wie sein Hemd zu öffnen und mit einer Hand über seine Brust zu streichen.

Der Wagen wurde langsamer und bog in eine Kurve, wodurch ihr Körper von seinem weggezogen wurde.

„Zuhause", murmelte Silas, als sie sich dem Tor des Anwesens näherten.

Zuhause. Sie drehte und wendete die Worte in Gedanken. Wo war ihr Zuhause? Wo passte sie auf das Schachbrett, das das Schicksal unbedingt arrangieren wollte?

Das Tor öffnete sich und lud sie ein, hereinzukommen. Schade, dass Maui nicht größer war – sie hätte es vorgezogen, noch ein paar Stunden weiterzufahren. Denn in dem Moment, in dem Silas seinen Fuß auf das Anwesen setzte, könnte sie wetten, dass er direkt in sein Büro gehen und sich mit seinen Problemen einschließen würde.

Er fuhr den Wagen in die Garage – in gewisser Weise zurück dorthin, wo sie begonnen hatten und doch waren sie nun so viel weiter. Als Silas um den Wagen kam und ihr die Hand entgegenstreckte, musste sie dem Drang widerstehen, ihn hineinzuziehen und durch das Tor direkt wieder hinauszufahren. Aber sie ließ sich schweigend von ihm zum Gästehaus zurückbegleiten.

Ein Glühwürmchen funkelte in der Dunkelheit, das einzige Licht zwischen den Tiki-Fackeln, die bereits weit hinuntergebrannt waren. Ein Vogel flatterte durch die Bäume. Das Gemeinschaftshaus war dunkel und leblos, da alle anderen längst in ihren Häusern waren. Alles war friedlich und sicher, aber ihre Füße fühlten sich schwer an, als sie dem unvermeidlichen Abschied entgegengingen. Während der Fahrt hatte sich Silas ihr geöffnet, aber das meiste, was sie nun von ihm erwarten konnte, war ein höfliches Küsschen auf die Wange und ein geflüstertes *Gute Nacht*.

Minuten später standen sie auf der Veranda des Gästehauses und blickten über die Wellen. Cassandra schloss die Augen und erlebte ihren Kuss von der Gala noch einmal. Ein Kuss, der aus dem Nichts entsprungen und zu einer eigenen Kraft geworden war. Ein Kuss, den sie nie hatte beenden wollen.

Silas räusperte sich und sie machte sich bereit. Es war so weit. Silas verspürte dieselbe Sehnsucht nach *mehr*, genau wie sie – dessen war sie sich sicher – aber er würde ihr nicht nachgeben.

„Cassandra", flüsterte er.

Immerhin hatte sie das – er hatte aufgehört, sie Miss Nichols zu nennen. Ein kleiner Sieg?

Sie sah ihn an und weigerte sich, ein Wort zu sagen. Sie war entschlossen, ihm den Abschied so schwer zu machen, wie er für sie war.

Als er weitersprach, war Silas' Stimme heiser: „Darf ich auf dein Angebot zurückkommen?"

Sie blinzelte. „Was?"

Er deutete hinter sich, noch immer angespannt, aber irgendwie hoffnungsvoll. „Der lange Spaziergang am Strand. Würde es dir etwas ausmachen?"

Sie riss die Augen weit auf und konnte für einen Moment nicht sprechen. Aber als Silas ihr seinen Ellbogen entgegenstreckte, hakte sie ihren Arm bei ihm ein und schmiegte sich an seine Seite.

„Das wäre wirklich schön", schaffte sie es, zu sagen und spürte die Hitze in ihr Innerstes zurückrauschen.

Kapitel 14

Es war lange her, dass Silas irgendwohin spazieren gegangen war. Wenn ein Drachengestaltwandler Dampf ablassen wollte, ging er fliegen. So wurden die Dinge eben gemacht. Also hatte er dies in letzter Zeit oft getan, obwohl es nicht wirklich zu helfen schien.

Aber wie sich herausstellte, war ein Spaziergang genau das, was er brauchte. Und ja – er ging sogar barfuß. Bereits nach zehn Schritten mit Cassandra am Strand lösten sich die Knoten in seinen Schultern und das beklemmende Gefühl in seiner Stirn ließ nach. Er wackelte mit den Zehen im Sand, warf den Kopf zurück und genoss den Anblick der Sterne. Vielleicht gab es mehr als nur einen Weg, die Dinge im Leben anzugehen – bis auf den Drachenstil.

Der einem Sakrileg gleichkam, aber verdammt. Abgesehen von Kai und – er verzog das Gesicht – Drax, war er der Letzte in seiner Familie. Vielleicht brauchte er sich nicht mehr ganz so streng an die Traditionen zu halten. Einige Traditionen waren natürlich gut. Sie erinnerten ihn daran, wer er war, und verbanden ihn mit einer langen Ahnenreihe von Drachengestaltwandlern. Aber andere Aspekte, nun...

Vielleicht hat Cassandra recht, sinnierte sein Drache. *Aber ich fliege immer noch gern. Vielleicht können wir sie eines Tages mal mitnehmen.*

Was entspannende Formen der Ablenkung anging, so hätte das Fliegen mit Cassandra wahrscheinlich eine Elf auf einer Skala von zehn. Aber mit ihr am Strand zu spazieren ... das war immer noch eine Zehn.

Das leichte Spiel ihrer Finger über seinen, die Wärme ihres Körpers an seiner Seite, das Kitzeln ihrer Haare an seiner Schulter. Er fühlte sich auf eine Weise lebendig, wie er sie schon seit Langem nicht mehr gespürt hatte. Vielleicht sogar ein wenig zu lebendig. Sein Drache hatte ihm schon den ganzen Abend alle möglichen unzüchtigen Vorschläge in den Kopf geschrien und jetzt wurde es noch schlimmer.

Muss meine Gefährtin haben! Muss sie markieren. Muss sie für mich beanspruchen.

Ganz gleich, wie entschlossen Cassandra zu sein schien, sich ihm zu nähern, er musste die Kontrolle über seine innere Bestie behalten.

Aber sie ist so perfekt, heulte sein Drache.

Technisch gesehen wusste er, dass niemand perfekt war. Aber verdammt. Cassandra kam unglaublich nah dran. Zumindest für ihn perfekt. Ihre Körper schmiegten sich aneinander, als sie gingen, und ihre Schritte passten sich mühelos einander an. So perfekt, dass er sich nur allzu leicht vorstellen konnte, wie sie auch auf andere Weise miteinander verschmelzen würden.

Oh, wir werden verschmelzen, so viel ist sicher. Sein Drache wackelte mit den Augenbrauen.

„Eine schöne Nacht." Cassandra blieb stehen, um aufs Meer hinauszublicken.

Die Meeresbrise trug ihren Duft zu ihm hinüber, vermischte sich mit seinem eigenen und brachte ihn auf alle möglichen gefährlichen Ideen.

Er beobachtete, wie das Mondlicht über das Wasser spielte. Die funkelnden Strahlen reflektierten in unregelmäßigen, nicht vorhersehbaren Mustern auf den Wellen. Es war fast magisch. Was das lästige Zucken in seiner Wange wieder beginnen ließ.

Traue keiner Hexe.

Hüte dich vor Hexen und ihren listigen Zaubersprüchen.

Hexen und Menschen darf man niemals trauen.

Er schüttelte den Kopf und versuchte, diesen Unsinn zu zerstreuen.

Unsere Gefährtin würde niemals Magie gegen uns einsetzen, beharrte sein Drache. *Dies ist eine andere Art von Zauber. So wie Mom zu sagen pflegte – Liebe ist Magie.*

Natürlich hatte sein Vater immer darüber gespottet, wenn seine Mutter so etwas sagte. Aber Silas begann sich zu fragen, wer von ihnen beiden klüger gewesen war.

Sieh genau hin, sagte sein Drache. *Das ist nur die Magie der Natur, nicht der Zauber einer Hexe.*

Er betrachtete das Meer und entspannte sich langsam wieder. Die Szenerie war wunderschön. Eine andere Art von Schönheit als Mauis Pracht am Tage, die wie ein lebhaftes Aquarell mit jeder Nuance des Regenbogens gefüllt war. Die Nacht dämpfte alles zu Schwarz und Weiß und unzähligen Grautönen dazwischen. Und dieser Kontrast barg seine eigene Schönheit. Das Meer vom Strand aus zu betrachten war ebenfalls neu für ihn. Der Kräuseleffekt war zunächst einmal anders. Von hoch oben fingen die Wellen das Mondlicht in Linien ein und hielten sie fest. Vom Strand aus schienen die Mondstrahlen über die Kronen der Wellen zu springen, ungehindert und völlig frei.

„Eine schöne Nacht", stimmte er zu und legte, ohne darüber nachzudenken, einen Arm um Cassandras Schulter.

Sie tätschelte ihm den Bauch und sprach mit leiser, verspielter Stimme: „Fast schon beruhigend, nicht wahr?"

Er grinste. „Das ist es."

Sie nickte. „Weißt du, was noch beruhigend ist?" Jetzt neckte sie ihn geradeheraus, aber verdammt. Er liebte es.

„Was?"

„Das hier."

Er riss die Augen weit auf, als sie ihn geradewegs auf die Lippen küsste. Eigentlich war es gar nicht beruhigend, denn seine Herzfrequenz verdreifachte sich. Aber eine Sekunde später senkte er seine Augenlider und sein Geist wurde vollkommen leer. Leer genug, um seine Arme um Cassandra zu schlingen und zu vergessen, warum sie tabu für ihn war.

Ihre Lippen waren honigsüß und herrlich weich. Ihr Haar war dick und ihre Brüste weich an seiner Brust. Sie öffnete den Mund unter seinem und er strich mit den Händen über ihre Hüfte. Das Mondlicht mochte vielleicht über dem Meer funkeln, aber in diesem Moment war sie der Sonnenschein und er die See. Oder vielleicht war er das Mondlicht und Cassandra das Meer?

Hör' endlich auf, ein Dichter zu sein und genieße den verdammten Kuss, bellte ihn sein Drache an.

Also tat er genau das und wow. Konnte ein Kuss wirklich so gut sein?

Cassandra zog sich zurück und ließ ihn einen Augenblick die Leere knutschen, bevor er die Augen aufriss und sich wieder auf sie konzentrierte.

Eine Welle der Wut schoss durch ihn hindurch. Spielte sie Spielchen mit ihm? Denn Moira hatte das immer getan und...

„Siehst du?", murmelte sie durch halbgeschlossene Augen – Augen, die so frei von Bosheit waren, dass seine Wut so schnell verflog, wie sie gekommen war.

Meine Gefährtin spielt keine Spielchen, sagte sein Drache. *Sie ist nicht Moira.*

Er konnte die Ehrlichkeit in ihren zitternden Lippen und unschuldigen Augen sehen – benommene Rehaugen, die ihm sagten, dass der Kuss sie ebenso berührt hatte wie ihn. Sie drückte ihre Finger leicht gegen seine Brust und war dabei weder aufdringlich noch energisch. Ihr Atem kam in ungleichmäßigen Schüben.

Ganz und gar nicht wie Moira, krähte sein Drache.

„Ich bin mir nicht sicher, ob ich das beruhigend nennen würde", murmelte er und versuchte, cool zu bleiben.

Sie will es. Wir wollen es. Hör' jetzt nicht auf. Sein Drache stachelte ihn an.

„Nicht?"

„Eher das Gegenteil", gab er zu und schlang seine Arme um ihre Taille.

Sie zuckte mit den Schultern und drängte sich näher an ihn. „Das funktioniert auch."

Als sie sich wieder küssten, explodierte ein Feuerwerk in seinem Körper. Große rote Feuerbälle, die sein Verlangen weckten. Funkelnd grüne und gelbe, die sanft durch seine Adern schossen. Blaue Blitze, die wie Sterne anfingen, nach außen hin explodierten und dabei all seine Sorgen mit sich rissen.

Der Kuss wurde heißer. Gieriger. Eindringlicher – von beiden Seiten. Cassandra strich mit ihrer Zunge kühn über seine Lippen und Zähne. Er drängte sich ihr entgegen, ließ seine Hände tiefer sinken und zog sie näher an seinen rasch anschwellenden Schwanz heran. Sie strich mit ihren Händen an seinen Seiten auf und ab und machte seinen Drachen ganz wild.

Er zog sie an sich und als sie sich an seiner Erektion rieb, schluckte er ein Stöhnen hinunter. Dann wimmerte sie unter ihrem Kuss, was ihn völlig um den Verstand brachte.

Sie ist meine Gefährtin. Sie ist mein Schicksal.

Sie ist eine Hexe, hallte die Stimme seines Vaters durch seinen Kopf.

Er unterbrach den Kuss und sein Gesicht wurde rot. Selbst tot hatte sein Vater immer noch eine Art, sich zu den unpassendsten Momenten in sein Leben einzumischen.

Sie ist meine Gefährtin! brüllte sein Drache.

Silas wünschte sich fast, sein Vater wäre tatsächlich da, damit er alles herausschreien könnte, was er im wirklichen Leben nie ausdrücken konnte. Dinge wie: *Ich liebe und respektiere dich, aber ich bin nicht du. Ich werde die Dinge auf meine Weise tun. Ich werde meine eigenen Entscheidungen treffen. Ist das klar?*

Als er seine innere Schimpftirade beendet hatte, war die Stimme seines Drachen ein Brüllen in seinem Kopf.

Er stand keuchend da und wühlte in seinen Gedanken.

„Geht es dir gut?" Cassandra strich mit den Händen über seine Brust.

Er prüfte jeden Winkel seines Bewusstseins und öffnete jede Tür, die zu Erinnerungen führen könnte, bis er sich vergewissert hatte, dass das Gespenst seines Vaters wirklich verschwunden war.

„Es geht mir gut", sagte er. Seine Stimme war so heiser, als hätte er wirklich geschrien. „Aber hör' mal... "

Sie schüttelte wild den Kopf. „Kein Aber. Kein Wenn."

Er packte sie bei den Schultern. „Drachen machen keine halben Sachen, Cassandra. Wenn wir jetzt weiter gehen... "

Mit den Händen packte sie sein Hemd fester. „Ich will weiter gehen. Kannst du das nicht sehen?"

„Aber Hexen und Drachen sind seit Jahrhunderten Feinde…"

Cassandra nickte. „Sie bekriegen sich wie die verdammten Hatfields und McCoys. Aber das ist nicht unsere Fehde, Silas. Das ist mir jetzt klar. Dir nicht?"

Es war ihm klar. Er begehrte sie mehr als alles andere. Aber verstand sie, auf wen sie sich einließ? Wollte sie wirklich seine seit so langer Zeit aufgestauten Begierden entfesseln?

„Ich will nicht, dass du verletzt wirst", zwang er sich zu sagen. „Es wäre sicherer…"

„Ich bin es leid, immer auf Nummer sicher zu gehen. Ich habe es satt, vorsichtig zu sein."

Er holte tief Luft und entschied sich der Vernunft eine letzte Chance zu geben, bevor er völlig nachgab. „Du musst dir sicher sein, bevor wir zu weit gehen. Bevor es zu spät ist."

Sie umschloss sein Gesicht mit ihren Händen. „Es ist zu spät, Silas. Und weißt du was?"

Er blinzelte und versuchte, sich zu konzentrieren. Aber sie beugte sich zu einem weiteren Kuss nach vorn. Er sehnte sich so verzweifelt danach und konnte die Willenskraft, zu widerstehen, einfach nicht aufbringen.

„Es war in dem Moment, als ich dich getroffen habe, bereits zu spät", flüsterte sie. „Und ich würde die Uhr nicht zurückdrehen, selbst wenn ich es könnte."

In Gedanken stand er völlig still da, geschockt von ihren Worten. Sein Körper handelte jedoch wie von selbst und schloss die verbleibende Distanz zwischen ihnen, um ihren Lippen zu begegnen. Für einen harten, heftigen Kuss, bei dem er sich noch näher an sie drückte als zuvor. Er konnte jede ihrer Kurven spüren und das Verlangen auf ihrer Zunge schmecken.

Versuche nicht einmal, jetzt aufzuhören, knurrte sein Drache.

Das würde er nicht. Er konnte es nicht. Aber nach einer weiteren Minute ungestümen Fummelns am Strand zog er sich für einen Atemzug zurück.

„Ich habe meine Meinung geändert", murmelte er.

„Du hast was?", kreischte Cassandra.

Er fing ihre Hände ein, bevor sie in einer Karatebewegung gegen seine Luftröhre schlagen konnte. „Wie wäre es, wenn wir den Spaziergang verschieben und stattdessen ins Gästehaus gehen?"

„Du...", grummelte sie, obwohl sich ein Lächeln auf ihren Lippen ausbreitete.

„Entschuldigung. Ich wollte dich nicht necken." Er zog sie erneut an sich.

Sie hatte sich nur eine Sekunde von ihm gelöst und doch hatte es sich wie eine riesige Leere angefühlt. Aber in dem Moment, als sich ihre Körper erneut berührten, stellte sich ein Gefühl von Ruhe ein. Eine Ruhe innerhalb eines Sturms vielleicht, denn sein Körper stand noch immer in Flammen.

Sie ergriff seine Hand und marschierte mit ihm zurück über den Strand. Dabei schafften sie es doppelt so schnell zum Gästehaus, wie sie in die andere Richtung gebraucht hatten. Dann zerrte sie ihn die drei Stufen hoch und hätte ihn fast gegen den Türrahmen gestoßen.

„Bleib' genau hier. Und denke noch nicht einmal daran, deine Meinung zu ändern." Sie hob einen drohenden Finger vor sein Gesicht.

„Ich würde nicht im Traum daran denken. Aber... "

Sie brachte ihn mit einem Kuss zum Schweigen und löste sich dann von ihm. „Jetzt bin ich an der Reihe, dich zu necken."

Seine Lippen bewegten sich, aber es kam kein Ton heraus. Was machte sie denn?

Das Innere des Gästehauses war kompakt, aber das Bett war groß und sein Drache verfolgte ihre Bewegungen genauestens. Er dachte bereits über ein halbes Dutzend Stellungen nach, die er und sie vielleicht...

Hör' auf damit, bellte er die Bestie an. Wie sollte er jemals die Kontrolle behalten, wenn sein Drache derartige Dinge vorschlug?

Wer sagt denn irgendetwas von Kontrolle? schnaufte sein Drache.

Cassandra bewegte sich schnell, öffnete eine Schublade und schob sie eilig wieder zu. Ein Streichholz kratzte über eine raue Oberfläche und der Geruch von Schwefel füllte den Raum.

Sein Drache atmete tief ein. *Ich liebe den Geruch eines entfachten Feuers.*

Silas folgte dem gelben Schein eines Streichholzes hinter Cassandras hohler Hand.

„Wenn ich als Hexe zu irgendwas taugen würde...", murmelte sie.

Was sollte das denn heißen?

Sie blies das Streichholz aus, zündete ein weiteres an und entfachte ein Dutzend weitere Kerzen, bis der Raum wie eine Kapelle beleuchtet war. Dann kam sie zu ihm hinüber und schwenkte das letzte Streichholz zwischen ihnen durch die Luft. Dabei löschte sie die Flamme.

Lösche diese Flamme, kicherte sein Drache. *Ganz sicher nicht die, die in mir brennt.*

„Was denkst du?" Sie neigte den Kopf.

Er öffnete seine Arme und sie glitt direkt in seine Umarmung. Mondlicht strömte durch die offene Tür herein und warf ihre Schatten aufs Bett.

„Ich habe aufgehört zu denken, als wir das Ende des Strandes erreicht haben", gab er zu. „Aber das hier ist schön."

Sie nickte, offensichtlich zufrieden mit sich selbst, und drängte sich näher heran, bis ihre Hüfte hart gegen seine stieß. „Dies ist übrigens dein Revier." Sie strich mit ihrem Finger über seine Lippen. „Weißt du, Drachen sind nämlich sensibel, wenn es um ihr Territorium und solche Dinge geht."

Der letzte Teil seines Verstandes, der noch zu rationalem Denken fähig war, züchtigte ihn. Cassandra war diejenige, die nicht in ihrem Element war, und doch vertraute sie ihm – bedingungslos.

Ganz und gar nicht wie Moira, seufzte sein Drache.

Er schloss kurz die Augen, um Moira aus seinen Gedanken zu vertreiben. Dies war seine Nacht mit seiner Gefährtin und er würde nicht zulassen, dass sich Moira jemals wieder in sein Herz, seine Gedanken oder in seine Seele einmischte.

„Vielen Dank" Er küsste eine von Cassandras Händen.

Ihr Duft war um ihre Handgelenke herum stärker, gemischt mit einem leichten, exotischen Parfum, und diese Kombination trieb ihn an den Rand seiner Beherrschung.

„Oh, du wirst mir noch früh genug danken." Sie zwinkerte ihn an. „Das garantiere ich."

„Neckst du mich immer noch, Miss Nichols?"

Sie schüttelte den Kopf und beugte sich vor, bis ihre Lippen seine berührten. „Die Neckerei ist vorbei. Der Spaß kann beginnen."

Kapitel 15

Cassandra löste Silas' Krawatte und zog sie langsam ab, indem sie die Seide um seinen Hals gleiten ließ. Seine Augen flackerten auf und der rote Schein verstärkte sich.

Sie wusste nicht genau, was in sie gefahren war. Aber es schien keine Rolle zu spielen, denn sie begehrte ihn. Brauchte ihn. Jetzt.

Sie küsste ihn – nein, verzehrte ihn – während sie sein Jackett nach hinten zog. Der Milliardärs-Playboy-Look machte sie an, so viel war sicher, aber sie wollte mehr. Bei all den Muskeln, die dort hineingezwängt waren, musste sie ihm das Jackett praktisch von den Schultern ringen.

„Versprich mir, dass du etwas sanfter sein wirst, wenn du mir das Kleid ausziehst", murmelte sie. „Ich habe es mir nur geliehen."

„Ich kann gar nichts versprechen", knurrte er bei seinem nächsten Kuss.

Für einen Augenblick waren seine Handgelenke in den auf links gedrehten Ärmeln seines Jacketts gefesselt und sie kicherte. „Du bist mir ausgeliefert, Drache."

Er richtete seinen glühenden Blick auf sie. „Ich war dir vom ersten Tag an ausgeliefert."

Ihr Kiefer klappte für den Bruchteil einer Sekunde hinunter, bevor sie sich wieder fing. „Und ich dachte, du wärst der Gefährliche hier."

Sie küsste seinen Hals, bevor er antworten konnte, und öffnete, von seinem Duft völlig berauscht, die Knöpfe seines Hemdes. Er trug ein natürliches Eau de Cologne mit einem Hauch Raffinesse und einem Spritzer von etwas völlig Wildem. Silas warf den Kopf zurück und lud sie näher zu sich ein –

eine weitere kleine Fantasie, die wahr wurde. Die Küsse wurden zu kleinen Bissen und Silas knurrte warnend. Ein echtes, tierisches Knurren, so anders als der kultivierte Mann, an den sie sich gewöhnt hatte. Aber trotzdem typisch er. Sie hatte das sorgfältig gepflegte Äußere durchschaut und einen Blick auf sein wahres Ich geworfen – eine Mischung aus Mensch und Tier, die darauf wartete, entfesselt zu werden.

Und sie war diejenige mit den Schlüsseln dazu. Sie stellte sich vor, sich zu einem Schlossturm zu schleichen, einen Schlüssel ins Schloss zu schieben und langsam die knarrende Tür zu seiner Seele zu öffnen.

Eine Kerze flackerte in ihrem Augenwinkel und erinnerte sie daran, dass sie mit dem Feuer spielte. Er war ein Drachengestaltwandler und sie war zu einem Teil Hexe.

Mein Drachengestaltwandler, sagte sie zu sich selbst.

Sie folgte ihren Händen mit ihrem Mund und küsste sich ihren Weg die Brust hinunter, von der sie geträumt hatte. Sie schob dabei sein Hemd zur Seite und glitt immer tiefer und tiefer. Schließlich packte sie seinen Schwanz durch die Hose.

Silas drängte sich ihr entgegen und seine Augen flackerten rot auf. Nicht in einem beängstigenden Rot – in einem sinnlichen Scharlachrot, das die Hormone in ihrem Körper in Wallungen brachte.

„Hilf mir damit", flüsterte sie und berührte seine Hose.

Er nahm ihre Hände, führte sie an seine Seiten und ging auf das Bett zu. „Keine gute Idee, wenn ich vorsichtig mit deinem Kleid sein soll."

Sie zog ihm das Hemd aus und achtete dabei auf die empfindliche Haut seines linken Arms. Solange sie nicht direkt darauf drückte, schien alles in Ordnung zu sein. Dann strich sie mit den Händen über sein gestähltes Hinterteil.

„Die Schultern verstehe ich ja", murmelte sie halb vor sich hin. Schließlich war er ein Drachengestaltwandler. „Aber wozu brauchst du all diese Muskeln?" Sie tätschelte seinen Hintern.

Er grinste. „Start. Landung. Du weißt schon."

Das war zumindest das, was er laut sagte. Aber das Glühen in seinen Drachenaugen sagte eher etwas wie: *Um dich besser verwöhnen zu können, meine Liebe.*

Sie schluckte und beeilte sich dann, ihn erneut zu küssen. „Ach richtig. Start. Landung.“

Er strich mit den Fingern über ihre Schultern und an ihrem Dekolleté entlang. Sie neigte dabei ihren Kopf von einer Seite zur anderen. Dann küsste er sie seitlich, unterbrach den Kuss sanft und führte sie in eine halbe Drehung, bis sie mit dem Rücken zu ihm stand.

„Dein hochgestecktes Haar hat mir gut gefallen.“ Er kämmte mit den Fingern durch die langen Strähnen. Dann wurde seine Stimme eine Oktave tiefer. „Aber offen liebe ich es noch mehr.“

Der sehnsüchtige Klang seiner Stimme ließ sie vor Erwartung zittern und sie stöhnte laut auf, als er ihr Haar mit seinen Daumen teilte. Er küsste sie von hinten und öffnete gleichzeitig den Reißverschluss ihres Kleides. Jede seiner Bewegungen war geschmeidig und erregend. Sie zog einen Mundwinkel hoch, als sie über sich selbst lachte. Silas gelang es, ihr Kleid so problemlos auszuziehen; und ihr war es noch nicht einmal geglückt, seinen Hosenschlitz zu öffnen. Nun, bei der nächsten Gelegenheit, die sich ihr bot, sollte er lieber aufpassen.

„Wie bitte?“ Er berührte die nackte Haut ihres Kreuzes.

„Nichts“, antwortete sie und krümmte sich ihm entgegen.

Mit seinen starken Händen packte er ihre Hüfte und zog sie an seinen Schwanz zurück. Dann löste er sich und stieß wieder gegen sie, dieses Mal härter. Ein tiefes, begieriges Brummen entsprang seiner Brust und offenbarte ihr einen Hauch des Tieres in ihm.

„Silas“, flüsterte sie und stand kurz davor, sich einfach nach vorn zu bücken und es genau an Ort und Stelle zu tun. Wer brauchte schon ein Bett?

Andererseits wollte sie Silas in die Augen sehen, wenn er sich in ihr bewegte. Irgendwie spürte sie, dass dies wichtig wäre, wenn sie das empfindliche Machtgleichgewicht zwischen ihnen aufrechterhalten wollten.

Silas öffnete den Verschluss ihres BHs und schob ihn nach vorn weg. Sie stöhnte, als er seine Hände um ihre Brüste legte und seufzte, als er ihr das Kleid von den Schultern zog und es in einem Häufchen zu ihren Füßen fallen ließ.

Sie drehte sich um, trat aus dem Kleid und erlaubte ihm, mit seinem gierigen Blick über jeden Teil ihres Körpers zu streifen. Seine Augen wanderten über ihre nackten Brüste, ihren Nabel, das schwarze Spitzenhöschen. Sein Mund öffnete sich ein klein wenig, bevor er seinen Blick wieder nach oben riss.

Oh ja. Ihrem Drachen gefiel, was er sah.

Sie hakte ihre Daumen unter das Höschen und zog es langsam hinunter. Er gab ihr das Gefühl, schön zu sein. Begehrt. Sie hob einen Fuß nach dem anderen, um das Höschen abzuschütteln, und griff dabei nach seinem Arm, um das Gleichgewicht zu halten.

Ein Lächeln spielte über Silas' Lippen. Offenbar wusste er genauso gut wie sie, dass dies alles Teil der Show war. Sie *brauchte* seine Hilfe nicht. Aber sie wollte sie, so viel war sicher.

Sie ließ das Höschen zu Boden fallen und warf ihr Haar zurück, während sie halb im Mondlicht und halb im Schatten stand.

Silas' Wange zuckte wieder. Ihm gefiel *definitiv*, was er sah.

„Wir müssen den Punktestand ausgleichen." Sie winkte ihn zu sich heran.

Er zog eine Augenbraue hoch und kam ihr so nah, dass sie ihren Kopf nach hinten neigen musste, um den Blickkontakt aufrechtzuerhalten. „Punktestand?"

„Ein Kleid weg, eine Hose steht noch aus." Sie streckte sich auf die Zehenspitzen und stieß gegen seine Lende.

Er hob seine Hände schneller zu seinem Gürtel als sie, öffnete den Verschluss und gemeinsam zogen sie seine Hose und die Boxershorts hinunter. Cassandra bewegte sich dabei besonders langsam und genoss jeden Zentimeter des Weges.

„Drachen sind für ihre Geduld bekannt, aber... ", krächzte er.

„Ohne Wenn und Aber", kicherte sie, „dafür mit Sowohl und Als auch." Sie tätschelte seine Pobacken und sah ihn frech an.

Dann lehnte sie ihren Kopf an seine Brust, blickte nach unten und streichelte seinen Schwanz. Sie beobachtete, wie die Schwanzspitze zu glitzern begann und spürte, wie er noch härter wurde. Silas' Atem kam in heftigen Stößen, von denen sich das Haar in ihrem Nacken aufstellte. Sie umschloss seinen Schwanz mit beiden Händen und glitt auf und ab. Sie zwang sich, sich langsam zu bewegen. Er stieß sanft in ihre Hände und spiegelte die Bewegung mit seinen Fingern über ihren Rippen wieder. Auf und ab, auf und ab, bis sie keine Sekunde länger warten konnte.

Sie trat zurück und sah ihm in die Augen. Als ihre Waden gegen die Bettkante stießen, hielt sie den Atem an.

Nimm mich, wollte sie sagen. *Mach', dass ich mich sogar noch besser fühle als jetzt.*

Silas stand regungslos dort und zitterte praktisch unter ihren Händen. Dann beugte er sich zu einem Kuss nach vorn, der als ein leichtes Versprechen begann – ein *Ich werde mich um dich kümmern*-Versprechen – und sich allmählich zu etwas Tieferem, Gierigerem wandelte. Zu etwas Wilderem. So wild, dass sie den Übergang vom Stehen zum Unter ihm-Liegen auf dem Bett kaum wahrnahm. Ohne den Kuss zu unterbrechen, drückte er ihre Beine auseinander und brachte sein Gewicht über sie, um sie festzuhalten. Dann unterbrach er seinen Kuss und sah ihr in die Augen.

„Letzte Chance", murmelte er.

Sie beugte ihr rechtes Bein und ließ es über die Außenseite seines gleiten.

„Richtig", sagte sie trocken und drehte sich auf die Seite, um die Nachttischschublade zu öffnen. Dort hatte sie an ihrem ersten Abend auf dem Anwesen eine Packung Kondome entdeckt, zusammen mit einer Nagelfeile und Taschentüchern. Alles, was sich ein Gast auf diesem Luxusanwesen wünschen könnte.

Buchstäblich, scherzte sie zu sich selbst.

„Was ist so lustig?", fragte er, als sie ihm ein Kondom reichte und sich wieder zurücklehnte.

„Ein privater Witz." Sie trommelte ungeduldig mit den Fingern auf ihre Brust. „Also, wo waren wir? Oh, ich weiß. Irgendwo hier." Sie schob ihre Hände unter ihre Brüste und umkreiste langsam die Brustwarzen.

Silas lächelte ein sündiges Grinsen – eine Spur des Drachen in ihm. Dann riss er das Päckchen auf und rollte das Kondom ab. Sie half ihm dabei, nachdem sie ihre Knie seitlich geöffnet hatte. Bereit. Wartend.

„Letzte Chance. Dieses Mal wirklich", warnte er sie.

„Ich gehe nirgendwohin, Mister. Und du auch nicht." Sie schlang ihre Beine um seine Taille.

Sein Schwanz schwebte direkt vor ihrem Eingang und ihr Körper sehnte sich nach ihm. Aber Silas' erste Bewegung führte nach unten und er riss sich los. Fast hätte sie protestiert, bis sich seine Lippen um ihre Brustwarze schlossen.

„Wir waren hier, sagst du?"

Sein warmer Atem spielte über ihre nackte Haut und ihre Brustwarzen schmerzten vor Sehnsucht.

Sie krümmte den Rücken und stöhnte etwas Unverständliches, anstelle des schlagfertigen Widerwortes, das im Schleier der Lust verschwand, der sie umhüllte. Silas hatte die Hände eines Meisters und die Zunge eines Piraten. Er hatte den Abend glattrasiert begonnen, doch nun kratzte seine Wange leicht über ihre Brust, als er sich von der rechten Seite nach links bewegte. Sie schob ihre Finger durch sein dichtes, schwarzes Haar und beugte sich zurück, gierig nach mehr.

„So gut", stöhnte sie.

Er saugte ihre Brustwarze in seinen Mund und ließ sie mit einem Schnippen wieder los. Lichter tanzten vor ihren Augen. Langsam ließ er seine Finger über ihren Bauch und zwischen ihre Beine tänzeln. Sie wand sich unter ihm. Mit seinem Handballen rieb er sie – und neckte sie, verdammt – bis sie bereit war, zu schreien.

„Silas. . . "

Ihr protestierendes Jaulen wandelte sich zu einem Luststöhnen, als er einen einzelnen Finger durch ihre Schamlippen zog.

„Psst", flüsterte er.

Sie drängte sich gegen seine Hand und quietschte. „Erwartest du etwa, dass ich leise bin, wenn du so etwas mit mir machst?"

Sie hörte sein Glucksen, aber ihr Kopf war zu weit nach hinten geneigt, als dass sie sein Grinsen hätte sehen können. Wenn Silas dachte, sie wäre eine Partnerin, die seinem Befehl stillschweigend gehorchte, würde er eine Überraschung erleben. Jemand musste ihn aus seiner sorgfältig geordneten Welt herausschütteln. Ihre neue Lebensaufgabe, wie sie in diesem Augenblick entschied.

Also stöhnte sie seinen Namen, schrie ihr Vergnügen heraus und kratzte mit ihren Fingernägeln über seinen Rücken. Tatsächlich tat sie alles andere, als leise zu sein. Und es entging ihr auch nicht, dass Silas nicht protestierte. Im Gegenteil, sein Atem wurde schneller, seine Berührungen weniger kontrolliert. Er peitschte sie mit der Zunge, stieß sie tiefer hinein und kratzte sie härter mit seinem Kinn. Er hielt kurz inne, um einen besseren Griff um ihre Hüfte zu kriegen. Dann zog er sie wieder näher an sich und schloss seine Lippen über ihrer Weiblichkeit.

„Ja … ja… " Sie war sich nicht sicher, ob sie den Mann oder das Tier in ihm anfeuerte. Dann murmelte er etwas und erhob sich wieder über sie.

Ihre Blicke trafen sich. Dieses Mal gab er ihr keine *letzte Chance*. Silas sah so ernst aus wie immer und seine Augen glühten. Und zum ersten Mal war sie ebenfalls sprachlos, denn sie spürte es auch. Das Gefühl des Schicksals, das an die Tür klopfte, und ein Kartenblatt spielte, das sie nicht sehen konnte. Das Gefühl, dass, was sie als Nächstes tun würden, ein bedeutsames Ereignis in Bewegung setzte. Etwas Größeres als Sex. Größer als sie beide. Größer als eine einzige Nacht.

Sie nickte und spreizte ihre Beine noch breiter. Was auch immer ihr Schicksal sein mochte, sie würde es mit offenen Armen annehmen, solange sie diese eine Nacht haben konnte.

Silas stieß nach vorn, tief in sie hinein.

Zum Teufel mit dem Schicksal, sagte sein entschlossener Ausdruck. *Wir gestalten unser Schicksal selbst.*

Ihr ganzer Körper bebte und sie warf die Arme über den Kopf. Sie keuchte bei dem brennenden Gefühl.

Er hielt inne, bis sich ihre Augen wieder fokussierten und in seine blickten.

„Hör' nicht auf", stöhnte sie. „Bitte hör' nicht auf. "

Silas studierte sie einen Augenblick länger. Dann zog er sich ein paar Zentimeter zurück, hämmerte wieder vorwärts und brachte sie zum Aufheulen.

„So gut." Wenn er jetzt aufhörte, würde sie schreien. „So gut…"

Er tat es erneut – zog sich langsam zurück und stieß plötzlich nach vorn. Ihr Körper rutschte dabei auf dem Bett hoch.

„Ja…"

Sie stemmte sich ihm entgegen und bettelte darum, dass er sich schneller bewegen und stärker zustoßen sollte. Silas versenkte sich tiefer und tiefer in ihr, während er ihre Hände über ihrem Kopf festhielt. Mit jeder Bewegung seiner Hüfte und jedem unterdrückten Knurren nahm er sie in Besitz.

Meine, erklärte das Glühen in seinen Augen. *Du gehörst mir.*

Ich gehöre dir, hätte sie gesagt – wenn sie mehr als lustvolles Stöhnen hätte hervorbringen können.

Silas zog ihr Bein höher und drang tiefer in sie ein. Sie stemmte sich ihm entgegen und schrie jedes Mal auf.

Wie das Meer über dem Strand lösten sie sich voneinander und stürzen dann in immer größer und stärker werdenden Wellen aufeinander. Der Mond stand nun tiefer, strahlte durch die offene Tür und über Silas' Rücken. Sie hob den Kopf und beobachtete, wie sich seine Muskeln zusammenzogen, lockerten und wieder anspannten. Die breite Muskulatur seiner Schultern, die schrägen Linien seiner Rippen, die knackigen Proportionen seines Hinterns – all diese Kraft, die ihm half, wieder und wieder tief in sie zu stoßen.

„Mehr", forderte sie atemlos. „Mehr."

Eine Dringlichkeit stieg in ihr auf, als hätten sie ihrer Anziehungskraft jahrelang und nicht nur tagelang widerstanden. Als würde ihr Leben jetzt erst beginnen.

Als Silas kurz innehielt, um sich höher auf den Ellbogen abzustützen, fiel ein Schweißtropfen von seiner Brust auf ihre. Sie beobachtete, wie er zwischen ihren Brüsten zu ihrem Bauch hinunterrollte. Silas sah es ebenfalls und für einen Moment stand die Welt still. Die Ruhe vor dem Sturm.

Dann drückte er ihre Beine weiter auseinander und hämmerte nach vorn. Sie schrie auf. Er hatte die Zähne entblößt und sein Körper glitzerte vor Schweiß. Verschwunden war der besonnene Anführer, der wohlerzogene Gentleman. In seinen glühenden Augen gab es eine Bestie, die sich nach ihr sehnte.

Ich werde dich an jedem Tag meines Lebens anbeten und beschützen, sagten diese Augen, die sie wärmten, anstatt sie zu erschrecken.

Sie starrte auf das Glühen seiner Augen. Diese Bestie war ein Teil von Silas und je tiefer sie blickte, desto mehr konnte sie die ineinandergreifenden Facetten seines Charakters sehen. Der tobende Drache, der furchtlose Anführer, der leidenschaftliche Liebhaber. Dann sah sie plötzlich nichts mehr. Ihre Sicht verschwamm.

„Ja." Sie keuchte bei jedem seiner wilden Stöße. „Ja… "

Sie spannte ihre inneren Muskeln an und ließ ihn aufstöhnen. In ihrem Inneren wirbelten die Wellen der Ekstase und trieben sie in einen Strudel wilder Lust.

„Ja … ja… "

Schrie sie? Flüsterte sie? Sie konnte es nicht sagen. Sie wusste nur, dass noch kein Mann sie jemals so weit über ihre eigene Grenze hinaus an einen Ort purer Ekstase getrieben hatte.

Dann zuckte Silas in ihr und jeder Nerv in ihrem Körper explodierte.

Ein Brüllen stieg in ihre Ohren. Hitze wütete durch ihren Körper. Eine Träne rollte über ihre Wange hinunter. Ihre Muskeln entspannten sich kurz und verkrampften sich dann, als sie zum zweiten Mal kam.

„Ja", stöhnte sie und drückte Silas' Hände, als ihr Körper in einem absoluten Hoch erschauderte.

Langsam entspannte sie sich, einen Muskel nach dem anderen. Sie bebte in einem Nachglühen, wie sie es noch nie zuvor erlebt hatte. Silas ließ sich allmählich herabsinken und legte seinen Körper über ihren. Er schmiegte sich mit der Wange an sie und keuchte in das Laken. Sie tätschelte ihm den Rücken, nicht koordiniert genug, um etwas anderes zu sagen oder zu tun. Was gut war, denn was genau sollte sie denn über ein Erlebnis sagen, dass sie derart aus der Bahn geworfen hatte?

„Bist du dir sicher, dass du keinen Teil Drachen in dir hast?", murmelte Silas.

Sie kicherte und schloss ihre Beine enger um ihn. „Genau genommen glaube ich, dass ich sehr viel Drache in mir habe."

Sie wackelte mit dem Po, um ihren Punkt zu unterstreichen, und sie beide ließen sich lachend aufs Bett fallen. Das perfekte Ende für den perfekten Sex, entschied Cassandra.

Nicht dass sie für diesen Abend fertig war. Überall im Raum flackerten Kerzen, die ihr versicherten, noch lange Brennzeit zu haben. Der Mond glitzerte über dem Meer und zwinkerte ihr zu.

Sie grinste an die Decke. Nein, sie war definitiv noch nicht fertig für die Nacht.

„Nur eine kurze Verschnaufpause und dann. . . ", murmelte sie.

„Und dann?" Silas stützte seinen Kopf ab und zog eine Augenbraue hoch, was sie erneut zum Schmelzen brachte.

Tatsächlich hatte sie die Worte nicht laut aussprechen wollen, aber nun, da sie es getan hatte, konnte sie genauso gut weiterspielen.

„Nun, jetzt, wo wir uns aufgewärmt haben und so", neckte sie ihn.

„Aufgewärmt?", protestierte er.

Sie lachte und strich mit einer Hand langsam seine Brust hinunter. Sie griff nach unten. „Du glaubst doch wohl nicht, dass ich eine solch wunderbare Nacht verschlafen würde, oder?"

Kapitel 16

Silas versuchte, sich zu erinnern, wann er das letzte Mal in derselben Nacht gebrüllt hatte, zum Höhepunkt gekommen war und sich totgelacht hatte. Er konnte sich an kein einziges Mal erinnern. Und zum Teufel. Die Nacht war noch so jung.

Die beste Nacht aller Zeiten, schnaufte sein Drache.

Natürlich hatte seine innere Bestie dies in der vergangenen Woche jede Nacht gesagt. Vielleicht nicht am Abend nach der Auktion, aber in jeder weiteren Nacht, seit er Cassandra getroffen hatte. Sie einfach nur in seiner Nähe zu haben war ihm ein wahrer Hochgenuss. Ihre Bewegungen und ihr Murmeln in der Bibliothek zu hören, ihren Duft zu schnuppern und am besten von allem, sie in sein Büro kommen zu sehen, um *Gute Nacht* zu sagen. Und jedes Mal hatte er über eine Nacht wie diese fantasiert.

Keine Fantasie mehr, grinste sein Drache.

Die Bestie machte es sich sehr einfach und er wusste es. Eine Nacht mit Cassandra war noch nicht gleichbedeutend mit *Glücklich bis ans Ende ihrer Tage.* Aber verdammt. Er musste einen Schritt nach dem anderen tun.

„Das kitzelt", lachte er, als sie mit ihren Fingern langsam über seinen Bauch strich.

Sie schnaubte und imitierte seine Stimme, die mehrere Oktaven tiefer geworden war. „Das kitzelt." Dann lachte sie und sprach wieder mit ihrer normalen Stimme. „Nur ein Drache könnte das so sagen."

Er zwang sich, stillzuliegen, anstatt sich herumzurollen. „Nun, es kitzelt wirklich."

„Weichling." Sie seufzte und drückte einen Finger gegen seine Bauchmuskeln.

Er spannte sie an. „Dort unten ist gar nichts weich."

Cassandras Augen blitzten schelmisch auf. „Ach nein? Ich glaube, das muss ich überprüfen."

Sie zeichnete quälend langsam jeden Muskel seines Unterbauchs nach und umkreiste dann seinen Nabel. Ihr Blick wanderte jedoch immer wieder zu seinem Schwanz. Als sie sich die Lippen leckte und hinuntergriff, verdrehte er die Augen. In dem Augenblick, in dem ihre zarten Finger seinen Schwanz berührten, atmete er scharf ein.

„Siehst du? Nichts Weiches", sagte er durch zusammengebissene Zähne.

Federleicht strich sie mit dem Zeigefinger über seinen steifen Schwanz. Die Haut an seinem ganzen Körper kribbelte, als würde sie ihn dort auch berühren. Diese Frau war magisch.

Nun, sie ist zum Teil Hexe, murmelte sein Drache höchsterfreut.

Was wirklich nur zeigte, wie verliebt sein Drache war. Hexen sollten der Feind sein. Man sollte sie meiden.

Sein Drachen schnaubte. *Siehst du, was Drachen jahrhundertelang verpasst haben?*

Sie berührte die Spitze seines harten Schwanzes und umkreiste die Eichel.

„Aha. Weich. Ich wusste es."

„Das zählt nicht."

Sie zog eine Augenbraue hoch und genoss seine Empörung offensichtlich. „Weich ist weich, Mister."

Er wollte schon protestieren, aber sie leckte sich über die Lippen und blickte auf seinen Schwanz – sein Verstand wurde leer. Nun, fast leer.

Bitte, ja. Bitte, ja. Bitte... flüsterte der Drache in ihm.

Cassandra sammelte mit einer Hand ihr Haar zusammen und verwirbelte es hinter ihrem Nacken. Diese Bewegung allein hätte ausgereicht, um ihn steinhart werden zu lassen. Aber was ihn wirklich fertigmachte, waren ihre Augen. Die Absicht darin. Die Konzentration. Die Wertschätzung.

„Samtweich", flüsterte sie und neigte den Kopf.

Mit ihrer freien Hand umkreiste sie sanft seinen Schwanz. Alles erschien wie ein Traum. Dann winkelte sie ihn leicht an und atmete über der Spitze aus.

Silas verbarg ein Stöhnen. Mit Mühe.

„Hart", murmelte er und spielte weiter mit. „Definitiv hart."

„Das werde ich selbst beurteilen." Cassandra nagelte ihn mit einem verruchten Blick fest.

Sie leckte sich über die Lippen, bis sie so glänzend waren, wie ihr Haar im Kerzenschein. Das Licht reflektierte sich in ihren Augen, was es allzu leicht machte, sich vorzustellen, sie wäre ein Drache. Dass sie seine wäre.

Und dann konnte er sich überhaupt nichts mehr vorstellen, denn sie öffnete ihren Mund und saugte ihn hinein.

Er ließ seinen Kopf zurück aufs Kissen fallen und schloss die Augen, als er sich dem Vergnügen hingab. Pure, sanfte Lust, wie er sie noch nie zuvor empfunden hatte. Dann saugte sie, schaffte ein Luftvakuum und er stöhnte laut auf.

„Siehst du?", schaffte er es, einen Augenblick später zu sagen. „Hart."

Sie ließ ihn lange genug los, um die glitzernde Spitze seines Schwanzes zu küssen. „Samtig. Jetzt sei still."

Wie gut, dass sie den Drachen in ihm nicht stöhnen hören konnte. Er brüllte wie der König der Welt und Herrscher der sieben Meere. Er schob seine Finger in ihr Haar und folgte ihren nächsten Bewegungen. Dem Abwärtswippen, dem Aufwärtsgleiten. Dem seitlichen Hin und Her, während ihre Zunge ihn umkreiste. Mit einem winzigen Keuchen holte sie kurz Luft und er sah sie gerade noch rechtzeitig an, um ihre glasigen Augen zu sehen. Seine mussten genauso sein, denn alles war unscharf, wie auf diesen altmodischen Fotos, auf denen nur die Mitte klar zu erkennen war. Dann atmete sie ein und begann, sich kühner über ihm zu bewegen. Sein ganzer Körper wurde steif.

Bitte hör' nicht auf, murmelte sein Drache in ihm. *Hör' nie wieder auf. Bitte.*

„Gut?", flüsterte sie zwischendurch.

Er antwortete nicht. Er konnte nicht antworten. Noch nie in seinem Leben hatte er etwas so Unglaubliches gespürt.

Cassandra kicherte und glitt erneut über seinen Schwanz. Sie bewegte den Kopf schneller. Er zuckte gleichzeitig mit den Hüften nach oben und grub seine Fersen in die Matratze. Seine Lippen bewegten sich und formulierten einen Haufen Unsinn, der als Geräusche herausgekommen wäre, hätte er sich nicht auf die Lippen gebissen – fest. Er stand kurz davor, völlig den Verstand zu verlieren.

Endlich, erwiderte sein Drache. *Siehst du, wie gut es sich anfühlt, sich einfach mal gehen zu lassen?*

Ja, es wurde ihm jetzt langsam klar. Aber verdammt, er wollte noch nicht wieder kommen. Nicht bevor er ihr noch einen Höhepunkt beschert hatte.

Gerade als er ihren Kopf von sich lösen wollte, zog sie sich zurück und sah ihn mit schwelendem Blick an. Sie hatte ihn perfekt gelesen und eine Sekunde später hing ihr Mund an seinem, wild und gierig.

„Nur noch eine Sekunde", stöhnte sie, als hätte sie die gleiche Vision gehabt, sich mit ihm umzudrehen und ihn mit seiner ganzen Drachenmacht in sich stoßen zu lassen. „Nur noch eine Sekunde... "

Sie bäumte sich auf, spreizte die Beine über ihm und rieb ihren Unterleib über seinen Schwanz.

Er packte ihre Hüfte und führte sie in Position. Dann drückte sie ihre Hüfte hinunter und schrie auf, als er nach oben stieß und tief in sie drang.

„Ja... "

Sie lehnte sich zurück, nahm ihn noch tiefer in sich auf und begann, ihn zu reiten. Ihr Haar tanzte dabei und eine Strähne verfing sich am Rand ihres Mundes. An ihren weit geöffneten Lippen, die sich bewegten, als sie in Ekstase flüsterte.

„So gut... "

Er hielt ihre Hüfte fest und fixierte sie, während er weiter nach oben stieß. Er beobachtete sie durch halbgeschlossene Augen. Ihre Brustwarzen bewegten sich kaum, aber das weiche Fleisch um sie herum schwankte sanft und machte ihn wild. Sie warf den Kopf zurück und entblößte die glatte Haut ihres Halses. Sein Drache begann sofort zu erwägen, wo er den Paarungsbiss positionieren würde.

Er streckte einen Daumen aus, um sie auf sich zu berühren, und lenkte sich damit von dieser Idee ab.

Keine Paarungsbisse, befahl er seinem Drachen.

Er wollte sich ausnahmsweise einmal amüsieren und nicht zu weit vorausdenken.

„Oh!", stöhnte Cassandra und rieb sich gegen den Druck.

Er umkreiste ihre Perle mit seinem Daumen und drückte dann fest dagegen.

„So nah dran...", stöhnte sie und zuckte über ihm.

Er fing ihren Anblick für diesen besonderen Ort in seinem Gedächtnis ein – den mit den besten Momenten seines Lebens, die im Vergleich dazu alle lächerlich erschienen. Cassandra, die von hinten vom Mondlicht und den Schatten tanzender Palmen angestrahlt wurde. Der Ozean, der die Küstenlinie hinauf- und hinunterwogte und sie anspornte. Der Duft ihrer Begierde, der den Raum wie ein Bouquet füllte.

„So gut", krächzte er und ließ sie wissen, was sie mit ihm machte. Wusste sie eigentlich, wie schön sie war?

Sie lehnte sich zurück und ließ ihr Becken in einer weiteren heißen Bewegung kreisen. Dann beugte sie sich vor und küsste ihn erneut. „Umdrehen. Umdrehen bitte."

Ihre Stimme klang überwältigt, die Augen waren wild. Sie drehten sich in einer perfekt synchronisierten Bewegung um, so dass er auf allen vieren über ihrem Körper landete. Sie schlang die Beine um seine Taille und einen Atemzug später hatte er sich bereits tief in ihr vergraben.

Cassandra warf den Kopf zurück und schrie. Ihre Fingernägel kratzten über seine Haut.

„Härter."

Er zog sich zurück und versuchte, seinen rastlosen Atem zu kontrollieren. Dann drang er erneut in sie ein.

„Härter", schrie sie und bohrte ihre Fersen in seinen Hintern.

Er hämmerte und stieß zu wie nie zuvor. Wild und völlig außer Kontrolle. Eine Ecke des Bettlakens verhedderte sich zwischen ihnen und er riss es ab. Das Geräusch des reißenden Stoffes mischte sich mit Cassandras gierigem Stöhnen und dem Knarren des Bettes. Es machte ihn wild. Mit zusammengebissenen Zähnen stieß er immer fester zu und jagte einem unsichtbaren Hochgefühl nach. Sein Blut rauschte durch seine Adern und seine Hoden zogen sich in einem dieser brennenden Momente zwischen Schmerz und Vergnügen zusammen. Cassandras Stimme wurde zu einem gedankenlosen Singsang, als sie sich beide der Grenze zwischen purer Ekstase und...

Glückseligkeit. Völliger Glückseligkeit näherten.

Er sah nichts als weiß, als er sich in ihr entleerte, getrieben von jedem schmerzenden Muskel. Er füllte sie und pflanzte seinen Samen tief in sie hinein. Er war sich vage bewusst, dass dies vielleicht nicht die beste Idee war, aber in diesem Moment kümmerte es ihn nicht im Geringsten.

Cassandra stöhnte und klammerte sich an ihn. Sie saugte jeden letzten Tropfen aus ihm heraus. Entweder kümmerten sie die Konsequenzen nicht oder sie war genauso von Sinnen wie er.

„Ja..." Sie erzitterte bei ihrem Orgasmus und ihre inneren Wände zogen sich eng zusammen. Ihre Hände umklammerte seinen Hintern, die Beine waren weit gespreizt und sie hielt ihn tief in sich fest.

Silas fiel auf seine Ellbogen hinunter und streichelte über ihr Schlüsselbein, während sie noch immer mit Nachbeben zitterte. Er sah, wie sich ihre Augen zu konzentrieren begannen und dann wieder glasig wurden. Er hörte, wie ihr der Atem stockte, während eine Welle des Vergnügens nach der nächsten durch ihren Körper rauschte. Sein Schwanz schmerzte, als er sich über ihr festhielt, sie weiter füllte und ihr gab, was sie brauchte, bis sie sich schließlich beide entspannten.

Das Bett war ein verheddertes Durcheinander. Sein Atem kam in wilden Schüben. Schweiß tropfte von seiner Haut, aber verdammt. Er hatte sich noch nie in seinem Leben so gut gefühlt.

Cassandra strich mit der Hand über seine Schulter und er beugte sich zurück, um sie anzusehen. Ihre Nasenlöcher bebten. Ihr Brustkorb hob und senkte sich mit jedem hastigen Atemzug. „Verdammte Scheiße."

Er brach in Gelächter aus. Das traf den Nagel so ziemlich auf den Kopf.

„Du meinst das doch im guten Sinn, oder nicht?"

Sie versuchte – und scheiterte – ihm einen strengen Blick zuzuwerfen. „Nein, ich bin zutiefst enttäuscht. Sieht man das nicht?" Einen Augenblick später gab sie ihm einen spielerischen Klaps auf den Rücken. „Wahnsinnig gut, wenn du es unbedingt wissen musst."

Sie schlang ihre Arme um seine Schultern und zog ihn zu einem Kuss zu sich heran. Ein ziemlich chaotischer Kuss, aber so köstlich mit einem ganzen Potpourri von Aromen. Er schmeckte sich selbst zusammen mit ihren diversen Essenzen. Die sinnliche Frau, die leidenschaftliche Liebhaberin, die Denkerin, die in Gedanken das Geschehen noch einmal durchlebte.

„Hoppla. Kein Kondom", murmelte sie.

Er nickte langsam. „Entschuldigung."

Sie dachte einen Moment darüber nach und zog ihn wieder an sich. „Darüber werde ich mir heute Abend keine Gedanken machen."

Und einfach so drehte sie sich auf die Seite, so dass er sie von hinten umarmen konnte. Sie zog seine Hand über ihre Brust.

Er strich ihr Haar zur Seite und küsste ihre Schulter. Hatte er eine Frau wie sie wirklich verdient?

„Silas?", murmelte sie einen Augenblick später.

„Hmm?"

„Hör' auf, nachzudenken. Entspann' dich." Sie drückte seine Finger und führte sie an ihre Brustwarze. Sie war jetzt ganz weich und fast bündig mit ihrer Brust. Er umkreiste sie langsam und erkundete die kleinen Erhebungen.

Mit einem Seufzer schmiegte sie sich näher an ihn und er staunte darüber, dass sie immer genau zu wissen schien, was er wann gerade brauchte.

Natürlich weiß sie das. Sie ist unsere Gefährtin, sagte sein Drache völlig sachlich.

In diesem Moment erschien es so klar und so einfach. Und trotz der gedämpften Alarmglocken, die in seinem Hinterkopf ertönten, ließ er sich dies für eine Weile glauben. Dass die Welt so klein wie das Gästehaus war und die Dinge so einfach waren, wie ein Mann und eine Frau, die sich gegenseitig festhielten. Er schloss die Augen und zählte die Schläge ihres Herzens.

„Danke", flüsterte sie und küsste seine Hand.

Seine Gedanken drehten sich in trägen Kreisen wie ein Vogel im Wind. „Wofür?"

„Für alles. Für den heutigen Abend. Dafür, dass du mir vertraust."

Er lächelte ganz leicht. „Vielleicht verstecke ich meine böse Seite nur vor dir. Vielleicht habe ich einen hinterhältigen Plan."

Sie lachte. „Vielleicht bin ich diejenige mit dem hinterhältigen Plan."

„Und was würde der beinhalten?"

Sie hob ihr Bein und schlang es um seines. Dann führte sie seine Hand langsam nach unten.

„Oh, alle möglichen hinterhältigen, bösen Sachen." Ihre Stimme war tief und heiser, halb scherzend, halb ernst. Er konnte spüren, wie die Lust erneut in ihr aufstieg. Genau wie in sich selbst.

Der Paarungstrieb, sagte sein Drache. *Der Drang, sich wieder und wieder zu vereinen.*

Er zog ihre Hüfte zu sich heran und drückte seinen härter werdenden Schwanz gegen ihren Rücken.

„Perfekt." Er strich mit der Hand über die Innenseite ihres Oberschenkels, als sein müder Körper von einem zweiten Aufwind wiederbelebt wurde.

Ein dritter Aufwind, witzelte sein Drache und klang lächerlich selbstzufrieden.

„Ich habe zufällig auch ein paar hinterhältige Sachen im Sinn", schloss er und näherte sich ihrem Zentrum.

Einen Augenblick später umkreiste er ihre feuchte Hitze und zog sie ganz nah an sich.

Cassandra drehte sich mit einem sündigen Lächeln zu ihm um. „Das hört sich gut an. Aber ich zuerst."

Er verzog eine Augenbraue und spielte mit. „Und was genau wünscht sich die Dame?"

Sie grinste, drückte ihm einen Kuss auf die Lippen und drehte sich unter ihm um, mit dem Rücken zu seiner Brust. Sie erhob sich auf alle viere und wackelte mit ihrem perfekten Hinterteil unter seiner Hüfte. „Das hier. Denkst du, du kannst mir entgegenkommen?"

Die Hitze in seinen Augen schwoll an und das Glühen spiegelte sich auf ihrer vom Schweiß glitzernden Haut wider. Sie wollte es von hinten, im Drachenstil?

„Hart, Silas", murmelte sie, als hätte sie seine Gedanken gelesen. „Hart und tief."

Ich zeige dir hart und tief, heulte sein Drache.

Ein winziger Stoß von Rauch entwich seinen Nasenlöchern. Gut, dass Cassandra es wild mochte.

Er beugte sich von hinten über sie, schob ihr Haar zu einer Seite und schlang es um seine Faust. Er zog leicht daran. Dann blies er ihr einen heißen Atemzug in den Nacken. Instinktiv dachte er an das Feuersiegel des Paarungsbisses. Schließlich küsste er ihre weiche Haut und spannte seine Muskeln für einen kräftigen Stoß an.

„Oh, dieser Bitte kann ich auf jeden Fall nachkommen."

Kapitel 17

Cassandra wachte früh auf, schmiegte sich enger in Silas und genoss die Wärme seiner nackten Haut. Er hatte seine Arme eng um ihren Körper geschlungen. Die Sonne ging gerade erst auf und sie war noch müde. Also schloss sie die Augen erneut und erwartete, noch ein oder zwei Stunden zufrieden weiterzuschlafen.

Aber stattdessen wälzte sie sich hin und her und träumte von zunehmend beunruhigenderen Szenen. Es begann mit einem blutroten Himmel bei Sonnenuntergang, der Tod und Zerstörung verkündete. Die rote Farbe erstreckte sich bis zum Boden, wo sie niedrig, brodelndes Feuer sah. Moment, das war gar kein Feuer – sondern Lava. Sie stand nah genug, um die sengende Hitze zu spüren. Ihre Füße brannten, aber irgendwie konnte sie nicht zurückweichen.

Schatten rauschten über sie hinweg und zwei sich duellierende Drachen schossen am Himmel entlang. Sie brüllten und spien sich gegenseitig lange Feuerschwaden entgegen. Sie schrie und versuchte, sie aufzuhalten, aber der Kampf tobte weiter. Hinter ihr gackerte eine Frauenstimme und hetzte die Drachen weiter gegeneinander auf. War das Eloise? Moira?

„Silas!"

Cassandra wachte schweißgebadet auf und griff nach ihm. Nur eine Nacht mit ihm und sie fühlte sich bereits wie die Hälfte eines Ganzen. So als müsse sie nie wieder ohne ihn aufwachen oder sich den Herausforderungen des Tages allein stellen.

Aber Silas war weg.

Sie tastete im Bett herum, als würde er sich unter der Decke verstecken. Aber natürlich war er nicht da und die offene Badezimmertür zeigte, dass er sich dort ebenfalls nicht befand. Sie umklammerte die Bettdecke, setzte sich auf und sah sich um. Silas' Kleidung war verschwunden und das Kleid, das sie in der Nacht auf den Boden geworfen hatte, hing nun ordentlich über einem Stuhl.

Sie starrte auf den Sitz des Stuhls, auf dem eine einzelne Rose lag.

Sie wusste nicht, ob sie schreien oder seufzen sollte. Dass Silas ohne ein Wort gegangen war, tat ihr mehr weh, als es sollte. Sie hatte so viel zu sagen, wollte ihn so viel fragen. Aber gleichzeitig wurde ihr warm ums Herz. Die Rose sagte so viel mehr, als Worte oder eine Nachricht es könnten. Sie stand auf und hob sie vorsichtig an ihre Nase. Der Duft war süß, der Stiel glatt. Als sie näher hinsah, huschte ein trauriges Lächeln über ihre Lippen. Ihr Liebhaber hatte alle Dornen entfernt.

Der gute alte Silas, der die Welt für alle anderen sicher macht.

Mit der vagen Hoffnung, dass er vielleicht auf der Veranda sitzen und die Wellen am Strand beobachten würde, spähte sie zur Tür hinaus. Dies war jedoch genauso wahrscheinlich, wie ihn in einer Hängematte zu erwischen. Aber ein Mädchen konnte noch träumen.

„Silas", flüsterte sie und wünschte sich, dass er da wäre.

Wenn sie lange genug bei ihm bliebe, könnte sie Silas vielleicht ein paar schlechte Angewohnheiten beibringen. So wie ausschlafen beispielsweise. Entspannen. Das Leben genießen.

In Gedanken erinnerte sie sich an eines der Male, als sie sich in der Nacht zuvor geliebt hatten. Ihre Wangen wurden heiß. Noch nie in ihrem Leben hatte sie diese Art von Dringlichkeit oder ein solch brennendes Bedürfnis verspürt. Sie waren wie zwei Tiere gewesen, überwältigt vom Drang sich zu verpaaren.

Sie erstarrte bei dem Wort. Sich verpaaren.

Drachen sind die leidenschaftlichsten und besitzergreifendsten Liebhaber, hatte in einem der Bücher in der Bibliothek gestanden.

Sie schluckte und schaute auf das Bett – und auf den Fußboden, auf die Veranda...

Leidenschaftlich. Besitzergreifend. Das klang sehr nach Silas. Ihr Körper schmerzte von innen und außen – auf die allerbeste Weise.

Während einige Männer Harems bevorzugen, widmen sich die meisten einer einzigen Gefährtin und warten oft jahrelang auf die richtige Frau.

Sie zitterte ein wenig, als sie an Silas' hartnäckigen Singlestatus dachte. Konnte es wirklich wahr sein?

Sie hüllte sich in ein Wickeltuch, brühte sich eine Tasse Kaffee und setzte sich auf den Liegestuhl. Sie wirbelte die Blume zwischen ihren Fingern herum und lauschte dem Meer.

Gefährtin. Könnten sie und Silas tatsächlich füreinander bestimmt sein?

Ein Teil von ihr wollte es glauben, aber ein anderer Teil verspottete sie. Was, wenn es nur alberne Drachenlehre war? Im Moment war es wichtiger, ihre ominösen beharrlichen Träume zu verstehen.

Vulkane. Drachen. Ein wütender Kampf. Sie zitterte, obwohl der Morgen klar und mild war. Die Überreste eines weiteren Traums flatterten durch ihre Gedanken und brachten die hinterhältigen, intriganten Gesichter von Drax und Moira mit sich.

Sie schloss die Augen. War das ein Traum oder der Vorbote sich anbahnender Gefahr?

Alles ist ein Geheimnis, hatte Silas kommentiert. *Alles ist verborgen. Jedes Problem wird allein bewältigt.*

Eine Möwe schrie und sie blinzelte nach oben. Trotz allem, was sie über Silas erfahren hatte, gab es in seiner privaten Welt – und in der Welt der Drachen – noch immer so vieles zu entdecken.

Sie blieb fast eine ganze Stunde lang dort sitzen und redete sich ein, dass Silas wiederkommen würde. Sie stellte sich vor, wie er hinter ihr auftauchen, ihr die Augen zuhalten und ihr mit seinem klangvollen Bariton *Überraschung* ins Ohr flüstern würde. Oder vielleicht würde er ihr eine weitere Rose bringen oder sie zum Brunch einladen. Er könnte auch herangeeilt kommen und sagen: *Cassandra, ich brauche deine Hilfe. Würdest du mich begleiten?*

Wie sich herausstellte, waren dies alles Fantasien, denn Silas kam nicht.

„Toller Gefährte“, beklagte sie sich und schob diese verrückte Theorie beiseite.

Sie duschte, wurde immer ungehaltener und betrachtete ihre Kleiderauswahl. Das Cocktailkleid hing über dem Stuhl und provozierte sie. War der Vorabend nur ein flüchtiger Aschenputtel-Moment gewesen? Hatte nichts davon Silas so viel bedeutet wie ihr?

„Verdammt noch mal“, murmelte sie laut.

Sie beschloss, sich so zu kleiden, als würde sie an einem heißen Sommerabend zur Arbeit gehen, was eine erdfarbene kurze Hose und ein bequemes Trägeroberteil bedeutete. Ein Outfit, das sie daran erinnerte, dass sie verdammt gut auf eigenen Füßen stehen konnte.

Sie stapfte zum Gemeinschaftshaus hinüber und legte sich ein paar sachliche, ruhige und besonnene Dinge bereit, die sie sagen könnte. Aber noch bevor sie den Rasen überquert hatte, konnte sie sehen, dass Silas nicht dort war. Also ging sie stattdessen zu seinem Haus. Der Bach am Wegesrand sprudelte fröhlich und schien sie zum Erkunden einzuladen. Aber als sie die untere Terrasse erreichte, schien das Haus unheilvoll in die Höhe zu ragen.

„Hallo?“, rief sie vom Eingang aus.

Das Echo hallte in der Leere wider, als sie langsam die Treppe hinaufstieg und durch die verlassenen Räume ging.

„Silas?“

Mit einem wachsenden Gefühl des Unbehagens spähte sie in sein Büro und prüfte dann die Bibliothek. Immer noch kein Silas und ihre Irritation wandelte sich zu Sorgen. Sie prüfte jede Etage des eklektischen Hauses und kam dann ins Büro zurück, wo sie auf seinen leeren Stuhl starrte.

Wenn er doch nur da wäre. Sie würde hinter ihn treten, seine Schultern massieren und die Spannung aus seiner Seele vertreiben. Sie würde seinen Nacken küssen und ihre Hände über die Muskelstränge seiner Arme gleiten lassen. Sie würde ihn dazu bringen, seine Arbeit lange genug zu unterbrechen, um die Aussicht zu genießen und allem eine neue Perspektive zu geben.

Natürlich war *Perspektive* eine knifflige Sache, wenn ein skrupelloser Drache wie Drax Intrigen spann, um alles zu stehlen.

Sie drehte eine weitere erfolglose Runde durch die Bibliothek, bevor sie wieder hinausging. Silas' Sportwagen stand nicht in der Garage und irgendwie überraschte sie dies nicht. Er hatte das Anwesen verlassen. Irgendwie konnte sie die Leere spüren.

Ohne zu wissen was sie sonst tun sollte, lief sie auf das Gemeinschaftshaus zu. Sie wurde langsamer, als sie sich näherte und ihre Wangen glühten. Es war bereits elf Uhr. Viel zu spät, es sei denn, man wachte von einer spektakulär langen – oder aktiven – Nacht auf. Selbst wenn niemand darüber spekulieren würde, wie sie die Nacht verbracht hatte – oder mit wem – fühlte sie sich trotzdem unsicher. Gestaltwandler waren in solchen Dingen unglaublich aufmerksam. Würden die anderen es bemerken?

„Hallo!", rief Tessa fröhlich. „Du kommst genau richtig. Ich probiere gerade ein neues Kokosnussbrot-Rezept aus. Kannst du es für mich kosten?"

Kai und Hunter waren ebenfalls dort und schienen sich beide mehr für das dampfende Brot zu interessieren, das Tessa aus dem Ofen zog, als dafür, wie Cassandra die Nacht verbracht hatte. Und falls sie es bemerkten, ließen sie es sich nicht anmerken. Niemand brachte sie mit bebenden Nasenlöchern oder wissenden Blicken in Verlegenheit. Sie setzte sich und achtete darauf, einen Platz in Windrichtung zu wählen.

„Ja, bitte", sagte sie und nahm sich ein Stück.

Kai schmierte Marmelade auf sein Brot, während Hunter Honig auf sein Stück tropfen ließ.

Cassandra sah sich um. Hatte Silas bereits gegessen? Seine Lieblingskaffeetasse stand neben dem Spülbecken. Sie konnte noch nicht einmal einen dunklen Ring daran sehen, was darauf hindeutete, dass er in Eile gewesen sein musste. Wo war er hingegangen?

„Wie war das Abendessen?", fragte Tessa. „Ist diese Penelope van Sowieso aufgetaucht?"

Cassandra war sich nicht ganz sicher, wie sie antworten sollte. *Ja, und Drax und Moira waren ebenfalls dort.* Dies war offensichtlich eine kritische Information, aber Silas sollte derjenige sein, der sie weitergab, nicht sie. Oder hatte er Tessa und die anderen gar nicht gesehen?

„Es war interessant", murmelte Cassandra und kaute auf ihrem Brot.

Sie wollte unbedingt fragen, wohin Silas gegangen war, traute sich aber nicht. Und da alles so ruhig und normal erschien, konnte sie wetten, dass er den anderen nicht von Drax erzählt hatte.

Ich will sie da nicht mit reinziehen, hatte er am Vorabend gesagt. *Wenn ich einen Weg finden kann, gegen Drax im direkten Zweikampf zu kämpfen...*

Sie verschränkte ihre Finger unter dem Tisch. Verflucht sei dieser Mann. War er etwa losgezogen, um Drax allein zu jagen?

„Ich muss los." Kai küsste Tessa auf seinem Weg hinaus. „Ich habe heute ein paar Rundflüge."

Hunter stand als Nächstes auf. „Darf ich ein Stück für Dawn mitnehmen?" Der Bärengestaltwandler fuhr fast jeden Tag in die Stadt, um sich mit seiner Gefährtin zum Mittagessen zu treffen.

„Na sicher. Tschüss, Leute", rief Tessa.

„Tschüss", murmelte Cassandra und fragte sich, was sie tun sollte.

„Oh. Was hat Silas gesagt, wann er von der Großen Insel zurückkommt?", rief Kai vom Rasen aus.

Cassandra riss ihren Kopf hoch. Hawaii – die Große Insel? Sie schaute in Richtung Ozean. Warum sollte Silas die Nachbarinsel besuchen?

„Er hat gesagt, dass er wahrscheinlich erst spät zurückkommen wird", antwortete Tessa.

Cassandra zwang sich, einen Bissen Brot hinunterzuschlucken. Drax befand sich auf Maui, nicht auf der Großen Insel. Also warum sollte Silas dort sein?

„Was ist auf der Großen Insel?", fragte sie so beiläufig wie möglich.

Tessa zuckte mit den Schultern. „Wer weiß? Silas kümmert sich um so viele Geschäftsinteressen für den Besitzer des Anwesens, dass ich den Überblick verliere. Es ist aber ein interessanter Ort. Nicht so schön wie Maui." Sie zwinkerte und zeigte auf einen Bildband auf dem Couchtisch. „Aber trotzdem schön."

Der Besitzer des Anwesens. Wenn Tessa nur wüsste.

Cassandra griff nach dem Buch und begann, die Bilder durchzublättern, während sie versuchte, das Rätsel zu lösen. Sie sah unglaubliche Landschaften mit schwarzen Sandstränden und wogenden Palmen. Surfer in aquamarinblauen Wellen. Meeresschildkröten. Dann kam sie zum Mittelteil und hielt beim Anblick der Nachtaufnahme eines Vulkans inne, der glühend rote Brocken geschmolzener Lava spie.

Vulkane. Lava. Flammen.

Sie war völlig regungslos. Diese Vulkane waren die Kulisse ihres Traums gewesen.

Tessa sah sie von der Küche aus an. „Warst du schon mal auf der Großen Insel?"

Cassandra schüttelte benommen den Kopf und verkniff sich die Worte, die ihr auf der Zunge lagen. *Nein, aber der Windstein ist dort. Ich habe ihn dort hingeschickt, um ihn zu beschützen. Ironisch, nicht wahr?*

Ihre Kinnlade wäre beinahe hinuntergeklappt, als sie erfahren hatte, dass die Flugroute des Privatjets von New York nach Maui führte. Sie hatte den Diamanten an eine Verwandte auf der Großen Insel geschickt, weil es ihr damals wie das Ende der Welt erschien. War das nur ein verrückter Zufall oder hatte das Schicksal seine Hand im Spiel?

„Die Vulkane sind beeindruckend", fuhr Tessa fort. „Sie waren in letzter Zeit sehr aktiv. Kai und ich waren vor nicht allzu langer Zeit dort, um Feuerspeien zu üben."

Cassandra riss die Augen weit auf. „Was?"

Tessa grinste. „Es gibt dieses kleine Häuschen hinter Kapalana, ganz am Ende der Straße – und ich meine wirklich das Ende der Straße. Eine einsame Hütte und sonst nichts. Jetzt, da sie die Straße gesperrt haben, kommt dort nie jemand vorbei. Aber für uns war es perfekt. Wenn man nachts in niedriger Höhe fliegt, kann man nicht gesehen werden, und niemand hält die Flammenausbrüche für verdächtig. Es ist der perfekte Ort zum Üben. Ich glaube, ich habe den Dreh auch endlich raus."

Noch vor einem Monat hätte Cassandra nicht glauben können, dass sie an einer beiläufigen Unterhaltung über Drachenfeuer teilnehmen würde. Aber jetzt waren ihre Gedanken zu aufgewühlt, um sich darüber zu wundern. Sie gab vor, sich das Buch anzusehen, und blätterte die Seite zu einem Wasserfall um, nur für den Fall, dass Tessa in ihre Richtung sah.

Vulkane. Feuerbälle. Abgelegene Orte.

Wenn ich einen Weg finden kann, es mit Drax aufzunehmen, ohne die anderen mit hineinzuziehen – um ihn in einen fairen Kampf zu locken...

Sie umklammerte das Buch. Hatte Silas seinen Plan bereits in die Tat umgesetzt?

Aber nichts davon machte Sinn, wenn sich Drax auf Maui befand. Dann erstarrte sie. Hatte Drax den Diamanten aufgespürt?

Warte einfach ab, hatte Eloise bei Cassandras letztem Besuch gegackert, bevor das Chaos ausgebrochen war. *Ein Lockzauber. Der einfachste und doch schwierigste Zauber von allen. Aber wenn es dir gelingt – wenn du alle Details hineinfließen lässt und sie mit genug Magie vermischst, wird das, was du dir vorstellst, Wirklichkeit werden.*

Du willst einen Drachen töten, indem du davon träumst? hatte Cassandra gefragt, ohne sie ernst zu nehmen.

Eloise hatte teuflisch gelacht. *Nein, ich werde davon träumen, dass sich meine Feinde gegenseitig töten.*

Cassandra dachte an den Zorn zwischen Drax und Silas. Zuerst in der New Yorker Gasse und dann beim Galadinner auf Maui. Das Einzige, was einen offenen Kampf verhindert hatte, war das Risiko gewesen, menschliche Aufmerksamkeit zu erregen. Aber weit entfernt in einer abgelegenen Ecke der Großen Insel...

Der Trick für einen guten Lockzauber liegt im Detail, hatte Eloise gesagt und gedankenverloren mit den Fingern gegen ihr Kinn getrommelt. *Das Wo. Das Wie. All das muss in den Zauber einfließen.*

Cassandra hatte damals mit den Schultern gezuckt und das Erste gesagt, was ihr in den Sinn gekommen war. *Wirf' sie in einen Vulkan. Bei Sonnenuntergang. Mach' es so richtig dramatisch.*

Sie hatte gescherzt, aber Eloise hatte sie ernst genommen. *Vulkan. Sonnenuntergang. Gute Idee.*

Oh Gott. Sie wollte am liebsten weinen. *Eloise, was hast du getan?*

Sie zitterte auf ihrem Platz. Gott, was hatte *sie* getan. Hatte sie unbewusst zu dem Zauber beigetragen – oder schlimmer noch, hatte sie im Laufe der Zeit Details hinzugefügt?

Sie ließ den Kopf immer weiter hängen, bis sie ihn wieder nach oben riss, bevor Tessa ihre Beunruhigung bemerken würde.

Aber Tessa hatte ihr den Rücken zugekehrt und schaute in einen Topf auf dem Herd. Cassandra schlug das Buch zu und kaute auf ihrer Lippe. War Eloise zu einem so mächtigen Zauber fähig?

Ja, das war sie. Cassandra konnte sich die alte Frau geradezu vorstellen, wie sie all ihre Energie für einen letzten boshaften Akt aufbrachte.

Warte einfach ab.

„Nur noch ein paar Minuten… ", murmelte Tessa, als sie ihre Suppe probierte.

Cassandras Blick fiel auf die Uhr. Sie konnte es sich nicht leisten zu warten. Sie musste Silas warnen und die Dinge irgendwie in Ordnung bringen. Aber wie?

Sie schaute zu Tessa. Würde sie es wagen, Tessa um Hilfe zu bitten?

Ein Hubschrauber sauste über sie hinweg und Tessas Blick folgte ihm mit einem Lächeln.

Scheiße. Kai und Hunter verließen beide das Anwesen. Und Silas, dessen war sie sich sicher, würde wütend werden, wenn sie sie mit hineinziehen würde. Natürlich würde sie seinen Zorn möglicherweise riskieren müssen. Der Zweck heiligte die Mittel, nicht wahr?

Ihr Herz wurde schwer. Irgendwie wusste sie, dass Silas dem nicht zustimmen würde. Er würde es ihr nie vergeben.

Also was dann?

Sie verabschiedete sich mit einem Murmeln und machte sich auf den Weg zum Gästehaus, wo sie sofort nach ihrem Telefon griff. Sie ging nervös auf und ab und starrte auf den Ozean, als sie darauf wartete, dass die Verbindung hergestellt wurde. Zwei Inseln waren sichtbar – Lanai und Molokai. Die Große Insel im Südosten war nicht zu sehen.

„Komm schon. Antworte, Silas."

Das Telefon klingelte und klingelte, während sie weiter auf und ab ging und fluchte.

„Geh ran, verdammt noch mal. Bitte."

Kapitel 18

Silas stieg aus seinem gemieteten Geländewagen und schlug die Tür hinter sich zu. Als er sich langsam im Kreis drehte, knirschten seine Springerstiefel auf losen Lavabrocken. Er rümpfte die Nase angesichts des durchdringenden Schwefelgeruchs. Komplette Küstenabschnitte dampften – ja, glühten sogar – wo das Magma aus dem Untergrund austrat und auf das Meer traf. Feuer und Wasser, die gegeneinander kämpften.

Niemand war zu sehen, abgesehen von einer Gruppe von Fahrzeugen, die am Straßenrand geparkt stand. Es handelte sich um hochwertige Mietwagen und sie alle standen weit hinter dem *Straße gesperrt*-Schild, welches halb in Lava versunken war. Kein Tourist würde hierherkommen und die Einheimischen ebenso wenig. Was ging also vor sich?

Er schnüffelte und runzelte dann die Stirn.

Drax.

Er blickte über die vor ihm liegende Kammlinie. Er konnte seinen Erzfeind nicht sehen, wusste jedoch ganz genau, dass Drax dort draußen war. Silas konnte ihn spüren.

Die Brise drehte sich leicht und seine Schritte stockten. Moira war ebenfalls dort.

Nach außen hin war er vollkommen ruhig. Sein Atem war gleichmäßig und seine Arme hingen entspannt an seinen Seiten. Aber in seinem Inneren...

Verdammt. Sein Inneres war ein riesiges Durcheinander.

Sich von Cassandras Seite loszureißen, war die schwerste Sache, die er je getan hatte. Was lächerlich war. In seiner Armeezeit hatte er sich in aussichtslosen Situationen feindlichem Feuer entgegengestellt – der Art von Artilleriefeuer, das nicht nur Menschen, sondern selbst schnellheilende Gestaltwandler niedermähen konnte. Über die Jahre hinweg war er mit unzähligen, tödlichen Gestaltwandlern konfrontiert worden. Er hatte bereits in jungen Jahren das Grab seines Vaters geschaufelt und die ganze Zeit mit den Tränen gekämpft. Und er hatte sogar dabei zugesehen, wie Moira – die Frau, die er zu lieben geglaubt hatte – ihn für seinen Erzfeind verließ.

Aber nichts von alledem war so schwer zu ertragen gewesen wie dieser eine schlichte Akt – aus dem Bett zu schlüpfen, seine Kleidung zusammenzusammeln und durch die Tür des Gästehauses hinauszutreten. Er hätte genauso gut Dolche in verschiedene Ecken seines Herzens stoßen können, als er ging.

Gefährtin, trauerte sein Drache. *Brauche meine Gefährtin.*

Ja, er brauchte Cassandra. Er liebte sie über alle Maßen. Aber genau deshalb hatte er sie verlassen müssen – um sie zu beschützen. Um Drax zu erledigen oder beim Versuch zu sterben.

Aber wenn wir sterben..., begann sein Drache.

Er starrte in die Ferne. Das einzig Gute am Sterben wäre das Wissen, dass Cassandra eine Überlebenschance hatte. Er hatte am Abend zuvor die Drohung in Drax' Blick gesehen. Sein Erzfeind hatte gespürt, was Cassandra ihm bedeutete. Seine bösen Augen hatten bei der Aussicht, Silas einen weiteren Schatz zu stehlen, vor Freude gefunkelt. Den wertvollsten Schatz von allen. Seine Gefährtin.

Meine wahre Gefährtin, hauchte sein Drache.

Er nickte. *Meine wahre Gefährtin.*

Vor Jahren hatte er einst geglaubt, dass Moira seine Gefährtin war. Aber im Rückblick war alles so klar. Er hatte sich selbst einreden müssen, Moira zu lieben – die Frau, der seine Eltern ihn versprochen hatten. Und Stück für Stück hatte er die Fiktion selbst geglaubt, die er erschaffen hatte. Dass Moira ihn liebte und dass er sie liebte. Dass sie die Drachenwelt gemeinsam in eine neue Ära des Friedens und des Wohlstandes führen könnten.

Er trat in den Dreck und starrte auf die sich brechenden Wellen hinaus.

Cassandra war in jeder Hinsicht das Gegenteil. Er hatte sich seine Liebe zu ihr *ausreden* müssen. Vom ersten Tag an war es ein Kampf gewesen, ihr zu widerstehen. Ein Kampf, den er auf keinen Fall gewinnen konnte, denn Cassandra war seine Schicksalsgefährtin. Und wie jeder seiner Waffenbrüder, jetzt da sie alle glücklich verpaart waren, sagen würde: *Damit legt man sich nicht an.*

Für einen Augenblick kehrte er in Gedanken nach Koa Point an diesem Morgen zurück. Die Palmen hatten sanft in der Brise geschwankt. Wellen hatten über den Sand geflüstert. Cassandras Brust hatte sich in seiner Umarmung gehoben und gesenkt.

Frieden. Güte. Ruhe. Für eine Nacht hatte er alles gehabt.

Dann öffnete er die Augen und das Bild verschwand. Es wurde durch eine trostlose Landschaft ersetzt. Ein tiefer Atemzug bescherte ihm eine Lunge voll Faule-Eier-Gestank und er erinnerte sich, wo er war. Auf der Großen Insel von Hawaii, wo er sich Drax in einer letzten, alles entscheidenden Schlacht gegenüberstellen würde.

Wie standen seine Chancen? Weniger als fünfzig-fünfzig, bestenfalls.

Drax war älter und weiser. Vielleicht einen Tick langsamer, aber erfahrener, besonders wenn es um die Kunst hinterhältiger Kriegsführung ging. Bei seinem Aufstieg zur Macht hatte Drax jeden Drachen, der sich zwischen ihn und die totale Herrschaft über die Gestaltwandlerwelt stellte, ausmanövriert, überlistet und ausgetrickst. Am wichtigsten war jedoch, dass Drax sich an keinen Ehrenkodex hielt. Das allein brachte seine Chancen von fünfzig-fünfzig zu...

Silas konnte sich für keine Zahl entscheiden. Wie viel war Mut wert? Entschlossenheit? Die Wut und Frustration, die einem Leben entsprang, in dem er immer einen Schritt langsamer als Drax gewesen war?

Wäre er doch nur ein paar Jahrzehnte früher geboren. Drax hatte damals, als Silas noch zu jung war, um ihm die Stirn zu bieten, durch geschicktes Manövrieren die Oberhand gewonnen. Drax hatte aus jedem Sieg Kapital geschlagen und sich in einer immer sichereren Position etabliert, während er Silas jeden möglichen Vorteil nahm.

Wären wir früher geboren, hätten wir vielleicht Cassandra verpasst, betonte sein Drache.

Das brachte ihn zumindest für einen kurzen Augenblick zum Lächeln. Ein bittersüßes Lächeln, weil er immer gehofft hatte, seine Gefährtin für mehr als nur eine Nacht zu haben. Er wünschte sich ein Leben lang ausgedehnter Morgen und träger Nachmittage. Ein Leben voller freudiger Jahre, die in einem *Meine Güte, wo ist denn nur die Zeit geblieben*-Tempo vergingen. Jahre voller Liebe und Lachen. Vielleicht sogar Kinder.

Er atmete tief durch. Das war vielleicht nicht sein Schicksal, aber immerhin hatte er eine Nacht mit seiner Gefährtin gewonnen. Niemand konnte ihm das nehmen.

Noch nicht einmal der Tod.

Er schaute zum Bergkamm auf. Wenn Drax allein dort draußen wäre, hätte er eine Chance auf Erfolg. Aber wer wusste es schon? Drax musste den unerbittlichen Sog ebenfalls gespürt haben, der Silas hierhergelockt hatte. Er hatte ihn zu einem genauen Zeitpunkt an diesen Ort geführt, der für ihn bis zu seiner Ankunft verschleiert gewesen war. Drax hätte gewusst, solchen Dingen gegenüber argwöhnisch zu sein. Selbst wenn er dieser geheimnisvollen Anziehungskraft nicht widerstehen konnte, wäre er wahrscheinlich misstrauisch genug gewesen, um Verstärkung mitzubringen.

Und wenn er dies getan hatte, stünden Silas' Chancen gleich null.

Nicht dass er selbst dumm genug gewesen wäre, Koa Point ohne einen Notfallplan zu verlassen. Dies war seine Chance, Drax in einem direkten Zweikampf zu besiegen. Aber sollte er scheitern...

Er krümmte seine Finger und spürte den Druck der Drachenkrallen im Inneren.

Scheitern ist keine Option, knurrte sein Drache.

Silas kommentierte dies nicht. Aufmunternde Sprüche wie diese waren schön und gut, aber sie entschieden am Ende nicht über Gefechte. Ebenso wenig wie das Schicksal; das Schicksal positionierte lediglich die Schachfiguren auf dem Brett und lehnte sich dann zurück, um den Verlauf des Spieles zu beobachten. Es kam alles auf die Vorbereitung an, auf blitzschnelle Entscheidungen und auf schiere Feuerkraft.

Also, ja. Er könnte scheitern. Jeder gute Anführer zog diese Möglichkeit in Betracht. Deshalb hatte er detaillierte Anweisungen in Form einer dringenden E-Mail an Kai hinterlassen. Sie würde demnächst im Posteingang seines Cousins auftauchen. Zu spät für Kai, um sich in den Kampf auf der Großen Insel einzumischen, aber genügend Zeit, um die Gestaltwandler von Koa Point auf das Schlimmste vorzubereiten. Drax war zu allem fähig. Auch dazu, einen Teil seiner Privatarmee zu einem Überraschungsangriff nach Koa Point zu schicken, um die einzige andere Sache zu vernichten, die Silas wichtig war.

Sein Magen zog sich zusammen. Koa Point bedeutete ihm alles. Der Ort und die Leute dort. Es war sein Zuhause und sie waren seine Familie. Eine Familie, der Cassandra ebenso leicht angehören könnte, wenn sie dies wollte. Es war also wahrscheinlich, dass Drax dort zuschlagen würde, und sei es auch nur, um Silas noch im Jenseits zu verhöhnen.

Dann korrigierte er sich. Drax würde Koa Point auf jeden Fall angreifen, weil er verzweifelt nach den Seelensteinen suchte.

Also würde Kai bereit sein. Ob dies bedeutete, alle zum Kampf zusammenzutrommeln oder in Eile ihre wertvollsten Habseligkeiten zu packen und zu fliehen, wäre eine Entscheidung für Kai als neuen Anführer ihrer Bande. Kai würde einen Weg finden, ein neues Leben für sie alle aufzubauen.

Niemand will ein neues Leben oder einen neuen Ort, klagte sein Drache. *Alle mögen, was sie haben.*

Das stimmte, nun da sie alle ihre Gefährtinnen gefunden hatten. Aber sie hätten keine Wahl, wenn Drax diesen Kampf gewinnen würde.

Silas rollte mit den Schultern und zwang sich, sich zu konzentrieren. Das Große und Ganze war in der Planungsphase wichtig gewesen, aber auf dem Schlachtfeld kam es immer auf das Hier und Jetzt an.

Seine Augen schweiften über die raue Landschaft. Das *Hier* befand sich jenseits dieses Bergkammes. Er konnte es genauso deutlich spüren wie diese geheimnisvolle, fast magnetische

Kraft, die ihn an diesen abgelegenen Ort geführt hatte. Das *Jetzt* kam bald – sehr bald. Die Sonne neigte sich am westlichen Horizont. Bereit, die Inseln der Nacht zu übergeben.

Also auf geht's, schnaufte sein Drache. *Lass' uns beginnen.*

Er schüttelte den Kopf. *Bald* bedeutete nicht sofort. Das ließ ihn der tickende Countdown in seinem Kopf wissen. Das Seltsame daran war, dass er zwei Countdowns in sich spürte. Einer stammte von der Kraft, die ihn zu dieser letzten Konfrontation mit Drax gelenkt hatte. Der andere tickte etwas langsamer, als wollte er die erste Uhr verlangsamen und flüsterte: *Nur noch ein wenig länger.*

Ein wenig länger wofür? wollte er brüllen.

Diese Botschaft kam aus einem verschleierten Teil seines Geistes, der sich weigerte, irgendetwas preiszugeben. Sie zerrte einfach an ihm und ließ ihn langsamer werden.

Du musst Zeit gewinnen. Ziehe jede Sekunde in die Länge.

Zeit gewinnen, wofür? Je länger er wartete, desto mehr hat Zeit hätte Drax, seine Söldnerarmee zu mobilisieren.

Aber aus irgendeinem Grund konnte Silas den Ruf nicht ignorieren, genau wie er der Verlockung seiner wahren Gefährtin nicht hatte widerstehen können. Also blieb er weitere fünf Minuten lang wie angewurzelt dort stehen. Er ließ sich vom Wind durchpeitschen, während er, wie immer vor einem Kampf, seine übliche Routine durchging. Abschnitt für Abschnitt leerte er sein Gehirn von Gedanken. Er schärfte seine Sinne, konzentrierte seine Kraft. Seine Haut juckte, als die Drachenschuppen darunter kämpften, an die Oberfläche zu dringen.

Nur noch ein wenig länger... Ziehe jede Sekunde in die Länge...

Sein Drache schnaufte und keuchte und wurde von Sekunde zu Sekunde wütender. Was gut war, denn ein wütender Drache war ein mächtiger Drache. Solange sein menschlicher Verstand das Kommando behielt, konnte sein Drache wie ein Rammbock sein.

Es ist Zeit, zischte die erste Uhr. Die, der er nicht traute. *Beweg' dich.*

Diese Uhr verfügte über eine unwiderstehliche Macht, die seine Beine in Bewegung setzte. Also ging er – langsam – den Weg zur Kammlinie hinauf. Er kooperierte und widersetzte sich zur gleichen Zeit auf subtile Weise.

Gut. Nur noch ein wenig länger, sagte die Uhr näher bei seinem Herzen.

Er bahnte sich seinen Weg über das unebene Feld aus Lava. *Pahoehoe*-Lava – die glatte Form, die wie in der Zeit erstarrte Wellen aussah. Lange, schwarze Rillen, die in diese und jene Richtung geschwungen waren. Ein Abschnitt überrollte den nächsten. Vor langer Zeit war es geschmolzenes Magma gewesen, das heiß und rot geglüht hatte.

Genau wie meine Augen, zischte sein Drache, bereit zum Kampf.

Ein Dampfschlot zischte zu seiner Rechten und erinnerte ihn daran, dass sich darunter noch immer geschmolzenes Magma bewegte. Die Sonne sank tiefer und färbte den Himmel rot und orange. Silas wählte einen kurvenreichen Weg, um Sekundenbruchteile für das, was ihm so wichtig erschien, aufzusparen.

Ein Rabe krächzte und das Geräusch hallte über die leere Landschaft.

Jetzt beeil' dich endlich, drängelte der penetrante Countdown.

Er steuerte auf einen Sattel in der Kammlinie zu, von wo aus er die klarste Sicht auf das hätte, was vor ihm lag. Obwohl er es inzwischen wusste. Er legte den Rest der Strecke zurück, blieb stehen und sagte beiläufig:

„Drax."

Drax trat in Sichtweite und höhnte. „Mein lieber junger Cousin."

Silas funkelte ihn an. Drax war ein Meister darin, ihre Ungleichheiten zu unterstreichen. Sie standen einander mit bebenden Nasenlöchern und zuckenden Fingern gegenüber. Sie bewegten sich kaum, während sich ihre Drachen im Inneren bereitmachten.

Töte ihn, brüllte Silas' Drache so laut, dass er das Flüstern in seinem Kopf kaum hören konnte.

Zögere es hinaus. Du brauchst mehr Zeit.

„Endlich bist du hier“, fuhr Drax fort, um ihn zu ködern.

Endlich bekomme ich meine Chance, eins zu eins gegen dich zu kämpfen, knurrte Silas’ Drache.

Er sah sich um und suchte nach Tricks, die Drax geplant haben könnte.

Drax schnaubte. „Du hast doch nicht gedacht, dass ich allein kommen würde, oder?“

Silas hatte gehofft, dass Drax allein kommen würde, aber nein, er hatte nicht damit gerechnet. Die Frage war, wie viele Leibwächter Drax mitgebracht hatte.

„Warum sollte ich denken, dass du ehrenhaft kämpfen würdest?“, spie Silas.

Drax lachte. „Dein Vater stand immer für Ehre, Tradition und Prinzipien. Schade, dass es ihn am Ende getötet hat.“

„Du hast ihn getötet.“ Silas achtete darauf, seine Stimme ruhig zu halten. „Genau wie du Filimore getötet hast.“

Drax zuckte mit den Schultern. „Sie mussten weg.“

Silas’ Gesicht glühte vor Hitze, aber er sagte kein Wort.

„Meine Zeit ist jedoch gekommen“, sagte Drax. „Oder sollte ich besser sagen, unsere Zeit?“ Er zeigte zu seiner Linken.

Silas folgte der Geste und atmete tief ein. „Moira.“

Natürlich war sie gekommen. Sie hatte ihren üblichen großen Auftritt, als sie hinter einem Lavafelsen hervortrat. Ihre Arme bewegten sich leicht, so dass ihr rotes Kleid zu schweben schien. Silas schnaubte, als er sich daran erinnerte, wie sie dies stets vor einem Spiegel geübt hatte. Gott, was hatte er je in ihr gesehen?

Ihm fiel die Ironie auf. Alle hatten ihn immer vor Hexenzauber gewarnt, aber es war eine Drachendame gewesen, die ihn damals mit einem Zauber belegt hatte. Ein Zauber, der ihn zerbrochen und sein Herz in Scherben zurückgelassen hatte. In seinen Gedanken sah er tausend zersplitterte Moiras, die alle dasselbe Krokodilslächeln trugen.

„Silas. Schatz“, gurrte sie.

Als er Moira vor sehr langer Zeit das erste Mal getroffen hatte, war er beim Klang ihrer Stimme zusammengezuckt. Es erinnerte ihn daran, mit den Fingernägeln über eine Tafel zu kratzen. Aber Pflicht war Pflicht und seine Eltern waren überzeugt gewesen, dass Moira gut zu ihm passte. Also hatte er sich antrainiert, den Klang zu ertragen. Tatsächlich hatte er sich sogar eingeredet, dass er ihn mochte. Aber jetzt?

Jetzt zuckte er zusammen.

„So schön, dich wiederzusehen", fuhr Moira fort.

Er behielt seine Lippen fest verschlossen. Sollte Moira doch ihre Show abziehen. Jede Sekunde, die verstrich, war eine Sekunde zu seinen Gunsten, auch wenn er nicht genau sagen konnte, warum.

Moira lächelte, würde jedoch sofort ihre Reißzähne zeigen, wenn es hart auf hart kam. Sie gehörte nicht zu denen, die sich ausgewachsenen Luftkämpfen stellen würden, so wie Tessa es gerade lernte. Aber sie würde sich in Drachengestalt verwandeln und ihm gezielte Feuerstöße entgegenschleudern, um Drax zu unterstützen. Alles, nur um auf der Gewinnerseite zu stehen.

Nun, er wäre darauf vorbereitet. Er würde gegen Drax kämpfen, aber Moira immer im Auge behalten.

Darauf kannst du deinen Arsch verwetten, murmelte sein Drache und lieh sich einen Spruch von Cassandra.

Dann flatterte etwas hinter Moira auf und seine Hoffnungen sanken. Dort drüben, auf einem zerklüfteten Bergrücken, standen sechs gekrümmte Gestalten. Drachen. Aus etwa vierhundert Metern Entfernung beobachteten sie sie genau.

Drax grinste, als er zu seinen Söldnern schaute. Zu seinen Trümpfen, sozusagen. Sie würden sich vielleicht nicht sofort in den Kampf einmischen, aber wenn Drax ins Schwanken geriet, würden sie ihm den Rücken stärken. Natürlich würden sie sich kurz vor dem bitteren Ende zurückziehen und Drax erlauben, so zu tun, als wäre der endgültige Sieg sein alleiniges Werk.

Es drehte Silas den Magen um, aber was sollte er tun? Er würde bis zum Tod kämpfen und das ehrenhaft.

„Du weißt ja, wie das ist." Drax grinste. „Man plant eine nette kleine Auszeit zu zweit und am Ende bringt man doch die ganze Truppe mit."

Nein, Silas wusste nicht, wie das ist.

Er stand so still wie die Statue, die wahrscheinlich niemals für ihn errichtet werden würde. Ehre blieb eben manchmal unbelohnt. Prinzipien waren ein langweiliger Begleiter. Traditionen hatten eine Art, ins Nichts zu verblassen.

Nicht dass er eine Statue wollte. Alles, was er wollte, war seine Gefährtin.

Ein Dampfschlot zu seiner Rechten stieß heiße Luft empor. Silas stählte sich, bereit, seinen inneren Drachen zu entfesseln. Aber Schritte eilten hinter ihm den Berg hinauf. Er drehte sich um.

Gefährtin! Meine Gefährtin! heulte sein Drache beim Anblick von Cassandra, die mit entschlossenen Schritten zu ihnen hinaufstapfte.

Silas hätte ebenfalls heulen können – echte Tränen. Er hatte sich an diesem Morgen nur deshalb von seiner Gefährtin losgerissen hatte, weil er sie beschützen wollte. Stattdessen hatte er es geschafft, sie direkt in die Schusslinie zu ziehen.

„Cassandra", flüsterte er.

Sie war unbewaffnet, abgesehen von ihrer Wut und den wenigen Selbstverteidigungstechniken, die eine New Yorker Barkeeperin kennen musste. Was sie praktisch wehrlos gegen Drachen machte.

Die innere Uhr, die in gedrängt hatte, langsamer zu werden, klingelte plötzlich, so als wäre die Kavallerie eingetroffen und alles könne weitergehen. Was zum Teufel hatte das zu bedeuten? Die Situation hatte sich verschlechtert, nicht verbessert.

Cassandra kam direkt auf ihn zu und starrte sie alle an. Sie hatte das braune Haar zurückgeworfen und ihre Augen glühten.

Sie wäre ein großartiger Drache, seufzte sein inneres Biest.

Ja, das wäre sie, stimmte er zu.

Sie baute sich neben ihm auf und strahlte knallharte New York-Vibes aus, so als hätte jemand ihr Taxi gestohlen, dafür gesorgt, dass sie ihre U-Bahn verpasste, oder ein anderes schwerwiegendes Manhattan-Verbrechen begangen.

Das Nächstbeste zu einem echten Drachen. Sein Drache lächelte.

Silas grinste ebenfalls, wenn auch nur kurz. Das *Nächstbeste* war nicht gut genug. Nicht, wenn es um einem Feind wie Drax ging.

„Hallo", murmelte Cassandra leicht atemlos.

Ihre Augen hatten einen gewissen Schimmer und Silas fragte sich, welchen verdammten Trick sie im Ärmel haben könnte.

„Hallo", erwiderte er und wünschte, er hätte Zeit, mehr zu sagen.

215

Kapitel 19

Cassandra versuchte, das Schlackern ihrer Knie zu unterbinden, als sie über die trostlose Landschaft blickte. Aschfarbene Lava bedeckte alles in ihrer Sicht. Hier und dort stiegen Dampfschwaden auf. Die Luft war erstickend, genau wie die Hitze. Eine Szene direkt aus der Hölle. Ihr Herz war in der Sekunde angeschwollen, als sie Silas entdeckt hatte, und Sekunden später schwer geworden. Sie war zu spät gekommen. Drax stand hinter ihm und ein ganzes Geschwader von Drachen lauerte auf einer Anhöhe.

Ein Lockzauber. Gott, es war wirklich geschehen.

Warte einfach ab... Sie konnte Eloise praktisch im Hintergrund gackern hören.

Nein, wollte sie schreien. *Ich will nicht abwarten. Es darf nicht wahr sein. Bitte Eloise. Mach' dieses Chaos rückgängig.*

Aber nichts als Schweigen stieg in ihre Ohren und sie schluckte. Es lag jetzt an ihr.

„Was machst du hier?" Silas sah ihr in die Augen.

Seine Kleidung passte zu seinem grimmigen Gesichtsausdruck. Zum ersten Mal sah sie Silas nicht in formeller, maßgeschneiderter Kleidung. Stattdessen sah er so aus, als hätte er in Boones Kleiderschrank nach einer Tarnhose und einem schlichten schwarzen T-Shirt gewühlt. Der Militärkommandant, den sie immer in ihm gespürt hatte, war plötzlich an die Oberfläche getreten. Ein Mann, der an vorderster Front kämpfte und sich für seine Männer opferte.

Ein Mann, in den sie sich ganz von Neuem verlieben könnte.

„Ähm ... ich war in der Gegend?"

Das war nur halb gelogen. Die letzten paar Stunden waren hektisch gewesen. Sie war zum Flughafen von Maui geeilt, ohne jemandem Bescheid zu geben. Sie hatte den letzten verfügbaren Platz für den nächsten Flug auf die Große Insel ergattert und war mit einem Mietwagen zu Bernadettes Adresse gefahren. Bernadette war die Stiefschwester ihres Vaters, das einzige Mitglied dieser Seite der Familie, mit dem Cassandra in Kontakt geblieben war.

Wenn es sein muss, so hatte Eloise sie gewarnt, *verstecke den Seelenstein bei einer Person, auf die niemals jemand kommen würde.* Sie hatte sogar gescherzt: *Wie dein nichtsnutziger Vater.*

Also nein, Cassandra hatte den Diamanten nicht an ihren Vater geschickt. Sie hätte sowieso nicht gewusst, wo sie ihn finden könnte. Aber an die Stiefschwester ihres Vaters, ja. Bernadette war die süßeste, am wenigsten hexenhafte Person, die sie je getroffen hatte. Und ihre Adresse war die einzige gewesen, an die sich Cassandra an diesem schrecklichen Abend der Auktion hatte erinnern können. Also hatte sie sie schnell auf den Umschlag gekritzelt und ihn in einen Briefkasten geworfen, nachdem sie dem Auktionshaus entflohen war.

Bernadette Bernow, 17 Sunset Drive, Pahala, Hawaii, 96777.

Einfacher Straßenname, einfache Postleitzahl. Sie waren ihr immer im Gedächtnis geblieben und Bernadette war nicht der Typ, der ein Päckchen mit der Aufschrift: *Bitte bewahre es für mich auf,* öffnen würde.

„Aber du bist doch gerade erst angekommen!", hatte ihre schockierte Tante vor weniger als einer Stunde gesagt.

Cassandra hatte kaum für eine schnelle Umarmung angehalten, sich das Päckchen gegriffen und war mit dem Versprechen, später alles zu erklären, wieder losgerannt.

Sie schluckte, als sie die Drachen vor sich sah. Würde es ein Später geben oder würde sie hier sterben?

Sie war in der Hoffnung auf das bestmögliche Szenario hierhergekommen – dass der Lockzauber nicht funktioniert hatte und alle ihre Befürchtungen unbegründet gewesen wären. Dass Drax nirgendwo zu sehen wäre und Silas und sie den Diamanten mit zurück nach Koa Point nehmen und die Dinge besprechen könnten.

Das wahrscheinlichere Szenario, so hatte sie gewusst, war die Begegnung von Silas und Drax. Aber dem Windstein wurden unglaubliche Kräfte nachgesagt, so dass sie im Idealfall in der Lage wäre, sie – irgendwie – zu nutzen, um Silas zu helfen. Wenn das Juwel doch nur eine Bedienungsanleitung hätte...

Das schlimmstmögliche Szenario? Sie würde den Seelenstein direkt in die Hände des grausamsten Drachenlords aller Zeiten spielen.

Drax grinste sie an und zeigte ihr die Spitzen seiner Zähne.

„Cassandra", flüsterte Silas. „Was machst du hier?"

Was machst du wirklich *hier?* fragte sein Tonfall.

Als sie ihm in die Augen sah, kam ein wenig Mut zu ihr zurück. Sie hätte ein Dutzend verschiedener Dinge sagen können. *Ich hatte unrecht, dass alle Drachen böse sind.* Oder, *Ich liebe dich.* Vielleicht sogar, *Ich brauche dich.*

Aber sie entschied sich für: „Ich bin hier, um einem dickköpfigen Drachen zu helfen."

Einer seiner Mundwinkel zog sich nach oben, während der andere unten blieb. „Dickköpfig? Ich schätze, damit sind wir zu zweit."

„Vermutlich schon."

Die Luft zwischen ihren Körpern verwirbelte sich und verleitete sie dazu, näher zu treten und sich zu berühren.

Gefährte, dachte sie bei sich. *Er ist wirklich mein Gefährte.*

Silas holte tief Luft und seine Lippen bewegten sich leicht. „Nur fürs Protokoll, ich liebe dich."

Sie stemmte die Hände an ihre Hüfte. „Fürs Protokoll? Silas – im Ernst?"

Sein rechter Mundwinkel zog sich hoch. „Im Ernst. Ich wünschte, ich könnte dir bis ans Ende meiner Tage folgen."

Ihre Wangen glühten. Verdammt, ihr ganzer Körper wurde heiß. „Fürs Protokoll, ich liebe dich auch."

„Sind sie nicht hinreißend", murmelte Moira.

Cassandra ignorierte sie und lehnte sich mit vorgetäuschter Tapferkeit näher zu ihm. „Und bezüglich des Teils, mir bis zum Ende deiner Tage zu folgen – niemand sagt, dass sie schon vorbei sind."

„Ich sage es", donnerte Drax.

Ach halt doch die Klappe, wollte sie sagen. Aber Drax war kein großmäuliger Gast in ihrer Bar. Er war ein Drache und das hier war ernst.

Sie sah sich um und holte tief Luft. Silas hatte nicht gegen ihre Hilfe protestiert. Er brauchte ganz offensichtlich Unterstützung – dringend. Aber Scheiße. Wie würde sie es mit sechs Drachen aufnehmen?

Sie tastete nach dem Diamanten in ihrer Tasche und stählte ihre Nerven. *In Ordnung, Diamant. Du solltest besser die Macht haben, die dir nachgesagt wird.*

Sie hätte fast gejault, als das Juwel in ihrer Hand warm wurde.

Silas sah sie mit geneigtem Kopf an, aber noch bevor er sie fragen konnte, rissen sie alle ihre Köpfe zu Moiras schriller Stimme herum.

„Ist das nicht köstlich? Sie denkt, sie kann uns aufhalten.“

Tatsächlich, wollte Cassandra schnaufen, *bezweifle ich, dass ich das kann. Aber ich bin hier, weil ich meinen Mann liebe. Meinen Mann, hast du das kapiert?*

Die Art und Weise, wie Moiras gieriger Blick über Silas schweifte, deutete an, dass das, was einst zwischen ihnen geschehen war, noch nicht ganz ausgelöscht war. Zumindest nicht in Moiras Herz – wenn sie eins hatte.

„Halt die Klappe, Moira“, bellte Cassandra.

Silas' Augen blitzten auf. Wie immer der edle Krieger, trat er einen Schritt vor und schirmte sie mit seinem Körper ab. Aber sie war niemand, der einfach so zurückschreckte, also stellte sie sich entschlossen an seine Seite. Wenn sie dies überleben würden, würden sie es gemeinsam tun.

Drax brach in schallendes Gelächter aus. „Wünschst du dir jetzt nicht, du hättest mich den Diamanten bei der Auktion ersteigern lassen?“

„Du bist derjenige, der sich das wünscht“, erwiderte sie schnippisch.

In Wahrheit wäre ihre erste Reaktion, *Ja, das wäre nett* gewesen. Sie wäre drei Millionen Dollar reicher gewesen und hätte nichts von der archaischen Welt von Drachengestaltwandlern erfahren. Aber nein. Sie würde die Zeit nicht zurückdrehen, selbst wenn sie es könnte. Hätte sie den Diamanten gehenlassen, wäre sie Silas niemals nahegekommen. Und sie wäre an der ihr erteilten Mission gescheitert.

Du darfst den Windstein nicht in die Hände von Drachen fallen lassen. Töte sie, wenn nötig.

Eloise hatte sich in vielen Dingen geirrt, aber Cassandra stimmte ihr in der grundlegenden Botschaft zu. Den Windstein von Drax fernzuhalten und böse Drachen zu töten, wenn nötig. Die Frage war, wie?

Ihr Oberschenkel wurde heiß und sie legte ihre Hand über ihre Tasche. Sie achtete darauf, die Bewegung langsam und unauffällig zu halten. Wenn die Drachen bemerkten, dass sie den Diamanten bei sich trug...

„Du wirst ihn nie bekommen", erklärte Silas.

„Oh, das werde ich. Er ist hier auf der Großen Insel, nicht wahr?", krähte Drax. „Es ist nur eine Frage der Zeit, bis ich ihn aufspüre und mir hole, was mir gehört." Seine Augen glühten in einem unheimlichen Rosa-Orange.

Meiner. Moiras Lippen formten das Wort, aber sie sagte es nicht laut.

Cassandra blickte zwischen Moira und Drax hin und her. Etwas sagte ihr, dass es nur eine Frage der Zeit war, bis Moira den Diamanten für sich beanspruchen würde. Und vielleicht mehr als nur den Diamanten. War sie hinter Drax' Imperium her?

Ein weiterer Dampfschlot schnaufte laut und erinnerte Cassandra daran, dass sie im Moment dringendere Probleme hatte.

„Du wirst überhaupt nichts aufspüren, Drax. Alles endet hier", sagte Silas, ganz der Krieger. Bereit zum Kampf streckte er die Arme seitlich aus und stand mit breiten Beinen da. Kompromisslos. Entschlossen.

„Nein, alles beginnt hier", schoss Drax zurück. „Eine neue Phase meiner glanzvollen Karriere. Neue Besitztümer. Neue Kräfte. Neue Horizonte."

Cassandra erschauderte bei der Vorstellung, was dies bedeutete – nicht nur für die Gestaltwandler von Koa Point, sondern für alle überall.

„Ja, ich denke, ich kann es mir auf dem Anwesen, um das du dich für mich gekümmert hast, recht bequem machen", sagte Drax. Dann sah er Cassandra direkt in die Augen und leckte sich die Lippen. „Dem Sieger gebührt die Beute."

Es drehte Cassandra den Magen um. Was meinte Drax denn damit?

Silas knurrte und krümmte die Finger. Er stieß Cassandra sanft von seiner Seite – ein subtiler Hinweis darauf, dass er sich bereitmachte, sich in Drachenform zu verwandeln?

„Dem Sieger gebührt die Beute", wiederholte Silas.

Drax krümmte die Schultern und fletschte die Zähne. Moira schaute zu und rieb sich praktisch die Hände.

„Dem Sieger? Das wäre ich", grunzte Drax mit einer Stimme, die bei jedem Wort tiefer wurde. Seine Augen begannen, in einem gierigen Grün zu strahlen.

Cassandra schaute stumm zu und stolperte dann, als Silas sie sanft gegen den Rücken stieß.

Lauf, sagte sein Gesichtsausdruck. *Lauf, solange du noch kannst. Verstecke dich.*

Einen Teufel würde sie tun. Sie schob ihre Hand in ihre Tasche und schloss sie um den Diamanten.

Eine Meeresbrise hatte beständig geweht und ihr immer wieder Haarsträhnen ins Gesicht geblasen. Doch in dem Augenblick, als sie den Diamanten berührte, drehte sich die Windrichtung. Sie hob ihr Gesicht und der Wind peitschte ihr das Haar hinter die Ohren.

Der Windstein hatte also doch eine gewisse Macht. Die Frage war nur, wie sie sie nutzen konnte.

Eine mächtige Hexe kann fast alles kontrollieren, hatte Eloise einmal erklärt.

Großartig. Cassandra konnte nicht einen einzigen Zauber heraufbeschwören. Sie war völlig überfordert.

Tu einfach so, hatte ihre erste Barkeeper-Mentorin, Louanne, immer gesagt. *Was auch immer du tust, zeige niemals Schwäche.*

Natürlich hatte Louanne die Kunden in der Kneipe gemeint, keine Diamanten mit magischen Kräften.

Sie strich mit den Fingern über die harten Kanten des Diamanten und rief in Gedanken nach ihm. *Bist du so mächtig, wie sie es sagen?*

Der Wind drehte sich erneut und sogar Drax sah sich um. Er runzelte die Stirn.

Sie drehte das Juwel in ihrer Tasche.

Also gut. Hier ist der Plan. Du hilfst mir und ich helfe dir.

Der Wind flatterte und wirbelte durch ihr Haar. War das ein Ja oder ein Nein?

Du musst dein inneres Biest stets an der kurzen Leine halten, hatte sie Kai Tessa lehren gehört. *Stelle sicher, dass es weiß, wer das Sagen hat.*

Cassandra schluckte. Galt das auch für Seelensteine oder spielte sie mit dem Feuer?

Sie traf eine sekundenschnelle Entscheidung, packte den Windstein fester und beäugte den nächstgelegenen Dampfschlot. *Aber wenn du dich mit mir anlegst...*

Das Juwel brannte in ihrer Hand, aber sie umklammerte es noch fester. *Ich habe hier das Sagen, verstanden?*

Fast hätte sie beim plötzlichen Ausbruch der Hitze in ihrer Hand aufgeschrien. Aber sie hielt durch, als sie einem plötzlichen Riss in der Erde auswich, unter dem fließendes Magma bedrohlich rot glühte.

Hexen haben dir Macht verliehen. Hexen können dich zerstören, grunzte sie in Gedanken. *Also spiele mit, verstanden?*

Der Wind flüsterte ihr ins Ohr und brachte das Echo einer erdigen Stimme mit sich. *Oh, ich werde allerdings mitspielen.*

Cassandra war sich nicht sicher, wie sie das interpretieren sollte, aber sie hatte keine Zeit mehr. Silas trat auf Drax zu, während er von Sekunde zu Sekunde größer wurde und etwas schrie, das halb brüllend herauskam.

„Alles endet hier", donnerte Silas und breitete die Arme weit aus.

Cassandra starrte zunächst und duckte sich dann, als die Hölle ausbrach.

Kapitel 20

In einer Sekunde stand Cassandra mit angehaltenem Atem da. In der nächsten stolperte sie rückwärts, als sie von einer gewaltigen Kraft umgestoßen wurde. Etwas brüllte vor ihr und sie starrte auf eine lange Linie verbrannter Erde.

„Pass auf!", rief Silas.

Sie rollte sich zur Seite und schaffte es kaum, Drax' erneutem Drachenfeuer auszuweichen. Lava brannte sich in ihre Handflächen und Knie, als erneutes Gebrüll donnerte. Sie blickte gerade noch rechtzeitig auf, um zu sehen, wie Silas T-Shirt über seinem Rücken zerriss. Die Luft um ihn herum schimmerte und dann...

Ihre Kinnlade klappte auf. „Silas?"

Es war eine Sache zu wissen, dass er sich in einen Drachen verwandeln konnte, aber eine ganz andere, Zeugin dieser Verwandlung zu werden. Damals in New York hatte sie nur einen flüchtigen Blick auf seinen Drachenkörper werfen können. Aber jetzt, da sie Silas kennengelernt hatte – Zeit mit ihm verbracht und sogar mit ihm geschlafen hatte – konnte sie die Kreatur, die sich vor ihren Augen erhob, kaum fassen. Ein riesiger schwarzer Drache – mit einem dezent roten Unterton – der seine Flügel weit ausbreitete und brüllte.

Sie sprang zur Seite, als Silas und Drax sich mit mächtigen Flügelschlägen vom Boden erhoben. Die Kraft war so groß, dass sie fast wieder hingefallen wäre. In der Ferne hörte sie aufgeregte, durchdringende Schreie. Die anderen Drachen feuerten Drax an.

„Wow, Silas", hauchte sie und staunte über Silas' neue Größe und Gestalt. Seine Haut hatte einen weichen, ledrigen

Schimmer und das letzte bisschen Tageslicht glitzerte über seine Bauchschuppen.

Sie blinzelte. Schuppen. Verdammte Scheiße. Die harten Bauchmuskeln, die sie gestern Abend mit ihren Fingern gestreichelt hatte, waren mit Drachenschuppen bedeckt.

Silas jagte Drax höher und höher. Die Feuersbrünste, die sie einander während des überstürzten Aufstiegs entgegenspien, waren schon beängstigend genug, aber ihre Feuerkraft nahm zu, als sie in der Horizontalen aufeinander zuflogen.

Cassandra duckte sich und bedeckte ihren Kopf. Drax' Flammen waren zehn Meter lang und nahmen ein Eigenleben an, als sie Silas in wütenden Ausbrüchen von Orange, Gelb und Rot durch den Himmel jagten. Silas entging Drax' erster Salve nur knapp, indem er mit einem Schnippen seines langen Drachenschwanzes nach rechts auswich.

Cassandra starrte und bewunderte diesen Drachenschwanz.

„Schnapp ihn dir, Drax", rief Moira irgendwo von rechts.

Mit einem bösen Funkeln erinnerte sich Cassandra daran, dass es bei diesem Kampf um mehr ging als nur um zwei Drachen. Sie musste es mit Moira aufnehmen, ganz zu schweigen von den sechs Bestien, die auf dem Bergrücken aufgereiht waren. Einer nach dem anderen flogen sie los und rasten durch die Luft auf die beiden sich duellierenden Drachen zu. Wie sollte Silas diese Ungleichheit jemals überwinden?

Ihr Oberschenkel wurde heiß und sie griff tief in ihre Tasche. Als sie den Seelenstein herauszog, blickte sie zwischen den Drachen und dem Edelstein hin und her. Die Flammen über ihr reflektierten sich in jeder Facette des Diamanten und spiegelten die tödlichen Kräfte all dessen wieder.

„In Ordnung...", murmelte sie und versuchte, sich zusammenzureißen.

Sie zwang sich zu ein paar tiefen, langsamen Atemzügen. Dies war die ganze Zeit ihr Plan gewesen, nicht wahr? Oder zumindest soweit sie es in den letzten paar Stunden hatte planen können.

Den Windstein holen. Ihn benutzen, um den Drachenkampf zu stoppen. Drax besiegen.

Sie zog eine Grimasse. Das war alles leichter gesagt als getan. Sie hatte auch gehofft, genug über Magie zu lernen, um zaubern zu können, aber zum Teufel. Das war nicht passiert.

Sie blickte in das Herz des Edelsteins, wo winzige Flammen aufflackerten und herumwirbelten. Dann beugte sie sich über den Diamanten, angezogen von dem, was sie sah. Diese Flammen waren nicht nur Reflexionen. Der Diamant erhitzte sich in ihrer Hand, geschürt durch seine eigene innere Kraft.

Ich habe Kräfte, flüsterte der Stein. Erst schwach, dann lauter. *Ich habe unglaubliche Macht und du sollst den Sieger deiner Wahl küren.*

Sie hob den Diamanten zum Himmel und wartete darauf, dass er erklärte, was sie tun sollte. Das würde er doch, nicht wahr? Die Teile der Überlieferungen über Seelensteine, die sie gelesen hatte, legten nahe, dass die Juwelen einen Weg fanden, mit ihren Trägern zu kommunizieren.

Sie biss sich auf die Lippe. Diese Trägerinnen schienen immer unglaubliche, mutige, vom Schicksal auserwählte Frauen zu sein. Sie war doch nur sie.

Für den Bruchteil einer Sekunde schwankten ihre Knie und ihr wurde übel. Aber dann streckte sie ihr Kinn entschlossen in die Höhe. In Ordnung, Zauberei würde ihr also nicht helfen. Was blieb ihr also, außer einem mächtigen Edelstein, den zu entfesseln sie fürchtete?

Sie zog Bilanz. Sie war dickköpfig. Hatte eine feste Stimme, die eine laute Bar übertönen konnte. Einen mörderischen Blick, der auch den widerspenstigsten Kunden an einem Freitagabend zum Schweigen bringen konnte. Das hier könnte sie doch sicher auch.

Du musst nur daran glauben.

Eloise hatte Magie gemeint, aber egal. Es galt doch auch für den Glauben an sich selbst, nicht wahr?

„Hilf mir", murmelte sie dem Stein zu. „Verdammt. Hilf mir."

Über ihr zielte Drax mit einem weiteren Feuerstoß auf Silas, der sich in der Luft drehte und ihn mit seinem eigenen Drachenfeuer erwiderte.

Cassandra konnte die Energie durch ihren Körper strömen spüren, genau wie die Meeresbrise, die einen stetigen Wind erzeugte, der ihr Haar durcheinanderwirbelte. Der Diamant strahlte weiß und sie fühlte sich vor Kraft lebendig. Ihr wurde fast schwindlig davon. Ihr Mund klappte auf und sie lachte gehässig, ganz ähnlich wie Eloise es früher getan hatte.

Drax würde nicht wissen, was ihn traf. Moira ebenso wenig.

Ja, flüsterte der Windstein und strahlte heller. *Entfessle meine Kraft.*

Cassandra riss ihren Arm zurück, bereit ihn nach vorn zu schleudern und die Kraft freizusetzen. Aber das Echo ihres eigenen Lachens hallte in ihrem Kopf wider und sie hielt inne.

Oha. Wer war denn jetzt das rachsüchtige Miststück?

Sie dachte einen Augenblick länger darüber nach. Die Kraft des Seelensteins zu entfesseln war eine Sache. Sie wieder unter Kontrolle zu bringen, könnte eine ganz andere sein. Würde sie die Büchse der Pandora öffnen?

Ihre Hoffnungen sanken. Den Windstein zu benutzen würde auch allem widersprechen, wofür Silas stand. Er war ein Ass im Ärmel, ein Schlag unter die Gürtellinie. Ein unfairer Vorteil.

Zitternd senkte sie ihren Arm. Wenn sie den Windstein benutzte, wäre sie nicht besser als Drax. Wenn sie ihn nicht benutzte, hatte Silas keine Chance, den tobenden Drachenkampf zu überleben.

„Silas", flüsterte sie, als eine Träne über ihre Wange rollte. Was sollte sie tun?

Drax' Verstärkungstrupp flog in einem weiten Bogen und umkreiste die sich duellierenden Drachen. Cassandra drehte sich langsam um und beobachtete, wie sich der Kampf entfaltete. Sie hätte genauso gut zwei Gladiatoren in einer Arena zuschauen können – aber diese Arena befand sich hoch am Himmel und die Zuschauer waren ein Ring von Drachen, die bei jedem Feuerstoß jubelten.

Silas öffnete seine Flügel breiter und brüllte, wobei er eine riesige Flamme ausstieß. Drax drehte sich und erwiderte das Feuer. Silas überschlug sich sofort, stürzte sechs Meter tief und schoss dann wieder nach oben. Dabei schoss er eine ununterbrochene Feuerlinie gegen Drax' Bauch. Als Drax vor Schmerz brüllend einen hastigen Rückzug antrat, drängte ihn Silas weiter und trieb ihn so weiter zurück.

Die anderen Drachen sahen ebenfalls zu und Cassandras Hoffnungen begannen zu steigen. Vielleicht würden sie sich nicht einmischen. Vielleicht wussten sie, genau wie Silas, dass nur ein fairer Kampf ehrenhaft war.

Doch gerade als Silas den maximalen Vorteil hatte und Drax sich völlig zurückzog, stürzten sich zwei der Drachen auf Silas, einer von jeder Seite. Sie spien beide Feuer, so dass sich ihre Flammen zu einem brennenden X überkreuzten. Silas wurde in den Sturzflug gezwungen. Er drehte sich, als er wie ein Doppeldecker mit ausgefallenem Motor in Richtung Boden stürzte.

Cassandras Herz schlug ihr bis zum Hals. „Silas!"

In der letztmöglichen Sekunde schlug er seine Flügel auf und schoss, wütender denn je, nach oben zurück.

Cassandra starrte ihn an, hin- und hergerissen zwischen dem Wunsch, Silas zu umarmen oder ihn anzuschreien, weil er sie zu Tode erschreckt hatte. Und auch fasziniert. Seine Wut war wie ein reißender Fluss, der jeden Damm durchbrochen hätte, und ihr fürsorglicher Liebhaber war zu einer Kampfmaschine geworden.

Silas raste einem der beiden Drachen hinterher und brüllte angeekelt. Orangefarbene Flammen verschlangen die fliehende Bestie und ein Schrei durchdrang die Luft. Der Drache flatterte panisch und stürzte dann zu Boden. Als er aufschlug, zitterte die Erde und Cassandra ebenso.

„Cassandra!"

Silas' Gebrüll klang gerade noch menschlich genug, um es zu verstehen. Sie riss ihren Kopf herum, um sich im letzten Augenblick zu ducken und den greifenden Krallen eines sich nähernden Drachen auszuweichen. Riesige Krallen kratzten durch die Luft und verfehlten sie nur knapp. Sie spürte den Druck auf den Ohren, als sich der Luftdruck plötzlich änderte. Sie hatte sich gerade wieder aufgerappelt, als ein weiterer Drache über sie hinwegfegte und sie erneut zu Boden zwang.

„Silas", murmelte sie erleichtert. Das war er gewesen, um den Angreifer zu verjagen.

Sie rappelte sich auf, rannte und sprang über einen glühenden Spalt.

Schau nicht nach unten. Schau nicht nach unten, befahl sie sich selbst.

Natürlich schaute sie doch und ihr Herz blieb fast stehen. Der Spalt war nur einen Meter breit, aber unter ihr befand sich freifließende, geschmolzene Lava. Als sie landete, bebte die Erde und sie heulte auf. Verdammte Scheiße. Sie stand nicht auf festem Boden. Sie stand – nein, sie sprang – über eine dünne Kruste. Darunter befand sich glühende Lava, die zwischen abgekühlten Felsplatten hervorquoll.

Sie sprintete weiter und versuchte, nicht zu heftig aufzutreten. In dem Leben, das sie gewohnt war, würde ein Ort wie dieser völlig abgeriegelt und mit einem Dutzend Schildern mit der Aufschrift: *Gefahr! Betreten verboten!* gekennzeichnet sein.

Aber zur Hölle. Sie war längst in das Reich der Gestaltwandler eingetaucht, die völlig anderen Regeln folgten. Regeln, die die harschen Gesetze der Natur widerspiegelten: Hund frisst Hund. Fressen oder gefressen werden. Der Stärkere überlebt.

„Schnapp ihn dir!", rief Moira zu Cassandras Rechten.

Cassandra blickte hinüber, erschrocken, Moira viel näher zu sehen als zuvor. Ihr rotes Kleid wogte im Wind und ihr Gesicht strahlte vor Aufregung. *Aufregung,* als wäre die obige Szene ein Spiel und kein Kampf um Leben und Tod.

Silas erhob sich erneut in größere Höhe und griff Drax sofort wieder an. Die anderen Drachen wichen zurück und ließen den Kampf fortfahren. Ihre Augen glitzerten und jeder von ihnen grinste wissend, während sie den Kampf beobachteten. Jedes Mal, wenn Drax strauchelte, stürzten zwei seine Handlanger herbei und griffen Silas an. Dann hatte er keine andere Wahl, als sich von Drax abzuwenden und sich stattdessen mit ihnen zu befassen. Cassandras Wangen brannten, als Wut in ihr aufstieg. Sie musste den Diamanten benutzen. Wenn Drax unfair kämpfen konnte, dann konnte sie es auch. Welche Wahl hatte sie denn?

Silas wird mich dafür hassen, schrie ein Teil von ihr. *Ich werde sein Vertrauen missbrauchen.*

Es gibt keinen anderen Weg, schrie ein anderer Teil.

Sie drehte sich im Kreis und beobachtete den wütenden Kampf am Himmel. Langsam hob sie den Diamanten hoch und schaute durch ihn nach oben.

Entfessle meine Kraft, drängte der Windstein. *Entfessle sie jetzt.*

„Silas... ", schrie sie und ließ das zweite S weiterklingen, um seinen Namen in einem Flehen in die Länge zu ziehen. Was sollte sie tun?

Die Luft um sie herum begann zu wirbeln, so als hätte sie kräftig geblasen, und in ihrem Kopf stieg ein Bild auf. Das Bild der Kerze, die in der Nacht zuvor an ihrem Bett gestanden und geflackert hatte. Sie war erloschen, als sie sie ausblies. Eine Zeit lang hatten sich kleine Rauchschwaden in der Brise verwirbelt und die Bewegung der Luft sichtbar gemacht.

Der Zigarrenqualm, den Drax ihr bei der Gala entgegengeblasen hatte, war ähnlich gewesen. Sie hatte ihn direkt zu Moira zurückgeblasen und verdammt, es war befriedigend gewesen, den Rauch vor ihren Gesichtern wirbeln zu sehen.

Sie blinzelte. Wenn ein kleiner Hauch die Luft um sie herum so aufwühlen konnte, was würde dann ein großer Hauch bewirken...

Sie blickte auf und fragte sich, ob sie verrückt geworden war, so etwas überhaupt in Betracht zu ziehen.

Ja, flüsterte der Windstein. *Entfessle mich.*

Cassandra saugte einen langen Atemzug ein, so wie sie es tun würde, um tief abzutauchen. Dann atmete sie aus und stieß die gesamte Luft wieder heraus. Ein Windstoß stieg aus dem Nichts auf und sandte eine Staubwolke über die karge Landschaft.

Ihre Haarspitzen wurden nach vorn gewirbelt und der Diamant glitzerte in ihrer Hand.

Sie starrte ihn an und versuchte es erneut. Ein kleiner Hauch, dann ein weiterer, und jedes Mal wurde sie kühner. Jeder ihrer Atemzüge entfesselte einen Windstoß, der ein Eigenleben annahm und alles angreifen wollte, was sich ihm in den Weg stellte.

„Dort entlang. Ich möchte, dass du in diese Richtung bläst", sagte sie, als sich Büsche verbogen und Asche aufstieg.

Ich blase, wohin ich will, knurrte eine tiefe Stimme in ihren Gedanken.

Wütend schüttelte sie den Kopf. „Du bläst, wohin ich es will, oder ich werde dir nicht meinen Atem geben. Verstanden?"

Ein wütendes Summen erklang in ihrem Kopf und sie fragte sich, was das zu bedeuten hatte. War sie verrückt geworden, sich dieser geheimnisvollen Macht zu widersetzen, oder konnte sie sie wirklich nutzen? Offensichtlich brauchte der Seelenstein sie, um jeden Luftstoß einzuleiten. Wenn sie ihre Karten also richtig spielte...

Ein gelblich-brauner Drache schoss durch die Peripherie ihres Blickfeldes und Cassandra hob den Diamanten, ohne nachzudenken, an ihre Lippen und blies. Fest.

Der Wind heulte auf und einen Sekundenbruchteil später taumelte der gelbbraune Drache, wie von einem unsichtbaren Pfeil getroffen, durch die Luft. Er stürzte kopfüber, bevor er sich seitlich fing und wie ein Betrunkener davonflog.

Töte sie. Töte sie alle, knurrte die Stimme in ihrem Kopf.

Der Diamant in ihrer Hand strahlte furchterregend weiß. Dieser Edelstein schien genauso gierig wie Drax zu sein, bereit, alles in seinem Weg zu jagen, und sie hatte Mühe, ihn zu zügeln.

„Nur die bösen Drachen, verdammt."

Der Stein flackerte auf. *Ich wähle, wen und was ich zerstöre.*

Sie drückte ihre Hand in einer würgenden Bewegung zusammen. „Ich wähle, wen und was du zerstörst. Und wenn du nicht kooperierst..." Sie zeigte auf einen Dampfschlot.

Es war beängstigend und aufregend zugleich – sich mit einer Macht anzulegen, die weitaus mächtiger war als sie selbst. Eine Macht, die wie ein innerer Wind gegen sie drückte und drohte, ihre Seele wegzublasen.

Cassandra biss die Zähne zusammen und schüttelte den Kopf. Sie nutzte jedes Quäntchen Entschlossenheit, das ihr zur Verfügung stand. „Du wirst dich bei diesen beiden nicht einmischen, verstanden? Nur die anderen Drachen."

Der Diamant knurrte missmutig, aber sie weigerte sich, nachzugeben. Es war Silas' Recht, eins zu eins, fair und ehrlich gegen Drax zu kämpfen. Sie würde den fairen Kampf lediglich gewährleisten.

Sie konzentrierte sich auf die fünf verbleibenden Drachen, die Silas und Drax umkreisten. Einer von ihnen streckte den langen Hals aus und stützte sich auf sie.

„Dort. Das ist der Feind. Verstanden?", schrie sie den Stein an.

Der Stein erwärmte sich in ihrer Hand und schrie, *Jetzt!*

Sie wehrte den Drang ab, bis der Drache noch näher kam. Noch näher...

Entfessle meine Kraft, bevor wir beide vernichtet werden! schrie der Seelenstein.

„Ich entscheide. Du wartest", donnerte sie.

Das Licht, das aus dem Diamanten strahlte, trübte sich überraschend.

Sie knirschte mit den Zähnen und wartete, bis der Drache sein Maul öffnete.

„Pass auf, Arschloch", murmelte sie und stieß einen weiteren schweren Atemzug aus.

Jetzt, bellte sie in Gedanken.

Der Diamant funkelte, als ein weiterer Sturm aus ihrer Hand ausbrach und den Drachen seitwärts schleuderte. Die Bestie erhob sich, suchte nach einem Ausweg, aber sie folgte ihr mit dem Diamanten und hielt den Druck aufrecht, bis der Drache abwärts taumelte und wild umherflatterte.

Bumm! Die Kreatur stürzte zu Boden.

Cassandra sprang zurück, als der Drache über die Landschaft pflügte und schaffte es kaum, ihm auszuweichen. Als er endlich zum Liegen kam, blitzten die Augen der Bestie zunächst heller auf und verblassten dann. Sie stieß einen Atemzug aus. Gott, das nächste Mal müsste sie vorsichtiger sein.

Mehr, heulte der Seelenstein. *Gib mir mehr.*

Es war beängstigend, dieses Streben nach Macht, dieses Verlangen nach Zerstörung zu verspüren. Und es war sogar noch erschreckender, es sich in Drax' Händen vorzustellen.

Also tu, was ich sage, dummer Mensch, höhnte die Stimme.

Cassandra fletschte die Zähne und knurrte ihre Antwort: „Nein, du tust, was ich sage. Jetzt sei still und lass mich nachdenken."

Tiefes Schweigen füllte ihre Ohren und sie nickte sich selbstzufrieden – wenn auch argwöhnisch – zu. „Zwei erledigt, bleiben noch vier."

Sie drehte sich um die eigene Achse und beobachtete, wie Drax' Drachen am Himmel kreisten. Zwei von ihnen hatten sich zusammengetan und funkelten sie an. Würden sie als Nächstes angreifen? Sie runzelte die Stirn. Sie mit Orkanstärke abzuwehren, könnte funktionieren, wenn sie nicht damit rechneten. Aber könnte ihr der nächste Angreifer ausweichen, würde sie im wahrsten Sinne des Wortes geröstet werden.

Der Boden unter ihren Füßen knirschte, als sie sich langsam im Kreis drehte und verzweifelt nach einer neuen Taktik suchte.

Dreh dich. Dreh dich weiter, flüsterte der Windstein.

Sie tat es und hielt den Edelstein hoch, während sie jede Bewegung in ihrer Drehung übertrieb. Jedes Mal, wenn sie ausatmete, heulte der Wind auf. Sie zog einen Bogen über den Himmel, zeichnete eine kreisförmige Form und blies weiter. Sie unterbrach dies nur, um kurz nach frischer Luft zu schnappen.

Ja. Genau so, sagte der Windstein.

Sie riss die Augen weit auf, als ihr sein Vorhaben deutlich wurde. Sie errichtete eine Wand aus Wind, eine Abgrenzung, die die kleineren Drachen nicht durchdringen konnten. Aber, oh Gott. Hatte sie es in sich, diese Barriere aufrechtzuerhalten?

Blase einfach weiter, drängte der Windstein sie.

Sie hatte irgendwo gehört, dass Delfine eine ähnliche Taktik anwandten, um Fischschwärme einzuschließen. Sie würden unter den Fischen kreisen und eine Wand aus Luftblasen bilden, die die Fische nicht durchqueren konnten.

Mit einem wichtigen Unterschied natürlich. Anstatt die Drachen in ihrem Windkreis zu fangen, schloss sie sie aus, so dass Silas Platz für seinen Kampf mit Drax hatte.

Sie drehte und drehte sich und hielt den Wind aufrecht. Sie ließ ihn sich aufbauen und ein Eigenleben annehmen. Die Luft wirbelte, während sich über ihr eine strudelnde Sturmwolke bildete.

Perfekt, summte der Windstein.

Silas schoss auf Drax zu und startete einen neuen Angriff. Einer der äußeren Drachen flog zur Unterstützung seines Herrn. Doch in dem Moment, als er in die wirbelnde Wand aus Wind eintauchte, ruckelte die Bestie wie ein Flugzeug in Turbulenzen hin und her. Mit einem frustrierten Brüllen wandte sich der Drache ab und spie eine verbitterte Flamme in den dunkler werdenden Abendhimmel.

Die verbleibenden Drachen versuchten abwechselnd, durch die Windbarriere zu dringen, aber es war eine Abgrenzung, die nicht durchbrochen werden konnte. Es war anstrengend, aber sie machte sich bereit, sie so lange wie nötig aufrechtzuerhalten. Silas kämpfte ebenso unerbittlich und es lag an ihr, ihm den Rücken freizuhalten.

Jedes Mal, wenn Cassandra sich drehte, blickte sie zu dem Felsvorsprung hinüber, auf dem Moira saß und aus vollem Halse schrie. Doch Moiras Schreie wurden durch das Donnern des Drachenkampfes und das Knistern der zehn Meter langen Flammen übertönt.

Cassandra drehte sich weiter. Einer von Drax' Handlangern durchkreuzte ihre Sicht und sie riss ihren Oberkörper mit einem plötzlichen Atemstoß nach vorn. Das führte zu einem kräftigen Lufthieb, der den Drachen in die Flugbahn seines Kameraden schleuderte. Ihre Flügel streiften einander und sie rasten in entgegengesetzte Richtungen davon. Einer flatterte wild umher und fing sich wieder, aber der andere wirbelte im Sturm herum und stürzte schließlich zu Boden.

Bumm! Ein weiterer tödlicher Einschlag ließ die Erde beben. Ein weiterer Feind besiegt. Und, Scheiße – ein weiterer Riss formte sich im kargen Boden und offenbarte die darunter glühende Lava.

Cassandra fuchtelte mit den Armen, als die brüchige Lava nachgab. Sie hatte keine andere Wahl, als rückwärts zu springen und zu hoffen, dass sie entkam. Sie landete zunächst auf den Füßen, dann auf ihrem Hintern und starrte dabei den Fluss geschmolzener Lava entsetzt an. Er war dort entsprungen, wo sie noch einen Moment zuvor gestanden hatte. Sie kroch rückwärts und schnitt sich dabei die Handflächen auf, als der Abhang nachgab. Schließlich erreichte sie etwas, das sich wie festerer Boden anfühlte. Sie sah sich unsicher um.

Ungeschicktes Ding, schnaufte der Seelenstein.

„Ich zeige dir, was ungeschickt ist", murmelte sie und zuckte mit der Hand in die Richtung der glühenden Lava.

Das brachte den Edelstein zum Schweigen. Cassandra funkelte. Wenn sie diese Situation überleben würde, würde sie ihr eigenes Handbuch über den Umgang mit Seelensteinen schreiben – oder zumindest mit diesem pedantischen Ding.

Regel Nummer eins, diktierte sie im Geiste. *Zeig' ihm, wer der Boss ist.*

Aber es war schwer, sich wie der Boss zu fühlen, wenn der Boden unter ihren Füßen bröckelte und ihre Knie schlackerten.

„Dort drüben!", rief eine tiefe Drachenstimme.

Moment. Hatte sie das gehört oder war die Stimme in ihrem Kopf?

Sie wirbelte herum und atmete schnell aus, um sich gegen einen kleineren, grünen Drachen zu wehren, der mit weit aufgerissenem Maul auf sie zugerast kam. Er war im Begriff auszuatmen. Und verdammt. Diese Bestien spien Feuer, nicht Wind.

Sie stieß ihren eigenen Atemzug gerade noch rechtzeitig aus, um den Windstein zu schüren. Der Drache wurde zurückgeschleudert und über die Erde geschleift. Ein zischendes Geräusch explodierte und ein ganzes Stück Boden gab nach.

„Oh!" Sie streckte die Hände seitlich aus, um ihr Gleichgewicht zu halten, und sprang zurück.

Der Drache schlug wild mit den Flügeln, aber es war zu spät. Er stürzte in das Magma und verstummte nach einem letzten gequälten Brüllen.

Cassandra wandte sich mit einem entsetzten Schlucken ab. Vier erledigt, bleiben noch zwei.

„Cassandra!" Das Geräusch war ein verzerrtes Brüllen, aber irgendwie verstand sie es perfekt. Silas warnte sie.

Sie stand schnell auf und stellte die Barriere aus Wind wieder her, die sich verflüchtigt hatte. Die anderen Drachen schrien, als sie erneut vom Kampf ausgeschlossen wurden.

Und für eine Weile funktionierte es. Cassandra hielt die Windmauer unter großer Anstrengung aufrecht, blickte abwechselnd zu ihren Füßen und dann wieder hinauf, um den Wind im Kreis zu lenken. Aber es war nur eine Frage der Zeit, bis sie vor Anstrengung zusammenbrechen würde. Und was dann?

„Pass auf!", brüllte Silas.

Sie wirbelte gerade noch rechtzeitig herum, um Moira von hinten auf sie zu stürmen zu sehen.

Cassandra riss verteidigend die Hände hoch, aber es war zu spät. Sie konnte nur noch mit einem Schrei reagieren.

„Nein!"

Kapitel 21

Moira war keine große Frau, verstand es jedoch verdammt gut, ihr Körpergewicht einzusetzen. Cassandra stürze zur Seite und schlug mit der Schulter auf den Boden.

„Er gehört mir!", schrie Moira und streckte eine Hand aus.

Cassandra griff ebenfalls danach, denn der Diamant war ihr aus der Hand gerutscht. In dem Moment, als dies geschah, legte sich der Wind. Sie sah mit Schrecken zu, wie der Edelstein durch die Luft flog. Weißes Licht blitzte über den dunkler werdenden Abendhimmel und steuerte direkt auf einen Riss in der Erde zu – ein Riss, der jede Sekunde breiter wurde.

„Du Dummkopf!", schrie Moira.

Cassandra rollte sich von Moira weg, während die Erde grollte und bebte. Die Felsen unter ihren Füßen gaben nach und sie stürzte direkt auf einen frisch austretenden Lavastrom zu. Hitze traf sie wie ein Schlag, als ein weiterer Felsabschnitt abrutschte. Ihre Haut kratzte über die schneidende Kante.

„Nein!", schrie Cassandra und versuchte, sich festzuhalten.

Mehr Felsen bröckelten und sie schrie, als die äußere Kruste wie zu dünnes Eis nachgab. Dann hing sie plötzlich nur an ihren Fingerspitzen und strampelte in der Luft. Ihre Füße schwebten über einem glühenden Fluss aus Feuer.

Oh Gott. Das war es. Sie würde sterben.

Als sie zappelnd dort hing und um ihr Leben kämpfte, lenkte ein weißer Lichtblitz ihren Blick zum Diamanten zurück. Er war von einem Felsen abgeprallt und balancierte – nur knapp – auf einem glatten Ausläufer erhärteter Lava, der sich gefährlich in die Richtung des Feuerflusses neigte.

„Er gehört mir!", schrie Moira.

Cassandra hielt sich fest und betete, dass der Felsvorsprung nicht nachgeben würde. Moira befand sich jenseits der sich öffnenden Lavaschlucht. Sie erwartete, dass sich die Drachendame jeden Augenblick verwandeln, abheben und den Diamanten stehlen würde.

Aber es schien, als würde Moira es vorziehen, Drax ihre schmutzige Arbeit erledigen zu lassen. Sie schrie: „Hol' in dir! Hol' ihn!"

Cassandra schaute auf und fragte sich, ob sie sich vielleicht selbst hochziehen könnte. Ein pfeifender Ton stürzte von oben auf sie herab und sie jaulte.

„Halte dich fest!", grollte Silas und stürzte mit weit aufgerissenen, erschrockenen Augen auf sie zu.

Hätte sie an einer Hand hängen und mit der anderen gestikulieren können, hätte sie es getan. „Hol' den Diamanten, nicht mich."

Sie war sich nicht sicher, was in sie gefahren war, so etwas zu sagen. Denn sie wollte *wirklich* gern weiterleben. Aber Drax stürzte auf den Diamanten zu und wenn er ihn zuerst erreichte…

Ihre Finger rutschen ab und sie keuchte, als sie die linke Hand, in einem verzweifelten Versuch sich festzuhalten, nach oben warf. Ein kreischendes Geräusch drang in ihre Ohren.

„Cassandra!"

Ein schwarzer Drache mit glühend roten Augen stürzte mit ausgestreckten Krallen auf sie zu. Krallen in Form von Krummsäbeln, die ihre Schultern mit einem mühelosen Hieb einfach durchbohren konnten. Sie kniff die Augen zu.

Die Krallen durchbohrten ihre Haut jedoch nicht. Eine schloss sich über ihrem rechten Arm, ohne sie zu verletzen. Sie riss die Augen auf und verspürte Erleichterung. Es war Silas, der sie festhielt.

Dann wurde sie in die Luft gerissen und sie schrie auf. Ihr Arm fühlte sich an, als wäre er aus dem Gelenk gesprungen. Für einen Augenblick wusste sie nicht, wo oben und wo unten war. Nur dass sie flog und flog…

Halte durch, dröhnte Silas' Stimme in ihren Gedanken. *Ich habe dich.*

Ihr Herz klopfte dreimal so schnell. Silas hielt sie fest. Was gut und schlecht gleichzeitig war, denn verdammte Scheiße, sie schwebte hoch über dem Boden in der Luft.

Dann hielt sie inne. Moment mal. Hatte sie Silas' Stimme gerade wirklich in ihrem Kopf gehört?

Ein dunkler Schatten raste unter ihr entlang – ein Drache, der auf den Boden zusteuerte.

„Silas! Sieh mal!", schrie sie.

Es war Drax, der seine Krallen ausstreckte, um nach dem Diamanten zu greifen. So wie ein Adler, der einen Fisch aus einem Bach zog.

Aber es schien, als wäre Silas der Diamant egal. Er glitt weiter dahin und neigte seinen Kopf, um sie anzusehen. Und obwohl es furchterregend war, wurde ihr warm ums Herz. Hätte sie irgendwelche Zweifel über Silas' Prioritäten gehabt, wären sie jetzt alle zerstreut.

„Mach dich bereit", murmelte er in einem leisen Unterton.

Ein Bild formte sich in ihren Gedanken und sie bewegte gerade noch rechtzeitig die Füße in der Luft, als Silas sie absetzte. Sie rannte ein paar Schritte und stolperte dann auf alle viere, aber *puh!*. Sie war sicher und zurück auf festem Boden.

Silas landete neben ihr und kratzte mit den Krallen über den Boden, als er sie ansah. Er wollte verzweifelt prüfen, ob es ihr gut ging. Sie starrte ihn an.

„Moment mal. Du hast mich dem Seelenstein vorgezogen?"

Seine Augen wirbelten. *Natürlich habe ich das.*

„Bist du verrückt?"

Er lächelte ein riesiges, zahniges Drachenlächeln, welches eigentlich furchteinflößend hätte sein müssen. Stattdessen brachte es ihr Herz zum Schmelzen.

Sie stand einen Augenblick bewegungslos da und machte dann eine Geste nach oben. „Jetzt geh' endlich."

Silas' Augen nahmen erneut einen mörderischen Farbton an, als er mit einem gewaltigen Sprung abhob.

Cassandra duckte sich und schützte ihren Kopf vor der gewaltigen Wucht des Rückschlags. Silas schlug mit den Flügeln und nahm die Verfolgung auf. Als sie sich aufrichtete, bemerkte sie, wie Drax' Handlanger über ihr im Kreis flogen. Wut überkam sie und sie riss in einer frustrierten Bewegung den Arm hoch.

Und oha. Sie zuckten zusammen und wichen zurück.

Cassandra starrte sie an und gestikulierte erneut – und nochmals, bis die Drachen davonzischten. Sie begann zu grinsen und verkniff es sich dann sofort. Die Drachen dachten, dass sie den Windstein immer noch hatte. Und solange sie dies glaubten...

Sie hielt ihre Faust geschlossen, um die Tatsache zu verbergen, dass ihre Hand leer war. Der Wind bildete keine Barriere mehr gegen die Drachen, aber ihre argwöhnischen Blicke sagten ihr, dass sie das Schlimmste erwarteten.

Sie funkelte sie an und bluffte wild.

Drax schoss derweil in die Höhe und steuerte auf das Zentrum der Insel zu. Silas jagte ihm nach und spie einen langen Feuerstoß aus, bis Drax keine andere Wahl hatte, als umzukehren. Silas folgte direkt hinter ihm und strafte Drax mit einer Explosion unerbittlichen Feuers nach der anderen.

Cassandra wirbelte herum. Wo war Moira geblieben? Sie konnte das Seidenkleid nirgendwo in der schwarzen Landschaft entdecken.

Über ihr grollte eine donnernde Explosion, die sie aufblicken ließ. Silas spie einen letzten, entschlossenen Feuerstoß, der einen erschrockenen Drax voll erwischte. Drax schrie auf und ließ den Diamanten los.

„Nein!", kreischte sie und verfolgte seinen Fall.

Beide Drachen stürzten auf die Erde zu – Silas, der dem Diamanten nachjagte und Drax mit brennenden Flügeln. Schreiend stürzte Drax auf den Fluss des Magmas zu. Silas riss sich in der letztmöglichen Sekunde nach oben herum, aber Drax...

Ein Zischen erfüllte die Luft, kombiniert mit einem ekelerregenden, versengenden Gestank. Drax gequälter Schrei hallte auf der mondähnlichen Landschaft wider, als das Magma ihn verschluckte. Der Diamant prallte mit einem solch klaren Geräusch, wie das eines Löffels gegen ein Champagnerglas, auf einen Felsen. Dann blieb er auf einem glatten Felsvorsprung liegen.

Cassandra sprintete auf den Edelstein zu, denn Moira rannte ebenfalls. Vielleicht nicht ganz so schnell wie sie in ihrem schicken roten Kleid, aber sie hatte weniger Distanz zurückzulegen. Moiras Augen glühten, als sie rannte und wie eine Todesfee schrie.

„Er gehört mir!"

Cassandra stürzte sich auf den Diamanten wie ein Torwart, der einen gegnerischen Angriff parierte– eine Aktion, die sie schon so oft in *Tony's Bar* gesehen hatte, in Zeitlupe aufgenommen und Dutzende Male wieder abgespielt.

Sie rutschte aus und zerkratzte sich jeden Zentimeter ungeschützter Haut. Zum Glück war es *Pahoehoe*-Lava ohne rasiermesserscharfe Kanten. Sie griff nach dem Diamanten und streckte sich, so weit sie konnte. Ihre Finger schlossen sich um die harten Kanten und innerlich jubelte sie auf. Sie hatte ihn!

Einen Augenblick später donnerte Moiras Fuß auf ihre Hand und sie schrie auf. Es folgte ein Rauschen in der Luft, welches das Geräusch übertönte. Durch ihre Tränen des Schmerzes hindurch sah Cassandra, wie Silas nur wenige Meter entfernt gelandet war. Sein Mund öffnete sich und seine Augen blitzten auf.

„Moira", sagte er in einem tiefen, bedrohlichen Ton. „Lass los. Sofort."

Cassandra lag still und verzog das Gesicht, als Moira ihre Hand zerdrückte. Moira brauchte sich nur in ihre Drachenform zu verwandeln und der Fuß, der Cassandras Hand festhielt, würde sich in eine Klaue verwandeln, die ihr Fleisch in Stücke reißen würde.

„Silas", gurrte Moira, als befänden sie sich auf dem roten Teppich der Gala und nicht am Rande eines Vulkans bei Nacht. „Wir haben ihn. Wir haben es geschafft. Er gehört uns!"

Cassandra riss den Mund auf. Was zum Teufel?

Silas war ebenso verblüfft. Er trat einen Schritt vor, faltete langsam seine Flügel zusammen und setzte eine weniger grimmige Miene auf. Die Luft um ihn zitterte und er bückte sich. Die Schuppen auf seiner Brust schimmerten und verschwanden dann, als er sich in seine menschliche Gestalt zurückverwandelte.

„Moira…“, murmelte er auf die Art und Weise, wie man eine Person ansprechen würde, die im Begriff war, vom Dach eines Gebäudes zu springen.

„Aber hallo. Du hast dich kein bisschen verändert“, summte Moira und betrachtete jeden Zentimeter seines nackten Fleisches.

Cassandra kochte innerlich.

„Der Windstein“, sagte Silas.

„Ja – er gehört uns!“ Moira schwang ihren Arm zu einer großen Geste. „Kannst du es nicht sehen?“

Was sehen? wollte Cassandra schreien.

„Du und ich“, fuhr Moira fort und sprach, als wäre Cassandra nicht unbequem unter ihrem Fuß eingeklemmt. „Alles, was Drax gehört hat, kann dir gehören. Es kann uns gehören. Uns zusammen…“

„Zusammen?“, donnerte Silas. „Wovon sprichst du?“

„Du und ich sind füreinander bestimmt.“ Moira lächelte. „Gemeinsam werden wir uns eine große Zukunft aufbauen. Du und ich, als König und Königin, die mächtigsten Drachen aller Zeiten.“

Cassandra spannte sich an. Was, wenn Silas nicht über Moira hinweg war? Was, wenn er sie – eine drittklassige Hexe – für die Aussicht auf eine Wiedervereinigung mit seiner alten Flamme beiseiteschieben würde?

Silas liebt mich immer noch, hatte Moira in New York gespottet. *Das werden Sie schon sehen.*

Es drehte Cassandra den Magen um. Konnte es wirklich wahr sein?

„Du hast mich verlassen“, zischte Silas.

„Ich war verwirrt“, schniefte Moira und drückte ihren Fuß fester zu Boden.

Cassandra biss sich auf die Lippe, fest entschlossen, nicht vor Schmerzen aufzuschreien.

„Du warst nicht verwirrt.“ Silas knurrte sie an. „Du warst bei klarem Verstand, als du mich für Drax verlassen hast. Du hast gesagt: ‚Wozu brauche ich dich, wenn Drax die Zukunft ist?‘“

„Aber Silas", flehte Moira. „Wir waren jung. Ich wusste nicht, wie gut wir es hatten. Aber jetzt weiß ich es. Es geht um dich und mich."

Silas schnaubte. „Es geht um dich und um Macht. Das war schon immer so, Moira. Und so wird es immer sein."

Moira schwankte leicht zurück, wodurch Cassandra genug Platz hatte, ihre schmerzenden Finger zu beugen. Sie streckte ihren Zeigefinger aus und rollte den Diamanten näher zu sich heran. Wenn sie ihre Hand darum schlingen könnte...

„Natürlich geht es um Macht." Moira lachte. „Was hast du denn gedacht? Dass es um Liebe geht? Liebe ist Macht. Macht ist Liebe. Und ich habe sie."

Es war furchteinflößend, den Worten dieser verrückten Frau zuzuhören. Und besonders furchteinflößend, weil Cassandra, so sehr sie auch an Silas glaubte, sich immer noch nicht sicher sein konnte. Moira hatte ihn einst, vor sehr langer Zeit, in ihren Bann gezogen. Man konnte ihre Schönheit und ihren Reiz nicht abstreiten. Was wäre, wenn Silas ihr wieder verfiel?

„Moira..." Er streckte seinen Arm mit der Handfläche nach oben aus und sprach sanft. So sanft, dass eine weitere Träne aus Cassandras Augen rollte. Oh Gott. Er ließ sich auf Moira ein.

Moira streckte ihren Arm aus und lächelte. „Ich wusste schon immer, dass wir füreinander bestimmt sind."

Cassandra fühlte sich krank, hatte jedoch genug Geistesgegenwart, um zu registrieren, dass Moira ihr Gewicht verlagerte. In dem Augenblick, in dem Moira auf Silas zuschritt, keuchte Cassandra auf, rollte sich zur Seite und griff nach dem Diamanten.

„Du und ich. Wir werden alles haben." Moira griff nach Silas' Hand.

Cassandra wurde übel. Sie hatte den Windstein, aber was nun? Sie wollte keinen Diamanten. Sie wollte Liebe. Leben. Einen Neuanfang.

Silas' Blick war auf Moira gerichtet und seine Augen glühten. Für einen kurzen Augenblick sah er Cassandra in die Augen. Das Licht und die Farbe änderten sich zu einem intensiven Rot. Es machte ihr erneut Hoffnung. Dann blitzten seine Augen zurück zu Moira und trübten sich wieder.

Cassandras Herz schlug ihr bis zum Hals. Moment. War Silas immer noch auf ihrer Seite?

Cassandra trat einen Schritt zurück, nun in sicherer Entfernung zu Moira. Als Silas ihr das nächste Mal in die Augen sah, neigte er seinen Kopf mit einem kleinen, zufriedenen Nicken. Die Hand, die er in Moiras Richtung ausgestreckt hatte, fiel an seine Seite, und seine tiefe Stimme wurde bitter.

„Es gibt kein *Wir*, Moira. Das wird es niemals geben.“

Und damit streifte er an ihr vorbei und trat mit offenen Armen auf Cassandra zu. Die Schlacht war gewonnen. Seine Schlacht. Ihre Schlacht. Ihr Herz klopfte in ihrer Brust, als Silas näherkam.

Moiras Augen glühten, als sie auf Silas' Rücken starrte. Sie hob ihre Hand und...

„Pass auf“, schrie Silas und stürzte sich auf Cassandra.

Moira verwandelte sich in Drachenform – und das schnell. Ihr Hals wurde länger und ihre Arme breiteten sich zu Flügeln aus. Ihr Kleid wurde zerfetzt und die Stücke tanzten davon, rote Flecken auf einer ansonsten schwarzen Landschaft. Einen Augenblick später donnerte Moira in einer tiefen, rauchigen Stimme.

„Ich sagte, er gehört mir. Du gehörst mir.“

Silas riss seine Hand hoch, aber Cassandra konnte sehen, dass er zu spät sein würde. Moira stand kurz davor, einen gewaltigen Feuerball auszuspeien.

Aber Cassandra war schneller. Sie riss ihren Arm hoch und blies kräftig, so dass ihr Atem über den Windstein strömte.

Ja! Töten! heulte der Windstein.

Wie aus dem Nichts heulte ein Sturmwind auf. Die Kraft schob Cassandra nach vorn und hätte sie fast von den Füßen gerissen. Der Wind verfing sich in Moiras ausgebreiteten Flügeln und stieß sie in die Richtung des klaffenden Magmaflusses.

„Nein“, flüsterte Cassandra unwillkürlich. Der Hass, der den Windstein antrieb, stammte aus ihrer Seele und sie kämpfte darum, ihn zu kontrollieren. Ganz gleich wie sehr sie

Moira auch verachtete, sie war nicht bereit, ein weiteres Leben zu nehmen. Silas schien es genauso zu gehen.

„Moira!", schrie Silas und sprang hinter ihr her.

Nicht dass Silas die Macht hätte, den Wind jetzt noch zu stoppen. Selbst Cassandra hatte Mühe, ihn zu kontrollieren. Moira taumelte schreiend rückwärts auf das Magma zu.

„Stopp!", befahl Cassandra dem in ihrer Hand strahlenden Edelstein.

Der Wind heulte weiter, getrieben von ihrer Wut, so als hätte er ihre Gedanken zu wörtlich genommen und entschieden, dass Moira für immer gestoppt werden müsse. Ganz egal auf welch schreckliche Weise. Die Wucht des Windstoßes trieb Moira an den Rand des offenen Abgrundes, wo sie schwankte.

„Ich sagte, stopp", schrie Cassandra und schloss ihre Hand über dem Diamanten.

Der Wind stockte, bevor er ein letztes Mal auf Moira zielte. Aber das kurze Abklingen war genug. Moira fing den Wind mit einem Flügel ein und erhob sich vom Abgrund. Sie drehte sich in der Luft und schoss nach Norden, gejagt von der Kraft des Windsteines. Einen Augenblick lang erwachte die karge Felsenklippe vom Tosen eines bitteren Windes und dem Krachen mächtiger Wellen zum Leben. Die verbleibenden Drachen formierten sich an Moiras Flanken und flogen mit ihr davon. Sie verschwanden hinter dem Rand des Kraters. Cassandra hielt den Atem an.

Eine Sekunde verging. Eine Minute. Und langsam atmete sie aus. Der Wind wandelte sich zu einem Säuseln und das Licht des Diamanten wurde schwächer.

„Genug", flüsterte sie.

Genug von der Wut. Genug Schmerz. Genug Rache.

Silas schloss die Arme um sie und sie krümmte sich, als sie sich die verletzte Hand hielt. Ihr Körper schmerzte von einem Dutzend Schnitten und Prellungen und ihre Haut war von Staub überzogen. Über den Lavafeldern hatte sich eine unheimliche Stille ausgebreitet. Die Meeresbrise, die vom Pazifik herüberwehte, brachte jedoch einen Hauch von sauberer, salziger Luft mit sich.

Dann wurde die Luft von erneutem Drachengebrüll zerrissen und sie zuckte zusammen.

„Kai. Tessa", murmelte Silas erleichtert.

Zwei Schatten schossen über ihre Köpfe hinweg und jagten Moira hinterher. Sie beide spien lange Feuerschwaden, die deutlich machten, dass dies das Territorium der Gestaltwandler von Koa Point war. Dann flogen auch sie außer Sichtweite, folgten dem Feind, und die Landschaft wurde wieder still.

„Geht es dir gut?", flüsterte sie.

Silas nickte und zog sie nah an seine Brust. „Mir geht es gut. Und dir?"

Sie schloss die Augen und drängte den Schmerz beiseite. „Mir auch."

Die Sonne war untergegangen und der Himmel wurde von rosafarbenen Lichtstreifen durchflutet. Cassandra öffnete die Hand, erleichtert, den Diamanten darin matt und trübe zu sehen. Aber zwei Dinge lagen ihr noch immer auf der Seele.

„Du weißt, dass ich dich niemals verhexen würde, oder?", beeilte sie sich zu sagen. „Ich meine, selbst wenn ich es tatsächlich könnte, was ich nicht kann. Aber ich würde es niemals tun, niemals. . . "

Er unterbrach sie, indem er einen Finger an ihre Lippen hob. „Ich weiß."

Sie umklammerte seine Hände. „Eloise hat euch mit einem Zauber belegt. Sie hat dich und Drax hierhergelockt, damit ihr euch gegenseitig tötet. Und es ängstigt mich zu Tode, wenn ich daran denke, dass ich eventuell aus Versehen. . . "

Silas zog eine Augenbraue hoch. „Aus Versehen, was? Genau zur rechten Zeit aufgetaucht bist, um diese Drachen wegzublasen?"

Nun, wenn er es so sagte. . .

Sie entspannte sich ein klein wenig und verkrampfte sich wieder, als sie den Windstein ansah. Dann schweifte ihr Blick zu dem Abgrund, in den Drax gestürzt war. Sie biss die Zähne zusammen und stand langsam auf. Jedes ihrer Gelenke schmerzte. Und dann machte sie einen vorsichtigen Schritt auf den Abgrund zu.

Eloises Worte hallten in ihren Gedanken wieder. *Verstecke ihn. Verberge ihn. Und wenn du keine andere Wahl hast, zerstöre ihn. Wir Hexen haben die Seelensteine vor Generationen erschaffen. Wir können sie auch zerstören.*

Silas trat an ihre Seite. Cassandra atmete tief durch und wartete darauf, dass er protestieren würde. Er hatte für den Seelenstein fast sein Leben gegeben. Würde er ihn nicht behalten wollen?

„Tu es." Er überraschte sie mit seiner überzeugten Entschlossenheit. „Zerstöre ihn."

Cassandra konnte Eloises Geist geradezu hören, als sie dasselbe sagte.

„Bist du sicher?", fragte sie mit einem heiseren Flüstern. Die Kraft des Seelensteins hatte ihr Angst eingejagt. Aber ohne ihn hätten sie und Silas den Angriff niemals überlebt.

Silas legte seine Hand über ihre. „Ganz ehrlich? Ich bin mir nicht sicher. Du bist diejenige, die ihn kontrollieren kann."

„Ich konnte ihn *kaum* kontrollieren", protestierte sie.

„Du hast es besser gemacht, als ich es könnte. Die Seelensteine wurden von Hexen erschaffen und der Windstein ist der mächtigste von allen. Es braucht eine Hexe, um ihn zu kontrollieren."

Cassandra verzog das Gesicht. „Ich bin nur zu einem Achtel Hexe. Ein mickriges Achtel."

„Genug, um die Kraft des Steins zu erwecken und ihn zu lenken. Wie dem auch sei, der Stein gehört dir. Deshalb liegt diese Wahl bei dir."

Dieser Mann war ein Prinz. Ein nackter, muskulöser Prinz, der sich in seiner Haut absolut wohlfühlte.

„Meiner, hmm?" Sie starrte den Edelstein zweifelnd an. „Bist du dir sicher, dass du ihn nicht haben willst?"

Ein Lächeln breitete sich auf seinen Lippen aus. „Es gibt nur eine Sache, die ich will. Nun, eigentlich zwei." Seine Stimme klang hoffnungsvoll, neckend und unsicher zugleich.

„Und was wäre das?"

Silas' Augen blitzten auf, als er ihr die Hand drückte. „Dich. Ich will dich. Als meine Gefährtin." Er musterte sie für einen

Moment und fügte dann hinzu: „Als meine Freundin. Partnerin. Geliebte.“

Bis zu diesem Zeitpunkt hatte ihr Körper vor Schmerzen und Beschwerden gestöhnt. Aber in dem Moment, als Silas sprach, breitete sich eine warme, wohlige Güte in ihren Adern aus. Ihre Wangen spannten sich mit einem Lächeln.

„Und was wäre die zweite Sache?“

Ja, es war ein wenig unfair, Silas so hart arbeiten zu lassen, wenn sie doch bereits wusste, dass ihre Antwort ein begeistertes *Ja* sein würde. Aber es machte irgendwie Spaß und sie wollte für alle Fälle lieber prüfen, was sein zweiter Wunsch war. Wenn es die Herrschaft über die Gestaltwandlerwelt wäre, würde sie verschwinden.

„Frieden“, sagte er, ohne zu zögern.

Und Eloise hatte behauptet, alle Drachen wären böse. Ha.

Cassandra zuckte mit den Schultern. „Ich bin mir nicht sicher, ob ich für Frieden sorgen kann. Aber der hier kann vielleicht dabei helfen.“ Sie sah den Diamanten an. „Da gab es doch etwas über die Wiedervereinigung aller Seelensteine, oder nicht?“

Silas sah genauso zögerlich aus wie sie. „Der Legende nach schon. Aber du weißt ja, was man über Legenden sagt...“

Sie nickte. „Ja. Man darf nicht alles glauben, was man liest.“ Sie schaute den Diamanten mit ihrem gemeinsten Blick an. „Hör’ gut zu, und zwar ganz genau. Es sei denn, du willst, dass ich dich in den Vulkan werfe...“

Der Diamant blitzte mit einem schwachen Licht auf.

„Du wirst tun, was man dir sagt. Keine Orkane mehr. Keine Wirbelstürme mehr.“

„Keine Rache mehr“, fügte Silas entschlossen hinzu.

Cassandra nickte. „*Überhaupt nichts*, es sei denn, du wirst darum gebeten. Hast du das verstanden?“

Der Diamant strahlte heller als je zuvor, bevor sein Licht wieder verblasste.

Cassandra verzog das Gesicht. „Ich traue ihm immer noch nicht. Aber vielleicht sollten wir ihn behalten. Hast du einen sicheren Ort dafür?“

Silas nickte. „In meinem Drachenhort.“

„In deinem was?", platzte sie heraus und stellte sich eine tropfende Höhle voll verstreuter Knochen vor.

„Er ist nur ganz klein", erklärte er schnell. „Ein alter Lavatunnel hinter dem Haus. Ich zeige ihn dir."

Langsam sank ihr Blutdruck wieder.

„Trotzdem wäre es vielleicht sicherer, ihn zu zerstören", fügte er hinzu.

Cassandra nahm seine Hand und fragte sich, was sie tun sollte. Dann dachte sie an Koa Point. An all die Freundlichkeit, die Kameradschaft, das Gefühl der Hoffnung. Der Windstein hatte all das gesichert – und mit Moira auf der Flucht … wer wusste schon, was passieren würde? Ninas und Boones Zwillinge würden bald auf die Welt kommen und die anderen hatten ebenfalls ihre Absicht, Familien zu gründen, angedeutet.

„Frieden wäre schön." Sie schüttelte den Diamanten ein letztes Mal zur Warnung. Dann steckte sie ihn in die Tasche und lächelte Silas an. „Nun aber zurück zu der ersten Sache."

„Die erste Sache?" Jetzt war er an der Reihe, sie zu necken.

„Ja, Mr. Llewellyn. Den Teil, dass du mich willst."

Er lächelte so breit, dass sich seine Zähne zeigten. „Soll ich es noch mal sagen?"

Sie versuchte, lässig mit den Schultern zu zucken, aber Silas' Lächeln verriet ihr, dass sie kläglich scheiterte. „Ich hätte nichts dagegen."

„Also gut, Miss Nichols. Ich möchte dich als meine Gefährtin. Meine Freundin, Partnerin und Geliebte. Für immer."

„Was bist du nur für ein gieriger Drache…"

Er nickte entschieden. „Ja, wenn es um dich geht."

„Nun, dann ist es ja gut, dass ich dich zufällig auch haben will. Und all diese Dinge."

Sie grinsten einander noch ein paar Sekunden lang an, bevor sie sich zu einem tiefen, sehnsüchtigen Kuss in die Arme fielen. Ein Kussgelübde, das immer weiter ging, bis Cassandras Knie weich wurden.

„Hoppla. Ich bin mir nicht sicher, ob es der Kuss oder die Erschöpfung ist, die mich umhaut."

Silas lächelte und nahm ihre Hand. „Sagen wir einfach, es war der Kuss. Und die Erschöpfung." Er streifte mit seinen aufgesprungenen Lippen über ihre Fingerknöchel und lenkte sie langsam zu ihren Fahrzeugen zurück. „Bist du bereit, von hier zu verschwinden?"

Sie nickte. Gott, war sie bereit.

Dann blieb er stehen und musterte sie ernst. „Bereit für einen Neuanfang? In Koa Point, meine ich."

Sie lächelte und schloss ihn in eine weitere Umarmung. „Bist du dir sicher, dass du mich in deiner Nähe aushältst?"

„Ich weiß, dass ich es nicht aushalten würde, dich nicht um mich zu haben."

Sie tätschelte seinen nackten Hintern und grinste. „Gut. Dann bin ich bereit. Bereit für alles – solange es mit dir ist."

Kapitel 22

Langsam öffnete Silas die Augen, nicht ganz sicher, ob er bereit war, der Wahrheit ins Gesicht zu sehen. War der Triumph über Drax nur ein Traum gewesen oder war es wirklich passiert?

Er fokussierte seinen Blick und stieß einen erleichterten Atemzug aus. Am Morgen nach dem Kampf befand er sich tatsächlich in seinem Schlafzimmer in Koa Point und Cassandra lag an seiner Seite. Die Haut ihrer Schulter war vom Kampf zerkratzt, aber sonst ging es ihr gut.

Sicherheit. Sie ist in Sicherheit, murmelte sein Drache immer wieder.

Langsam ließ er seinen Blick über die Bambuswände und die geschwungene Decke schweifen. War es wirklich vorbei?

Es fängt gerade erst an, gurrte sein Drache, als sich Cassandra näher an ihn schmiegte.

Er schlang seine Arme fester um sie, während sie weiterschlief, und dachte über die letzten Stunden nach. Die Erinnerung an den Kampf war verschwommen – und ehrlich gesagt, wollte er auch, dass es so blieb. Das Ende war der einzige Teil, den er gern noch einmal in Gedanken durchlebte. Cassandra auf dem Lavafeld in seine Arme zu schließen, während sie sich gegenseitig versicherten, dass Drax für immer verschwunden war. Moira, die mit den verbliebenen Drachen geflohen war.

Sie werden so schnell nicht zurückkommen. Sein Drache strahlte vor Stolz. *Nicht, solange meine Gefährtin die Macht über den Windstein besitzt.*

Er streichelte sanft ihren Arm, so wie sie in den Stunden nach dem Kampf seinen Rücken gestreichelt hatte. Sie waren gemeinsam zum Parkplatz gehumpelt und auf dem Rücksitz ihres gemieteten Jeeps zusammengebrochen. Dann hatten sie darauf gewartet, dass Kai nach Maui zurückflog und mit dem Hubschrauber wiederkam. Silas war zu erschöpft gewesen, um den ganzen Weg nach Maui in Drachenform zurückzufliegen. Und es kam außerdem überhaupt nicht in Frage, von Cassandras Seite zu weichen. Also waren sie am Ort des Geschehens im Jeep in einen unruhigen Schlaf versunken. Nicht ganz Himmel und nicht ganz Hölle, denn ein Teil seines Unterbewusstseins hatte weiter auf Gefahren gelauert. Tessa war in der Gegend geblieben, um über das Auto zu wachen, aber Silas war erst dann erleichtert gewesen, als er das Geräusch der Rotorblätter über ihnen summen hörte.

Er erinnerte sich kaum daran, in den Hubschrauber gestiegen zu sein oder daran, dass Kai einen Freund um die Rückgabe ihrer Mietwagen bat. Er würde jedoch niemals den Anblick des Ozeans vergessen, der beim Rückflug unter ihnen verschwamm. Er würde sich auch für immer an Cassandras innige Umarmung erinnern. Eine Umarmung, die *für immer* sagte, und wie sie ihm zugeflüstert hatte: „Es ist vorbei. Wir haben es geschafft."

In dem Augenblick, als sie zu Hause ankamen – wirklich zu Hause, im großen Schlafzimmer seines Hauses hoch oben auf Koa Point – waren sie beide in einen tiefen, friedlichen Schlaf gefallen. Er hätte sich dieser Ruhe stundenlang hingeben können.

Aber die Sonne schien und die Vögel sangen. Ein ganz normaler Morgen in Koa Point und doch fühlte es sich wie eine neue Ära an. Drax war ausgeschaltet worden. Der Seelenstein war in Sicherheit. Und das Beste von allem war, dass Silas seine Gefährtin gewonnen hatte.

„Ich liebe dich", murmelte sie im Halbschlaf.

„Ich liebe dich auch, meine Gefährtin", flüsterte er zurück.

Er sah sich im sanften Morgenlicht um und war sich nicht ganz sicher, was er tun sollte.

Dann tu nichts, sagte sein Drache.

Was es doch für eine neuartige Idee war, nicht aus dem Bett zu springen, um sich dem niemals enden wollenden Kampf mit Problemen zu stellen. Eine Last, die ihn als Alpha von Koa Point stets geplagt hatten. Aber irgendwie schienen sie jetzt alle ganz weit weg zu sein.

Sie sind nicht nur weit weg, versicherte ihm sein Drache. *Sie sind verschwunden.*

Er schloss seine Augen erneut. In Ordnung, vielleicht waren nicht alle seine Probleme komplett verschwunden, aber sie waren bei Weitem nicht mehr so schwerwiegend wie zuvor. Jetzt, da Drax von der Bildfläche verschwunden war...

Wir können uns entspannen. Endlich können wir uns entspannen, seufzte sein Drache.

Seine Wange zuckte. Moira war immer noch dort draußen und wer wusste schon, was sie als Nächstes tun würde. Er hatte gelernt, sie nicht zu unterschätzen, aber für die nächste Zeit konnte er sich entspannen. Eines Tages würde Moira zurückkehren, aber er und die Gestaltwandler von Koa Point wären bereit.

Er küsste Cassandras Schulter, streichelte ihr Haar und genoss das warme Glühen in seiner Seele.

„Mmm", murmelte sie und drehte sich in seinen Armen um. Langsam öffnete sie die Augen und sah ihn an. Das warme Braun darin strahlte und ihre Lippen verzogen sich zu einem Lächeln.

Er hätte wirklich irgendetwas Höfliches sagen sollen. So wie *Guten Morgen* oder *Wie geht es dir?* Doch anstatt zu sprechen, küsste er sie einfach. Er wollte sie nie wieder loslassen.

Sie bewegte sich auf der Matratze und gurrte vor Vergnügen.

Als sie sich voneinander lösten, um Luft zu holen, biss sie sich auf die Lippe. „Silas, es gibt so vieles, was ich sagen möchte... "

Er nickte. „Ich auch. Aber dafür haben wir später noch Zeit. Jetzt... "

Ihr Lächeln wurde breiter, als sie sich erneut küssten. Er strich mit den Fingern durch ihr Haar und staunte, wie weich es war. Sie versuchte, ihren Körper unter seinen zu schieben, und Hitze stieg in ihm auf.

Gefährtin, knurrte sein Drache. *Brauche meine Gefährtin.*

Cassandra streifte mit ihrer Ferse über seine Wade und lud ihn näher zu sich ein. Sie warf den Kopf zurück, was ihm Zugang zu ihrem Hals verschaffte. Seine Sinne verschwammen, als er sie immer wieder küsste und dem brennenden Bedürfnis erlag, seine Gefährtin für sich zu beanspruchen. Um der dunklen Ära, die er überlebt hatte, ein Ende zu setzen.

Als sich Cassandra unter ihm krümmte, schob er seinen Arm unter ihr Kreuz und drückte seine Hüfte gegen ihre. Sie waren beide nackt unter der Bettdecke und sein Schwanz wurde hart.

Sein Drache summte an ihrem Hals, als er instinktiv auf die perfekte Stelle für den Paarungsbiss deutete. Genau dort.

Silas zwang sich, an dieser Stelle vorbei zum Schlüsselbein weiter zu küssen. Es war zu früh, um darüber nachzudenken, sie für sich zu beanspruchen, und sie hatten noch nicht einmal die Gelegenheit gehabt, darüber zu sprechen. Aber Cassandra zog ihn zu ihrem Hals zurück, als würde sie den gleichen Drang verspüren.

„Ich will es." Sie ließ ihre Hände zu seinem Hintern hinuntergleiten. „Ich brauche es." Sie öffnete die Knie, damit er sich noch enger an sie schmiegen konnte.

Unter größter Anstrengung riss sich Silas los und berührte ihren Hals. „Ich will es auch." Gott, wie sehr er es wollte. „Aber es gibt so vieles, das du über Gestaltwandler noch nicht weißt..."

Ihr Lachen klang heiser. „Glaubst du wirklich, ich hätte in deinen Büchern nur über Geschichte gelesen?"

Er stützte sich auf den Ellbogen ab und neigte den Kopf.

Sie strich mit der Hand an seiner Seite entlang und schürte das Feuer in ihm. „Ich bin möglicherweise über ein paar Seiten bezüglich des Paarungsbisses gestolpert. Über Schicksalsgefährten. Und all die pikanten Details."

Silas' Mund klappte auf. „Tatsächlich?"

Sie knabberte an der Kante seines Kinnes entlang. „Im Moment bin ich erschöpft und brauche eine Dusche. Jeder Zentimeter meines Körpers tut weh. Aber ich brauche das hier mehr als alles andere, Silas. Ich brauche dich. Ich will nicht warten." Sie schüttelte den Kopf. „Ich denke an all das, womit Eloise sich geirrt hat. An alles, was ich vielleicht verpasst hätte, wenn du mich nicht hierhergebracht hättest. Also ja. Ich bin bereit, all das hinter mir zu lassen. Ich will ein Leben mit dir."

Er strich mit einem Finger über die feine Linie ihres Wangenknochens. „Aber ein Paarungsbiss bedeutet... "

Sie nickte. „... dass ich ein Gestaltwandler werde. "

Er starrte sie an. „Und damit bist du einverstanden? "

Sie lachte und wurde dann ernst. „Wenn ich deine Art von Drache sein kann, dann bin ich mehr als einverstanden damit. "

„Meine Art von Drache? "

Sie nickte entschieden. „Die loyale, großzügige Art. Die Art, die andere beschützt. "

Ich werde dich für immer beschützen, schwor sein Drache in einer stillen Randbemerkung.

„Und weißt du, was noch? " Sie legte ihre Hand um seine Wange.

„Was? "

„Ich glaube, Filimore war nicht der letzte der großen Drachen. Ich glaube, es gibt noch mindestens einen mehr. " Sie strich mit dem Finger über seine Brust.

Sein Herz klopfte. Das Blut fühlte sich zu dick in seinen Venen an. Als Befehlshaber seiner Spezialeinheit und als Alpha von Koa Point war er es eher gewohnt, Lob auszusprechen, als Lob zu erhalten. Er hatte es immer genossen, seinen Männern zuzusehen, wenn sie versuchten, ihren Stolz über seine Worte zu verbergen. Jetzt war er derjenige, der an seiner Lippe saugte und sich fragte, wie zum Teufel er so viel Glück verdient hatte.

Cassandra hob den Kopf und griff seinen Mund mit einem heißen Kuss an. „Ich will es, Silas. Ich bin mir sicher. "

Und dann gab es nichts mehr, was er sagen konnte, denn seine Lippen waren zu sehr damit beschäftigt, sie zu verzehren. Ihre unglaubliche Haut zu schmecken und ihren sauberen, blumigen Duft zu atmen.

Sie krümmte sich ihm erneut entgegen. Er glitt zu ihrer Brust hinunter und saugte ihre Brustwarze zwischen seine Lippen. Cassandra bebte unter ihm und umschlang ihn mit ihren Beinen. Funken flogen in seinen Adern und er beschloss, ausnahmsweise einmal aus Instinkt heraus zu handeln, anstatt alles zu durchdenken.

Gute Idee, summte sein Drache. *Kein Grund, Dinge zu überdenken.*

Er stupste ihren Körper seitlich an, bis sie perfekt ausgerichtet waren. Dann ließ er seine Hüfte kreisen und stöhnte beim süßen Brennen seines Schwanzes auf, als er sich an ihren Schamlippen rieb.

„Ja … bitte… " Sie hob erst ein Bein und dann das andere, bis sie ihre Fersen fest gegen seinen Arsch drücken konnte.

Silas drehte den Kopf und kratzte mit seinem stoppligen Kinn über ihre Brust. Dann saugte er kurz an der anderen Brustwarze und berauschte sich an ihrem Duft. Aber es war unmöglich, langsam zu machen – nicht, wenn Cassandra unter ihm stöhnte und nach mehr verlangte.

Er stieß nach vorn und drang tief in sie ein. Cassandra schrie auf und warf den Kopf zurück. Ihre inneren Muskeln zogen sich zusammen und umklammerten seinen Schwanz.

So gut, stöhnte sein Drache und genoss es, in die enge Hitze seiner Gefährtin zu gleiten.

Cassandra warf ihre Arme über den Kopf, was ihre Brüste anhob. Er drückte ihre Hände ins Kissen und fixierte sie. Cassandra stieß ihre Hüfte hoch und stemmte sich ihm keuchend entgegen.

„Ja… "

Seine Nasenlöcher bebten und seine Sicht verschwamm. Er ließ die Hüfte kreisen. Und obwohl seine Schultern vom Kampf noch immer schmerzten, fühlte sich sein Körper so unglaublich gut an. Er stand in Flammen. Er fühlte sich lebendiger als je zuvor.

Immer wieder stieß er in ihre warme Hitze und verlor die Kontrolle. Er murmelte lustvoll und knabberte zwischen stoßartigen Atemzügen an ihrem Hals.

Dort, brüllte sein Drache. *Genau dort.*

Er kratzte mit den Zähnen über die Vertiefung an ihrer Kehle und steuerte auf die richtige Stelle zu.

Jetzt! brüllte sein Drache.

Silas hielt sich zurück. Die Positionierung des Paarungsbisses war eine Sache, aber das Timing war ebenso entscheidend. Seine Eckzähne verlängerten sich und sein ganzer Körper pulsierte in Erwartung. Jeden Augenblick könnte er in seiner

Gefährtin explodieren. Er stieß wie wild zu und lauschte Cassandras Schreien.

Gleich. Gleich ...

Cassandra begegnete jedem Stoß mit ihrer eigenen Beckenbewegung. Sie neigte den Kopf zur Seite und führte ihn in Versuchung.

Jetzt! forderte sein Drache. *Jetzt!*

Jeder Muskel in seinem Körper spannte sich an und er stieß tiefer als je zuvor.

Genau jetzt! brüllte sein Drache.

Er vergrub seine Zähne tief in ihrem Fleisch und achtete darauf, die umgebende Haut mit seinen Lippen zu verschließen. Sein Stöhnen war ein Raunen, sein Körper steif. Er drängte seine Zähne tiefer hinein.

„Ja ... " Cassandra umklammerte seinen Kopf und hielt ihn ganz nah an sich fest.

Ihr Puls schlug nur um Haaresbreite entfernt von seinen Zähnen – die Gefahr lauerte ganz nah.

Ich werde meine Gefährtin immer beschützen, murmelte sein Drache. *Jetzt bring es zu Ende. Mach sie zu meiner Gefährtin!*

Es zu Ende zu bringen bedeutete das Feuersiegel – ein einzigartiger Teil des Paarungsrituals der Drachen. Silas hielt einen Moment lang den Atem an und betete, dass er es richtigmachen würde.

Natürlich machen wir es richtig. Sie ist unsere Schicksalsgefährtin!

Er stieß noch einmal in sie hinein und ergoss seine Begierde in seine Gefährtin. Im gleichen Augenblick atmete er aus und sandte einen Feuerstoß durch ihre Adern.

Cassandra stieß ein tiefes, kehliges Stöhnen aus und krallte sich am Bettlaken fest. Ihr ganzer Körper zitterte. Es wäre erschreckend gewesen, hätte Silas die Lust nicht gespürt, die durch ihre Nerven strömte und seine eigene Ekstase widerspiegelte. Er spürte ihre Freude, ihre Erlösung. Und vor allem spürte er Cassandras völliges Vertrauen in ihn.

Gefährtin, knurrte sein Drache und biss noch tiefer.

Er wollte sie niemals loslassen. Aber irgendwann zogen sich seine Eckzähne zurück, so dass er ihre Haut nur noch mit seinen Lippen versiegelte. Er behielt seine Zunge über der Wunde und half ihr zu heilen. Die Bissspuren würden zu winzigen Narben werden und damit zu einer Erinnerung an diesen unglaublichen Moment.

Cassandras Beine um seine Taille lockerten sich und er erhaschte einen kurzen Einblick in ihre Gedanken – tiefe Befriedigung und ein unanständiges Kichern, als sie daran dachte, sich eines Tages zu revanchieren. Wahres Verpaaren bedeutete, dass beide Partner einander bissen und ihre Seelen für die Ewigkeit miteinander verbanden.

Silas lag ganz still, keuchte an ihrem Nacken und atmete ihre vermischten Düfte ein.

„So gut", murmelte Cassandra und zitterte unter einem Nachbeben.

Er hielt sie fest und strahlte innerlich. *Er* hatte das mit ihr gemacht. Er hatte ihr dieses gute Gefühl beschert.

Genau wie sie uns fühlen lässt, stimmte sein Drache zu.

Cassandra schob ihre Hände in einer langsamen, sinnlichen Bewegung seinen Rücken hinunter, bis sie auf seinem Hintern zur Ruhe kamen. Sie tätschelte ihn leicht und spielerisch.

„Wow."

Er löste sich langsam von ihr und stützte sich auf einem Ellbogen ab, um seine Gefährtin anzusehen. Sanft strich er ihr eine Haarsträhne aus dem Gesicht. Gott, war sie wunderschön.

Wunderschön und meine, summte sein Drache.

Cassandra lachte. „Ich glaube nicht, dass ich je zuvor gleichzeitig so müde, so verwirrt und mir einer Sache so sicher war." Sie schloss ihn mit ihren Armen und Beinen in eine Ganzkörperumarmung. „Aber verdammt, das würde ich wirklich gern wieder tun."

„Wieder und immer wieder", flüsterte er und küsste sich seinen Weg zurück zu ihren Lippen. Ein ruhiger, sanfter Kuss, der den Neuanfang signalisierte, den er in seinem Herzen spüren konnte. „Wir können es wiederholen, weißt du?"

„Pass auf. Darauf werde ich zurückkommen." Sie lächelte und berührte seinen Hals.

„Macht es dir keine Sorgen, für immer an einen Drachen gebunden zu sein?", fragte er nur halb im Scherz.

Sie drehte ihren Kopf von links nach rechts und brachte ihr Haar damit völlig durcheinander. Es gelang ihr jedoch trotzdem, immer noch wie die atemberaubendste Frau der Welt auszusehen. „Solange es dir keine Sorgen macht, dich an eine drittklassige Hexe zu binden." Dann blickte sie suchend zur Decke auf und kicherte. „Ich schätze, dass ich jetzt teils Hexe und teils Drache bin."

Ganz Drache, erklärte sein inneres Biest und stellte sich vor, wie sie neben ihm durch die Lüfte rauschte.

Keine einsamen, mitternächtlichen Flüge mehr. Keine einsamen Stunden mehr in seinem Haus. Keine innere Leere mehr oder der Wunsch, jemanden zu haben, den er um Rat fragen konnte. Sein Drache grinste von einem Ohr zum anderen, während Cassandra ihn festhielt.

Einen Augenblick später vergrub er sein Gesicht an ihrem Hals, überwältigt von Emotionen und nicht Manns genug, um sie dies sehen zu lassen.

Cassandras gleichmäßiges Streicheln verriet ihm, dass es zu spät war. Sie sah ihn. Alles von ihm. All seine Geheimnisse und auch seine Unzulänglichkeiten. All das und sie wollte ihn trotzdem noch.

„Ich liebe dich", flüsterte sie. „Das weißt du, oder?"

Er verschränkte seine Finger in ihren und nickte still. Ja, er wusste es. Er konnte nur noch nicht wieder sprechen.

∞∞∞∞

Silas war kurz davor, einzuschlafen, als etwas in seinem Hinterkopf anklopfte. Mit einem bitteren Stöhnen öffnete er die Augen. Was denn jetzt?

Was ist los? Er knurrte Kai in Gedanken an.

Es tut mir leid, dich zu stören…, begann Kai.

Nicht so sehr, wie es ihm leidtun würde, seinen Cousin für diese Störung töten zu müssen.

„Was ist los?", fragte Cassandra und berührte erschrocken seine Rippen.

261

Er beruhigte sie mit einem Kuss und seufzte, bevor er sich wieder an seinen Cousin wandte. *Was ist los? Sag schon!*

Der Anwalt ist am Telefon. Irgendetwas über die Regelung von Filimores Nachlass. Ich habe ihm gesagt, dass es warten müsse, aber er besteht darauf, sofort mit dir zu sprechen.

Silas lehnte seine Stirn gegen Cassandras Schulter, anstatt gegen die Wand zu schlagen. Ruhig, solange er seine Gefährten hatte ...

Für immer mein, krähte sein Drache.

Er drehte sich langsam und drückte einen Kuss auf ihre Lippen. „Ich bin gleich wieder da." Dann sandte er einen Gedanken an Kai. *Stell' den Anruf in mein Büro durch.*

Er rutschte zur Bettkante und stand langsam auf, widerwillig seine Gefährtin zurückzulassen. Aber er liebte den Anblick von Cassandra, die sich in seinem Bett ausstreckte. Sie sah so begehrenswert und vernascht aus. Sein Drache summte vor Stolz. *Meine Gefährtin fühlt sich wegen mir so gut.*

Sie wackelte leicht und krümmte ihren Rücken. Hatte sie das gehört?

„Bleib' nicht so lange weg", sagte sie mit einem anzüglichen Funkeln in ihren Augen.

Er ging den Flur zu seinem Büro hinunter und spürte, wie seine Gelenke mit jedem Schritt lauter knackten. Es schien, als würde er die Auswirkungen des Kampfes stärker spüren, je weiter er sich von Cassandra entfernte. Trotzdem war es eine befriedigende Art der Erschöpfung. Die Art, die man verspürte, nachdem man gute Arbeit geleistet hatte. Auf seinem Weg schnappte er sich ein Handtuch und warf es über seinen Ledersessel, bevor er sich setzte und das Telefon auf Lautsprecher stellte.

„Was gibt es?"

Er zuckte ein wenig zusammen, als er seine eigene Stimme bellen hörte. Aber verdammt, er war von seiner Gefährtin weggerissen worden.

„Mr. Llewellyn, ich muss ein paar überaus wichtige Details zum Testament Ihres Großonkels mit Ihnen durchgehen", antwortete der Anwalt.

Silas wollte protestieren, aber Cassandra trat von hinten an ihn heran. Sie schlang ihre Arme um seine Schultern und schmiegte ihre Wange an seine.

Er schloss die Augen und griff nach ihren Händen.

„Ich gehe nirgendwohin", flüsterte sie.

Er drehte sich um. Vielleicht konnte sie seine Gedanken tatsächlich lesen. Möglicherweise funktionierte der Paarungsbiss so schnell.

Cassandra lächelte zurückhaltend. Als er sich wieder umdrehte, um die wichtigsten Punkte des Anwalts zu notieren, blieb sein Blick auf der Aussicht hängen. All das Wasser, das im herrlichen Sonnenlicht schimmerte. All das üppige Grün, das einen Rahmen für die Aussicht bildete. All die exotischen Düfte und Geräusche eines wundervollen Morgens auf Maui, die seine Sinne erfüllten. Wieso waren ihm diese Dinge nicht schon früher aufgefallen?

Der Anwalt sprach weiter über die noch ausstehenden Details von Filimores Nachlass, aber der Anruf dauerte nicht solange, wie er es befürchtet hatte. Und er endete schließlich, so wie er es gehofft hatte: das Anwesen – und alle Besitztümer Filimores – gehörten ihm und ihm allein.

„Ich werde nach den Dokumenten Ausschau halten." Er beendete das Gespräch und legte entschlossen auf. Mit geschlossenen Augen erinnerte er sich an all die Freundlichkeit, die ihm sein Onkel stets entgegengebracht hatte – an alles, was ihn zu diesem Moment in seinem Leben geführt hatte. Dann drehte er seinen Stuhl um, um Cassandra anzusehen.

Sie sah schöner aus denn je – und zufriedener. Sie schlang ihre Arme um seine Schultern und setzte sich mit gespreizten Beinen auf seinen Schoß.

„Wir müssen den Umfang deiner Arbeit begrenzen", sagte sie und schmiegte sich an ihn.

Oh, das wusste er. Und er war damit völlig einverstanden.

Aber jetzt, da sie wieder in seiner Nähe war, konnte er nur daran denken, sich erneut mit ihr zu verpaaren.

Und wieder und immer wieder, jubelte sein Drache.

Kapitel 23

Cassandra rührte sich langsam und tastete nach Silas. Sex im Büro hatte zu Sex im Schlafzimmer geführt, wo sie für immer hätte bleiben können. Oder auf dem Fußboden, in der Dusche, oder wohin auch immer sie ihre schmutzigen Gedanken treiben mochten. Sie war bereits vorher schon tagelang heiß auf Silas gewesen, aber der Paarungsbiss hatte dieses ursprüngliche, überwältigende Bedürfnis nach mehr noch verstärkt.

Mehr. Das klingt gut, erklang eine leise Stimme in ihren Gedanken.

Sie riss die Augen auf. Huch. Spürte sie bereits ihren inneren Drachen? Es fühlte sich ganz ähnlich an wie die Instinkte, die sie schon immer verspürt hatte. Die, die ihr sagten, wohin sie gehen und was sie tun sollte, oder wann ihr Körper Erlösung brauchte – nur, dass es dafür jetzt eine Stimme gab. Eine Stimme, die zu einem Drachen gehörte, der ihren Körper eines Tages verwandeln würde. Sie schluckte.

Will meinen Gefährten. Sofort.

Sie holte tief Luft und sagte sich, dass sie mit ihrem Drachen genauso umgehen könnte, wie sie es mit dem Seelenstein getan hatte.

Geduld, sagte sie. *Mein Gefährte hat Verpflichtungen, was bedeutet, dass wir sie auch haben.*

Das schien das Biest zum Schweigen zu bringen – zumindest vorerst. Aber meine Güte. Sie würde eine Menge lesen müssen.

Besser noch, Privatunterricht bei meinem Gefährten, schnurrte die Stimme tief und verführerisch.

Ohne nachzudenken schlang sie ihren Arm um Silas' Körper und näherte sich seiner Leistengegend. Eine Sekunde später wurden ihre Wangen heiß und sie hob die Hand stattdessen an seine Brust. Sie konnten nicht den ganzen Tag im Bett bleiben, egal wie sehr sie sich dies auch wünschte. Die anderen würden schon warten und sich nicht entspannen können, bis sie ihnen versichert hatten, dass die Gefahr vorüber war.

Also rollte sie sich in eine sitzende Position und schaute auf Silas herab. Er lag auf dem Rücken und bewunderte sie, als wäre sie eine Art Göttin.

Sie kicherte. „Was gibt es denn zu sehen?"

Seine Augen strahlten in einer warmen Ziegelsteinfarbe. Die Farbe, die mit Liebe in Verbindung stand.

„Meine Gefährtin. Es gibt meine Gefährtin zu sehen." Er schüttelte den Kopf, als könnte er es immer noch nicht glauben.

Sie konnte es auch nicht glauben. Aber auf gewisse Weise hatte sie das Gefühl, als hätte sie die ganze Zeit über gewusst, dass ihr Schicksal irgendwo auf sie wartete. Und jetzt, da sie zusammen waren, konnte sie nichts je wieder trennen.

„Nun, mein Gefährte, ich glaube, dass dieses Bett nirgend-wo hingeht, und wir könnten beide etwas Frühstück vertra-gen." Sie wandte ihren Blick zur Uhr. „Hoppla. Oder wohl eher Brunch."

Ihre Kleider befanden sich noch immer im Gästehaus, was in Ordnung war, da sie sich eins von Silas' Oberhemden und eine seiner Boxer Shorts anziehen durfte. Sie zog sie an und ihre Nasenlöcher bebten. Jeder Duft schien ein wenig intensi-ver zu sein. Frischer, neuer. Erwachten ihre Drachensinne etwa bereits?

„Wie kommt es, dass die Sachen an dir so viel besser aus-sehen als an mir?", fragte Silas und beobachtete jede ihrer Be-wegungen.

Sie lachte. „Dem würde ich widersprechen, aber wenn du weiterträumen willst, träume ruhig weiter."

Er schüttelte langsam den Kopf und küsste sie. „Ich träume nicht. Nicht mehr."

Was sie fast dazu veranlasst hätte, zurück ins Bett zu sprin-gen, aber sie unterbrach den Kuss und erinnerte sich an die anderen.

„Jetzt komm schon, Mister. Wie ich schon sagte, ich gehe nirgendwohin."

Silas zog sich seine übliche Hose und ein Oberhemd an. Sie nahm sich vor, ihm eine Jeans zu besorgen. Etwas Lässigeres, um ihm beim Entspannen zu helfen.

Mein Gefährte ist entspannt, summte die innere Stimme.

Sie blickte zur Seite und grinste. Silas' Version von Entspannung war vielleicht nicht so wie Boones, der barfuß durch das Gras lief, aber er sah anders aus. Seine Schultern waren nicht mehr ganz so steif, der Kiefer nicht mehr so verkrampft.

Sie würde weiter an ihm arbeiten. Jeden Tag…

… und jede Nacht, fügte die innere Stimme in einem lüsternen Flüstern hinzu.

Sie schlug nach einer nicht existierenden Mücke, um sich selbst auf Kurs zu halten. Silas schlang seine Hand um ihre und schwang sie zwischen ihnen, als sie sich auf ihren Weg zum Gemeinschaftshaus machten. Der Bach, der neben dem Weg verlief, hatte noch nie zuvor so fröhlich geklungen. Der Himmel schien ebenfalls blauer als je zuvor zu sein. Silas' Augen strahlten trotz allem, was sie durchgemacht hatten. Und ihre Wangen wahrscheinlich ebenfalls.

In Ordnung, es wäre also für jeden offensichtlich, dass sie den größten Teil der Nacht gevögelt hatten. Aber dies war kein Gang zum Pranger. Silas war ihr Gefährte. Die anderen Gestaltwandler von Koa Point würden das Gefühl des Stolzes und der Erfüllung verstehen. Als sie also ins Gemeinschaftshaus trat, war sie sich des Mannes an ihrer Seite bewusster als der wissenden Blicke der anderen.

„Hallo", sagte Tessa so beiläufig wie möglich.

„Hallo." Cassandra grinste.

„Cassandra, darf ich dir Jody und Cruz vorstellen", sagte Tessa, als sich zwei Personen erhoben.

Jody war eine Blondine mit Sommersprossen, halb Wildfang, halb Covergirl. Cruz hatte dunkle, blitzende Augen und eine Schärfe, die erst nachließ, als seine Gefährtin mit der Hand über seinen Arm strich.

„Es ist so schön, dich kennenzulernen", sagte Jody und übernahm das Reden für sie beide. „Es tut mir wirklich leid, dass wir nicht früher herkommen konnten."

„Nun kommt schon", drängte Kai. „Setzt euch. Esst etwas. Erzählt uns, was passiert ist."

Cassandra sah sich am Tisch um. Der reichhaltige Duft von Kaffee kitzelte, genau wie das Aroma von Hibiskustee, ihre Nase. Beim Anblick der frischgebackenen Muffins, die auf einem Rost dampften, lief ihr das Wasser im Munde zusammen. Lecker.

Aber es gab ein Problem. Silas saß immer am Kopfende des Tisches und bis jetzt hatte sie an einer Seite mehrere Plätze weiter hinten neben Dawn gesessen. Aber selbst das schien ihr nun zu weit von ihrem Gefährten entfernt zu sein.

Hunter, der Bär, reagierte zuerst. Er erhob sich schnell und setzte sich stattdessen auf den Stuhl links von seiner Gefährtin und räumte so den Stuhl neben Silas für Cassandra. Sie schloss ihre Augen, als die Emotionen in ihr aufstiegen. Es war nicht nur Silas, den sie für sich gewonnen hatte. Es war diese Familie. Diese Gemeinschaft, die sie von Anfang an so freundlich empfangen hatte. Eine Träne rollte über ihre Wange – eine Freudenträne – und sie machte sich nicht die Mühe, sie wegzuwischen.

Sie nahm Platz und krächzte dankbar: „Vielen Dank." Nicht nur an Hunter, sondern an sie alle.

Ninas Lächeln ließ sie wissen, dass sie genau wusste, was Cassandra meinte. Die der anderen Frauen ebenso. Die Männer lehnten sich alle näher zu ihren Gefährtinnen, so als würden sie ihre ersten gemeinsamen Tage noch einmal durchleben. Eine nachdenkliche Stille erfüllte den Raum – bis Keiki mit einem lauten Schnurren auf den Tisch sprang.

Cruz lachte leise. „Hallo Keiki. Möchtest du etwas Milch?"

Das Kätzchen schnurrte unter seiner Hand, bevor es zu Hunter hinüberschlich und ihn erwartungsvoll ansah. Soweit Cassandra es verstanden hatte, waren Hunter und Cruz diejenigen gewesen, die das Kätzchen ursprünglich adoptiert hatten. Es zeigte sich.

Als Hunter Keiki streichelte, verschwand das Kätzchen völlig hinter seiner riesigen Hand. Cruz goss etwas Milch in eine Untertasse und schnalzte mit den Lippen. Aber Keiki lief darum herum und marschierte direkt auf Silas zu. Sie starrte ihm in die Augen.

„Hallo, mein Kleines", murmelte er und streichelte sanft ihr Fell. Seine Augen strahlten vor Liebe und Dankbarkeit.

Cassandra musste ein Lächeln verbergen. Hatte sich Keiki um Silas gekümmert, als er es am meisten gebraucht hatte?

Keiki, offensichtlich zufrieden mit dem, was sie sah, schnippte mit dem Schwanz und stolzierte zurück zum anderen Ende des Tisches, um ihre Milch zu schlürfen.

„Verwöhntes kleines Ding." Kai lachte leise.

„Keine Manieren." Hunter seufzte und doch machte niemand Anstalten, das Kätzchen auf den Boden zu setzen.

Tessa schob Cassandra einen Muffin entgegen, den sie dankbar annahm. Sie konnte ohnehin nicht die richtigen Worte finden, um auszudrücken, wie sie sich fühlte. Der süße Geschmack von Papaya mit einem Hauch von Vanille füllte ihren Mund und sie schloss genüsslich die Augen.

„Oh mein Gott. Das ist so lecker", murmelte sie zwischen zwei Bissen.

„Alles was Tessa macht, ist lecker", stimmte Kai zu.

Nina goss ihr einen Kaffee ein, während Boone fröhlich eine Zeitung hochhielt. „Ich glaube, das übertrifft den Hubschrauber auf Molokini."

Cassandra riss die Augen weit auf. Worum ging es denn dabei?

Boone strich die Zeitung glatt und las vor. „*Spektakuläre abendliche Ausbrüche auf der Großen Insel gemeldet. Parkwächter des Volcano National Parks konnten die genaue Quelle der Lavaausbrüche nicht lokalisieren...*" Er sah auf und grinste. „Ich frage mich, wieso."

Silas rührte seinen Kaffee um, sagte jedoch kein Wort.

Boone las weiter. „*Stürmische Winde hindern Parkwächter an Aufklärungsarbeit.*" Mit einem Augenzwinkern schob er die Zeitung zu Cassandra über den Tisch.

„Verdammt gute Sache." Silas nahm einen Schluck aus seiner Tasse.

Cassandra nickte. Sie verstand jetzt mehr denn je, warum die Gestaltwandler ihre Privatsphäre so vehement schützten.

Und die Einheimischen waren tatsächlich besser dran, nicht zu wissen, was wirklich passiert war.

„Ich bezweifle, dass sie heute Vormittag noch viele Beweise finden werden", sagte Tessa mit einem stolzen Lächeln.

Cassandra grinste und erinnerte sich daran, wie Tessa über ihren Köpfen vorbeigeschossen war, um Drax' Handlanger zu vertreiben. Tessa hatte erwähnt, dass sie die Kunst des Feuerspeiens übte, also war es vielleicht auch für sie ein entscheidender Augenblick gewesen.

Cassandra warf einen Blick auf den Artikel, der das Foto einer verblüfften Einheimischen zeigte, die auf den Bergrücken deutete. Im Interview wurden Worte wie *fantastisch, unglaublich* und *unerklärlich* immer wieder wiederholt.

Sie faltete die Zeitung zusammen und schob sie weg. Ja, es war allerdings unglaublich gewesen. Aber sie war froh, dass es vorbei war.

„Du hast es geschafft", sagte Kai zu Silas. „Du hast Drax besiegt."

„Wir haben es geschafft." Silas sah Cassandra in die Augen.

Cassandra schüttelte den Kopf. „Du hast es geschafft." Sie hatte lediglich dafür gesorgt, dass Silas einen fairen Kampf kämpfen konnte.

„Und der Windstein?", fragte Dawn und beugte sich vor. „Ist er in Sicherheit?"

Silas sah Cassandra an und drückte ihre Hand. Sie holte tief Luft, zog den Diamanten aus ihrer Tasche und streckte den Edelstein auf ihrer zerkratzen, geöffneten Handfläche aus. Und als sie das tat, veränderte sich die Meeresbrise, die durch das Gemeinschaftshaus wehte, und wirbelte unter die Ränder der Tischdecke. Alle hielten inne und sogar die kleine Keiki sah sich um.

Cassandra schob den Diamanten in die Mitte des Tisches und zog ihre Hand weg. Ja, sie hatte sich die Kräfte des Diamanten zunutze machen können, aber das bedeutete nicht, dass sie es genoss, mehr als unbedingt nötig mit dem Stein umzugehen.

„Wir haben ihn gesichert", sagte Silas.

Einen Augenblick lang schwiegen alle und sie fragte sich, warum. Aber dann wurde ihr bewusst, dass sie darauf warteten, dass sie erklärte, was sie damit vorhatte. Alle schienen zu akzeptieren, dass der Diamant ihr gehörte, und dass sie das Recht hatte, über sein Schicksal zu bestimmen.

Ihr Herz klopfte noch schneller. Wie hatte sie jemals an diesen guten Leuten zweifeln können?

„Wir werden ihn sicher aufbewahren", sagte sie entschlossen und sah Silas an.

Er nickte und sie alle atmeten leicht aus. „Wir verwahren ihn hier, zusammen mit den anderen Seelensteinen."

Cassandra erwartete halb, dass dieses Gespräch damit enden würde. Aber eine nach der anderen zogen die anderen Frauen je ein Juwel hervor und legten es neben den Windstein auf den Tisch.

„Der Lebensstein." Tessa präsentierte einen riesigen Smaragd in der Farbe ihrer Augen.

„Der Feuerstein", flüsterte Nina und schob sanft einen Rubin an dessen Seite.

Dawn platzierte einen wunderschönen Amethyst daneben. „Der Erdstein."

„Der Wasserstein", sagte Jody mit gedämpfter Stimme und legte einen Saphir dazu.

Jeder Edelstein strahlte und war wunderschön, aber ihre Leuchtkraft nahm zu, als sie alle nebeneinanderlagen. Sie alle pulsierten mit farbigem Licht, das sich auf der weißen Tischdecke reflektierte. Die Sammlung schien Wärme auszustrahlen – und wie aus einer ganz eigenen Kraft, Energie aufzuwühlen.

Dawn zeigte auf die Juwelen und flüsterte: „Könnt ihr es spüren?"

Einer nach dem anderen nickte und Silas kratzte sich das Kinn.

„Wir haben es geschafft", hauchte Boone untypisch leise. „Wir haben die Seelensteine wiedervereint."

Nina starrte die Edelsteine an. „Wow."

Wow, war das richtige Wort, dachte Cassandra. Dennoch machte ihr diese Energie Angst. Sie stellte sich die Kraft des Windsteines vor, wenn sie verfünffacht wäre.

„Alle fünf", staunte Tessa.

Irgendetwas spukte Cassandra durch den Hinterkopf. Eine dunkle Erinnerung, wie ein verschwommenes Bild, das sie irgendwo gesehen hatte. Sie runzelte die Stirn, als sie versuchte, sich daran zu erinnern, was es war.

Boone beugte sich vor und beobachtete die glühenden Juwelen. „Wow ist richtig. Aber verdammt. Was nun?"

„Wenn sie in die falschen Hände geraten...", warnte Dawn.

Keine böse Macht darf jemals die in diesem Edelstein enthaltenen Kräfte beherrschen, hatte Eloise gewarnt.

Cassandra erschauderte, aber das Gefühl stoppte, als Silas ihre Hand berührte.

„Sie werden hier sicher sein", sagte Kai entschlossen. „Wir werden darauf aufpassen. Wir alle."

Sie alle sahen ihren Anführer erwartungsvoll an und Cassandra spürte, wie die Last der Verantwortung erneut auf Silas' Schultern drückte. Vielleicht nicht ganz so vernichtend wie zuvor, aber sie war immer noch da. Sie ergriff seine Hand und hielt sie fest. Dankbar für ihre Unterstützung sah er ihr in die Augen und holte dann tief Luft.

„Wir werden sie sicher wegschließen. Und dafür sorgen, dass niemand jemals ihre Macht missbrauchen kann." Seine Stimme klang entschlossen und passte zum Ausdruck auf allen Gesichtern.

„Was ist mit Moira?", knurrte Cruz und stellte die Frage, die niemand sonst zu fragen wagte.

Cassandra entschied, dass der Tigergestaltwandler absolut erschreckend wäre, wenn man ihn in der falschen Stimmung erwischen würde. Aber seine Gefährtin Jody schlang ihren Arm um seine Schultern und der mörderische Blick in seinen Augen verblasste.

Moira. Cassandra fragte sich dasselbe.

Sie sah Silas an, dessen Augen zerschlagene Hoffnungen, bitteren Verrat und Wut zeigten. Aber all dies war von einem sanften Schleier überzogen, so als hätte er diese Emotionen in die entferntesten Winkel seiner Gedanken geschoben und weggeschlossen.

Er sah sie mit einem leichten Lächeln an und küsste ihre Fingerknöchel. Er drückte seine Lippen gute zehn Sekunden lang auf ihre Hand und neigte dann seinen Kopf. Sie strich mit ihrer freien Hand über seine Schulter. Dieser Teil seines Lebens war vorbei und musste ihn nicht länger quälen.

Langsam richtete sich Silas auf und sah die anderen an. „Moira ist entkommen. Und ich vermute, Drax hatte Moira für seine zunehmenden Kräfte zu danken."

Cassandra hatte das gleiche Gefühl – dass Moira Drax benutzt hatte, um an den Stein zu kommen.

Kai runzelte die Stirn. „Was glaubt ihr, wird Moira als Nächstes tun?"

Silas musterte die verwirbelten Linien seines Kaffees. „Das lässt sich nicht sagen. Wird sie versuchen zu übernehmen, was auch immer sie von Drax' Imperium retten kann? Ich weiß es nicht."

Als er innehielt, hielt Cassandra den Atem an. *Drax' Imperium* ließ sie an *Filimores Nachlass* denken. Die anderen wussten immer noch nicht Bescheid.

Silas starrte ihr noch ein paar Sekunden lang in die Augen und lächelte dann. „Wenn wir schon bei dem Thema sind... "

Alle anderen beugten sich vor und selbst Keiki neigte den Kopf.

„Moira wird wahrscheinlich versuchen, Drax' Imperium zu übernehmen, aber sie wird gegen seine Leutnants kämpfen müssen, die sich selbst ein Stück davon einverleiben wollen. Es gibt jedoch einen Teil von Drax' Besitz, den sie niemals bekommen wird."

„Was meinst du damit?", fragte Boone.

Silas legte seine Hände flach auf den Tisch. „Drax wollte das Unvermeidliche beschleunigen und vergiftete meinen Onkel Filmore, das ranghöchste Mitglied unseres erweiterten Clans. Da bin ich mir sicher."

„Was meinst du denn mit dem Unvermeidlichen?", forderte Kai zu wissen.

„Filimore gab die Einzelheiten seines Testaments zu Lebzeiten nie bekannt. Drax setzte darauf – zu Recht, wie sich herausstellte –, dass Filimore den Traditionen folgen und seinen gesamten Besitz an die ältesten Mitglieder eines jeden Familienzweiges weitergeben würde."

Kai kniff die Augen zusammen. „Das wären Drax – und du."

Boone riss die Augen weit auf. „Oha. Bedeutet das etwa, du bekommst das Penthouse in New York?"

Ein winziges Lächeln spielte um Silas' Lippen. „Ich bekomme viel mehr als das. Filimore besaß Immobilien und Unternehmen auf der ganzen Welt. Aber ich habe es nicht eilig, irgendwo hinzugehen."

„Nun, das will ich auch nicht hoffen", sagte Nina. „Es war wirklich wundervoll, Cassandra kennenzulernen, und jetzt, wo wir endlich alle zu Hause sind... "

Sie alle nickten übereinstimmend mit den Köpfen und eine weitere Welle der Dankbarkeit überschwemmte Cassandra. Sie war ein Teil dieses *Wir*. Dies war auch ihr Zuhause.

„Ich bin nicht sonderlich an den Immobilien interessiert", erklärte Silas. „Aber es gibt ein Anwesen... "

Cassandra spürte, dass er sie neckte, und ein Grinsen breitete sich auf ihren Lippen aus, als alle anderen innehielten.

„Du meinst...?", flüsterte Nina.

Silas nickte. „Ein sehr komfortables Anwesen am Meer mit außergewöhnlich guter Aussicht."

Sie konnte sehen, wie es Kai den Atem verschlug. Hunter zog eine buschige Augenbraue hoch und Boone sah Nina verwirrt an.

Tessa gestikulierte ungeduldig. „Komm schon, Silas. Erzähl es uns endlich."

Aber Silas ließ sich Zeit und zog es in die Länge. „Ich müsste es mir mit ein paar anderen teilen, aber wie ich höre, machen sie sich alle recht nützlich."

Ein riesiges Lächeln zeigte sich auf Tessas Gesicht. „Das tun wir allerdings."

„Ich verstehe es nicht", murmelte Boone, der es immer noch nicht begriff.

Silas zeigte um sich. „Der Besitzer dieses Anwesens – dieser zurückgezogene, private Mann – war Filimore. Mein Großonkel. Koa Point gehörte ihm."

„Was?" Boone starrte ihn mit offenem Mund an.

„Die ganze Zeit...", murmelte Kai.

Silas nickte. „Die ganze Zeit lang habe ich Filimores Wunsch nach Privatsphäre respektiert. Er stellte mich als Hauptverwalter ein und nachfolgend einen jeden von euch, genau wie ich es immer gesagt habe."

„Und jetzt, da Filimore tot ist? Und Drax ebenfalls?", fragte Kai.

Boones Augenbrauen schossen in die Höhe. „Verdammte Scheiße!"

Silas grinste. „Genauso habe ich mich auch gefühlt, als ich von seinem Testament erfahren habe."

Für einen langen Augenblick schwiegen alle, bevor sie in einen Tumult ausbrachen, der Keiki dazu veranlasste, sich an Hunters Schulter zu schmiegen und dahinter hervorzuspähen.

„Ach du meine Güte."

„Ich kann es nicht glauben."

„Moment mal, bedeutet das, dass das Anwesen dir gehört?"

„Uns", korrigierte Silas. „Koa Point gehört uns."

Silas zeigte nur selten Gefühle und Cassandra beobachtete ihn genau. Sie genoss eines der seltenen Male, in denen er sie durchscheinen ließ. Bei allen Freuden, die sie in letzter Zeit mit ihm geteilt hatte, war dies das Sahnehäubchen auf der Torte. Dieses vollkommene Gefühl, das sagte, *Wow, wir haben es wirklich geschafft.*

Tessa hob ihre Kaffeetasse. „Nun dann. Ich glaube, wir brauchen einen Trinkspruch."

Kai nickte und sah Silas in die Augen. „Du weißt, was das bedeutet, nicht wahr? Du könntest der größte Drachenlord von allen sein."

Silas hob schnell seine Hand. „Das möchte ich wirklich nicht. Ich wollte es nie."

Tessa hob ihre Kaffeetasse höher. „Wie wäre es dann, wenn du derjenige wirst, der Frieden und Stabilität in die Drachenwelt bringt?"

Cassandra beobachtete Silas, der ganz bescheiden darüber nachdachte, und verliebte sich gleich von Neuem in ihn. Diesem Mann ging es nicht um Macht. Nur um Pflicht und Ehre.

Er gestattete sich ein winziges Lächeln. „Damit könnte ich leben." Dann blickte er in die Ferne. „Aber ganz ehrlich? Ich muss erst einmal darüber nachdenken und im Moment bin ich zu müde, um klare Gedanken zu fassen." Er sah Cassandra an und grinste. „Zu versunken im Liebestaumel."

„Ganz meine Meinung", flüsterte sie und imitierte seine Stimme.

Tessa stieß mit ihrer Tasse gegen Ninas und seufzte übertrieben. „Na endlich."

„Kein Witz." Kai grinste.

„Endlich was?", fragte Silas.

„Oh, gar nichts." Tessa zwinkerte und zeigte Cassandra einen halb versteckten Daumen hoch.

„Oh! Erzähl' Cassandra von unserer Idee!" Nina klatschte in die Hände und strahlte Tessa an.

Die Augen der rothaarigen Frau strahlten heller. „Nun, ich habe gerade mein erstes Buch mit Grillrezepten fertiggestellt. Der Verleger, bei dem ich hoffe unterzukommen, hat jedoch gesagt, es bräuchte etwas völlig Neues, um in einem umkämpften Markt konkurrenzfähig zu sein."

Nina schüttelte vor Aufregung die Hände. „Also habe ich gedacht, du könntest Tessa helfen, jedes Rezept mit einem Cocktail zu kombinieren. Wäre das nicht cool?"

Cassandra lächelte breit. „Das wäre fantastisch. Obwohl ich im Moment zu müde bin, um klar zu denken. Kann ich es dich morgen sicher wissen lassen?"

Tessa nickte, als Kai ihr mit der Hand über den Rücken strich. „Ich glaube, wir sind alle erschöpft – und offen gesagt, ein wenig abgelenkt von unseren Gefährtinnen. Es wäre vielleicht keine schlechte Idee, jemanden anzuheuern, der in den nächsten Monaten dabei helfen kann, die Dinge im Auge zu behalten."

Boone nickte sofort. „Es ist schwierig, eine zuverlässige Nachtwache zu halten, wenn man nur an seine Gefährtin denken kann."

Hunter kratzte sich den Bart. „Wie wäre es mit den Hoving-Brüdern? Wollten die sich nicht bald von der Marine zurückziehen?"

Cruz schüttelte den Kopf. „Die haben mindestens noch zwei Monate."

„Was ist mit McElroy und seinen Kumpels? Haben die nicht nach Arbeit gesucht?"

Kai runzelte die Stirn. „Soweit ich weiß, haben sie sich erneut verpflichtet."

Boone schlug mit der Hand auf den Tisch. „Moment. Ich weiß genau, welchen Mann wir brauchen. Oder besser gesagt, welche Frau."

Alle sahen ihn an. „Wen?"

„Ella. Die Wüstenfüchsin. Ich glaube, ein kleiner Arbeitsurlaub auf Hawaii ist genau, was sie braucht. Und zum Teufel, vielleicht kann sie einen der Wölfe von der Twin Moon Ranch mitbringen – oder einen der Bären, die den Blue Moon Saloon betreiben. Diese Jungs lassen sich nichts gefallen."

Silas nickte. „Gute Idee. Ich werde mich mit Ella in Verbindung setzen."

Kai grinste. „Das übernehme ich. Ich glaube, du hast möglicherweise ein paar dringendere Angelegenheiten mit deiner Gefährtin zu erledigen."

Die Bissspuren an Cassandras Hals juckten und ihr Körper wurde ganz heiß. Jetzt, da Kai es erwähnt hatte, ja. Sie würde sich gern mit Silas an einen privaten Ort zurückziehen – und zwar sofort.

„Seine Gefährtin", kicherte Tessa. „Das klingt wie Musik in meinen Ohren."

Silas sah sie mit hochgezogener Augenbraue an.

Tessa erhob ihre Kaffeetasse erneut. „Hier kommt mein Trinkspruch. Seid ihr alle bereit?"

Sie alle hoben ihre Tassen, und kümmerten sich nicht darum, dass es nicht das feinste Kristall mit teurem Champagner war.

„Auf Silas, unseren furchtlosen Anführer", begann Tessa.

„Hört, hört", jubelten alle.

„Auf Cassandra", fügte Tessa mit einem aufrichtigen Lächeln hinzu. „Du bist vielleicht etwas verrückt, weil du Silas liebst... "

Alle lachten.

„… aber ihr zwei seid perfekt füreinander. Wir wünschen euch, dass ihr alle Freuden des Zusammenseins mit eurem Schicksalsgefährten für euch entdeckt. So wie der Rest von uns." Tessa zwinkerte und alle lachten. Cassandra spürte, wie ihr das Blut in die Wangen stieg. Ihr Kopf musste inzwischen knallrot sein. Silas küsste ganz unerschrocken erneut ihre Fingerknöchel.

„Und auf Koa Point", schloss Tessa. „Unser wunderschönes, gemütliches Zuhause."

Ein weitläufiges Anwesen sollte nicht gemütlich erscheinen, aber Cassandra stimmte zu, dass es dies trotzdem auf jede mögliche Weise war.

„Auf Koa Point", wiederholten alle, während sie ihre Gefährten und Gefährtinnen ansahen. „Unser Zuhause."

Kapitel 24

Sie stießen an und alle tranken einen Schluck. Dann verlief sich alles in einer Unterhaltung.

„Wer hätte gedacht... "

„Ich kann immer noch nicht glauben... "

„Fang am Anfang an... ", forderte Cruz von Kai.

Boone neigte den Kopf und sah die Sammlung der Steine an. „Es ist irgendwie komisch. Ich dachte, irgendetwas Großes würde passieren, wenn wir alle fünf haben. Ich meine, irgendwas *wirklich* Großes."

„Wie was?" Nina lachte. „Ein Feuerwerk?"

Boone machte eine undeutliche Geste. „Ich weiß auch nicht. Vielleicht ein Lichtblitz? Eine Hitzewelle?" Er lachte. „Ich schätze, wir sollten froh sein, dass es nicht der Fall war."

„Ganz genau. Ich bin nur froh, dass alle fünf Steine in Sicherheit sind", sagte Silas.

Cassandra saß regungslos da, als sich die schwache Erinnerung in ihrem Hinterkopf wieder rührte. *Alle fünf... in Sicherheit...* Sie neigte den Kopf und sah die Sammlung kostbarer Edelsteine an. Warum klang das falsch?

„Alles in Ordnung?", murmelte Silas, als er sie in Gedanken versinken sah.

Sie schenkte ihm ein kurzes Lächeln. Alles war in Ordnung, nicht wahr?

Silas stand auf, nahm ihre Hand und murmelte den anderen zu. „Wenn ihr uns entschuldigen würdet... "

Seine Augen glühten und sie lächelte ihn richtig an. Sie wusste ganz genau, was er vorhatte.

„Viel Spaß, Kinder", rief Kai.

Boone pfiff und Nina schlug ihm auf den Arm.

„Hey!“, protestierte er.

„Wir waren auch einmal so“, ermahnte ihn Nina.

„Wir sind immer noch so.“ Boone lachte und zog sie von ihrem Stuhl. „Wenn ihr uns alle entschuldigen würdet...“

Silas lachte und zog Cassandra nah an sich, als sie sich auf den Weg zu seinem Haus machten. Hinter ihnen deuteten Schritte, Gekicher und lustvolles Knurren darauf hin, dass sich auch die anderen Paare mit ihren Juwelen in ihre privaten Ecken von Koa Point zurückzogen.

Cassandra schlang ihren Arm um Silas und atmete tief durch, als sie sich umschaute. „So großartige Leute. So ein friedlicher Ort. Und er gehört dir.“

„Er gehört uns“, korrigierte er sie, als sie den Weg hinaufstiegen. „Alles.“

Sie lachte. „Mich interessiert im Moment nur das Bett. Und das nicht zum Schlafen.“

Silas strich mit dem Arm ihren Rücken auf und ab und erweckte damit ihr Verlangen nach ihm erneut. Aber dieses unruhige *Etwas* geisterte ihr immer noch durch den Kopf und sie konnte einfach nicht davon ablassen.

„Was mein ist, ist auch dein. Das Bett. Das Haus.“ Silas hob einen Finger nach dem anderen, während er sprach. „Das Auto. Das Anwesen. Oh, und natürlich die Bibliothek.“

Sie starrte seine Hand an. Fünf Finger. Fünf Seelensteine...

Ein verschwommenes Bild schoss ihr so schnell durch den Kopf, wie eilig durchblätterte Seiten eines Buches.

„Die Bibliothek“, murmelte sie und rannte die Treppe hinauf.

Silas joggte hinter ihr her. „Die Bibliothek?“

„Ja. Nein. Ich meine, es tut mir leid“, murmelte sie, als sie versuchte, einen verirrten Gedanken zu fangen, der sich nicht fangen lassen wollte.

Als sie die oberste Etage des Hauses erreichte, keuchte sie. Sie eilte in die Bibliothek, kauerte sich neben die Kiste bei der Tür und zog ein Buch nach dem anderen heraus.

„Filimores Bücher?“, fragte Silas und gab ihr Raum.

Sie nickte, nicht sicher, nach welchem sie suchte. Sie hatte ein paar von ihnen nur kurz durchblättert. Sie schob ein Buch zur Seite, um sich ein anderes darunter anzusehen, und griff schließlich nach einem in grünes Leder gebundenen Band.

„Dieses hier... "

Einen Augenblick später hatte sie es auf den Tisch gelegt und unter der Schreibtischlampe geöffnet. Silas beugte sich mit ihr gemeinsam darüber und sie begann, die Seiten zu durchblättern. Der alte Ledereinband verströmte den Duft von Jahrhunderten und die Abbildungen auf den Seiten stammten noch aus einer Zeit, in der Aufgaben in Jahren und nicht in Stunden gemessen wurden.

„Wonach suchst du?", fragte Silas mit gedämpfter Stimme.

„Hier stand etwas über die Seelensteine... "

„Ich glaube, ich habe alles gelesen, was es über die Seelensteine zu lesen gibt", sagte Silas in einem überdrüssigen Tonfall.

Er klang, als würde er es vorziehen, niemals wieder irgendein Buch lesen zu müssen, aber sie suchte weiter.

„Hast du diese hier gelesen?"

„Nein. Ich hatte noch keine Zeit dazu."

Sie blätterte durch die handschriftlichen Seiten und suchte nach etwas, das irgendeine Erinnerung in ihr auslösen würde. Dann hielt sie plötzlich inne. Sie starrte eine Seite an, die von einer prächtig illustrierten Landschaft geziert wurde. Daneben befand sich ein Textfeld mit einer engen Schrift darin.

Sie schaute sich das Bild genauer an und ihr Atem stockte.

„Was ist?", fragte Silas.

Sie starrte verblüfft und kämpfte gegen den Instinkt an, die Seite zu verstecken. Sollte sie Silas nicht wenigstens ein paar Tage Ruhe gönnen? Diese neue Komplikation konnte doch sicher warten.

Andererseits konnte sie kein Geheimnis vor ihrem Gefährten haben, vor allem kein so kritisches wie dieses.

Sie tippte auf die Seite und sagte sich selbst, dass sie, welche Schwierigkeiten diese neue Entdeckung auch immer verursachen würde, sie gemeinsam angehen – und bewältigen – würden.

„Dort. Sieh mal."

Sie zeigte auf die Seite. In der Mitte des Bildes befand sich eine Frau, die beide Hände ausstreckte. Eine höher als die andere. Im Hintergrund kreiste ein burgunderroter Drache um einen Vulkan, der Lava in die Luft schleuderte.

„Hast du das schon mal gesehen?", fragte sie.

Silas beugte sich vor und musterte die Details. „Nein. Filimore hatte so viele Bücher... " Dann ließ er seinen Finger unter der Überschrift des Textfeldes entlanggleiten. „*Die Königin des Hexenclans erschafft die Seelensteine...* "

„Du kannst das lesen?"

Er nickte. „Es ist eine alte Schrift, aber ja, ich kann sie lesen. Meine Eltern waren Verfechter einer klassischen Ausbildung." Er seufzte. „Kai hatte Glück. Er ist glimpflich davongekommen. "

„Sieh dir ihre Hände an."

Die Frau in der Mitte – die Hexenkönigin – hielt beide Handflächen hoch. Ihre Finger waren dabei gekrümmt und zeigten einen vollen Satz Ringe. An jedem Finger ein Ring, mit dem entsprechenden Edelstein.

„Ein Diamant ... ein Rubin... " Cassandra zeigte auf jeden einzelnen. „Ein Saphir... "

„Ein Amethyst und ein Smaragd", schloss Silas. „Die Seelensteine. "

Er schien zufrieden, es dabei zu belassen, und sie biss sich auf die Lippe. Sie war sich nicht sicher, was sie sagen sollte.

Sag die Wahrheit, drängte die Stimme in ihr.

Sie zeigte auf das Buch. „Es sind keine fünf Steine. Es sind sechs. Schau doch nur auf ihre andere Hand. "

Als Silas sich für einen genaueren Blick nach vorn beugte, spannte sich sein Körper an ihrer Seite an.

„Es gibt noch einen Ring mit einem weiteren Edelstein", sagte sie. „Einen bunten... "

Silas' Blick huschte zwischen dem Bild und dem Text hin und her.

„Was steht dort?", bettelte sie.

Er fuhr mit dem Finger unter der Schrift entlang und las laut vor. „*Fünf Seelensteine, aus Feuer geboren...* "

Sie wartete ungeduldig.

„Im Auftrag des großen Drachenlords..."

Hätte es einen Knopf zum Vorspulen von Silas' Erläuterungen gegeben, hätte sie ihn gedrückt.

Seine Stimme wurde leiser. *„Und der Grundstein wird sie alle vereinen..."*

Silas verstummte und sie starrten einander an.

„Der Grundstein?" Sie schluckte. „Hast du schon jemals davon gehört?"

Er schüttelte sofort den Kopf. „Noch nie. Aber hier steht: *Zuerst erschuf die Königin den Grundstein und hauchte mit ihm den anderen Leben ein: dem Diamanten, dem Rubin..."*

Bis zu diesem Moment war Cassandra so glücklich gewesen. Jetzt brach ihre ganze Angst wieder über sie herein.

„Also ist es noch nicht vorbei. Es gibt noch einen Seelenstein dort draußen."

Silas nickte langsam. „Es klingt so, als könnte es noch einen geben."

Sie sah das Bild mit geneigtem Kopf an. „Welche Art Edelstein sieht so aus?"

„Wie ein Regenbogen? Ich habe keine Ahnung."

Cassandra schaute auf die Kiste an der Tür. „Die hast du aus New York mitgebracht, oder?"

Er nickte. „Es sind die ältesten Bücher aus Filimores Sammlung – die, die er in einem separaten Tresor aufbewahrt hat. Ich habe sie für den Fall mitgenommen, dass Drax auftauchen könnte, aber ich hatte noch keine Chance, sie zu lesen."

Cassandra gefror das Blut in den Adern. „Glaubst du, Moira weiß davon?"

Er senkte das Kinn und für einen Augenblick sah er viel älter aus. Erschöpfter. „Ich bezweifle, dass sie davon weiß. Ich bezweifle ehrlich gesagt, dass überhaupt jemand davon weiß."

„Vielleicht irrt sich das Buch", versuchte sie zu sagen.

Er schüttelte sofort den Kopf und zeigte ihr die Titelseite. „Von Marius Baird. Er ist eine Legende unter den Drachengelehrten. Ich bezweifle, dass er sich irren würde."

Sie rang mit ihren Händen. „Verdammt. Gerade als ich dachte, wir hätten alles geklärt..." Dann seufzte sie. „Wenn auch nichts anderes, nehme ich zumindest an, dass ich eine neue Aufgabe für mich gefunden habe."

Er neigte fragend den Kopf und sie fuhr fort:

„Zu lernen, diese Schrift zu lesen, und alle diese Bücher durchzusehen. Das werden wir müssen, wenn wir mehr über den sechsten Stein herausfinden wollen."

Silas rieb sich das Kinn. „Das bedeutet einen weiteren Flug nach New York."

„Um meine Wohnung aufzulösen?" Diesen Prozess hatte sie sich bereits vorgestellt und konnte es ehrlich gesagt kaum erwarten.

Er lächelte. „Das und um Filimores Penthouse zu durchforsten."

„Das Penthouse. Natürlich." Sie winkte mit der Hand, als wäre es nichts.

Silas deutete mit einem Nicken auf die Kiste mit Büchern. „Dort befinden sich noch viel mehr Bücher. Denkst du, dass du bereit bist, deine Arbeit in der bei *Tony's* aufzugeben?"

Sie lachte. „Wenn ich stattdessen diese Bücher lesen darf, ja. Vielleicht lerne ich dann doch endlich ein oder zwei Zaubersprüche. Mir gefällt auch die Idee, Tessa zu helfen." Dann wandelte sich ihr Gesicht zu einem Stirnrunzeln. „Natürlich erst nachdem wir uns überlegt haben, was wir wegen dieses Grundsteins machen."

Silas legte einen Finger unter ihr Kinn und schenkte ihr ein bittersüßes Lächeln. „Das könnte Jahre dauern. Aber weißt du was?"

„Was?"

Er umarmte sie stürmisch. „Erstens haben wir eine lange Zeit. Dank des Paarungsbisses, wird dein Leben genauso lang wie das eines Drachen sein. Und zweitens lasse ich heute Abend alle Probleme liegen. Und übe mich lieber in der Kunst des Aufschiebens, wie Boone vielleicht sagen würde. Tatsächlich schiebe ich diese Probleme für mehrere Nächte beiseite. Denn ich habe meine Gefährtin und nichts wird uns davon abhalten, unsere gemeinsame Zeit zu genießen."

Sie lächelte breit und schloss langsam das Buch, als die Lust erneut in ihr aufstieg. Sie würden es nicht ewig aufschieben können, aber ja, eine Woche wäre nett.

„Also dann." Sie drehte sich, bis sie auf dem Schreibtisch saß. Dann zog sie Silas zwischen ihre Knie und schlang ihre Beine um ihn. „Ich habe schon länger eine Fantasie über diesen Tisch, weißt du."

Sie strich mit den Armen über seine Brust und lehnte sich dann langsam zurück. Silas schob die Bücher beiseite und drängte sich nah genug an sie, um sie jeden harten Grat seines Körpers spüren zu lassen.

„Und was genau hattest du im Sinn?", fragte er, als er sich über sie beugte.

„Einen Kuss."

Er zog eine seiner dünnen Augenbrauen hoch. „Nur einen Kuss?"

Sie versuchte – und scheiterte –, ihr Lächeln zu verbergen. „Vielleicht etwas mehr als nur einen Kuss. Aber du solltest dich besser beeilen."

„Ach ja?"

„Allerdings. Das Angebot geht zum Ersten...", sagte sie und fragte sich, ob ihre Augen genauso hell strahlten wie seine.

Er stützte sich auf beiden Seiten mit den Ellbogen ab und schmiegte sich an sie.

„Zum Zweiten... "

Seine Lippen zuckten und die Augen funkelten.

„Verkauft", flüsterte er und küsste *ihre Lippen.*

Sneak Peek: Der Ruf des Fuchses

Das Schicksal bringt die Steine nur ins Rollen. Der Rest liegt in deinen eigenen Händen.

Die Wüstenfuchsgestaltwandlerin Ella Kitt hat kein Problem damit, ihr Leben zu riskieren – aber niemals, wirklich niemals riskiert sie ihr Herz. Nicht dass sie weder das eine noch das andere erwartet, als sie nach Maui fliegt, um einen einfachen Sicherheitsjob bei ihren Kameraden der Spezialeinheit anzunehmen. Oder vielleicht doch nicht so einfach, da sieauf engstem Raum mit dem unglaublich heißen Militärhelden, Jake McBride, zusammenzuarbeiten und -wohnen muss. Jake ist nicht nur ein One-Night-Stand, der ihr geschundenes Herz zum Flattern und ihren Fuchsschwanz zum Wedeln bringt – er ist außerdem ein Mensch und damit für Gestaltwandler ihrer Art völlig tabu.

Bis über beide Ohren verliebt? Nicht Jake McBride. Es ist nur so, dass er Ella weder aus seinem Kopf, noch aus seinen Träumen verbannen kann. Als ihn das Schicksal mit seiner unglaublichen Geliebten wiedervereint, kann er die Anziehungskraft nicht länger leugnen. Ella hat etwas Mächtiges und Verführerisches an sich – und außerdem eine verborgene sinnliche Seite, die er unbedingt entfesseln will.

Zur gleichen Zeit sind Ellas und Jakes neue Arbeitgeber an Koa Point in Mysterien gehüllt. Wie genau kann sich eine Gruppe von Veteranen einer Sondereinheit das Leben auf einem exklusiven Anwesen am Meer leisten? Welcher tödliche Feind nähert sich ihrem sonnenbeschienenen Eckchen des Paradieses? Und hat es diese dunkle Macht auf jemanden auf dem Anwesen abgesehen – oder auf Jake?

Weitere Titel von Anna Lowe

Aloha Shifters - Juwelen des Herzens

Der Ruf des Drachen (Buch 1)

Der Ruf des Wolfes (Buch 2)

Der Ruf des Bären (Buch 3)

Der Ruf des Tigers (Buch 4)

Die Verlockung des Drachen (Buch 5)

Der Ruf des Fuchses (Buch 6)

Aloha Shifters - Pearls of Desire

Die deutsche Ausgabe ist ab Dezember 2020 bei Amazon erhältlich. Im englischen Original sind die folgenden Titel bereits verfügbar.

Rebel Dragon (Buch 1)

Rebel Bear (Buch 2)

Rebel Lion (Buch 3)

Rebel Wolf (Buch 4)

Rebel Heart (Die Vorgeschichte zu Buch 5)

Rebel Alpha (Buch 5)

Töchter des Feuers - Billionaires & Bodyguards

Töchter des Feuers: Paris (Buch 1)

Töchter des Feuers: London (Buch 2)

Töchter des Feuers: Rom (Buch 3)

Töchter des Feuers: Portugal (Buch 4)

Töchter des Feuers: Irland (Buch 5)

Töchter des Feuers: Schottland (Buch 6)

Töchter des Feuers: Venedig (Buch 7)

Töchter des Feuers: Griechenland (Buch 8)

Töchter des Feuers: Schweiz (Buch 9)

The Wolves of Twin Moon Ranch

Im englischen Original bei Amazon erhältlich.

Desert Hunt (die Vorgeschichte)

Desert Moon (Buch 1)

Desert Blood (Buch 2)

Desert Fate (Buch 3)

Desert Heart (Buch 4)

Desert Rose (Buch 5)

Desert Roots (Buch 6)

Desert Yule (eine Kurzgeschichte)

Desert Wolf: Complete Collection (vier Kurzgeschichten)

Sasquatch Surprise (ein Ableger der Twin Moon Story)

Blue Moon Saloon

Im englischen Original bei Amazon erhältlich.

Perfection (die Vorgeschichte in Kurzform)

Damnation (Buch 1)

Temptation (Buch 2)

Redemption (Buch 3)

Salvation (Buch 4)

Deception (Buch 5)

Celebration (ein Festtagsschmaus)

Shifters in Vegas

Paranormal romance with a zany twist. Im englischen Original bei Amazon erhältlich.

Gambling on Trouble

Gambling on Her Dragon

Gambling on Her Bear

Serendipity Adventure Romance

Im englischen Original bei Amazon erhältlich.

Off the Charts

Uncharted

Entangled

Windswept

Adrift

Travel Romance

Im englischen Original bei Amazon erhältlich.

Veiled Fantasies

Island Fantasies

www.annalowebooks.com

Über Anna Lowe

USA Today und Amazon Bestseller Autorin Anna Lowe schreibt fesselnde Romane mit tatkräftigen Heldinnen und unwiderstehlichen Helden in exotischen Umgebung, mit jeder Menge Zündstoff für scharfe Romantik.

Sie liebt Hunde, Sport und Reisen, die auch die Inspiration für Ihre Bücher liefern. Wenn Anna nicht gerade in die Arbeit an ihrem nächsten Buch vertieft ist, kannst Du Sie am Wochenende beim Wandern in den Bergen antreffen. Egal wo und wie – sie wird den Tag mit einem leckeren Stück Zartbitterschokolade ausklingen lassen.

Einfach mal vorbeischauen, auf AnnaLoweBooks.com/de